Sarah Saxx
Everything I Need From You

Sarah Saxx

# Everything
# I Need From You

Roman

PIPER

*Mehr über unsere Autorinnen, Autoren und Bücher:*
*www.everlove-verlag.de*

Wenn Ihnen dieser Roman gefallen hat, schreiben Sie uns unter
Nennung des Titels »Everything I Need From You«
an *empfehlungen@piper.de*, und wir empfehlen Ihnen
gerne vergleichbare Bücher.

ISBN 978-3-492-06528-3
© everlove, ein Imprint der Piper Verlag GmbH, Georgenstraße 4,
80799 München 2025
www.piper.de
Für einen direkten Kontakt und Fragen zum Produkt
wenden Sie sich bitte an: info@piper.de
Dieses Werk wurde vermittelt durch die Textbaby Medienagentur,
www.textbaby.de.
Redaktion: Jil Aimée Bayer
Korrektorat: Manfred Sommer
Songtexte im Buch © Jil Aimée Bayer
Covergestaltung: FAVORITBUERO, München
Covermotiv: Bilder unter Lizenzierung von Shutterstock.com genutzt
Satz auf Grundlage eines CSS-Layouts
von digital publishing competence (München)
mit abavo vlow (Buchloe)
Druck und Bindung: CPI Books GmbH, Leck
Printed in the EU

# Content Note

*Dieses Buch enthält potenziell triggernde Inhalte. Am Ende des Textes findet sich eine Aufzählung, die jedoch den Verlauf der Geschichte spoilern kann.*

Für Agnes, weil du ein so herzlicher Mensch, eine unglaublich liebe Freundin und für mich als Mutter ein großes Vorbild bist. Jedes Kind sollte einen liebevollen Elternteil wie dich haben.

Für Carolin.

Und für alle, die denken, nicht perfekt zu sein. Glaubt mir, ihr seid es. In jeder erdenklichen Art.

# Playlist

Burn It Down – Linkin Park
Last Goodbye – Dead by April
If I Ain't Got You – Alicia Keys
Paranoid – I Prevail
Bite My Tongue – You Me at Six, Oliver Sykes
body bag – Machine Gun Kelly, YUNGBLUD,
Bert McCracken of The Used
Let's Get The Party Started – Tom Morello, Bring Me the Horizon
The Grey – Bad Omens
Sleepwalking – Bring Me the Horizon
Drowned in Emotion – Caskets
Glass Heart – Caskets
The Worst In Me – Bad Omens
2L8 – Ryan Oakes
Can You Feel My Heart – Bring Me the Horizon
Never Too Late – Three Days Grace
Maybe – Machine Gun Kelly, Bring Me the Horizon
Talk to a Friend – Rain City Drive
Moving On – Asking Alexandria
Follow You – Bring Me the Horizon
Fallin' – Alicia Keys
Everything I Need – Skylar Grey
Just Pretend – Bad Omens
THE DEATH OF PEACE OF MIND – Bad Omens

Diese Playlist findest du auch auf Spotify unter
Everything I Need From You – by Sarah Saxx
– viel Spaß beim Hören und gute Unterhaltung!

# 1 – Alicia

»Alicia, was machst du da?« Die panische Stimme meiner Mutter ließ mich mit dem Eyeliner direkt vor meinem Lid innehalten.

»Ich schminke mich?«, erklärte ich das Offensichtliche und sah sie durch den Spiegel des Schminktisches in meinem Schlafzimmer an.

Sie schnalzte mit der Zunge, und als ich sie genauer musterte, bemerkte ich die pulsierende Ader an ihrer Schläfe. »Doch nicht auf diese Weise! Mein Gott, hast du wirklich alles verlernt, was ich dir beigebracht habe?«

Mühsam verkniff ich mir ein Augenrollen und ließ zu, dass sie mir den Eyeliner aus der Hand nahm.

»Lass mich das machen. Dreh dich zu mir.«

In mir brodelte es, allerdings würde ich es nie wagen, Bethany Atkinson zu widersprechen. Denn das Gewitter, das mich danach erwarten würde, konnte ich gerade heute echt nicht gebrauchen.

In Kürze würden wir zu Gast bei den *BRIT Awards* sein, und ein reibungsloser Auftritt auf dem roten Teppich hatte oberste Priorität. Zumindest für mich und meine Karriere, aber selbstverständlich ebenso für meine Mum.

Also kam ich ihrer scharfen Aufforderung nach, die Lider zu

schließen. Ich spürte, wie sie mit Pinseln verschiedenster Stärken über mein Gesicht wedelte, wischte und strich, sah sie an, kaum dass sie es mir befahl, und begegnete ihrem kritischen Blick, der nicht mir, sondern ihrem Werk galt.

»Stillhalten!«, wies sie mich an und bog mit der mit dem Haarföhn angewärmten Wimpernzange meine Wimpern erst auf der einen, dann auf der anderen Seite nach oben. Anschließend herrschte sie mich an, die Augen erneut zu schließen. Sie trug Mascara auf, und ich musste ausharren, bis meine Wimpern getrocknet waren, ehe ich die Lider öffnen durfte.

»Wo hast du deine Fake-Lashes?«

»Noch in der Einkaufstüte in der Küche. Ich hole sie.« Sofort sprang ich auf, um zumindest kurz Abstand zu meiner Mum zu bekommen, bevor ich ihr an die Gurgel ging.

Im Vorbeieilen am Spiegel im Flur warf ich einen flüchtigen Blick hinein.

Zugegeben, sie hatte gute Arbeit geleistet, und ich wusste, mir würde das Endergebnis gefallen. Mum bildete als ehemaliges Topmodel seit kurz nach meiner Geburt für eine Agentur zukünftige Laufstegschönheiten, Fashionistas und Werbegesichter aus, schulte sie im Umgang mit Make-up und Kunden, Designern, Fotografen und Kameras – und erstellte sogar Ernährungspläne.

Nicht nur einmal hatte sie erwähnt, dass sie mich zu gern in ihren Fußstapfen gesehen hätte. Aber bereits als kleines Mädchen hatte mich die Schauspielerei weit mehr fasziniert als das Präsentieren neuester Modekreationen. Seit ich denken konnte, nutzte ich jede Gelegenheit, um auf der Bühne zu stehen.

Mein Dad hatte mich von Anfang an dabei unterstützt und gefördert, bis ich nach einigen Jahren Theaterspielen tatsächlich beim Film gelandet war.

Was für mich ein Meilenstein meiner Karriere bedeutet hatte, war für Mum eine Beleidigung ihrer Ambitionen, meinen Platz in der Modewelt zu fördern.

Ich zog den Gürtel des Morgenmantels enger, während mich die Erinnerungen an die darauffolgende Zeit überrollten, in der ich inmitten eines hässlichen Rosenkriegs festgesteckt hatte. Ein Krieg, dessen i-Tüpfelchen die Scheidung meiner Eltern vor sechs Jahren gewesen war, welche die Situation für mich nicht gerade leichter gemacht hatte.

Das, was ich allerdings aus dieser ganzen Sache gelernt hatte, war, weder Dad vor Mum zu erwähnen noch umgekehrt. Deshalb wunderte es mich umso mehr, dass mich seit einiger Zeit meine Mutter in meiner Karriere als Schauspielerin unterstützte. Sogar dermaßen ambitioniert, dass sie für uns beide Karten für die BRITs besorgt hatte. Vielleicht hatte sie eingesehen, dass ich ausschließlich für die Schauspielerei lebte und diese mich glücklicher machte, als es ein Modeldasein je könnte.

Mit den falschen Wimpern in der Hand kehrte ich zurück ins Schlafzimmer, in dem sie vor meinem begehbaren Kleiderschrank stand, an dessen Tür mein Kleid für den heutigen Abend hing. Schon seit geraumer Zeit freute ich mich, es endlich auf dem roten Teppich präsentieren zu dürfen.

Mum musterte es, strich mit der Hand über den durchsichtig-weißen Stoff mit den wenigen filigranen und gleichfarbigen Blumenapplikationen und seufzte wehmütig.

Hätte ich geahnt, dass sie ebenfalls ein bodenlanges weißes Designerkleid tragen würde, hätte ich mich auf jeden Fall für eine andere Ausführung entschieden. Bei ihrem war noch dazu das Oberteil zum Teil transparent und mit Blumen und Perlen bestickt, ähnlich wie bei meinem.

Für Außenstehende mussten wir wirken wie das perfekte Mutter-Tochter-Gespann. Als würden wir wie zwei beste Freundinnen losziehen – was auf uns beide definitiv nicht zutraf. Zumindest nicht von meiner Seite aus.

»Beeil dich, wir müssen endlich fertig werden«, verlangte sie, obwohl ich kein bisschen getrödelt hatte.

Aber ich setzte mich schweigend hin, reichte ihr die Wimpern und ließ sie machen. Weil ich wusste, wenn sie ihren Willen bekam, bekam ich auch meinen. Und der war heute nun mal, dass sie mich einflussreichen Leuten aus der Musik- und Modebranche, vor allem jedoch aus der Filmindustrie vorstellte. Denn wie ich wusste, würden von allen Künstlerbranchen einflussreiche Leute auf dem Event vertreten sein. Durch das Networking erhoffte ich mir einen kleinen Aufschwung meiner in den letzten Monaten und Jahren etwas eingeschlafenen Karriere als Schauspielerin.

Jude Law, Emma Watson und Benedict Cumberbatch würden im Publikum sitzen, genau wie die Regisseure Christopher Nolan und Danny Boyle. Blake Lively würde sogar einen der heiß begehrten Awards überreichen. Und obwohl meine Mum keinen Draht zu den Filmemachern selbst besaß, hatte sie bereits mit Jude und Emma zusammengearbeitet und wollte mich ihnen vorstellen.

Bisher hatte sie es zum Glück nicht groß thematisiert, dass sich meine Karriere aktuell auf einem absteigenden Ast befand. Seit einiger Zeit kamen die Rollenangebote nicht wie erhofft. Aus purer Verzweiflung hatte ich zuletzt die Hauptrolle für eine drittklassige Horrorkomödie angenommen. Doch mit dieser hatte ich mich gefühlt noch weiter ins Aus geschossen. Der Film war gefloppt, und sämtliche Castings waren seitdem erfolglos verlaufen. Umso wichtiger war es, heute einen perfekten Auftritt hinzulegen und hoffentlich so vielen einflussreichen Leuten wie möglich im Gedächtnis zu bleiben.

Als Mum all meine Vorzüge ins rechte Licht gerückt hatte – wie die Augen optisch größer und die Lippen voller wirken zu lassen –, verschwand sie kurz im Badezimmer, um sich die Hände zu waschen. »Warte mit dem Kleid, nicht dass du dir dein Make-up ruinierst!«, rief sie mir über ihre Schulter zu.

»Okay«, gab ich ihr brav zur Antwort und checkte genervt und gelangweilt zugleich mein Smartphone.

Kim, meine beste Freundin, hatte mir geschrieben. Ich wusste, sie würde heute zu gern an meiner Seite sein in der $O_2$-Arena, in der die Preisverleihung stattfand. Ehrlich gesagt, hätte ich auch lieber sie statt Mum als Begleitung, aber da waren Kim und mir die Hände gebunden.

*Kim: Bist du schon unterwegs? Schick mir Fotos!*

Sofort kam ich ihrer Bitte nach und machte ein Selfie.

*Alicia: Gleich sind wir fertig.*

*Kim: Oh, wow, du siehst atemberaubend schön aus. Ich will mich so gut schminken können wie du.*

*Alicia: Das war alles meine Mum.*

»Leg das Handy weg!«, herrschte diese mich just in dem Moment an und lenkte meine Aufmerksamkeit wieder auf sich. »Wir ziehen jetzt dein Kleid an.«

Ungeduldig wartete sie, bis ich das Smartphone auf den Schminktisch gelegt und den Morgenmantel ausgezogen hatte. Darunter trug ich lediglich einen nahtlosen Slip in der Farbe meines Hauttons.

Dass sie pikiert wirkte, als sie einen Blick auf meinen Bauch warf, versuchte ich zu ignorieren. Im Vergleich zu den Models, mit denen sie tagtäglich zu tun hatte, wies mein Körper naturgemäß etwas mehr Kurven auf.

Wenigstens verkniff sie sich jeglichen Kommentar und hielt mir das Kleid hin, damit ich besser hineinsteigen konnte.

Es war ein gewagtes Teil mit tiefem Ausschnitt bis unter das Brustbein und langem Schlitz an der Seite. Die Blumenapplikation schlängelte sich über meine Brüste hinab zur Hüfte und über den Intimbereich sowie den Hintern, bis sie sich knapp unterhalb meiner Knie verlief. Dass mir damit eine Menge Fotos auf dem roten Teppich sicher waren, verstand sich von selbst, genau wie die Tatsache, dass meine Figur bis ins Detail von der Presse diskutiert werden würde. Was aber auch mein Plan war, um im Gespräch zu bleiben. Denn das Kleid profitierte gerade von meinen Kurven und zeigte mich von meiner besten Seite.

Mum zog den Reißverschluss an meinem Rücken zu und richtete noch einmal meine rostroten Haare, die ich zuvor schon zu weichen Wellen geföhnt hatte. Daraufhin schlüpfte ich in die ebenfalls bereitgestellten weißen Stilettos. Im Anschluss musterte sie das Endergebnis einige Sekunden lang schweigend im Spiegel.

Und verdammt, es konnte mir egal sein, was meine Mutter darüber dachte, wie ich in dem Kleid aussah. Sie entschied nicht über meine Karriere. Dennoch fürchtete ich ihr Urteil mehr als das der Boulevardpresse.

»Du wirst toll neben mir aussehen«, sagte sie schließlich.

Mir war klar, was das bedeutete. Nämlich, dass sie der Meinung war, sie würde mit mir an ihrer Seite einen hübscheren und schlankeren Eindruck hinterlassen. Die Leute würden darüber schreiben, wie gut sie sich trotz ihrer fünfzig Jahre gehalten hatte, dass wir Schwestern sein könnten, weil ihr Gesicht kaum Falten zierten – Botox und ihrem Schönheitschirurgen sei Dank.

»Bestimmt.« Ich zwang mir ein schwaches Lächeln auf die Lippen. »Lass uns fahren.« Mit diesen Worten griff ich nach meinem Smartphone und der weißen Clutch und zog mir den gleichfarbigen Plüschmantel über, woraufhin ich die Wohnungstür ansteuerte, ohne auf sie zu warten.

Draußen zog ich den Mantel etwas enger. Das Februarwetter war unangenehm kalt und nass, und ich war froh, dass der Chauffeur im schwarzen Mercedes auf uns wartete. Mum hatte den Wagen angemietet, um, wie sie sagte, einen stilvollen Auftritt hinzulegen.

Wir stiegen ein, und ich musste den Mantel wieder etwas lüften – inzwischen bekam ich Herzrasen und schwitzige Hände, wenn ich nur daran dachte, was mich in Kürze erwarten würde. In etwas mehr als einer halben Stunde würde ich nämlich all meine schauspielerischen Fähigkeiten an den Tag legen müssen, wenn ich mit meiner Mutter bei den *BRIT Awards* aufkreuzte. Denn ins Gespräch zu kommen, weil man mir am Gesicht ablesen konnte, wie viel ich aktuell von ihr hielt, war nicht, was ich gebrauchen konnte.

Zum Glück war sie sofort mit ihrem Smartphone beschäftigt, kaum dass wir losgefahren waren, sodass ich kein schlechtes Gewissen zu haben brauchte, ebenfalls mein Handy aus der Clutch zu fischen.

Kim hatte mir inzwischen geantwortet, und ich war froh, zumindest indirekten Support meiner Freundin genießen zu können.

*Kim: Deine eigenen Make-up-Künste würden dir noch besser stehen.* ☺ *Ich freue mich auf Fotos von dir auf dem roten Teppich. Heute stiehlst du allen die Show mit deiner Schönheit und dem heißen Kleid.*

*Alicia: Danke! Du weißt, der heutige Tag bedeutet harte Arbeit für mich. Ich brauche neue Kontakte, die meiner Karriere den nötigen Schub geben.*

*Kim: Klar! Trotz allem sollst du nicht den Spaß vergessen.*

Ich antwortete mit einem Party-Emoji und den sich zuprostenden Sektgläsern.

*Kim: Und falls du den Mighty Bastards über den Weg läufst, mach unbedingt ein Foto mit ihnen!*

Nun konnte ich ein Schmunzeln nicht länger verhindern. Denn dass meine neue Lieblingsband ebenfalls bei den BRITs sein würde, war das gewaltige Trostpflaster für diesen katastrophalen Tag mit meiner Mutter.

Die Jungs waren nicht nur in vier Kategorien nominiert, sondern würden sogar einen Auftritt haben – ich konnte es kaum erwarten, sie live zu erleben. Und wenn ich Glück hatte, würde ich ihnen über den Weg laufen und hoffentlich das Fangirl in mir so weit unter Kontrolle haben, dass ich nicht bloß vor Freude grinste oder gar peinlich quietschte.

# 2 – Theo

Scheiße war mir schlecht. Und das lag nicht am Champagner, den ich auf der Fahrt hierher mit den anderen getrunken hatte.

Wir standen in einer Reihe hauptsächlich schwarzer Limousinen und Vans und warteten vor der $O_2$-Arena darauf, dass wir dran waren, den roten Teppich zu betreten und uns ins Blitzlichtgewitter zu stürzen. Sicher war das aufregend, und ich hatte mich nach wie vor nicht daran gewöhnt, dass das nun zu unserem Alltag gehörte. Doch das war nicht der Grund für meine Nervosität, sondern die Tatsache, dass wir überhaupt *hier* waren. Bei den *BRIT Awards* – und das nicht als Zuschauer. Die *Mighty Bastards* waren in den vier Kategorien *British Album of the Year, British Group, Song of the Year* und *Best British Alternative/Rock Act* nominiert – was der absolute Wahnsinn war. Wenn man mir vor drei Jahren gesagt hätte, wir würden heute hier stehen, hätte ich es nicht geglaubt.

Allein bei dem Gedanken daran wurde meine Atmung schneller. Ein dicker Kloß drückte im Hals, und gleichzeitig mit Spencers Hand an meinem Rücken spürte ich ein unangenehmes Brennen in den Augen.

»Scheiße, Mann, alles in Ordnung mit dir?«

Bereits beim Einsteigen hatte Richie etwas Ähnliches gefragt. Er war äußerst feinfühlig, und es war nicht das erste

Mal, dass er lange vor den anderen witterte, was in mir vorging. Dass nun aber auch Spencer auf mich aufmerksam wurde und mit seiner Frage die Augen aller auf mich richtete, trug nicht gerade dazu bei, mich ruhiger werden zu lassen.

»Musst du dich übergeben?«, wollte Nora wissen, die gleichzeitig eine Wasserflasche aus dem kleinen Kühlschrank zog und sie mir reichte.

Knapp schüttelte ich den Kopf. »Nein, es ist nur ...« Überfordert presste ich Daumen und Zeigefinger gegen die Nasenwurzel. »Das alles ist so ... unwirklich.« Verlegen lachte ich auf, da ich mir, jetzt, wo ich die Worte ausgesprochen hatte, äußerst dämlich vorkam. »Ich meine, wir ... bei den BRIT Awards.«

»Aber ihr wisst das doch schon länger, oder nicht?«, erkundigte sich Hayden stirnrunzelnd. Die Amerikanerin war erst vor ein paar Monaten nach London gezogen. Richie, der bis nach unserer Europatournee letzten Sommer noch alles gevögelt hatte, was bei drei nicht auf den Bäumen gewesen war, hatte sich durch sie in ein völlig zahmes Lämmchen verwandelt.

»Klar, allerdings wird mir jetzt erst so richtig bewusst, was wir erreicht haben.« Ich schluckte und kämpfte weiter gegen die Rührung an, die sich in mir ausbreitete. »Ich meine, vor wenigen Wochen haben wir die Goldene Schallplatte für unser Album bekommen, und jetzt das hier! Ich hab schon als Kind die Verleihung der BRIT Awards verfolgt. Gleich auf dieser Bühne zu stehen ist die Erfüllung all meiner Träume.« Wieder lachte ich auf, weil mich sechs Augenpaare anschauten, als wäre ich total am Durchdrehen. Dabei war es einfach nur verrückt, dass wir uns in dieser Situation befanden.

Lex blinzelte, dann klopfte er mir auf die Schulter. »Du hast recht, Mann.«

Nora beugte sich vor und schaute mich direkt an, was vermutlich beruhigend wirken sollte. »Aber deshalb brauchst du nicht nervös zu sein. Willst du etwas gegen die Aufregung nehmen?« Noch während sie das sagte, kramte sie in ihrer Handtasche.

»Nein danke«, erwiderte ich mit einem Seitenblick zu Richie.

Ich wusste, dass er nicht ohne Grund jegliche Art betäubender Substanzen ablehnte – Alkohol mal ausgenommen.

Nora sah betreten drein und murmelte eine knappe Entschuldigung in Richies und Haydens Richtung, was die zwei mit einem beschwichtigenden Blick abtaten.

»Ich glaube, es geht gleich wieder«, erklärte ich, obwohl ich mir nicht sicher war, ob ich das bloß sagte, um meine Freunde zu beruhigen.

Lampenfieber war ich gewöhnt, allerdings hatte es mich lange nicht mehr dermaßen heftig erwischt.

Bestimmt würde es besser werden, sobald ich meine Fender in den Händen hielt. Bisher hatten mich meine Gitarren noch immer geerdet, und heute würde es nicht anders sein – und das, obwohl wir gleich vor einem Millionenpublikum auftraten.

Tessa, die mir gegenübersaß, beugte sich vor und legte mitfühlend die Hand auf meinen Unterarm.

Ich bemühte mich um ein Lächeln, das vermutlich misslang.

Ganz automatisch griff ich in die Hosentasche meines schwarzen Anzugs, den ich zu einem weißen Hemd trug – genau wie alle anderen *Mighty Bastards* –, und fischte mein Glücksplektrum heraus.

*Music is What Feelings Sound Like* war in das Metall geprägt. Es war ein Geschenk meines Dads zu meinem dreizehnten Geburtstag gewesen, als ich meine erste Harley Benton bekommen hatte. Zu Beginn hatte ich noch damit gespielt, allerdings war mir der Klang der Saiten damit zu aggressiv, weshalb ich irgendwann zu Plektren aus Kunststoff gewechselt habe. Dieses hier hatte ich allerdings aus sentimentalen Gründen aufbewahrt.

Mit dem Daumen rieb ich über die Schrift und fragte mich, ob meine Eltern ausnahmsweise mal die Zeit finden würden, unseren Auftritt im Fernsehen zu verfolgen. Ich hatte sie nicht gefragt, weil ich ein Nein vermutlich nicht so gut weggesteckt hätte. Zumindest war ich mir nicht sicher, wie ich ausgerechnet heute damit umgegangen wäre ...

Um wenigstens etwas von meiner Anspannung abzubauen, ließ ich das Plek zwischen den Fingern wandern, drehte und wendete es.

Bestimmt hatte mein Dad damals gedacht, es wäre lediglich eine Phase, dass ich Musiker werden wollte. Ich hatte meine Eltern mal darüber diskutieren hören, dass ich spätestens mit der ersten Freundin das Interesse an der Musik verlieren würde. Allerdings hatten sich beide gewaltig geirrt. Denn der Spruch auf diesem Plektrum war genau das, was das Spielen für mich verkörperte: der Ausdruck all meiner Emotionen. Inzwischen brauchte ich es wie die Luft zum Atmen, und gerade fühlte es sich an, als würde ich ersticken, wenn ich nicht bald meine Gitarre in Händen halten durfte.

»Gleich sind wir da. Also aufgepasst, Jungs, ihr steigt aus und zeigt euch von eurer besten Seite. Lächeln, winken, für Fotos posieren. Für Kurzinterviews bereitstehen, Autogramme geben – aber bedenkt, der rote Teppich ist nicht ausschließlich für euch da. Hinter euch warten schon die nächsten Stars auf ihren Moment.« Nora sah uns streng an und wir nickten.

Da niemand darauf reagierte, dass sie uns als *Stars* bezeichnet hatte, schluckte ich meinen Kommentar dazu hinunter. Denn vielleicht war es an der Zeit, mir einzugestehen, dass wir wirklich diesen Status erreicht hatten. Was sich für mich immer noch total verrückt anhörte.

Der Chauffeur hielt, und jemand öffnete die Wagentür.

Mein Herz machte einen Satz, als ich nach Lex ausstieg und allen die Show lieferte, die sie erwarteten.

Lächeln, winken, für Fotos posieren.

Und erneut fragte ich mich, wie viel Blitzlichtgewitter ein Mensch vertragen konnte, bevor er erblindete.

Die Leute riefen unsere Namen, es war ohrenbetäubend laut und hektischer als gedacht – etwas, das ich vor dem Fernseher nie in dem Ausmaß mitbekommen hatte. Ordner standen bereit, um die Promis auf dem roten Teppich vorwärtszutreiben und jedem ein ihm zugedachtes Zeitfenster zu geben. Was irgendwie logisch war, immerhin konnte die Verleihung nicht mit Verspätung starten, weil manche den *Walk* zu sehr genossen.

»*Mighty Bastards*, eine Frage!«, machte eine junge Reporterin neben einem Kameramann auf sich aufmerksam. Sie trug ein bodenlanges rotes Kleid, und ihre brünetten Haare hatte sie zu einer kunstvollen Frisur gesteckt.

Lex ging auf sie zu, Richie, Spencer und ich folgten ihm.

»Was bedeutet es für euch, dass ihr gleich in vier Kategorien nominiert seid?«, rief sie gegen den Lärm in ihr Mikrofon und hielt es anschließend Lex unter die Nase.

»Wir sind sprachlos und fühlen uns unglaublich geehrt. Das, was gerade passiert, ist mehr als alles, was wir uns je erträumt haben. Danke an unsere Fans, ohne euch wären wir nicht hier.«

»Theo, was für ein Gefühl ist es, gleich auf dieser Bühne vor einem Millionenpublikum zu performen?«

Schneller, als mir lieb war, hatte ich das Mikro vor meinem Gesicht.

Hinter uns stieg der Lärmpegel weiter an, vermutlich war eben einer der absoluten Superstars eingetroffen.

Ich unterdrückte den Impuls, mich umzudrehen, während es in meinem Kopf dröhnte. Mit einem Mal hatten sich sämtliche Wörter in nichts aufgelöst. Ich wollte etwas sagen – *musste* antworten, um nicht der stammelnde Idiot der Band zu sein. Also brach aus mir heraus, was hoffentlich Sinn ergab. Gleichzeitig merkte ich, wie mir eine unangenehme Hitze in den Kopf stieg. In meiner Kehle wurde es eng und ich fuhr mir mit dem Zeigefinger in den Kragen, um ihn zu weiten – was mir dank der Knöpfe und der schwarzen Krawatte nicht wirklich gelang. »Damit geht ein großer Traum von uns in Erfüllung. Hier zu sein fühlt sich total unwirklich an, aber wir sind dankbar, diesen Tag mit so großartigen Musikern an unserer Seite erleben zu dürfen.«

Die Frau bedankte sich, zwinkerte mir zu und wandte sich schließlich Taylor Swift zu, die hinter uns den roten Teppich betreten hatte und für die Begeisterungsstürme um uns herum verantwortlich war.

»Hab ich Scheiße gelabert?«, raunte ich Spencer zu, kaum dass wir uns im großen Durchgang der Halle befanden.

»Nö, war super.« Er klopfte mir auf die Schulter. »Mach dir

nicht ins Hemd, Leo, es ist ein Auftritt wie jeder andere. Werde endlich locker, so angespannt kenne ich dich gar nicht.«

Der Spitzname, den mir meine Kumpels verpasst hatten, weil sie der Meinung waren, ich sähe Leonardo DiCaprio in jungen Jahren ähnlich, rief mir ins Gedächtnis, dass ich nicht alles zu ernst nehmen sollte. Dass es nicht schadete, mich locker zu machen, da im Leben nicht jede Kleinigkeit auf die Goldwaage gelegt wurde – anders, als ich es von meinen Eltern kannte und vorgelebt bekommen hatte.

Tief atmete ich durch und nickte. »Keine Ahnung, was heute mit mir los ist. Ich bin einfach …« Das nächste Wort blieb mir im Hals stecken, da mein Blick auf eine junge rothaarige Frau fiel, die wenige Meter von uns entfernt in einem weißen Hauch von nichts stand. Sie unterhielt sich mit einem Mann im Smoking, den ich schon einmal irgendwo gesehen hatte, und gestikulierte dabei mit ihren Armen.

Von irgendwoher kam sie mir ebenfalls bekannt vor, doch das war nicht der Grund, warum ich den Blick nicht von ihr abwenden konnte. Sie sah verboten heiß aus in dem Kleid, und etwas an ihrer Ausstrahlung faszinierte mich.

»Du bist einfach was?«, hakte Spencer nach. Er hatte nicht mitbekommen, was mich ablenkte.

»Nichts«, erwiderte ich schnell und folgte den anderen in den großen Saal – jedoch nicht, ohne einen letzten heimlichen Blick zurück zur Frau in Weiß zu werfen.

Tessa, Hayden und Nora saßen bereits an unserem Tisch und winkten, kaum dass sie uns erblickten.

»Na, wie war euer Walk of Fame?«, wollte Hayden wissen, als Richie sich neben sie setzte und sie zur Begrüßung küsste.

»Grandios! Ich will noch einmal zurück«, erklärte er prompt, was uns zum Lachen brachte.

»Wir wurden fürs Fernsehen interviewt.« Lex strahlte übers ganze Gesicht, und es war ihm anzumerken, dass er genoss, was hier abging.

»Wir haben den roten Teppich gerockt – bis Taylor Swift gekommen ist«, ergänzte Spencer, und sofort erzählten uns Hayden und Tessa, wen der angekündigten Stars und Sternchen sie schon in den Saal hatten kommen sehen und wo welche anderen Musikgrößen saßen.

Wir reckten die Köpfe in alle Richtungen, bis ich zufällig die rothaarige Frau von eben wiedersah. Sie nahm ein paar Tische von uns entfernt Platz, und kaum dass sie saß, war sie aus meinem Blickfeld verschwunden.

Verdammt, ich kam nicht drauf, wer sie war und woher ich sie kannte. Hatte sie etwas mit der Musikbranche zu tun? Naheliegend, allerdings wüsste ich nicht, wo wir uns schon einmal begegnet wären. Vielleicht war sie ein Model? Hübsch genug war sie allemal, und da gerade Leni Klum an ihrem Tisch Platz nahm, war es nicht abwegig. Andererseits hatte ich mich noch nie intensiv mit der Modebranche auseinandergesetzt.

Meine Überlegungen wurden jäh gebremst, als das Licht im Saal gedimmt wurde und einer der Moderierenden die Bühne betrat. Augenblicklich spürte ich meinen Herzschlag wieder unangenehm wild im Hals, und ich wippte mit dem Bein, um meine Nervosität zumindest halbwegs in den Griff zu bekommen. Doch die Unruhe in mir und meinem Kopf wollte kein Ende finden.

Der Großteil des Abends flog wie in einem Rausch mit Tunnelblick an mir vorbei. In den Kategorien *British Album of the Year*, *British Group* und *Song of the Year* hatten wir nicht abgesahnt, was mir zwar einen kleinen Stich versetzte, dennoch gönnte ich es den Gewinnern von Herzen. Uns mit Harry Styles, Ed Sheeran und Dua Lipa zu messen war halt einfach ein Ding der Unmöglichkeit.

Bereits im Vorfeld hatten wir uns darauf eingestellt, leer auszugehen. Immerhin wäre es utopisch, nach unserem kometenhaften Aufstieg und dem Megaerfolg mit *Broken* auch noch einen der *BRITs* mit nach Hause zu nehmen ... Und mal ehrlich, die Acts, die gewonnen hatten, waren unbestritten genial. Da konnten wir nie und nimmer mithalten.

Nachdem wir kurz nach der Bekanntgabe des Gewinners des *Song of the Year* in die Garderobe geholt worden waren, tauschten wir in Windeseile unsere Anzüge gegen Jeans und

T-Shirts. Anschließend bezogen wir hinter dem Vorhang Stellung auf der Bühne.

Kaum dass ich meine Gitarre hochnahm, wurde ich endlich ruhiger. All das verrückte Dröhnen in meinem Kopf kam zum Stillstand, mein Puls beruhigte sich, und ich fühlte mich geerdet. Ich schaute in Richies Gesicht, der mir zulächelte, dann in Lex', der immer noch völlig energetisiert wirkte.

Ein kurzer Blick über die Schulter zu Spencer, dem ich zunickte, bevor ich die ersten unverwechselbaren Takte von *Broken* spielte. Gleichzeitig setzte das Publikum mit einem Kreischen ein, das mir eine Gänsehaut bescherte und mich endlich erdete, während sich der Vorhang hob. Richies Einsatz folgte, danach stieg Spencer ein. Und schließlich begann Lex zu singen.

Beim Soundcheck heute Vormittag hatten wir einfach unser Programm abgespult, doch jetzt war es, als würde ich Energie aus den Zuschauenden ziehen. Dass wir für die absoluten Größen der Musikszene performten und uns gleichzeitig die ganze Welt zusehen konnte, war noch einmal ein völlig anderes Feeling, als nur für unsere Fans zu spielen. Vor allem, da die Leute hier mindestens so begeistert reagierten, wie wir es von der Europatournee kannten.

Während die letzten Takte des Songs verklangen, raste mein Herz. Genau das war es, wofür ich lebte und Musik machte. Diese Begeisterung, diese Leidenschaft. Sie füllten mich aus, ebenso wie das tosende Publikum.

Als die Scheinwerfer uns schließlich nicht mehr direkt ins Gesicht strahlten, ließ ich den Blick über die Menge vor uns schweifen und glaubte für einen Moment, unter ihr die Frau im weißen Kleid zu erkennen, was meinem Puls noch einmal einen Schub verschaffte. Sie war aufgestanden und pfiff lautstark mit zwei Fingern im Mund. Doch noch bevor ich mir sicher sein konnte, ob es wirklich sie war, schloss sich der Vorhang, und wir eilten von der Bühne, zurück in die Garderoben, um uns wieder in unsere Anzüge zu schmeißen.

Von mir aus hätten wir in Jeans und T-Shirt bleiben können, aber Lex hatte darauf bestanden und ich würde ihm dabei nicht widersprechen. Erst recht nicht, weil Nora seine Entscheidung mit der Aussage unterstützt hatte, wir sollten stilvoll aussehen, wenn wir gewannen – oder leer ausgingen.

Zurück an unserem Tisch, wurden wir von den drei Frauen unserer Runde begeistert empfangen.

Tessa küsste sofort Lex, während Hayden Richie um den Hals fiel. Bei beiden Pärchen war innerhalb kürzester Zeit die Öffentlichkeit auf ihre Beziehung aufmerksam geworden, weshalb sie sich seit einigen Monaten nicht mehr zurückhielten, ihre Liebe ganz offen zu zeigen.

»Ihr wart großartig«, war Noras Kommentar zu unserem Auftritt. Ihr Strahlen verriet, dass sie uns nicht bloß Honig ums Maul schmierte, sondern dass wir sie wirklich überzeugt hatten.

»Damit kommen wir schon zur nächsten Kategorie!«, drang die Stimme des Moderators Michael Rowley aus den Boxen und forderte meine Aufmerksamkeit. »Nämlich zur Verleihung des *BRIT Awards* für den *Best British Alternative/Rock Act* – und ich kann euch sagen, dass hier die Crème de la Crème nominiert ist. Doch noch verrate ich nichts, sondern übergebe an die bezaubernde Blake Lively, die den Umschlag mit den entscheidenden Namen in ihren Händen hält.«

Das Publikum applaudierte, und die Spots richteten sich auf eine der Nebenbühnen, die die Schauspielerin betrat.

»Was für ein großartiger Abend. Ich freue mich, hier zu sein und die Ehre zu haben, euch zu verkünden, wer in dieser Kategorie gewonnen hat. Denn wie Michael bereits erwähnt hat, sind hier wieder absolut geniale Acts nominiert.«

Auf einer Videowall wurden neben uns vier andere Bands und Musiker vorgestellt – und scheiße, wir hatten nicht den Hauch einer Chance gegen diese Größen der Branche.

Die Spots über Blake erhellten wieder die Bühne. »Ich bin wirklich froh, dass es nicht an mir lag, zu bestimmen, wer den Preis gewinnt, weil ich mich nicht hätte entscheiden können. Ich meine, schaut euch die Talente an. Ehrlich, ihr seid alle Sieger.« Sie lachte. »Doch ich will euch nicht weiter im Ungewissen lassen ...« Sie öffnete den Umschlag und linste hinein. Grinste. »Nichts anderes habe ich erwartet ...«

Sofort hüllte mich erneut dieses Dröhnen ein, das schon vor

unserem Auftritt in meinem Kopf das Kommando übernommen hatte. Allein die Tatsache, dass wir neben Bands wie *Bring Me the Horizon* nominiert waren, war der absolute Wahnsinn.

»Der Preis in der Kategorie *Best British Alternative/Rock Act* geht an ...« Sie blickte in die Menge und trieb die Spannung auf die Spitze.

Fuck, war mir übel ...

Neben mir holte Lex tief Luft, Spencer trommelte mit den Fingern auf die Tischkante, und die Anspannung aller war fast greifbar. »... die *Mighty Bastards!*«, rief sie schließlich ins Mikro, und ein ohrenbetäubender Lärm schallte durch den Saal.

Dass ich aufgesprungen war, hatte ich gar nicht gemerkt. Mit einem Mal fand ich mich in den Armen von Spencer, Lex und Richie wieder und fühlte mich wie in einem Traum.

Auch Nora umarmte uns, bevor sie uns in Richtung Bühne scheuchte. Und das hier passierte wirklich. War das zu glauben? Blake hatte echt unseren Bandnamen gesagt. Die *Mighty Bastards*, also wir, räumten unseren ersten *BRIT Award* ab.

# 3 – Alicia

»O mein Gott, sie haben gewonnen!« Voller Euphorie sprang ich auf und nahm zwei Finger in den Mund, um lautstark zu pfeifen. Einfach irre, dass sie es geschafft hatten!

Meine Mum würde mich bestimmt gleich für mein wenig damenhaftes Verhalten rügen, doch das war mir egal. Von allen Bands und Musikschaffenden hier hatten es die *Mighty Bastards* am ehesten verdient, heute zu gewinnen.

Die ganze Halle tobte vor Begeisterung über die Entscheidung, und ich war mir sicher, dass absolut *jeder* hier den vier jungen Männern den Preis von Herzen gönnte. Ihre kometenhafte Karriere war nicht einmal mit einem Lottogewinn zu vergleichen. Denn das, was sie erreicht hatten, war der helle Wahnsinn und mit keinem Geld der Welt zu bezahlen.

Vor knapp drei Jahren hatten sie ihr erstes selbst produziertes Musikvideo hochgeladen, daraufhin direkt einen Plattenvertrag bekommen und waren mit ihrer Single *Broken* schließlich in halb Europa auf Platz 1 gelandet. Ihre Tournee war fast in allen Städten ausverkauft gewesen, und das, obwohl sie zwölf Monate davor noch relativ unbekannt gewesen waren. Doch mit diesem Song hatten sie trotz des rauen, rockigen Tons unzählige Herzen berührt und den Leuten aus der Seele gesprochen.

Dass sie heute gewonnen hatten, war meiner Meinung nach einfach nur logisch.

Die vier stürmten die Bühne, und die Überraschung und Freude von ihren Gesichtern abzulesen berührte mich sehr.

»Danke, Leute«, begann Lex, der Leadsänger, der in einer Hand ein Mikrofon, in der anderen den Award hielt. »Ich weiß gar nicht, was sich sagen soll. Wir sind überwältigt und hätten nie damit gerechnet, heute ein zweites Mal auf dieser Bühne stehen zu dürfen – mit diesem großartigen Preis. Wir danken unseren Familien und Freunden für ihre Unterstützung und ihre guten Nerven in all den Jahren. Wir wissen, dass wir sie sehr oft strapaziert haben.« Das Publikum lachte. »Dann wollen wir Nora, unserer Managerin, danken. Und Samantha Evans – für alles, was du in den letzten Jahren für uns getan hast. Danke, Tessa. Danke, Hayden. Danke aber vor allem an euch, Leute. Ohne euch würden wir nicht hier stehen.«

Theo, Spencer und Richie nickten hinter Lex und applaudierten zustimmend. Die vier umarmten sich noch einmal, und man konnte hören, dass sie sich irgendetwas zuraunten, ohne einzelne Worte zu verstehen.

Als sie sich voneinander lösten, wischten sie sich über ihre Wangen. Ein letztes Mal winkten sie und liefen unter tosendem Applaus und Standing Ovations hinter die Bühne. Und ich schrie und pfiff erneut vor Begeisterung und Freude für die vier Jungs.

Gott, sie waren einfach so sympathisch! Wie gerührt sie sich über ihre Auszeichnung gezeigt hatten, sprach für sich.

»Kannst du dich endlich zusammenreißen und anständig aufführen? Und nicht wie eine ...«

Ich verengte die Augen zu Schlitzen und starrte meine Mum an. In mir kochte es, und zum Glück sprach sie nicht weiter. Entweder, weil ihr kein Vergleich einfallen wollte, oder weil mein Blick ihr verdeutlicht hatte, dass sie den Bogen gewaltig überspannte, wenn sie aussprach, was sie dachte.

Schon vorhin war es ihr nicht recht gewesen, wie begeistert ich dem Fotografen, den sie mir vorgestellt hatte, von meiner Arbeit erzählt hatte. *Weil man besser den Mund hält, solange es beruflich nicht gut läuft* – ihre Aussage, nicht meine.

Aber ich war doch hier, um Kontakte zu knüpfen, oder nicht? Über meine Arbeit zu schweigen fühlte sich wie absoluter Bullshit an. Ich war hergekommen, um Leute kennenzulernen. Um meiner Karriere neuen Schwung zu verleihen – und wenn das bedeutete, einem Modefotografen von meiner Leidenschaft zu erzählen, um ins Gespräch zu kommen. Nur weil es gerade nicht ein Filmangebot nach dem anderen hagelte, hieß das noch lange nicht, ich hätte die Liebe für die Schauspielerei verloren.

Insgeheim hoffte ich ja, dass ich später noch irgendwo Blake Lively begegnen würde. Vielleicht war sie ja auf derselben After-Show-Party, bei der Mum und ich auf der Gästeliste standen. Oder ich lief ihr auf der Damentoilette über den Weg – ich wäre sicher nicht die Erste, die auf dem stillen Örtchen Bekanntschaften machte.

Falls ich Blake tatsächlich traf, hoffte ich einfach, die Gelegenheit zu bekommen, mit ihr reden zu können. Weil jeder Kontakt in die Filmbranche mir helfen würde.

»Vielleicht hättest du inzwischen gute Rollenangebote, wenn du nicht dermaßen übertrieben und hysterisch reagieren würdest?« Mum schaute mich mit gerunzelter Stirn an, und mir wurde klar, dass sie das ernst meinte.

Eigentlich sollte ich solche Sprüche von ihr schon gewöhnt sein. Dennoch traf es mich hart, und ich musste schlucken, um den Schmerz in mir zu vertreiben. Statt etwas darauf zu erwidern, schüttelte ich den Kopf und leerte mein Champagnerglas.

»Entschuldige mich bitte, ich gehe mir kurz die Nase pudern«, erklärte ich in fast schon nasalem Ton und stand auf, ohne ihr oder den anderen Leuten im Saal Aufmerksamkeit zu schenken.

Die Damentoilette war leer, ich hatte also Pech, was Blake betraf. Doch das war mir gerade sogar nur recht. Heftig atmend starrte ich mein Spiegelbild an und hätte mir am liebsten das Make-up abgewaschen. Einfach nur, weil Mum mich geschminkt hatte. Bloß würde mir das nicht helfen. Schließlich hatte der Abend erst begonnen und ich wollte ernst genommen werden und mich niemandem mit verschmiertem Gesicht vorstellen müssen.

War ich wirklich hysterisch, weil ich mich freute? Weil ich dabei nicht leise blieb, sondern meine Gefühle nach außen kehrte? Die Leidenschaft lebte, die Musik in mir auslöste? Ging es denn nicht genau darum in unseren Berufen? Das Leben darin zu sehen und zu feiern? Wollte ich nicht genau das Gleiche mit meiner Schauspielerei erreichen? Menschen begeistern und ihnen eine gute Zeit schenken?

Angestrengt versuchte ich, die Tränen, die vor Wut in mir aufgestiegen waren, wegzublinzeln, und tupfte behelfsmäßig mit einem Papiertuch unter dem Wimpernkranz entlang.

Nein, alles, was ich erreicht hatte, hatte ich geschafft, weil ich mich nicht verbogen hatte. Ich war so, wie ich nun mal war. Und dabei vor allem eines: echt. Wenn eine Rolle eine leise, schüchterne Frau verlangte, spielte ich sie. Aber sobald ich wieder ich selbst sein konnte, genoss ich es in vollen Zügen.

Mum hatte keine Ahnung von meiner Welt, und ich würde mich bestimmt nicht von ihr verunsichern oder einschüchtern lassen.

Entschlossen straffte ich die Schultern, trug Lipgloss auf, sprühte etwas von meinem Lieblingsparfüm auf das Dekolleté und zupfte ein paar Locken zurecht. Nachdem ich meine Sachen in der Clutch verstaut hatte, riss ich die Tür auf, um zurück zum Saal zu gehen – stieß aber beim Verlassen der Damentoilette beinahe mit jemandem zusammen. Im letzten Moment konnte ich strauchelnd ausweichen. Und nein, es war wieder nicht Blake.

»Hoppla, nicht so stürmisch.« Ein verwegenes Grinsen breitete sich auf dem Gesicht von Theo Murray aus, während er mich am Ellbogen hielt, damit ich das Gleichgewicht nicht verlor, und ich ihn völlig überrumpelt anstarrte. Aus der Nähe war der *Mighty Bastard* noch attraktiver, und zugegeben, der Anzug sah unglaublich heiß an ihm aus.

»Du weißt schon, dass du hier falsch bist, oder?«, sagte ich, als ich mich endlich gesammelt hatte und auf das Schild neben der Damentoilette zeigte, auf dem ein großes *L* den Zutritt für Ladys kennzeichnete.

»Wieso, ich dachte, das würde für Lebenstraumerfüller stehen. Oder für Lass-uns-einen-trinken-Gehen.«

Schmunzelnd runzelte ich die Stirn. »Nicht ganz. Einmal darfst du noch raten.«

»Ah, ich habs. Es steht für Leo.« Siegessicher zeigte er mit beiden Daumen auf sich.

»Leo? Tja, sorry, aber damit kommst du bei mir nicht durch, Theo Murray.«

»Ich bin beeindruckt, du weißt, wer ich bin. Allerdings hast du deine Hausaufgaben nur zur Hälfte erledigt. Sonst wüsstest du nämlich, dass mich meine Kumpels Leo nennen.«

»Weil du eine leichte Ähnlichkeit mit Leonardo DiCaprio hast?«, riet ich ins Blaue hinein, fand den Gedanken jedoch gleich darauf so lächerlich, dass ich mir am liebsten auf die Zunge gebissen hätte.

Sein »Bingo!« ließ mich allerdings laut auflachen. »Das ist nicht dein Ernst, oder?«

»Doch. Glaub mir, ich kann es selbst nicht ganz nachvollziehen. Aber wenn sie meinen ...«

»Okay, du hast dennoch keinen Zutritt zur Damentoilette.«

»Oh, das ist die ...« Er tat übertrieben schockiert, was mich zum Kichern brachte.

Schnell hielt ich mir die Hand vor den Mund, weil mir dieses kindliche Lachen peinlich war.

»Willst du mir verraten, warum du hier abbiegen wolltest, oder bleibt das dein Geheimnis?« O Gott, ich flirtete gerade tatsächlich mit ihm! Falls man unser Gespräch über die Damentoilette so nennen konnte ...

Ich sollte wirklich mal wieder auf Dates gehen und das Ganze üben, denn Flirten und Klo in einem Kontext war schon echt grenzwertig. Kim würde Augen machen, wenn ich ihr davon erzählte.

»Dafür sagst du mir, wer du bist.«

»Ich bin Alicia. Ohne Spitznamen.«

»Also Alicia ohne Spitznamen ...« Kurz ließ er seinen Blick über mein Kleid gleiten, und mir fiel auf, wie er schluckte. »Wenn ich ehrlich bin, habe ich dich aus dem Saal gehen sehen und schlicht gehofft, dich hier zu treffen.«

Ich blinzelte. Einmal. Zweimal. War das sein Ernst?

Doch er lächelte und machte nicht den Eindruck, als würde er mich auf den Arm nehmen wollen. Dennoch blieb ich skeptisch.

Kurz lachte ich auf, während mein Puls anstieg. »Ja klar, und was ist der echte Grund?«

Theo schob die Fäuste in die Hosentaschen. »Ich hab mich einfach in der Tür geirrt.« Schulterzuckend deutete er mit dem Kopf auf den Eingang für die Herrentoilette direkt daneben. Und ja, das Schild war echt nicht optimal angebracht, da das *G* für Gentlemen zwischen den beiden Türen befestigt war und somit der Eindruck entstehen konnte, dass es hier ins Männerklo ging.

Wer sich das ausgedacht hatte ...

»Gut, dass wir das Thema geklärt haben. Jetzt weißt du ja, wo du richtig bist«, sagte ich verlegen und hob zur Verabschiedung die Hand.

»Danke für deine Hilfe, damit hast du mich gerettet.« Er wirkte irgendwie durch den Wind und leicht neben sich, als er sich mit der Hand durch seine dunkelblonden Haare fuhr.

»Glückwunsch übrigens zu eurem Preis. Meiner Meinung nach hättet ihr alle vier verdient. Ihr seid großartig.«

Ein vorsichtiges Lächeln bildete sich auf seinen Lippen. »Danke.« War er etwa nun selbst verlegen? Er, der erfolgreiche Musiker? Jetzt war er mir gleich doppelt sympathisch.

»Na dann ... Ich gehe besser wieder hinein.«

Theo nickte und für einen Augenblick hatte ich das Gefühl, er würde etwas sagen wollen. Doch das tat er nicht.

Also wandte ich mich ab und ging auf den Durchgang zu, der in den Saal zurückführte, hinter dem gerade tosender Applaus aufbrandete. Kurz bevor ich ihn erreicht hatte, drehte ich mich noch einmal um – und tatsächlich stand Theo unverändert vor den Toilettentüren, den Blick auf mich gerichtet.

Ertappt grinste er breit, dann verschwand er in der Herrentoilette.

Mit wild klopfendem Herzen öffnete ich die Tür zum Saal, ging jedoch nicht zurück zum Tisch, sondern lehnte mich direkt daneben an die Wand und zog mein Handy aus der Clutch.

*Alicia: Du ahnst nicht, wen ich eben vor der Toilette getroffen habe!!!*

*Kim: Beyoncé!*

*Kim: Taylor Swift!*

*Kim: Nein, warte! Blake Lively?*

*Alicia: Nein, männlich.*

*Kim: Omg, Guy Ritchie und er will dich für seinen nächsten Film!*

Mir wurde ganz warm ums Herz, weil Kim einfach ein Schatz war und ihre Antworten mir wieder zeigten, dass sie mir nur das Beste wünschte.

*Alicia: Nein, Theo von den Mighty Bastards.*

Ich schickte eine ganze Armee schwitzender Smileys kombiniert mit Feuer-Emojis hinterher.

*Kim: Nein! Ist nicht wahr!*

*Alicia: Doch! Aber er hat mich leider nicht erkannt.*

*Kim: Ist nicht schlimm, Süße. Womöglich hat er dein Gesicht gar nicht wirklich wahrgenommen, sondern war von deinem heißen Body in dem Kleid abgelenkt.*

*Alicia: Danke fürs Trösten, aber er hat mir definitiv auch in die Augen geschaut.*

Meine Freundin schickte mir einen Tränen lachenden Smiley.

*Kim: Okay, und worüber habt ihr geredet?*

Ich kam nicht dazu, ihr zu antworten, da erneut das Publikum applaudierte und gleichzeitig aufstand. Irritiert sah ich mich um und versuchte, herauszufinden, was ich verpasst hatte, als das Licht im Saal angemacht wurde.

*Alicia: Melde mich später, die Verleihung ist zu Ende.*

*Kim: Okay, viel Spaß noch!*

Schnell verstaute ich das Telefon und hielt Ausschau nach bekannten Gesichtern. Oder eher nach einem bekannten Gesicht, nämlich dem von meiner Mum – als ich sie schon erblickte.
»Wo hast du denn so lange gesteckt? Du hast das Ende verpasst. Wenn dich das Ganze nicht interessiert, können wir gleich wieder nach Hause fahren.«
Irritiert und verärgert zugleich sah ich sie an. »Wie kommst du darauf? Ich war auf der Toilette, das hab ich dir doch gesagt.«
»Und dann stehst du beim Eingang und starrst gelangweilt auf dein Handy?« Ihr Blick verdeutlichte, dass sie damit gar nicht einverstanden war.
»Ja, weil ich nicht erneut durch die Menge spazieren wollte, da ich wusste, dass die Verleihung gleich vorbei ist.«
»Das ist also deine Art von Arbeitseinsatz? Da frag ich mich echt, wieso wir hier sind.« Schnaubend wandte sie sich zum Gehen.
Gott, am liebsten würde ich ohne sie zur After-Show-Party fahren. Ich hatte dermaßen keinen Bock darauf, mir von ihr weiter den Abend versauen zu lassen. Aber ich war nun mal nicht nur zu meinem Vergnügen hier, und die Tatsache, dass sie eine Menge Leute kannte, die mir helfen konnten, meine Schauspielkarriere voranzutreiben, konnte ich nicht ignorieren. Also schluckte ich meinen Protest hinunter und folgte ihr wortlos zum Ausgang, während ich sie in Gedanken eine blöde Kuh und dumme Gans nannte und ihr selbst auf dem Weg

zurück zum Wagen noch schweigend sämtliche Schimpfwörter an den Kopf knallte, die mir einfielen.

Die knapp einstündige Autofahrt quer durch London zum *Nobu Hotel*, in dem die After-Show-Party stattfand, war die reinste Qual. Mum hielt mir einen Vortrag darüber, wie wichtig es war, mich zusammenzureißen und meine schauspielerischen Fähigkeiten zur Schau zu stellen. Ich sollte fröhlich und ambitioniert sein. Auf keinen Fall durfte ich am Handy hängen oder diesen genervten Gesichtsausdruck haben, den sie bei der Preisverleihung einige Male an mir gesehen hatte und der ihrer Meinung nach meiner Generation anhing. Dass sie dafür der Auslöser gewesen war, verkniff ich mir, genau wie die Tatsache, dass ich mich ab und zu mit Kims Nachrichten aufheitern musste, um meiner Mutter nicht an die Gurgel zu gehen.

Als sie mich schließlich darauf hinwies, den Bauch einzuziehen und auf eine gerade Haltung zu achten, war ich echt kurz davor, den restlichen Abend doch noch abzublasen. Wenn sie jetzt auch noch etwas von *Brust raus* faselte, konnte ich für nichts mehr garantieren.

Es verlangte mir alles ab, durchzuhalten. Das vermutlich Einzige, das mich an diesem Abend rettete, war die Tatsache, dass ich mir ständig folgenden Satz wie ein Mantra in Gedanken vorsagte: *Du tust es für deine Karriere, Alicia, für deine Leidenschaft – also halte verdammt noch mal durch.*

# 4 – Theo

»Großartig, Jungs. Herzlichen Glückwunsch.« Harry Styles schüttelte uns nacheinander die Hände und ich war völlig durch den Wind.

All die Aufregung, all die Nervosität und der Nebel der Sorge, meinen eigenen Erwartungen nicht gerecht zu werden, hatten sich in Luft aufgelöst. Genau wie der Druck, den ich mir selbst auferlegt hatte, als wir die heiligen Hallen der Preisverleihung zum ersten Mal betreten hatten. Denn wir, die *Mighty Bastards*, hatten gewonnen.

»Kann mich mal jemand kneifen?«, fragte Spencer und grinste breit, während er Harry hinterherschaute. »Das alles hier passiert gerade wirklich, oder?«

Wir befanden uns inzwischen auf der After-Show-Party, und ich war so was von bereit, uns zu feiern.

Wir suchten uns einen der Stehtische rund um die große Tanzfläche, an deren einem Ende sich eine Bühne befand, auf der ein DJ lässige House-Musik auflegte. Von der Decke hingen unzählige Girlanden in Silber, die das Licht der Scheinwerfer und Discokugeln zurückwarfen und alles in eine zartviolette Atmosphäre voller tanzender Lichtpunkte tauchten. An einer Seite gab es eine große Bar, daneben ein Büfett mit einer riesigen Auswahl an Leckereien, an denen sich bereits einige Gäste bedienten, während sich die anderen um die Tische und auf der Tanzfläche verteilten.

Dass wir heute meinen persönlichen Traum erreicht hatten, war einfach unglaublich. Am liebsten würde ich meinem achtjährigen Ich sagen, dass es die beste Entscheidung gewesen war, sich eine E-Gitarre zu Weihnachten zu wünschen. Und meinem fünfzehnjährigen Ich würde ich zu gern bestärkend auf die Schulter klopfen, weil es richtig war, durchzuhalten und immer weiterzuüben. Weil wir neun Jahre später hier standen. Auf der After-Show-Party im *Nobu Hotel*, mit einem *BRIT Award* in der Hand, zu der uns eben einer der größten Musiker unserer Zeit gratuliert hatte.

»Verdammt, das alles fühlt sich komplett surreal an.« Richie schüttelte den Kopf, während Hayden sich an ihn schmiegte.

»Ihr habt alles davon verdient. Ihr seid großartig.« Tessa, um deren Taille Lex seine Arme geschlungen hatte, schaute von Richie zu mir und schließlich weiter zu Spencer.

»Du auch«, raunte Lex ihr ins Ohr, gerade laut genug, dass ich es ebenfalls mitbekam.

Ein Seufzen unterdrückend wandte ich mich von ihnen ab. Ich mochte Hayden und Tessa wirklich, doch im Moment fehlte es mir, ungestört Zeit mit den Jungs zu verbringen. Früher hätten wir diesen Abend ganz anders gefeiert. Wir hätten uns betrunken und mit Frauen geflirtet, aber wir wären immer unter uns gewesen. Seit Lex und Richie auf Wolke sieben schwebten, hatte sich in der Dynamik zwischen uns einiges verändert.

Als hätten ihre Freundinnen meine Gedanken gelesen, verabschiedeten sie sich mit den Worten, die Bar unsicher machen zu wollen.

Dass nicht nur Nora dort stand, sondern sich Harry Styles ebenfalls in diese Richtung begeben hatte, schien weder Lex noch Richie zu interessieren. Und mir war es recht, zumindest kurz ungestört Zeit mit meinen drei Jungs zu haben.

»Okay, den Moment unter uns muss ich nutzen, um euch was zu sagen«, begann ich und spürte einen fiesen Kloß in meinem Hals, gegen den ich heftig anschluckte. Mit hochgezogenen Brauen sahen sie mich an. »Ich danke euch, Jungs.

Dafür, dass ihr mit mir Musik macht, dass ihr so großartig seid und wir gemeinsam schon so viel erreicht haben.«

Richie und Spencer schauten sich an und ihre Mundwinkel zuckten.

Lex klopfte mir auf den Rücken. »Das kann ich nur zurückgeben, Mann.«

»Scheiße, ey, ihr seid heute echt verdammt emotional. Das ist ansteckend.« Spencer breitete seine Arme aus, um Richie und mich an sich zu ziehen. Lex schloss sich ebenfalls der Gruppenumarmung an.

»Einmal noch drücken, dann sind wir wieder seriös«, beschloss Lex, was uns alle zum Lachen brachte. »Und anschließend besorgen wir uns was zu trinken. Heute wird gefeiert!«

Ich stimmte in das Grölen von Spencer und Richie ein, als ich aus dem Augenwinkel einen roten Haarschopf bemerkte. Sofort beschleunigte sich mein Herzschlag, bis sogleich die Ernüchterung folgte, weil es nicht Alicia war. Ja, die Dame hier sah ihr nicht einmal ähnlich.

Verdammt, wieso hatte ich Alicia nicht um ihre Nummer gebeten? Aber es wäre doch sehr übergriffig gewesen, sie direkt vor dem Damenklo nach einem so kurzen Gespräch danach zu fragen. Außerdem wusste ich immer noch nicht, woher sie mir bekannt vorkam.

*Streng dein Hirn an, Theo*, ermahnte ich mich, während ich den drei anderen an die Bar folgte, nachdem die Mädels sich über das Büfett hermachten. Wo hatte ich Alicia schon einmal gesehen? Ich war mir zu tausend Prozent sicher, dass ich ihr Gesicht von irgendwoher kannte …

Als wir unsere Getränke vom Barkeeper entgegengenommen hatten, drehte ich mich zur Tanzfläche um und schaute zufällig in Richtung des Durchgangs zum abgesperrten Bereich, durch den gerade einige neue Gäste kamen. Und verdammt, eine davon war *sie*. Alicia.

Alles in mir drängte danach, sofort zu ihr zu gehen, doch ich bremste mich in meiner Euphorie.

Sie war gerade erst angekommen, was bedeutete, dass sie vermutlich noch eine Weile bleiben würde. Dieser Saal fasste … keine Ahnung, vielleicht dreihundert Gäste? Eine überschaubare Menge, und ich würde heute garantiert die Gelegenheit bekommen, ein weiteres Mal mit ihr zu sprechen.

Würde ich sofort zu ihr gehen, würde sie mich womöglich für einen besessenen Trottel halten, weshalb ich vorerst blieb, wo ich war. Vor allem, da sie in Begleitung war. Die Frau neben ihr sah einige Jahre älter als Alicia aus. Dennoch war eine gewisse Ähnlichkeit vorhanden. War das ihre Mutter? Sie hatten die gleiche Statur, und auch die Gesichtsform könnte Alicia von ihr haben ...

Um mich abzulenken, klinkte ich mich in das Gespräch der Jungs ein, in dem es darum ging, welche Tequilasorte die bessere war. Immer wieder sah ich mich subtil nach Alicia um, unser Moment würde schon kommen.

»Ey, Mann, was ist los mit dir? So kenne ich dich ja gar nicht.«

Fragend schaute ich zu Richie, der mir amüsiert in die Seite gestoßen hatte.

»Geh endlich zu ihr und sprich sie an!«

War ja klar, dass meinen Kumpels nicht entging, wenn ich auf jemanden stand. »Wir haben uns heute schon einmal unterhalten. Bei der Verleihung auf dem Weg zu den Toiletten.«

Das erregte wohl auch die Aufmerksamkeit von Lex und Spencer. Zumindest machten sie große Augen.

»Wer ist sie?« Spencer reckte den Hals, um sie besser sehen zu können, woraufhin ich ihm einen leichten Ellbogenhieb verpasste.

»Nicht so auffällig! Mein Gott, ey, ihr versaut es mir mit ihr, bevor ich überhaupt eine Chance hatte«, zischte ich in seine Richtung.

Tatsächlich schaute Alicia in dem Moment zu uns, und als sie mich sah, lächelte sie.

»Sie heißt Alicia. Mehr weiß ich nicht über sie.« Dass ich nach wie vor das Gefühl hatte, sie heute nicht das erste Mal gesehen zu haben, verkniff ich mir. Bestimmt schlussfolgerten die Jungs sonst, dass sie ein One-Night-Stand von mir war, den ich vergessen hatte. Was definitiv *nicht* der Fall war. Hätte ich mit ihr geschlafen, könnte ich mich garantiert daran erinnern.

Richie pfiff durch die Zähne. »Dieses Kleid überlässt zumindest nichts der Fantasie. Du weißt also bereits mehr über sie als die meisten anderen Menschen, denen sie in ihrem Leben begegnet ist. Anwesende ausgenommen.«

»Hoffen wir mal«, schob Lex hinterher, was ihm einen bösen Blick von mir einbrachte.

»Geh und rede endlich mit ihr!«, meinte Richie amüsiert.

»Ja, nutz deine Chance!«, stachelte mich nun auch Lex an.

»Sprich sie an, bevor ich es tue.« Spencer wackelte mit den Brauen, was mich die Augen verdrehen ließ, weil wir drei wussten, dass er ausschließlich auf Männer stand und mich damit nur aus der Reserve locken wollte.

»Okay, okay, ich gehe ja.« Noch während ich den Saal durchquerte, kam ihre Mutter – sie war definitiv ihre Mum, da war ich mir sicher! – mit einem Mann im Schlepptau auf Alicia zu. Dass sie die beiden einander vorstellte, wurde mir durch die Gesten der älteren Frau bewusst.

Richie machte den Sound einer Niete in einer Gameshow nach und lachte.

»Zu spät.« Tröstend klopfte mir Lex den Rücken und drückte mir grinsend einen der Tequila Shots in die Hand, die er vorhin bestellt hatte.

Ein letztes Mal linste ich über die Schulter zu Alicia, die sich angeregt mit der neuen männlichen Bekanntschaft unterhielt und leider nicht mehr in meine Richtung schaute. Also kippte ich das Glas in einem Zug und verzog das Gesicht, weil ich an Tequila bis zum vierten Shot einfach nichts großartig fand.

Im Laufe des Abends wurden es ein paar Drinks mehr, wobei ich immer darauf achtete, zwischendurch Wasser zu trinken, um nicht zu betrunken zu werden. Immerhin wollte ich einen halbwegs klaren Kopf bewahren, sollte ich Alicia doch noch in einem ruhigen Moment und bestenfalls allein erwischen.

Keine Ahnung, was ihre Mutter mit ihr vorhatte, aber im Laufe des Abends hatte sie Alicia einigen weiteren Männern vorgestellt, wobei die meisten von ihnen mindestens fünfundvierzig, wenn nicht älter waren. Was, zur Hölle, war das für eine seltsame Vermittlung?

»Sie geht.« Sanft stieß Richie mir in die Seite und deutete mit dem Kopf in Richtung Alicia, die den Ausgang ansteuerte.

»Scheiße!« Ohne darauf zu achten, dass ich den halben Inhalt meines Glases ausschüttete, knallte ich es auf den Stehtisch und eilte ihr hinterher. Wenn ich sie jetzt nicht nach ihrer Nummer fragte, würde ich keine Chance mehr dazu bekommen und mir später selbst in meinen Allerwertesten beißen.

Bei den Garderoben angekommen, konnte ich sie nirgends finden. Ich ließ meinen Blick schweifen und meine Atmung beschleunigte sich. Fuck, hatte ich sie etwa verpasst? Wohin, zur Hölle, war sie verschwunden? Weder stand sie an, um sich ihren Mantel abzuholen, noch befand sie sich auf dem Weg durch den langen Flur nach draußen.

Irritiert drehte ich mich im Kreis – bis mir Schilder auffielen, die die Toiletten kennzeichneten.

Ruhe überkam mich und ich musste schmunzeln. Mit den Händen in den Hosentaschen lehnte ich mich an die Wand gegenüber der Damentoilette und wartete.

Tatsächlich wurde kurz darauf die Tür geöffnet, und Alicia trat heraus.

»Du weißt schon, dass du hier falsch bist, oder?«, spielte ich auf ihren Spruch an, den sie bei der Preisverleihung gebracht hatte.

Lächelnd kam sie auf mich zu. »Ach ja? Wieso das?«

»Weil du bei mir sein solltest, anstatt mit den alten Knackern zu plaudern. Oder stehst du etwa auf …« Die letzten Worte ließ ich zwischen uns in der Luft hängen.

Sie schnaubte, und ich fürchtete, mich durch diesen plumpen Spruch ins Aus geschossen zu haben. Doch dann lächelte sie wieder und ich lachte mit. »Gott, wäre es nicht förderlich für meine Karriere, würde ich mich wirklich lieber mit dir als mit ihnen unterhalten.«

»Karriere?« Scheiße, wer, zur Hölle, war Alicia? Angestrengt kniff ich die Augen zusammen.

Sie setzte zu einer Erklärung an, doch ich hielt ihr meinen

ausgestreckten Zeigefinger entgegen. »Nein, warte, sag nichts. Ich glaube, jetzt weiß ich es! Du bist diese eine Schauspielerin, hab ich recht?« Ich schnippte mit den Fingern, in der Hoffnung, mir würde ihr voller Name dadurch wieder einfallen. »Alicia Atkinson?« Sofort biss ich mir auf die Unterlippe und betete, nicht voll in ein Fettnäpfchen getreten zu sein.

Doch sie strahlte mich an, als hätte ich ihr die einzig richtige Antwort geliefert. »Ja! Die bin ich. Wow, ich freue mich gerade riesig, dass du mich erkannt hast.«

»Hey, es hat zwar eine Weile gedauert, aber jetzt ärgere ich mich, dass es mir nicht gleich eingefallen ist. Du hast in *Das Haus der gebrochenen Seelen* mitgespielt, richtig?«

Sie lachte auf und schlug sich verlegen die Hände vors Gesicht, bevor sie mich wieder ansah. »O Gott, du hast den Horrorfilm gesehen?«

»Klar! Der war mega!«

Alicia rollte mit den Augen. »Das musst du nicht sagen. Er war schrecklich.«

»Was? Nein, ich fand ihn ...« Kurz suchte ich nach dem richtigen Wort. Es machte den Eindruck, als würde sie sich für ihre Rolle schämen. »Shocking.«

Kopfschüttelnd schnaubte sie. »Er ist echt übel. Klar, mit vielen Schreckmomenten, aber das Ende ...«

Amüsiert grunzte ich. »Du meinst, als sich die verdammten Seelen aus den Bäumen lösen und das Haus umzingeln, um alle, die sich darin befinden, mit sich in die Tiefe zu reißen?«

»Genau.« Gequält sah sie mich an.

»Ja, gut, das hat dem Ganzen einen Dämpfer verpasst. Aber dafür kannst du ja nichts. Du hast Jennifer richtig gut gespielt. Und das meine ich wirklich ernst.«

Sichtlich verlegen senkte sie den Blick. »Danke. Tut gut, das zu hören, nachdem der Film dermaßen gefloppt ist und von den Kritikern zerrissen wurde.«

»Das ist nicht deine Schuld, im Gegenteil. Ich fand dich in deiner Rolle echt überzeugend. Übrigens auch in *Elf des Erfolgs*. Voll schade, dass die Serie nach der zweiten Staffel abgesetzt wurde.«

»Die hast du ebenfalls geschaut?«

»Ja, ich hab mal Fußball gespielt. Da war es für mich fast Pflicht, zumindest die Pilotfolge zu schauen. Aber die hat überzeugt und ich habe die Serie komplett durchgesuchtet. Allerdings hast du auch eine wirklich gute Spielerfreundin abgegeben.« Ich grinste.

»Hör auf, du machst mich ganz verlegen.« Tatsächlich färbten sich ihre Wangen rosig, doch das stand ihr. »Aber echt jetzt? Du und Fußball?« Mit großen Augen musterte Alicia mich.

»Ist eine Weile her. Musik liegt mir mehr.«

»Das würde ich auch sagen – ohne dich auf dem Feld gesehen zu haben.« Sie zwinkerte mir zu.

»Darfst du verraten, woran du gerade arbeitest?«, hakte ich nach. Doch kaum dass ich die Frage ausgesprochen hatte, verlor Alicia sämtlichen Glanz aus ihren Augen, ja, sie wirkte fast traurig. Und sie wich meinem Blick aus.

Fuck, ey, was hatte ich falsch gemacht? Irgendwie musste ich die Kurve kriegen und sie wieder zum Lächeln bringen. Denn das stand ihr bei Weitem besser.

# 5 – Alicia

Verdammt, wieso musste Theo ausgerechnet danach fragen?

Mit einem Mal durchflutete mich Scham und mein erster Impuls war es, mit den üblichen Antworten zu reagieren. Zu sagen, ich würde gerade zwischen zwei Projekten stecken und die Regenerationsphase sehr genießen. Die Lüge, die ich jedem anderen mir fremden Menschen auftischen würde. Ja, sogar bei Leuten, die ich besser kannte, hatte ich schon diese Ausrede verwendet.

Doch irgendwas in mir hinderte mich daran. Vielleicht die Tatsache, dass er mich in meinen Rollen echt gut fand – und er dabei nicht wirkte, als würde er mir bloß aus Höflichkeit Honig ums Maul schmieren. Im Gegenteil, bei ihm hatte ich das Gefühl, dass er es wirklich so meinte.

Befangen biss ich mir auf die Wangeninnenseite. »Ehrlich gesagt, sind die letzten Castings alle ohne Erfolg verlaufen.«

Theo runzelte die Stirn. »Wie das?«

Ratlos zuckte ich mit den Schultern. »Keine Ahnung. Vielleicht liegt es an den schlechten Kritiken für *Das Haus der gebrochenen Seelen*. Womöglich bin ich auch einfach nicht gut genug, um mich im Business halten zu können oder in charakterlich anspruchsvollen Rollen zu brillieren.« Ich spürte, wie mir Hitze ins Gesicht schoss und ich zum ersten Mal an diesem Abend dankbar für das Make-up war, das garantiert kaschierte, wie puterrot ich war.

»Was für ein Bullshit, du hast es als Schauspielerin echt drauf!«, meinte Theo sofort.

»Du bist süß.« Kurz lächelte ich. »Aber du musst nichts schönreden. Und ganz ehrlich, diese Absagen setzen mir gewaltig zu.« Dieser Seelenstrip vor Theo fühlte sich auf irritierende Art befreiend an, weshalb ich einfach weiterredete. »Inzwischen zweifle ich echt alles an, was ich tue. Und wer weiß, vielleicht muss ich mich einfach damit abfinden, dass meine Karriere bereits auf ihr Ende zusteuert. Aber lassen wir das, das hier ist euer Abend, den will ich dir nicht mit meiner Schwarzmalerei vermiesen.«

Dass Theo mich dennoch irgendwie traurig ansah, traf mich gleich noch mehr.

»Das darfst du nicht einmal denken, hörst du?« Er machte einen Schritt auf mich zu und griff nach meiner Hand. Sofort breitete sich von dort ausgehend eine tröstliche Wärme über meinen ganzen Arm aus. »Was glaubst du, wie oft wir als *Mighty Bastards* gedacht haben, in eine Sackgasse geraten zu sein? Trotzdem haben wir nicht aufgegeben, sondern immer weitergemacht mit unserer Musik und auf einmal ...« Er streckte beide Arme zur Seite und löste unsere Verbindung, die ich sofort vermisste. »... räumen wir einen *BRIT Award* ab.« Breit grinste er.

»Euer Werdegang ist wirklich grandios.« Zurückhaltend lächelte ich. »Davon können andere nur träumen. Und keine Sorge, so schnell gebe ich nicht auf. Deshalb bin ich hier und lasse mich von meiner Mum einer Menge einflussreicher Leute vorstellen.« Fast beneidete ich Theo darum, dass er auf seinem Weg nach oben nicht allein war, sondern seine Bandkollegen an seiner Seite hatte. Gerade heute fühlte ich mich ziemlich einsam in der Branche als Einzelkämpferin und wünschte, jemanden mit ähnlicher Reise an meiner Seite zu haben.

»Du meinst die alten Knacker?«

Kichernd nickte ich. »Genau. Das alles sind Größen der Film- und Modebranche. Meine Mum ist ein ehemaliges Topmodel und hat viele Kontakte, die ich unverschämterweise nutzen werde.«

Theo schnalzte mit der Zunge und schüttelte den Kopf, woraufhin ich fürchtete, er würde diese Aussage nicht gutheißen. »Das hat nichts mit Unverschämtheit zu tun, Alicia. Networking ist wichtig und in jeder Branche unverzichtbar. Also solltest du den Abend ganz klar nutzen und so viel für dich herausholen wie möglich.«

Dankbarkeit und zugleich Enttäuschung fluteten mich. Zum einen, da er mich nicht verurteilte, weil ich versuchte, auf diese Weise im Gedächtnis jener Leute zu bleiben, die vielleicht schon morgen Einfluss auf meine nächste Rolle nehmen konnten. Zum anderen klang es, als würde sich Theo von mir verabschieden wollen. Dabei war das Gespräch mit ihm bei Weitem das beste des ganzen Abends.

»Danke, das werde ich.« Unschlüssig blieb ich stehen und hoffte, dass mir noch irgendetwas einfiel, um die Unterhaltung zumindest ein kleines bisschen am Laufen zu halten. Nicht, weil er Theo Murray war und Gitarrist einer Band, deren Musik ich wirklich gerne hörte. Sondern vor allem, weil ich den Eindruck hatte, dass ich bei ihm *ich* sein konnte. Ohne eine Rolle zu spielen oder mich zu verbiegen. Ohne beweisen zu müssen, wie gut ich mich vor der Kamera machen würde. Ich musste nicht befürchten, dass er lediglich deshalb mit mir redete, weil ich Schauspielerin war, und er hoffte, ich könnte ihm Kontakte in die Filmbranche vermitteln. Oder dass er sich eine größere Bekanntheit erwartete, wenn er mit mir gesehen wurde – was umgekehrt übrigens genauso wenig galt, stellte ich erstaunt fest. Er fühlte sich für mich eher wie ein Seelenverwandter an, jemand, bei dem es sofort klick zwischen uns gemacht hatte. Da war einfach eine vertraute Verbindung, die ich unglaublich genoss, unabhängig von unseren Berufen und Bekanntheitsgraden. Ich war nicht wie meine Mutter, die sich einen Grand-Slam-Sieger angelacht hatte, um noch öfter fotografiert zu werden und mehr ins Gespräch zu kommen.

Traurigerweise war Dad viel zu lange an ihrer Seite geblieben, in der Hoffnung, die Ehe retten zu können. Weil er total in Mum verliebt gewesen war, während sie in ihm bloß das nette Accessoire gesehen hatte. Ein Mittel zum Zweck. Nachdem Dad seine Karriere als Profispieler beendet und in den Trainerstand gewechselt hatte, wurde er von Mum nur so lange in ihrem Leben toleriert, bis die Presse nicht mehr ständig über ihn berichtete. Dass er einfach nur Vater und Ehemann sein wollte, hatte Mum nie verstanden. Für sie zählte nur, Karriere zu machen, und die musste glamourös und lang anhaltend sein.

Sie hatte mein Leben bereits durchgeplant gehabt, als ich noch in der Wiege lag, und mich von Anfang an für die Modebranche begeistern wollen. Weil sie hier am besten die Zügel in Händen halten und mich ganz nach oben bringen könnte, wie sie immer selbst betont hatte.

Mit der Schauspielerei hatte ich sie nur enttäuscht. Erneut. Was mir völlig unverständlich war, da viele bekannte Models auch schauspielerten und umgekehrt. Weshalb sie meine Arbeit, meine Kunst also als minderwertig ansah, konnte ich nicht begreifen. Jegliche Nachfrage meinerseits hatte sie im Keim erstickt, weshalb ich irgendwann aufgegeben habe, ihren Grund dafür herausfinden zu wollen. Vermutlich lag es einfach daran, weil ich nicht exakt das anstrebte, was sie sich für mich ausgemalt hatte. Weil ich dadurch Dads Mädchen war – und nicht mehr ihres. Auch wenn nur sie das so sah ...

Ein letztes Mal schaute ich Theo tief in die Augen. »Ich sollte wirklich zurück zur Party.« Widerwillig deutete ich mit dem Kopf in die Richtung, aus der die Musik zu uns drang – eine Upbeat-Nummer, die gerade das völlige Gegenteil meiner eigenen Stimmung widerspiegelte und zu guter Laune und Party aufrief.

Immerhin warteten Mum und Donovan Brady auf mich. Er war Designer und nicht nur in der Modebranche tätig, sondern hatte außerdem die Kostüme für eine der bekannteren *Beatles*-Verfilmungen entworfen.

»Warte, bevor du gehst, musst du noch eine Sache für mich tun.« Sanft griff er nach meiner Hand und sandte damit erneut einen wohligen Schauer über meinen Arm, den ich viel zu sehr genoss. Mein Herz machte einen begeisterten Satz, und automatisch lehnte ich mich in seine Richtung.

»Ja?« Meine Stimme bebte vor Erregung, und ich war versucht, mir die Hand vor den Mund zu schlagen, weil mir die so offensichtliche Reaktion auf ihn wahnsinnig unangenehm war. Bemerkte er es?

Allerdings kam Theo mir ebenfalls entgegen. So nah, bis ich sein würzig-frisches Parfüm einatmen konnte. »Gibst du mir deine Nummer?«

»Du ... willst meine Telefonnummer?«, fragte ich erstaunt. Damit hatte ich absolut nicht gerechnet.

»Ja. Nein!«

»Nein?« Ich runzelte die Stirn. Verwirrt schaute ich ihn an, während er leicht überfordert wirkte und sich mit einer Hand durch seine dunkelblonden Haare strich.

»Also schon, aber ich möchte nicht, dass du denkst, ich hätte dich morgen vergessen und würde mich nicht bei dir melden. Oder dass du mir eine falsche Nummer gibst, weil du deine Telefonnummer nicht einem völlig durchgeknallten Rockmusiker anvertrauen kannst, den du nicht wirklich kennst.« Der Schalk saß ihm im Nacken und als er noch dazu geräuschvoll Luft ausstieß, wurde mir bewusst, dass er total verunsichert und verlegen war.

»Der noch dazu tätowiert ist«, ergänzte ich schmunzelnd mit einem Blick auf seine Handrücken, auf denen einige schwarze Zeichnungen sichtbar waren.

Mum würde garantiert die Nase über seine Tattoos rümpfen. Sie war absolut gegen diese Art von Körperschmuck.

»Genau! Ein Bad Boy, wie er im Buche steht.« Verheißungsvoll wackelte er mit den Augenbrauen, bevor er sich hektisch durch die Haare fuhr. »Weißt du, was? Wir machen es anders. Ich gebe dir meine Nummer. Für den Fall, dass du dich noch einmal mit mir unterhalten willst. Weil ... ich würde das wirklich gerne. Abseits des ganzen Trubels. Und ohne von deiner Mum beobachtet zu werden.« Er deutete mit dem Kopf hinter mich.

Schnell drehte ich mich um, und tatsächlich stand meine Mutter nicht weit entfernt und sah argwöhnisch in unsere Richtung. »O Gott, ist das unangenehm. Tut mir leid, dass sie so böse herschaut, das liegt nicht an dir, sondern an mir.«

Theo schüttelte kurz den Kopf. »Schon gut, ich bin solche Blicke gewohnt. Also ... was sagst du?«

Okay, dieser Typ war unnormal süß. »Ich nehme dein Angebot sehr gern an. Und ich verspreche, ich verkaufe deine Nummer auch nicht an den meistbietenden Fan.«

Für einen Augenblick weiteten sich Theos Augen. Bestimmt bereute er bereits, was er gesagt hatte.

Mist, das war so nicht geplant gewesen ...

»Deine Telefonnummer ist bei mir sicher, Theo. Ich werde sie hüten wie meine Augäpfel, ich schwöre es beim Leben meines Dads.«

Endlich sah er mich nicht mehr verunsichert an. »Deines Dads? Was ist mit deiner Mutter?«

Erneut drehte ich mich zu ihr um. Und ja, sie starrte nach wie vor pikiert zu uns. Donovan Brady hingegen war inzwischen verschwunden. Bei ihrem Blick kein Wunder ...

»Glaub mir, mit meinem Dad sind wir auf der sicheren Seite.«

»Da vertraue ich dir voll und ganz.« Theo zwinkerte mir zu und nahm mein Telefon entgegen, das ich ihm entsperrt gereicht hatte.

Ich schaute ihm zu, wie er seine Nummer speicherte, bevor er mir das Smartphone zurückgab.

Dass er dabei meine Finger berührte – länger als nötig –, war garantiert kein Versehen. Und ich liebte es, dass es erneut in mir kribbelte und prickelte.

»Dann lasse ich dich zurück zu deiner Networking-Mission. Und vergiss nicht, melde dich bei mir. Ich will dich wirklich gern wiedersehen.« Ein letztes Mal lächelte er mir zu, bevor er sich abwandte und kurz darauf in der tanzenden Menge verschwand.

Einen Moment hielt ich noch inne, verstaute das Telefon in der Clutch und versuchte, auch nur annähernd zu begreifen, was hier gerade passiert war. Dass dieser Tag so eine Wendung nehmen würde, hätte ich mir im Traum nicht ausmalen können.

Begleitet von einem gewaltigen Hochgefühl, ging ich zurück zu meiner Mutter.

»Ein Rockmusiker? Wirklich, Kind?« Der Ton, mit dem sie mir diese wenigen Worte zuzischte, verriet mir, dass sie ganz und gar nicht begeistert von dem war, was sie gesehen hatte.

»Wo ist Mr Brady hin verschwunden?«, lenkte ich einfach ab, ohne auf ihre Stichelei einzugehen.

»Mr Brady lässt sich entschuldigen. Er ist jetzt mit einem Produzenten an der Bar verabredet. *Den* Zug hast du verpasst, meine Liebe. Hättest du dich nur ein bisschen mehr angestrengt und wärst geblieben, könntest du jetzt bei den beiden Herren sitzen. Immerhin habe ich dir beigebracht, dass man nicht mitten in einem Gespräch verschwindet, um sich die Nase zu pudern.«

»Ich musste pinkeln. Tut mir leid, dass ich meine Körperfunktionen nicht besser unter Kontrolle habe und all die Getränke, die oben reinkommen, auch wieder rausmüssen.« Dass es mich außerdem unglaublich gelangweilt hatte, Mr Brady zuzuhören, wie er sich für seine Kreationen feierte, verkniff ich mir. Vermutlich konnte Mum stundenlang jemandem zuhören, solange derjenige über Mode sprach – egal, ob es sich dabei um Haute Couture oder um Costume Design für Film und Fernsehen handelte. Meine Welt war beides nicht, mal davon abgesehen, dass ich das Gefühl hatte, Mr Brady hätte nur Augen für meine Mutter gehabt. In Summe hatte ich vielleicht zwei Minuten seiner Aufmerksamkeit bekommen, als ich ihm erzählt hatte, wer ich war und was ich machte. Anschließend hatte er wieder Mum angehimmelt und ihr in einer Tour geschmeichelt.

Diese zuckte mit den Schultern. »Dein Pech. Nur wird es mit dieser Einstellung auch nichts mit den richtigen Kontakten in die Filmbranche.«

»Du verstehst nicht, dass sich im Leben nicht alles um die Karriere dreht, oder? Dass ich einfach mal *ich* sein möchte. Leute kennenlernen, Spaß haben.«

Übertrieben irritiert schüttelte sie den Kopf. »Moment mal. *Du* bist diejenige, die mich förmlich angebettelt hat, von *meinen* Beziehungen profitieren zu dürfen.«

»Ja, deshalb kann ich aber trotzdem Arbeit mit Vergnügen verbinden, und wenn ich mich mit jemandem gut unterhalte, den du mir nicht vor die Nase gesetzt hast, ist das genauso legitim.«

»Du hast eindeutig zu viele Züge von deinem Vater geerbt«, meinte sie schnaubend, wirbelte herum und verschwand in der Menge.

Ungläubig schaute ich ihr hinterher. Gleichzeitig dankte ich Gott im Stillen, dass ich Dad zumindest vom Charakter deutlich ähnlicher war als ihr.

Tief atmete ich durch und beschloss, mir von ihr nicht die Laune verderben zu lassen. Wer wusste schon, wie oft ich die Gelegenheit bekam, auf einer After-Show-Party der *BRITs* mit all den Stars abzufeiern?

Zielstrebig peilte ich die Bar an, wo ich mir ein Glas Weißwein bestellte, mit dem ich anschließend zwischen den feiernden Menschen hindurchschlenderte. Überall herrschte eine gelöste Stimmung, von der ich mich anstecken ließ. Die Leute tanzten und tranken, sie feierten die Musik, und ich liebte die Vibes, die sie versprühten. Genau das hatte ich gebraucht.

In meiner Clutch vibrierte es und augenblicklich schlug mein Herz ein paar Takte schneller, weil ich sofort wieder an Theo und seiner Telefonnummer auf meinem Handy denken musste.

*Kim: Und? Wie ist es auf der Party? Ich brauche Updates, Süße, mir ist langweilig. Mein Leben vermisst deinen Glam.*

Schmunzelnd schrieb ich ihr zurück.

*Alicia: Kurzfassung: Networking lief okay, mit Mum hab ich mich verkracht, dafür habe ich jetzt Theo Murrays Telefonnummer.*

Es dauerte keine drei Sekunden, bis Kims eingehender Anruf auf dem Display aufleuchtete.

Noch bevor ich ein »Hallo« herausbringen konnte, überfiel sie mich mit einem Wortschwall der Verwunderung: »Ist das jetzt so ein Spiel, in dem du mir zwei Wahrheiten und eine Lüge nennst, und ich muss herausfinden, welche es ist? Falls ja, kann ich dir sagen, dass du dir verdammt schlechte Beispiele hast einfallen lassen.«

»Nein, es ist ausnahmsweise alles wahr«, sagte ich und grinste dabei bis über beide Ohren – bis ich mein Telefon ein Stück weiter weghalten musste, weil Kim aufgeregt quietschte.

»Du verarschst mich, oder?«

»Nope.«

»Oh. Mein. Gott! Das heißt, ihr seht euch wieder? Du meldest dich doch bei ihm?«

»Ja, mal sehen.«

»Wie bitte? Was heißt da *mal sehen,* bist du verrückt?« Erneut überschlug sich Kims Stimme beinahe. »Klar musst du ihm schreiben oder ihn anrufen. Das macht man so, wenn einem wer seine Nummer gibt.«

Kurz schaute ich mich im Saal um, aber niemand war nah genug, um mir zuhören zu können. »Ich muss mir erst überlegen, was ich davon halten soll. Ich meine, was, wenn er doch nichts mit mir zu tun haben will, sobald der heutige Abend vorbei ist?«

»Hä? Wieso sollte er dir seine Nummer geben und dich gleich danach ghosten?«

Unschlüssig nagte ich auf der Wangeninnenseite. »Keine Ahnung. Vielleicht hat er inzwischen festgestellt, dass ich doch nicht die tolle Schauspielerin bin, für die er mich gehalten hat? Ich war ja immerhin so schlau, direkt die schlechten Seiten meiner Karriere bei ihm abzuladen. Also nicht unbedingt die besten Voraussetzungen, jemanden kennenzulernen und Eindruck zu machen.«

»O Mann, Alicia. Ich hasse deine Mum und deine Ex-Freunde für alles, was sie dir eingeredet und angetan haben. Du bist großartig, intelligent und liebenswert. Denkst du wirklich, ein Typ würde sich nur wegen deiner Schauspielkünste für dich interessieren oder dich fallen lassen, sobald er dich näher kennengelernt hat?«

Unschlüssig zuckte ich mit den Schultern, was Kim natürlich nicht sehen konnte. Gleichzeitig spürte ich einen Kloß im Hals, der augenblicklich ein unangenehmes Brennen in den Augen nach sich zog. Weil meine Freundin einen verdammt wunden Punkt in mir getroffen hatte. Denn sie hatte recht: Leider maß ich mich wirklich genau an solchen Erfahrungen.

# 6 – Theo

»Ey, Mann, leg endlich dein Handy weg und pass auf!« Spencer schaute mich aus zusammengekniffenen Augen an – ein eindeutiges Zeichen, dass er sauer war. Was ich ihm nicht einmal verdenken konnte. Richie und Lex machten ebenfalls einen verärgerten Eindruck auf mich.

Heute war ich wirklich viel zu abgelenkt, was meinen Bandkollegen gegenüber alles andere als fair war.

»Sorry«, murmelte ich betreten und schob das Telefon in die Hosentasche – um nicht erneut auf die Idee zu kommen, danach zu greifen.

Ich war in Gedanken wieder bei den *BRIT Awards* gelandet. Oder nein, genau genommen nur bei Alicia, die ich, nachdem ich ihr meine Nummer gegeben hatte, noch zweimal von Weitem auf der Party gesehen hatte. Zuerst an der Bar und danach auf der Tanzfläche. Und verdammt, diese Frau konnte sich bewegen … Diese Bilder würde ich so schnell nicht vergessen können.

Die Jungs hatten mich aufgezogen, weil ich die ganze Zeit zu ihr gestarrt hatte. Sie hatten sogar gemeint, ich solle zu ihr und mit ihr tanzen, aber ich hatte nicht zu aufdringlich sein wollen. Zumal ich beobachtet hatte, wie sie sich jedes Mal, wenn sie von jemandem angetanzt worden war, desinteressiert abgewendet hatte. Zum einen hatte ich mir diesen Korb ersparen wollen, zum anderen war ich zutiefst beruhigt gewesen, dass keiner der Typen eine Chance bei ihr bekommen hatte.

Über eine Woche war seitdem vergangen. Eine Woche, in der sie sich nicht gemeldet hatte, was mich langsam, aber sicher die Hoffnung verlieren ließ, dass sie es noch tat. Auch wenn Tage und Nächte zu einem anstrengenden Einheitsbrei aus Interviews und Fototerminen verschwammen und ich mit Arbeit abgelenkt sein sollte.

Heute saßen wir seit Langem wieder einmal zu viert und ohne die Mädels im Proberaum beisammen. Lex wollte uns die Idee zu einem neuen Song vorstellen, an dem Tessa und er in den Tagen vor der Preisverleihung gearbeitet hatten. Vermutlich auch danach, immerhin wohnten die beiden zusammen. Wie ich ihn kannte, wachte er manchmal mitten in der Nacht auf, um sich die besonderen Sounds oder ausgefallenen Riffs zu notieren, die ihm im Schlaf eingefallen waren. Und da Tessa seit einer Weile gemeinsam mit ihm als Songwriterin arbeitete, wollte ich mir gar nicht ausmalen, wie es aussah, wenn beide in einer kreativen Phase steckten. Ich war lediglich scharf auf die Rohfassung und freute mich jedes Mal, meinen Input dazu zu liefern. Die Kirsche auf der Sahne sozusagen.

Doch heute war ich unkonzentriert. Dass ich sogar mein Smartphone zur Hand genommen hatte, um gedankenlos darauf zu swipen, war mir gar nicht aufgefallen.

»Sind das immer noch die Nachwehen der *BRITs*, oder steckt dir was anderes in den Knochen?«, wollte Richie versöhnlicher wissen und stieß mir sanft in die Seite.

»Du wirst doch nicht krank, oder?« Lex musterte mich aus aufgerissenen Augen. Jetzt gesundheitlich angeschlagen zu sein wäre vermutlich einer der ungünstigsten Zeitpunkte überhaupt.

Nora hatte einen straffen Terminplan für uns erstellt, und ich war mir sicher, sie holte alles für uns heraus, was möglich war. Eine Tatsache, die zwar großartig für unsere Karriere war, da wir die Aufmerksamkeit nach der Preisverleihung natürlich nutzen und so viele Interviews, TV-Auftritte und Fotoshootings wie möglich wahrnehmen mussten. Allerdings war es der absolute Overkill für ein Privatleben. Nicht, dass ich in letzter Zeit eines gehabt hätte.

Die Band vereinnahmte seit ihrer Gründung einen Großteil meiner Zeit. Das war auch der Grund, weshalb ich das Fußballspielen aufgegeben und nur noch gespielt hatte, wenn mich die Kumpels vom Platz gefragt hatten, ob ich nicht wieder mit ihnen kicken wollte. Zum Spaß. Doch bei meinem letzten Spiel vor gut drei Jahren hatte ich mich verletzt, was mich um den Ausflug nach Liverpool mit Lex, Spencer und Richie gebracht hatte. Das war der Auslöser für mich gewesen, diesen Sport endgültig an den Nagel zu hängen.

Inzwischen hatte ich zwar mein Wirtschaftsstudium beendet, das ich im Grunde nur aufgenommen hatte, um etwas *Vernünftiges* gelernt zu haben, war allerdings direkt von der Abschlussfeier zur Vertragsunterzeichnung mit *Symbol Records* gefahren.

Anfangs waren meine Eltern skeptisch gewesen, was den Plattenvertrag betraf. Zu gern hätten sie mich in einer großen Firma in leitender Position gesehen, obwohl beide mich immer mit der Musik unterstützt hatten. Zumindest insofern, als sie mir finanziell alles ermöglicht hatten. Dad hatte auch vorab den Vertrag geprüft, damit wir nichts unterschrieben, was uns irgendwann Kopf und Kragen kosten würde.

»Keine Sorge, ich bin fit«, antwortete ich etwas zeitverzögert. »Sorry, Lex, fang noch einmal an.« Ich deutete auf die Ibanez in seiner Hand.

Er nickte, dann spielte er uns erneut *Nothing But You* vor, den Song, den er gemeinsam mit Tessa geschrieben hatte.

*Lost but lustrous*
*that's how you found me*
*sparkling amongst stars*
*but too blind to see*


*Nothing but you*
*is all I'll ever need*

*I'd burn and I'd drown*
*to end up with you*
*If that's what it takes*
*to make us come true*


*I'd fight this whole world*
*let all people down*
*just to make you my girl*
*cause you've got me bound*
*It's nothing but you*
*to turn this around*


*You're the light in my dark*
*You're the love that I found*

Ja, das war echt verdammt gut. Ich wippte mit dem Kopf, bevor ich mit meiner Gibson einsetzte. Vielleicht müsste Lex bei diesem Song tatsächlich ebenfalls spielen. Bisher hatte er sich immer dagegen gewehrt, weil er meinte, dass er bei Weitem nicht so gut war, um damit vor Publikum aufzutreten, jedoch klang es mit einer zweiten Gitarre einfach besser.

Noch genialer wurde es, als Richie und Spencer mit Bass und den Drums einstiegen. Ich spürte, dass das ein richtig geiler Song werden konnte – düster und doch gewaltig emotionsgeladen –, und griff sofort nach dem Block, der auf dem Barhocker vor mir lag, um zu notieren, was ich eben gespielt hatte.

»Woohoo, das klingt mega!« Richie grinste und schob ein kurzes Bass-Solo hinterher.

Spencer nickte zufrieden und mit geschlossenen Augen. »Das wird gut, Leute.«

Lex grinste, schob dann jedoch konzentriert die Augenbrauen zusammen und notierte ebenfalls etwas auf seinem Block, während er sein Piercing mit der Zunge drehte.

Ich hingegen spürte die Musik in mir und um mich. Sämtliche Härchen stellten sich auf, als wir den Part noch einmal spielten, und ich war so energiegeladen und glücklich, dass ich förmlich vibrierte.

Fuck, ich liebte es, mit den dreien zu arbeiten.

»Lass mich mal schauen«, bat Lex und griff nach meinem Notizblock. Kurz studierte er, was ich aufgeschrieben hatte, dann nickte er und reichte mir stattdessen seine Noten. »Wir tauschen.«

»Bleibst du dabei? Spielst du auch?«, wollte ich wissen und schob gedanklich ein *Bitte, bitte, bitte!* hinterher. Weil der Song gewaltig an Qualität einbüßen müsste, würde er es nicht tun.

»Ich überlege es mir noch«, meinte er, grinste schief und startete die Aufnahme auf seinem Handy, damit wir es uns später erneut anhören konnten.

»Okay, Jungs, spielen wir es noch mal, ich hab eine Idee.« Mit diesen Worten wirbelte Spencer seine Drumsticks in der Luft und nickte mir zu.

Doch bevor ich anfangen konnte, setzte Richie mit einem verflucht genialen Intro ein, sodass ein überraschtes und lautes »Yeah!« meinen Mund verließ. Mit dem Fuß wippte ich im Takt, stieg ein, Lex folgte nach dem ersten Break.

Eine Gänsehaut erfasste mich, während mein Puls anstieg. *Das* war es. Das war unser nächster Hit. Wir alle spürten es, eine unverkennbare Stimmung lag in der Luft.

Ich konnte weder etwas gegen das breite Grinsen tun, das sich auf meine Lippen stahl, noch den Höhenflug ignorieren, der mich mit sich riss. Den Refrain sang ich mit, interpretierte ihn auf meine Weise, was in Kombination mit Lex' Gesang harmonischer klang als zuvor.

Nach dem Fade-out herrschte absolute Stille. Ich fühlte die letzten Töne noch in mir, genau wie das Vibrieren, das durch mich hindurchgerauscht war, als wir gespielt hatten.

Langsam sah ich mich um und merkte, dass die anderen es ebenfalls gefühlt haben mussten.

»Fett!«, rief Spencer. Seine Augen leuchteten wie die von Richie und Lex.

»Das war ... absolut genial.« Lex, der inzwischen die Aufnahme gestoppt hatte, kam zu jedem Einzelnen von uns und wir schlugen der Reihe nach mit ihm ein.

»Hammer!«, rief Richie, der leicht auf und ab hüpfte, wie er es immer tat, wenn er aufgeregt war.

Erneut griff ich nach dem Stift, um Lex' Notizen zu ergänzen, kleine Änderungen vorzunehmen und eine Info bezüglich meines Gesangs aufzuschreiben. Auch die anderen notierten, was sie diesmal verändert hatten, und eine Weile war jeder mit sich selbst beschäftigt.

Lex war als Erster fertig und ging zum Kühlschrank, um uns allen etwas zu trinken zu holen und auf den Couchtisch zu stellen, der zwischen den Sofas stand.

Ich wusste, was gleich kommen würde – nämlich, dass er sich anhören wollte, was wir gespielt hatten. Meine *Gibson* stellte ich in den Gitarrenständer, ging zu ihm und setzte mich. Spencer folgte mir kurz darauf, Richie war etwas länger beschäftigt und nahm dann ebenfalls bei uns Platz.

Erneut hatten wir unsere Notizblöcke griffbereit, als Lex die Aufnahme abspielte. Mir fielen noch Kleinigkeiten auf, die ich gern anders probieren würde, und ich schrieb sie mir in Klammern und mit Pfeilen dazu. Ich würde erst wieder Ordnung in dieses schriftliche Chaos bringen müssen, um nicht den Überblick zu verlieren. Aber ein kreativer Prozess war nicht immer linear und schon gar nicht geregelt und ordentlich.

Auch die anderen lauschten unserem Sound, wippten mit den Füßen oder kritzelten in ihren Anmerkungen herum.

»Und, was sagt ihr?«, wollte Lex schließlich wissen, nachdem wir es uns ein zweites Mal angehört hatten.

»Genial! Nora wird aus den Latschen kippen«, sagte ich und spielte die ersten Takte der Melodie zu *Baby Elephant Walk* von Henry Mancini, woraufhin alle lachten.

»Hoffen wir es«, sagte Lex und klemmte sich seinen Bleistift hinters Ohr.

In dem Moment spürte ich, wie auf meinem Handy eine Nachricht einging.

Kurz entschuldigte ich mich bei den Jungs und stand auf, um Abstand zu ihnen zu bekommen. Lässig lehnte ich mich neben die Eingangstür an die Wand und zog das Smartphone aus der Hosentasche. Als ich jedoch sah, von wem die Message war, begann mein Herz zu rasen, und meine Hände wurden schwitzig.

*Unbekannt: Hey Theo, hier ist Alicia! Keine Ahnung, ob du noch weißt, wer ich bin. Wir haben uns vor der Damentoilette bei den BRIT Awards kennengelernt und uns auf der After-Show-Party wiedergesehen. Du meintest, du würdest mich gern wiedersehen und … mir geht es genauso. Bestenfalls mal fernab eines Klos ☺. Also, falls du Lust hast, würde ich mich freuen, wenn wir uns treffen. Liebe Grüße, Alicia (Atkinson)*

Fuck, ey, ich hatte schon gedacht, sie hätte mich vergessen. Oder meine Nummer gelöscht. Oder ich wäre vor lauter Nervosität so verpeilt gewesen, dass ich ihr eine falsche Telefonnummer eingespeichert hatte. Kam schon mal vor.

Jedenfalls hatte ich nicht mehr damit gerechnet, dass sie sich bei mir melden würde. Umso erleichterter war ich, endlich von ihr zu lesen.

Sofort speicherte ich ihre Nummer ein.

*Theo: Klar, gerne. Wir haben zwar gerade einen ziemlich engen Terminplan, aber falls du morgen Vormittag spontan Zeit hast, könnten wir uns treffen. Bist du auch aus London? Darüber haben wir gar nicht gesprochen. Theo*

Zu meinem Glück antwortete sie sofort.

*Alicia: Ja, ich hab ein Apartment am Eaton Place. Und wo wohnst du? Morgen Vormittag passt mir gut, wo treffen wir uns?*

Beeindruckt pfiff ich durch die Zähne. Wenn ich mich nicht irrte, war der Eaton Place in Belgravia, einem der besseren Viertel Londons.

*Theo: Mein Apartment ist in Blackwall. Folgendes: Entweder suchst du dir ein Café in deiner Gegend aus, oder wir treffen uns in der Mitte. Ich muss mich da auf deine Expertise verlassen.*

*Ehrlich gesagt, war ich bisher nicht oft privat in London unterwegs. So lange wohne ich noch nicht hier.*

*Alicia: Der Fairness halber würde ich die goldene Mitte vorschlagen. Ich schau mal, welche Cafés gut sind, und schicke dir bis heute Abend die Adresse. Treffen wir uns um zehn Uhr?*

*Theo: Perfekt! Ich kann es kaum erwarten!*

Ich hatte die letzten Worte schneller getippt und abgeschickt, als ich realisieren konnte, was ich da überhaupt tat. Aber es entsprach nun mal der Wahrheit. Seit ich Alicia auf der Verleihung gesehen hatte, ging sie mir nicht mehr aus dem Kopf. Und das lag nicht an ihrem Kleid.

Okay, jedenfalls nicht nur.

Aber in erster Linie fragte ich mich, wie es sein konnte, dass eine talentierte, hübsche und junge Schauspielerin dermaßen an sich selbst zweifelte, dass sie glaubte, ihre Karriere sei bereits vorbei. Warum sie keine Rollenangebote mehr bekam. Und wie sie war, wenn ihre Mutter nicht in der Nähe war, um sie zu verunsichern.

Zumindest auf der After-Show-Party hatte ich ihre Mum kurz nach dem Nummerntausch nicht mehr entdecken können. Was jedoch nichts hieß, da es noch ziemlich voll geworden war. Aber als ich Alicia auf der Tanzfläche gesehen hatte, war sie allein gewesen. Und wenn sie sich mit jemandem unterhalten hatte, dann nicht mit ihr.

Nicht, dass ich Alicia gestalkt hätte ... Allerdings ging von ihr eine Anziehung aus, gegen die ich schlichtweg machtlos war.

Und ja, ich wollte nur zu gern wissen, ob sie immer nach Blumen roch oder ob sie das Parfüm nur an diesem einen Abend aufgetragen hatte. Ich wollte herausfinden, ob sich ihre Lippen so weich anfühlten, wie sie aussahen, und ich fragte mich, wie sie klang, wenn sie erregt war. Fuck, ich ...

»Theo, kommst du wieder?« Lex hielt sein Handy in die Höhe. Bestimmt wollte er noch etwas besprechen oder er hatte eine weitere Idee für den Song. Vielleicht hatte er die Aufnahme inzwischen an Nora geschickt, und sie hatte geantwortet. Was auch immer es war, ich war so was von dabei. Weil ich nun endlich Alicias Nummer hatte und sie morgen wiedersehen würde.

# 7 – Alicia

Zu sagen, ich wäre nervös, als ich am Vormittag das vereinbarte Café betrat, war eine dezente Untertreibung. Mein Herz raste wie irre, und Hitze stieg mir in die Wangen.

Ich streifte die Handschuhe von den Fingern und schob sie in die Seitentaschen meines Parkers, während ich mich umschaute – aber Theo war noch nicht hier. Kein Wunder, schließlich war ich zu früh.

Für einen Moment erfasste mich eine Welle der Unsicherheit, und ich fragte mich, ob er wirklich kommen würde oder ob ich gleich vergeblich auf ihn warten müsste. Immerhin hatte er in seinen Nachrichten von einem vollen Terminplan gesprochen. Und dass Typen mal eine Verabredung verpassten, war mir nichts Neues. Einer meiner Ex-Freunde hatte mich regelmäßig versetzt, und es hatte sich jedes Mal wie ein Schlag ins Gesicht angefühlt, während er lediglich dumm gelacht und sich halbherzig bei mir entschuldigt hatte.

Ich suchte mir einen Platz am Fenster, von wo aus ich Blick auf die Straße hatte. Zwar lag das Café zwischen dem *Tower of London* und der *Tower Bridge,* war aber in einer Seitenstraße. Und tatsächlich war es nicht so überrannt wie ein klassischer Touristenhotspot. Zudem lag es nun mal auf halber Strecke, und die Auswahl an Kuchen, Muffins und Cookies auf der Website hatte mich überzeugt.

Eine Bedienung kam an den Tisch, und ich bestellte einen großen Cappuccino. Als ich wieder allein war, ging das Warten weiter. Inzwischen war ich bereits gute fünfzehn Minuten hier. Behielt mein Handy und den Eingang gleichermaßen im Blick und wurde immer unruhiger.

Vielleicht würde Theo nicht kommen, weil er fürchtete, erkannt zu werden? Mist, daran hatte ich nicht gedacht. Allerdings hätte er mir das gesagt – spätestens, als ich ihm die Adresse geschickt hatte, oder nicht?

Ich freute mich, wenn jemand wusste, wer ich war, was aber nicht bedeuten musste, dass es ihm ähnlich ging. Vor einem Jahr hatte ich eine Doku über die großen Musiker unserer Zeit gesehen und wie krass verrückt manche Fans waren. Dass sie empfindliche Grenzen überschritten, aufdringlich wurden, ohne zu fragen Fotos von ihnen schossen, ihre Stars bedrängten, berührten, begrapschten.

Erneut stieg mein Puls an. Ich griff nach dem Telefon, um Theo zu schreiben, dass wir uns auch wo anders treffen könnten, sollte ihm das Café nicht zusagen. Doch genau in dem Moment ließ er sich noch mit Mütze, Schal und Daunenjacke bekleidet auf den Platz neben mir plumpsen.

»Theo!«, sagte ich überrascht und lauter als gewollt.

»Hey, Alicia.« Er zwinkerte mir zu und beugte sich in meine Richtung. »Sorry für die Verspätung.«

»Alles gut, ich habe nur kurz befürchtet, du würdest ...«

»... dich versetzen?«, fiel er mir ins Wort. »Niemals.« Er sah mir tief in die Augen, bis es wie verrückt in meinem Magen flatterte.

»... dich in dem Café nicht wohlfühlen, weil dich jemand erkennen könnte, wollte ich sagen.«

Kurz sah er sich um, dann nahm er seinen Schal ab und legte ihn auf den Sessel uns gegenüber. »Ich glaube nicht, dass die Leute hier wissen, wer ich bin.«

Ich folgte seinem Blick durch das Café. Die meisten Gäste waren im Alter meiner Mum oder älter. »Man weiß nie, was diese Generation für Musik hört.« Schließlich fiel mein Blick auf die Bedienung, die neugierig zu uns sah. »Und die Dame hinter der Theke hat dich, glaube ich, erkannt«, flüsterte ich in seine Richtung.

»Und wenn schon«, sagte er leise. Dabei schaute er mich erneut so intensiv an, dass ich alles um mich vergaß. Mehr noch, als er sich auf die Unterlippe biss und grinste.

»Was?«, wollte ich wissen und konnte ein verlegenes Lachen nicht verhindern.

»Nichts, ich ... habe mich bloß gefragt, ob ich dir zur Begrüßung einen Kuss geben darf. Auf die Wange oder ...«

Kaum dass er meine Lippen mit den Augen fixierte, spürte ich dort ein Prickeln. Verdammt, was war das mit ihm und mir? Wieso war zwischen uns alles so intensiv? So ... einzigartig knisternd?

»Mach«, forderte ich ihn auf und beugte mich in seine Richtung, neugierig, wohin er mich küssen würde. Sah ihm tief in die Augen, spürte, wie sich alles in mir nach seiner Berührung sehnte, nach dem Kitzeln, das ich in seiner Nähe verspürte. Gleichzeitig schlug mein Herz kräftig und ich blendete alles um uns herum aus.

Insgeheim hoffte ich, er würde sich für meinen Mund entscheiden. Was verrückt war, da wir uns so gut wie gar nicht kannten. Davon abgesehen, hatte er bestimmt mehr als einmal in den letzten Monaten eindeutige Angebote bekommen – und diese vielleicht sogar angenommen. Ich war also bloß eine von vielen und fragte mich prompt, ob er alle Frauen, die er gerade erst kennengelernt hatte, so begrüßte, oder ob das hier auch für ihn etwas Besonderes war.

Als er mir weiter entgegenkam, schob ich all diese Gedanken beiseite. Ich befeuchtete meine Lippen mit der Zunge, wollte das hier genießen, wollte mich fallen lassen und mir diesen Augenblick nicht mit unschönen Mutmaßungen selbst zerstören.

»Weißt du schon, was du bestellen willst?«, unterbrach die Bedienung jäh diesen prickelnden Moment zwischen uns, und ich zuckte peinlich berührt zusammen und wich ein kleines Stück zurück. Oder doch nicht, denn Theo wandte den Blick keine Sekunde von mir ab.

»Das Gleiche, das sie hat«, sagte er und verharrte in seiner Position vor meinem Gesicht, bis die Frau uns wieder allein ließ.

»Das war ... ungünstig«, erklärte ich und war mir nicht sicher, ob ich die Situation komisch finden oder ob ich genervt von der Unterbrechung sein sollte.

»Davon lasse ich mich nicht aufhalten«, murmelte Theo, bevor er sanft seinen Finger unter mein Kinn legte, den letzten Abstand zwischen uns schloss und ... mich sanft auf die Lippen küsste. Zunächst reglos, lag sein Mund auf meinem, warm und einladend, während seine kalte Nasenspitze meine Wange berührte und ich merkte, wie er langsam und tief Luft in seine Lungen sog.

Ein Prickeln breitete sich in mir aus, das meinen Herzschlag antrieb. Ich schloss die Lider, wollte diesen Moment voll und ganz genießen, ihn konservieren und in meinem Gedächtnis abspeichern.

Doch schneller, als mir lieb war, löste er sich wieder von mir. »Sorry, sie sieht wieder her.«

Blinzelnd öffnete ich die Augen und sah in sein umwerfendes Gesicht. Betrachtete die vollen Lippen, die eben noch auf meinen gelegen hatten, und die warmen braunen Augen mit dunklem Ring um die Iriden. Wie er mich mit einem frechen Leuchten darin ansah und der Wunsch in mir stärker wurde, ihn erneut zu küssen. Mir fielen eine kleine Narbe unter seiner linken Augenbraue, die auf ein ehemaliges Piercing hinwies, und ein Muttermal an seinem Haaransatz auf, das ein wenig an ein Herz erinnerte.

»So gefällt mir das schon besser«, meinte er, zog seine Mütze vom Kopf und wuschelte mit den Fingern durch die eh verstrubbelten Haare, bis sie noch unordentlicher aussahen als zuvor. Und Gott, er sah so sexy aus, dass ich mich zurückhalten musste, ihm nicht ebenfalls durch seine Frisur zu fahren.

Anschließend zog er seine Jacke aus und warf sie lässig zu seinem Schal, bevor er sich mir zuwandte und sein Kinn auf die Hand stützte. »Schön, dass wir hier sind. Ich hatte, ehrlich gesagt, Angst, du würdest dich nicht melden.«

Ungläubig schnaubte ich auf. »Und ich dachte, du würdest dich doch nicht mit mir treffen wollen, wenn ich mich melde.«

Er zog eine Augenbraue hoch. »Hast du deswegen so lange gezögert, mir zu schreiben?«

»Ja, unter anderem«, gab ich zu.

»Weswegen noch?« Theo neigte sich wieder zu mir und sah mich ehrlich interessiert an.

Mit meiner Antwort wartete ich jedoch, bis ihm sein Cappuccino serviert wurde.

»Bitte halte mich nicht für verrückt, ich bin wahrscheinlich durch die Erfahrungen in der Filmbranche gerade etwas verunsichert.«

»Wegen der Absagen?«

»Genau. Und ich meine ... Bei dir stehen die Frauen vermutlich Schlange.«

Kurz runzelte er die Stirn. »Und bei dir die Kerle. Worin besteht der Unterschied?«

Ich schnaubte.

»Hab ich recht?« Stirnrunzelnd sah er mich an.

»Schon. Aber ich bin in dieser Hinsicht in letzter Zeit ziemlich vorsichtig geworden.«

»Muss ich Angst haben, dass du mich doch noch abservierst?« Ein verschmitzter Ausdruck huschte über sein Gesicht und in seinen Augen funkelte es.

»Nein. Nein, das hat überhaupt nichts mit dir zu tun. Also zumindest schätze ich dich nicht so ein ...«

Plötzlich verfinsterte ein dunkler Schatten seine Miene. Hatte ich etwas Falsches gesagt? »Okay, ich sollte uns dieses erste Treffen nicht vermiesen, deswegen frage ich jetzt nicht nach, was sie getan haben. Aber wenn du darüber reden willst ...«

»Ich erzähle es dir – wann immer du es wissen möchtest.«

Theo senkte den Blick, bevor er nickte und mich wieder anlächelte, als hätte er die dunkle Wolke einfach weggewischt. »Waren das deine ersten BRITs?«, wechselte er anschließend das Thema. Und ich war ihm sehr dankbar dafür. Nicht jeder wäre so einfühlsam, was ihn deutlich von den Typen vor ihm unterschied.

»Ja, also zumindest live. Die Übertragung habe ich natürlich schon des Öfteren verfolgt.«

In der darauffolgenden halben Stunde verloren wir uns in einer Unterhaltung über die Musikbranche, über diejenigen, die in diesem Jahr Preise abkassiert hatten, und über jene, die leer ausgegangen waren.

»Wie bist du zum Gitarrespielen gekommen?«, wollte ich schließlich von ihm wissen.

»Einsamkeit«, sagte er, wirkte dann kurz von sich selbst überrascht, bevor er nickte, als hätte er festgestellt, dass es wirklich so war.

Sofort verspürte ich das Bedürfnis, irgendwas zu tun, um die Traurigkeit aus seinem Herzen zu vertreiben. Ihn in den Arm zu nehmen oder ... zumindest seine Hand zu drücken. Doch er lehnte sich zurück und begann zu erzählen: »Meine Mutter ist Intensivmedizinerin in der Notaufnahme, mein Dad arbeitet als Anwalt. Beide sind toll, aber, wenn ich so zurückdenke, stand und steht immer ihr Job sehr weit oben in ihrem Leben. Manchmal komme ich an erster Stelle, meistens allerdings nicht.« Er zuckte mit den Schultern, als wäre diese Aussage nichts Schlimmes. Ganz sicher war ich mir jedoch nicht. »Irgendwann einmal habe ich mir eine Gitarre gewünscht. Und weil mir die beiden – vielleicht aus einem schlechten Gewissen heraus – keinen Wunsch ausschlagen konnten, habe ich meine erste Harley Benton bekommen. Meine Eltern dachten wohl, damit wäre ich zufriedengestellt, ich würde ein wenig darauf herumklimpern und nach einer Weile wieder aufgeben.«

»Aber das hast du nicht.«

»Nein, das habe ich nicht«, antwortete er mit rauer Stimme, und ich liebte es, wie sehr seine Augen dabei leuchteten. »Lex und ich kennen uns gefühlt schon immer. Wir sind gemeinsam in York aufgewachsen, und Richie war irgendwann auch mit von der Partie. Und nachdem Richie den Bass übernommen hatte, haben wir noch einen Schlagzeuger gebraucht.«

Ich lächelte. »Spencer.«

Theo verneinte. »Der stieß relativ spät zu uns dazu. Wir hatten erst jemand anderen in der Band, aber ...« Er schaute in die Ferne und ich hatte das Gefühl, als würde er für einen Augenblick in die Vergangenheit abdriften. »Von da an wusste ich, ich würde nie wieder etwas anderes als Musik machen wollen.«

»Habt ihr euch da schon *Mighty Bastards* genannt?«, wollte ich wissen und nippte am Kaffee.

»Nein. Aber irgendwann hat uns der Drummer verlassen, und wir haben Spencer dazugeholt. Also brauchten wir einen neuen Bandnamen. Seit damals sind wir die *Mighty Bastards*.«

»Wie seid ihr auf den Namen gekommen?«

Nun lachte Theo ganz offen, und ich liebte es, wie gelöst und fröhlich er dabei wirkte. »Wir haben bei Spencer übernachtet. Eigentlich hätten wir schon schlafen sollen, aber wir haben lange geprobt und waren so überdreht, dass wir nicht zur Ruhe finden konnten. Wir haben alle möglichen Wortkreationen rausgehauen, bis irgendwann der Name *Mighty Bastards* gefallen ist.«

»Und ihr wart gleich alle damit einverstanden?«

Theo nickte. »Wie bist du zur Schauspielerei gekommen?«

Schmunzelnd lehnte ich mich zurück. »Da war ich noch im Kindergarten. Wir hatten eine äußerst ambitionierte Pädagogin, die zu allen möglichen Ereignissen kleine Theaterstücke mit uns einstudiert hat. Schon damals hat es mir unglaublich gefallen, auf der Bühne zu stehen. Mein Dad hat mich von Anfang an dabei unterstützt, mich dementsprechend gefördert und dafür gesorgt, dass ich kleinere und größere Rollen im Theater ergattern konnte. Er hat mich zum Schauspielunterricht bei der großartigen Eleanor Montclair – der Koryphäe am Schauspielhimmel – angemeldet, die leider viel zu früh verstorben ist.« Kurz versank ich in den schönen Erinnerungen an sie. »Und er hat mich über Kontakte durch Eleanor zu einer Theatergruppe gebracht. Als ich zwölf war, saß dann zufällig Chandler Bell, der Filmregisseur, im Publikum. Ich habe ihn als Anne Frank in *The Diary of Anne Frank* dermaßen überzeugt, dass er mich in seinem späteren Drama *Im Schatten der Vergangenheit* als Tochter der Hauptdarstellerin haben wollte. Das war der Start meiner Karriere beim Film.«

»Okay, den muss ich unbedingt auch auf meine Watchlist setzen.«

»O Gott, bitte sag nicht, dass du jetzt einen Alicia-Atkinson-Film-Marathon machst.« Peinlich berührt schlug ich die Hände vors Gesicht, bis Theo sanft an meinem Ärmel zog, damit ich ihn wieder anschaute.

»Wenn du das nicht willst, lasse ich es natürlich. Obwohl ich echt Bock auf all die Filme und Serien habe, in denen du mitspielst. Vielleicht möchtest du sie dir ja mit mir gemeinsam anschauen?«

Mein Mund klappte auf und bestimmt hätte ich darauf etwas Lässiges erwidern sollen, doch ich war von seinem Vorschlag dermaßen überfordert, dass mir sämtliche Worte im Hals stecken blieben.

Ich wusste, dass viele andere, die vor der Kamera standen, große Hemmungen hatten, sich selbst auf der Leinwand oder im Fernsehen zu sehen. Ihnen war es unangenehm, und sie vermieden es weitestgehend. Ich hingegen liebte es. Feierte mich für jede Szene, die ich besonders überzeugend gespielt hatte, war stolz auf meine Leistung und analysierte sie oftmals, um weiter an mir und meinen Fähigkeiten zu feilen. Allerdings konnte ich das alles Theo nicht sagen. Noch nicht zumindest. Weil ich nicht wollte, dass er mich für eine selbstverliebte Schnepfe hielt, oder dass er befürchtete, ab sofort jeden meiner Filme mit mir analysieren zu *müssen*.

»Scheiße, tut mir leid, du musst das natürlich nicht tun. Und wenn du nicht willst, dass ich …«

»Nein, ich würde wirklich gern die Filme mit dir schauen. Ich war nur gerade …« Kurz schüttelte ich den Kopf.

»Was?« Besorgt schaute Theo mich an.

»Nichts, ich finde es nur immer noch total unwirklich, dass du Zeit mit mir verbringen willst«, lenkte ich ab. Woraufhin er mir ein süßes Lächeln schenkte.

Gott, wieso wurde mir mit einem Mal schwindelig? Das war doch echt verrückt …

»Warum sollte ich das denn nicht? Du faszinierst mich, ich möchte dich unbedingt besser kennenlernen.«

Vielleicht sagte er das zu jeder Frau, die er kennenlernte und interessant fand. Und womöglich würde ich ebenso in wenigen Wochen, wenn nicht sogar schon Tagen der Vergangenheit angehören. Nein, ganz sicher würde ich das. Weil es bei mir immer so lief. Doch bis dahin wollte ich die Zeit mit ihm genießen. Und da ich gerade seine lieben Worte aufsaugte wie ein Schwamm, schaute ich ihm entschlossen in seine warmen, braunen Augen. »Okay, sag mir einfach, wann du einen Filmabend machen willst. Ich richte mich nach dir.« Mein Herz schlug dabei wie verrückt und gleichzeitig packte ich es in Watte, um es vor dem unweigerlichen Aufprall zu schützen. Denn dass Theo mich ein weiteres Mal sehen wollte, war viel mehr, als ich mir von diesem Treffen erhofft hatte. Bedeutete das dann, dass ich ein zweites Date mit Theo Murray haben würde? Verflixt, ja, das tat es!

# 8 – Theo

»Vorsicht, die Tür!« Ich hechtete nach vorn, um die Wohnungstür ein Stück weiter zu öffnen, während zwei Typen den Poolbillardtisch in meine Wohnung trugen. Fast wäre mir das Herz stehen geblieben, als sie dem Holz des Türrahmens gefährlich nahe gekommen waren, und ich ärgerte mich, dass ich vermeintliche Profis engagiert hatte. Das hätten Spencer und ich genauso hinbekommen.

Ich schaute ihnen dabei zu, wie sie den riesigen Tisch meinen Anweisungen nach an seinen Platz trugen und anschließend die Beine montierten.

Jep, vielleicht war es etwas protzig von mir, so ein Teil mitten ins Wohnzimmer zu stellen. Allerdings hatte ich schon lange davon geträumt, und jetzt, wo wir auf der Straße immer häufiger erkannt wurden, wollten wir an manchen Abenden einfach ungestört chillen, ohne fotografiert oder um Autogramme gebeten zu werden.

Als die Typen endlich weg waren, legte ich die Kugeln in die Triangel, zwei Queues dazu und Billardkreide an den Tischrand. Anschließend stellte ich ein Sixpack Bier auf den Couchtisch im Hintergrund und machte von beidem ein Foto, das ich in die Gruppe mit den Jungs schickte.

*Theo: Sollten wir in diesem Leben noch einmal Freizeit haben,*
*steht in meiner Wohnung jetzt ein neues Spielzeug.* ☺

Anschließend zog ich mir Boots, Jacke, Mütze und Schal an, um mich auf den Weg in den Proberaum zu machen.

Kaum dass ich dort durch die Tür getreten war, kam mir ein breit grinsender Richie entgegen. Er hatte beide Arme ausgebreitet, die er um mich schlang. »Theo, mein guter, bester ... nein, was sag ich da? Mein allerbester Freund.«

Lachend boxte ich ihm in die Seite. »Ich hoffe, das bin ich nicht nur, weil ich einen Pooltisch gekauft habe.«

»Selbstverständlich nicht! Aber jetzt natürlich noch mehr als zuvor.« Er legte die rechte Hand auf seine Brust. »Jetzt verbindet uns einfach noch mehr«, sagte er, was mich grinsend die Augen verdrehen ließ.

Hinter mir betrat Spencer den Proberaum, gefolgt von Nora, die ich beide begrüßte, ehe ich mich schließlich überrascht umsah. »Ist Lex heute zu spät?« Das kannte ich gar nicht von ihm.

»Nö, der ist nur pissen«, erklärte Richie, was ihm einen strengen Blick von Nora einbrachte. »Sorry, ich wollte sagen, er geht gerade einer natürlichen Notwendigkeit nach«, murmelte er und nahm mit eingezogenem Kopf auf einem der Sofas Platz. Tja, Nora verpasste keine Gelegenheit, uns noch Manieren beizubringen.

Als kurz darauf Lex zu uns stieß, hatte ich bereits Getränke an alle verteilt. Er selbst holte sich eine Wasserflasche aus dem Kühlschrank und setzte sich zu uns.

»Also Jungs.« Nora machte eine Pause und sah uns der Reihe nach an. »*Nothing But You* ist meiner Meinung nach euer bisher stärkster Song.« Sie strahlte dabei förmlich, und ich stieß Luft aus, die ich wohl angehalten haben musste.

Spencer und Lex schauten sich mit großen Augen an. Sie waren mindestens so überrascht wie ich.

»Stärker als *Broken*?«, fragte Richie stirnrunzelnd genau das, was auch mir auf der Zunge lag.

Nora nickte. »Für mich definitiv. Aber natürlich bin ich

nicht die Masse. Am Ende entscheiden die Fans und alle, die den Song hören und kaufen.«

»Weiß *Symbol Records* schon davon, dass wir aktiv an neuen Songs arbeiten?«, wollte ich wissen. Den Vertrag für ein neues Album hatten wir vor gut zweieinhalb Wochen kurz vor der Verleihung der *BRIT Awards* unterschrieben, wobei Lex und Tessa schon viel länger an neuen Songs tüftelten.

»Ja, sie warten auch schon auf die Demotapes. Aber keine Sorge, Samantha Evans vertraut euch. Ihr solltet also an eurem Selbstvertrauen arbeiten, Jungs. Oder habt ihr an dem Song etwas auszusetzen?«

Schweigend schüttelten wir alle den Kopf.

»Na eben. Dann klopft euch mal gegenseitig auf die Schultern. Fünf Tracks fehlen für das neue Album. Ihr habt also noch einiges vor euch. Ich werde euch demnächst Ruben vorstellen. Er ist Produzent des *Thames Soundworks* Tonstudios, mit dem ihr diesmal zusammenarbeiten werdet. Ich hoffe, ihr seid damit zufriedener als mit dem, das euer erstes Album produziert hat. Jedenfalls wird Ruben euch bei der Ideenentwicklung unterstützen, gemeinsam mit euch noch an Arrangements, Melodien, Harmonien und Texten feilen. Außerdem arbeitet er mit euch gemeinsam am Feinschliff der Struktur der Songs, um sicherzustellen, dass sie musikalisch und kommerziell überzeugend sind – aber das kennt ihr sicher schon von eurer ersten Albumproduktion. Allerdings alles der Reihe nach. Erst mal sollte Tessa im Bett bleiben und sich schonen. Sag ihr gute Besserung von mir.« Nora blickte zu Lex, der nickte und sich bedankte.

»Was ist mit ihr?«, hakte Spencer in besorgtem Tonfall nach. Und auch ich schaute auf.

»Ihr ging es gestern Abend nicht besonders, und heute Morgen ist sie mit Fieber aufgewacht. Wahrscheinlich eine Grippe, in ein paar Tagen geht es ihr sicher wieder besser.«

»O Mann, steck dich bloß nicht an! Sag ihr gute Besserung von mir«, sagte ich. »Falls ich was für euch tun kann …«

»Danke, richte ich aus. Und ja, ich schlafe vorerst auf der Couch, um auf der sicheren Seite zu sein.«

Nora räusperte sich. »Ich hätte noch einige Termine mit euch zu besprechen. Seid ihr bereit?«

Wir murmelten zustimmend.

Ich holte mein Handy aus der Hosentasche, um meinen Kalender zu öffnen. Als ich jedoch sah, dass Alicia mir ihre komplette Filmografie geschickt hatte, verbunden mit den Worten:

*Ich hoffe, du weißt, dass du dir einiges vorgenommen hast,*

konnte ich mir ein ehrliches Lächeln nicht verkneifen.

Tatsächlich hatte sie in den letzten Jahren in fünf Filmen mitgespielt. Hinzu kamen die Serie *Elf des Erfolgs* sowie eine Nebenrolle in einer weiteren Fernsehproduktion. Offenbar hatte sie in den Jahren vor dem Horrorfilm echt jede Gelegenheit genutzt, vor der Kamera zu stehen.

Meine Antwort an sie musste allerdings warten, denn Nora hatte inzwischen begonnen, die Termine mit uns durchzugehen. Sie hatte alles handschriftlich in ihrem Notizbuch und parallel in ihr Smartphone eingetragen. Sobald wir ihr eine Zusage gaben, schickte sie uns den Kalendereintrag sofort direkt auf unsere Handys. Zusätzlich bekamen wir noch am selben Tag eine Zusammenfassung per E-Mail – ihre Art, sich abzusichern, damit keiner von uns eine Verpflichtung verpasste.

Als wir endlich mit allem durch waren, bat Richie Nora um ein Vieraugengespräch, während Lex sich zurückzog, um mit Tessa zu telefonieren und sich zu erkundigen, wie es ihr ging.

Spencer blieb mir gegenüber auf der Couch sitzen, und ich vermutete, dass er am Handy spielte. Und ich nutzte die Gelegenheit, um Alicia zu antworten.

*Theo: Ich kann es kaum erwarten! Seit eben habe ich meinen Arbeitsplan für die kommenden Tage. Wie sieht es bei dir übermorgen Abend aus? Am Freitagnachmittag habe ich ein Fotoshooting etwas außerhalb von London, aber danach könnte ich zu dir kommen. Gegen sieben Uhr abends? Am Samstag steht bei mir ausnahmsweise nichts an – falls es länger wird, meine ich. Wie viele Filme schaffen wir hintereinander?* 😄

Dass sie sofort zurückschrieb, freute mich wie irre.

*Alicia: Wir könnten ja auch jedes Mal nur einen Film anschauen.*
*Damit wir öfter einen Grund haben, uns zu sehen.*

*Theo: Glaub mir, dafür brauche ich keinen Film.*

»Wer lässt dich denn so grenzdebil grinsen?« Spencer ließ sich neben mir aufs Sofa sinken und linste neugierig auf mein Display.

»Geht dich nix an.« Feixend schob ich mein Telefon in die Hosentasche.

»Alles klar, Leute. Freitagabend Billard bei Theo!«, rief Richie, der wohl mit Nora fertig war und in die Hände klatschend zu uns zurückkam.

»Finde ich ja großartig, dass du zu mir einlädst, ohne vorher mit mir zu reden«, grummelte ich. »Allerdings wird nichts draus, da hab ich nämlich schon was vor.« Ich hoffte, damit wäre das Thema durch. Aber natürlich gaben sie sich mit dieser Antwort nicht zufrieden.

»Wieso das?« Irritiert checkte Spencer den Kalender und Lex warf ebenfalls stirnrunzelnd einen Blick auf sein Handy.

»Da haben wir doch nichts vor, oder?« Richie schaute zu Nora, die verneinte.

»Tut mir leid, dass ich neben euch manchmal noch ein eigenes Leben habe«, erwiderte ich mit einer Spur Sarkasmus in der Stimme. »Oder hätte ich vorher einen schriftlichen Antrag stellen müssen, weil ich einmal etwas allein unternehmen will?«

»Ts, sorry, wenn ich das sage, aber du hattest deine drei Wochen Privatleben im Sommer, als du dich nach Südfrankreich verabschiedet hast. Jetzt gehörst du wieder voll und ganz uns.« Lex schaute mich todernst an, bis Richie lachend seinen Arm um meine Schultern legte.

»So wie ihr nur drei Wochen Privatzeit mit euren Freundinnen hattet ... Wobei, Moment mal, da stimmt was nicht«, sagte ich gespielt genervt. »Ach, richtig, ihr seid ja nach wie vor mit ihnen zusammen.«

»Tja, sieht so aus, als hättest du trotzdem Pech. Außer natürlich, du verrätst uns, was du vorhast. Dann könnten wir dir vielleicht doch die Freiheit lassen, genau das zu tun, worauf du Lust hast. Ansonsten sind uns leider die Hände gebunden.« Spencer grinste schief.

Schnaubend verdrehte ich die Augen. Ich wusste, sie machten nur Spaß, aber mir war auch klar, dass sie nicht lockerlassen würden, bis ich ihnen nicht erklärte, was ich am Freitagabend vorhatte. »Ich treffe mich mit jemandem, okay?«

»Und mit wem?«, bohrte Richie nach, bis sich seine Augen weiteten. »Fuck, sag nicht, es ist die kleine Rothaarige von der Preisverleihung?«

Verdammt, sie konnten es wirklich nicht auf sich beruhen lassen ...

»Nein, mit einer neuen Band. Wenn die Jungs dort netter sind als ihr, steige ich aus und wechsle zu denen«, erwiderte ich trocken.

Nora hob eine Augenbraue – vermutlich versuchte sie, herauszufinden, wie viel Wahrheit in dieser Aussage steckte und ob zwischen uns etwas vorgefallen war, das ihr entgangen war.

Richie, Spencer und Lex hingegen schauten mich kurz schweigend an.

»Okay, dann ciao.« Lex drehte sich um und holte sich eine neue Flasche Wasser aus dem Kühlschrank.

Richie klopfte mir auf die Schulter. »War nett mit dir.«

»Viel Erfolg«, meinte Spencer genauso ungerührt wie der Rest.

»Autsch. Gut zu wissen, dass ich euch nicht fehlen würde.«

»Ihnen ist absolut klar, dass sie ohne dich einpacken können«, erwiderte Nora und setzte sich mit ausgestreckter Faust neben mich, bis ich meine gegen ihre stieß.

»Ich bin dafür, noch einmal die neuen Songs durchzugehen, was meint ihr?« Lex dehnte seinen Nacken und anschließend seine Arme und ging auf die Instrumente zu, ohne eine Antwort von uns abzuwarten.

Richie folgte ihm sofort, sprang dabei ein paarmal in die

Luft und zog seine Knie an die Brust, als würde er sich für einen Lauf vorbereiten.

»Es *ist* die Rothaarige, richtig?«

Schnaubend schaute ich Spencer an, der mir diese Worte zugeraunt hatte, während wir den beiden anderen folgten, und nickte.

»Ha, ich bin gut!«, meinte er mit einem Schmunzeln auf den Lippen. »Dann viel Spaß mit ihr.«

»Danke«, murmelte ich, während ich mir die Gitarre umschnallte.

Spaß würde ich mit Alicia definitiv haben, das wusste ich schon jetzt. Nicht nur beim Filmeschauen, sondern auch, wenn wir uns unterhielten. Und bei allem, was darüber hinausging ... Fuck, wenn ich nur an unseren Kuss zurückdachte und mir vorstellte, der Rest von ihr schmeckte womöglich genauso köstlich wie ihre Lippen, konnte ich es kaum erwarten, bis es Freitagabend war.

Verhalten stöhnte ich auf, woraufhin Spencer, bevor er an den Drums Platz nahm, noch einmal zu mir sah und mir amüsiert zuzwinkerte.

Großartig, jetzt hatte ich ihm mehr oder weniger unfreiwillig weiteres Material geliefert, mich aufzuziehen.

# 9 – Alicia

»Ich hoffe, es schmeckt dir.« Dad schaute mich unsicher an, während er mit der Gabel Nudeln aufwickelte.

»Du hast dich mal wieder selbst übertroffen«, nuschelte ich mit vollem Mund – ein Verhalten, das ich nur an den Tag legte, wann immer ich nicht bei Mum war. Bei Dad konnte ich einfach ich sein.

Er kaute und nickte. »Ja, das Rezept kommt in mein Kochbuch. Definitiv.« Er probierte regelmäßig neue Kreationen aus, und die guten schrieb er in sein Notizbuch, in dem er alle möglichen Gerichte sammelte. Diese Pasta mit Süßkartoffelpesto, gehackten Pilzen und Käse gehörte da auf jeden Fall dazu.

»Du solltest sie Mighty Pasta nennen«, schlug ich vor, ohne groß darüber nachzudenken, was ich da eigentlich sagte.

»Hm? Wie kommst du darauf?« Dad runzelte die Stirn, während er noch etwas Parmesan über seine Nudeln rieb.

»Ach, nur so ... Findest du den Namen unpassend?« Hoffentlich wurde ich jetzt nicht rot.

»Mighty Pasta ... Klingt lustig. Dann soll sie ab jetzt so heißen«, beschloss er.

Ich erwiderte sein Lächeln.

Manchmal lud er mich ein, seine kulinarischen Schöpfungen

gemeinsam mit ihm zu probieren. Meistens waren sie gut, hin und wieder waren allerdings schon ganze Portionen im Müll gelandet und wir hatten uns im Anschluss Pizza bestellt. Ebenfalls etwas, das Mum nicht wissen durfte. Nicht das Wegschmeißen von Lebensmitteln wäre hier das Problem und nächste Streitthema, sondern das Verzehren dieser Kalorienbomben.

Vielleicht war es böse, doch an Tagen wie heute genoss ich es mehr als sonst, dass meine Eltern geschieden waren. Neben Mum wäre es nicht möglich, Pasta überhaupt anzusehen, geschweige denn, sie zu essen. Das würde garantiert in einer heißen Diskussion enden. Nicht für Dad, der hatte immer schon einen eigenen Essensplan verfolgt. Aber bei mir war Mum ganz und gar dagegen, dass ich so viele Kohlenhydrate in mich hineinstopfte. Seit ich ausgezogen war, hatte ich auch an den Hüften zugelegt – ihre Meinung, nicht meine. Und sie tat sie nur zu gerne kund, wann immer wir uns sahen.

»Dad?«

»Hm?«

»Denkst du, ich bekomme deshalb keine Filmrollen mehr, weil ich zugenommen habe?«, fragte ich, was sich beim Essen heimlich in meine Überlegungen geschlichen hatte. Dabei wollte ich so gar nicht sein. Zu sehr aufs Äußere fokussiert. Klar, auch in meiner Branche war das wichtig, dennoch entschied nicht das Aussehen über Talent.

Dad legte sein Besteck zur Seite, wischte sich mit der Serviette über seinen Mund und schaute mich eine Weile einfach nur an. Dann schüttelte er stirnrunzelnd den Kopf. »Deine Mutter hat dich echt kaputt gemacht. In so vielen Bereichen. Und es tut mir von Herzen leid, dass ich das nicht verhindern konnte.« Schwer seufzte er. »Um auf deine Frage zurückzukommen: Nein, Alicia. Du bist nicht dick. Und weder deine Figur noch dein Gewicht oder das, was du isst, sind für die aktuelle Situation verantwortlich. Du siehst gut aus, hast – wenn ich das als dein Vater sagen darf – Rundungen an den richtigen Stellen. Bitte vergiss alles, was deine Mutter dir zum Thema Ernährung eingeredet hat. Ihr Blick darauf ist völlig gestört und meiner Meinung nach nicht gesund. Und nein, es liegt auch nicht an dir als Person oder an deinem Talent. Manchmal ist es einfach so, dass gerade nicht die passende Rolle verfügbar ist. Ich weiß, es ist schwer, aber hab Geduld. Irgendwann wird sich das Blatt wieder wenden, und du wirst dich vor lauter Rollenangeboten nicht retten können.«

Kurz hoben sich meine Mundwinkel, bevor ich nickte. Es war nicht das erste Mal, dass wir darüber redeten. Hin und wieder waren meine Selbstzweifel jedoch dermaßen laut, dass sie sich nicht länger in den Hintergrund drängen ließen. Und mit Dad konnte ich über alles reden. Er war wie mein sicherer Hafen.

»Ich hab übrigens jemanden kennengelernt«, wechselte ich schließlich das Thema, weil ich die Stimmung wieder heben wollte.

»Ach ja?« Er würde nicht nachbohren, sondern einfach abwarten, ob ich ihm mehr erzählte.

»Ja. Er heißt Theo und ist Musiker. Wir sind bei den *BRITs* ins Gespräch gekommen und er hat mir seine Nummer gegeben.«

»Und wie ist er so?«

»Er ist ... süß.« Meine Mundwinkel hoben sich ganz automatisch zu einem Lächeln. »Ursprünglich kommt er aus York, jetzt lebt er in London. Und er ist Gitarrist einer Rockband, vielleicht kennst du ja die *Mighty Bastards*?«

»Ah, deswegen also Mighty Pasta.« Er zwinkerte mir zu. »Ich glaube, den Namen habe ich schon mal gehört.«

»Hm, was kann ich noch über ihn sagen? Er ist vierundzwanzig. Und tätowiert.«

Dad lachte. »Lass mich raten: Deine Mutter hasst ihn?«

Schmunzelnd zuckte ich mit den Schultern. »Mir egal. Er interessiert sich für mich und er hält mich für eine gute Schauspielerin. Er hat *Elf des Erfolgs* und *Das Haus der gebrochenen Seelen* gesehen. Heute Abend kommt er zu mir. Er will jeden einzelnen Film und alle Serien mit mir anschauen, in denen ich mitgespielt habe.«

»Er hängt sich also voll ins Zeug. Und du magst seine Musik?«

Ich spießte ein Stück Champignon mit der Gabel auf. »Total. Ich verfolge die Band schon eine Weile.«

»Vielleicht sollte ich sie mir auch mal anhören«, überlegte Dad laut und schob den leeren Teller von sich.

»Ich glaube, dir könnte der Sound gefallen.« Ich war mir sogar sicher. Dad mochte Alternative Rock ebenfalls, allerdings wusste ich nicht, ob er je auf die verschiedenen Bandnamen geachtet hatte. Meistens hörte er allgemeine Playlists in Zufallswiedergabe. Nur wenn ihm ein Song besonders gut gefiel, speicherte er ihn separat ab, um ihn später finden und nach Lust und Laune hören zu können – und selbst da war ich mir nicht sicher, ob er auf die Interpreten Wert legte.

»Na, dann wünsche ich dir auf jeden Fall einen schönen Abend.« Dad stand auf, um unsere Teller in die Küche zu tragen.

»Danke, den habe ich bestimmt.« Bei dem Gedanken daran, Theo in wenigen Stunden wiederzusehen, beschleunigte sich mein Herzschlag. Dass ich bis dahin noch einen Shoppingausflug mit Mum überstehen musste, verkniff ich mir jedoch vor meinem Vater. Heute hatte er bereits genug über sie gelästert, und obwohl ich grundsätzlich seiner Meinung war, war sie dennoch meine Mutter.

»Du isst doch noch ein Stück Kuchen mit mir, oder?« Dad holte das lecker aussehende Schokoladenteil aus dem Kühlschrank, und auch wenn ich im Hinterkopf erneut Mum meckern hörte, nickte ich. Mir lief jetzt schon das Wasser im Mund zusammen. Kurz darauf aß ich den ersten Bissen, und er schmeckte fantastisch. Süß und herb zugleich. Was war ich froh, dass ich mir diesen Genuss nicht entgehen ließ!

»O nein, das kannst du nicht tragen.« Mums Dämpfer nach der schönen Zeit mit Dad kam so sicher wie das Amen in der Kirche. »Haben Sie das für meine Tochter auch eine Nummer größer?«, rief sie der Verkäuferin über die Schulter zu, sodass sich vermutlich alle Köpfe in ihre Richtung drehten.

Ein Glück, dass ich gerade in der Umkleide stand und es nicht sehen konnte.

»Weißt du, was? Mir gefällt das Kleid sowieso nicht, ich lasse es hier.« Hektisch tastete ich nach dem Reißverschluss an der Seite und zog ihn auf, als die Verkäuferin meiner Mum das Etuikleid bereits in der gewünschten Größe reichte.

»Sie will es doch nicht.« Mit einer abwehrenden Geste wies sie die Angestellte zurück – und ich kochte innerlich.

Nicht, weil die Frau das Kleid umsonst gebracht hatte, sondern schlicht, weil Mum es so aussehen ließ, als wäre ich eine Zicke und die Unfreundlichkeit in Person. Dabei hatte sie mir die Freude am Shoppen genommen.

»Was ist mit dem Oberteil? Nimmst du wenigstens das?«, fragte Mum, die den Kopf durch einen Spalt im Vorhang in die Kabine streckte.

Die Tunika hatte gepasst und sah wirklich süß aus mit den altrosa Rüschen und den Stickereien. Ließ ich sie hier, würde meine Mum garantiert über meine vermeintliche Undankbarkeit meckern. Sie wollte mir heute unbedingt etwas kaufen, und damit würde ich leer ausgehen. Würde ich jedoch zusagen, hinge die Tunika sicher ewig im Schrank, weil ich sie nicht mehr anziehen wollen würde, da sie mich an diesen Shoppingausflug erinnerte. Erfahrungsgemäß dauerte es ein halbes Jahr oder länger, bis ich die negativen Erinnerungen daran verdrängt hatte und ich das entsprechende Kleidungsstück schließlich doch tragen konnte.

»Okay, ja bitte«, sagte ich und versuchte, dabei dankbar und fröhlich zu klingen.

In Momenten, in denen ich mit Mum unterwegs war, fiel es mir verdammt schwer, eine gute Schauspielerin zu sein.

»Die Tunika kann zur Kasse«, sagte Mum in einem hochnäsigen Befehlston und sah sich noch einmal im Laden um.

In dem Moment vibrierte mein Telefon. Ein schneller Blick aufs Display meines Smartphones verriet mir, dass mir Ed, mein Agent, die wöchentliche E-Mail mit den Castings geschickt hatte, doch die würde ich mir später durchsehen.

»Würden Sie mir bitte das Oberteil reichen, Miss? Dann bringe ich es schon mal für Sie nach vorne.« Die Verkäuferin stand auf der anderen Seite des Vorhangs und klang eingeschüchtert. Ich hasste es, dass Mum auf sie ebenfalls diese Wirkung hatte.

»Natürlich, einen Moment.« Ich verstaute das Telefon wieder in meiner Handtasche, nahm die Tunika vom Haken und schob sie zwischen dem Stoff hindurch. »Und ... tut mir leid wegen meiner Mutter«, murmelte ich leise.

Es folgte keine Antwort, aber ich war mir sicher, sie hatte es gehört, denn es dauerte noch zwei Atemzüge, bis sich ihre Absätze von der Umkleide entfernten.

Als ich kurz darauf wieder meine eigenen Klamotten anhatte – eine Tweddhose und ein champagnerfarbener Rollkragenpullover, dazu wadenhohe schwarze Stiefel und ein langer, hellbrauner Wollmantel –, trat ich aus der Kabine.

Überrascht stellte ich fest, dass Mum bereits bezahlte.

»Wolltest du nichts anprobieren?«

»Keine Sorge, ich strapaziere nicht länger deine ach so kostbare Zeit, wir sind hier fertig«, antwortete sie spitz. Offensichtlich war sie eingeschnappt. Als hätte ich ihr den Shoppingtrip verdorben und nicht umgekehrt.

Ich verdrehte hinter ihrem Rücken die Augen.

»Heute Abend bin ich auf einer Cocktailparty bei Maximilian Stone eingeladen.«

Überrascht sah ich sie an, als sie sich mit einem triumphierenden Lächeln auf den Lippen zu mir umdrehte. Denn Maximilian Stone war niemand Geringerer als der Produzent der Ewigrun-Saga, mit der er sich nicht nur hier, sondern auch in Hollywood einen Namen gemacht hatte.

»Ich habe seine Bekanntschaft gemacht, als *du* dich auf der Aftershow-Party amüsiert hast. Aber du hast Glück, denn du bist meine Begleitung. Eigentlich dachte ich, du würdest das Kleid anziehen, das du jetzt doch nicht wolltest, aber du hast ja noch ein paar andere ...«

»Ich werde nicht mitkommen, ich habe heute bereits etwas vor«, fiel ich ihr entrüstet ins Wort, während die Dame an der Kasse peinlich berührt zwischen uns hin und her sah. Denn auch wenn es eine großartige Chance war, konnte sie nicht einfach, ohne sich vorher mit mir abzusprechen, über mein Leben und meine Freizeit bestimmen, wie sie wollte.

Kurz bedachte sie die Verkäuferin mit einem Blick, der verdeutlichen sollte, dass diese auf keinen Fall auch nur ein Sterbenswörtchen darüber verlieren durfte, was eben zwischen ihr und mir abgelaufen war. Anschließend wandte sie sich mir mit einem zuckersüßen Lächeln auf den Lippen zu. »Aber natürlich, das habe ich ganz vergessen. Lass uns später weiterreden.«

Erneut stand ich da wie die zickige, undankbare Tochter. In mir brodelte ein Vulkan, und es war bloß eine Frage der Zeit, bis er ausbrechen würde.

Als wir den Laden verlassen hatten, eilte ich verärgert davon. Ich hatte genug von ihr und wollte mir das nicht länger bieten lassen. Dass ich sie stehen ließ und nicht weiter mit ihr shoppen, sondern nach Hause eilen wollte, ging ihr allerdings gegen den Strich. Sie folgte mir klackernd, packte mich fest am Oberarm, sodass ich keine Chance hatte, ihr zu entkommen, und zog mich in eine ruhige Gasse. »Wenn wir nicht in der Öffentlichkeit wären, würde ich dir zeigen, was ich von deinem unmöglichen Verhalten mir gegenüber halte. Du bist ein undankbares Gör, und ich habe mich noch nie so für dich geschämt wie eben. Mal davon abgesehen, dass ich langsam, aber sicher das Gefühl habe, dass dir deine Karriere völlig egal ist. Da organisiere ich dir die Möglichkeit, auf der Party eines Produzenten weitere Kontakte in die Filmbranche zu knüpfen, und du lehnst einfach ab. Soll ich dir sagen, was ich getan hätte, wenn mich anno dazumal Gianni Versace auf eine seiner glamourösen Partys eingeladen hätte? Ich hätte alles stehen und liegen lassen, um hinzugehen und etwas für meine berufliche Laufbahn zu tun. Erfolg fällt dir nicht in den Schoß, Liebes, du musst schon auch was dafür tun. Und Connections können zwar ein Sprungbrett sein, springen musst du jedoch selbst. Und immerhin sprechen wir von Maximilian Stone. Eine bessere Eintrittskarte zur Crème de la Crème der britischen Filmbranche wirst du vermutlich nicht finden.«

Okay, damit lag sie sicher nicht falsch, und seine Bekanntschaft zu machen, wäre nicht verkehrt. Doch gerade war ich einfach nur sauer und alles in mir wehrte sich gegen diesen Abend. »Gut, aber du kannst nicht einfach über mein Privatleben verfügen, wie es dir gerade passt. Ich bin heute schon mit jemandem verabredet, dem ich nicht absagen kann und will. Wenn du mich nun bitte entschuldigen würdest – ich muss nach Hause, um mich für später fertig zu machen.«

Zwar blieb noch genug Zeit, aber ich musste weg von hier, nein: von ihr. Ich brauchte dringend Abstand zu meiner Mum, bevor ich etwas sagte, was ich bereute. Denn gerade traute ich mir selbst nicht mehr.

Kaum dass meine Wohnungstür hinter mir ins Schloss gefallen war, brachen die Dämme. Ich ließ die Tüte mit der Tunika einfach fallen, genau wie meine Handtasche. Zog die Stiefel aus und eilte ins Wohnzimmer, wo ich mich auf die Couch warf und hemmungslos weinte. Vor Wut und Schmerz und Sehnsucht – weil ich mir zu gern eine Mum wünschte, die zumindest annähernd so war wie mein Dad.

Gerade als ich mich etwas beruhigt hatte, klingelte mein Handy.

Erst wollte ich nicht nachsehen, wer es war – denn wenn es Mum wäre, würde ich es gar nicht wissen wollen. Doch dann fiel mir ein, dass es auch Theo sein könnte. Also stand ich auf, lief zu meiner Handtasche und zog das Smartphone in genau dem Moment heraus, als es verstummte.

Ein Blick auf das Display verriet mir, dass es weder Mum noch Theo gewesen waren, sondern Kim.

Sofort rief ich sie zurück. »Hey, ich war zu langsam.« Dabei versuchte ich erst gar nicht, vor ihr zu vertuschen, dass ich geweint hatte.

»Mein Gott, Alicia, was ist denn los?«

»Nichts, ich … war bloß mit Mum shoppen.« Ein Schluchzer schüttelte mich, und ich brauchte einen Augenblick, um mich zu sammeln.

»Scheiße. Soll ich vorbeikommen? Brauchst du jemanden, der mit dir ans andere Ende der Welt durchbrennt? Ich wäre bereit.«

Verhalten kicherte ich. »Nein, so weit ist es noch nicht.«

»Aber fast, hm?«

Schwer atmete ich aus. »Du kennst sie ja. Sie hat mich heute Abend zu einer Party eingeladen – oder eher gezwungen –, ohne mich zu fragen.«

Kim schnaubte. »Dann geh nicht hin.«

»Aber es sind Leute dort, die mir nützlich sein könnten«, sagte ich leise, da ich mir dessen sehr wohl bewusst war. Es wäre dumm von mir, diese Chance verstreichen zu lassen.

»Oh, okay. Dann ... gehst du hin?«

»Sollte ich wohl. Was allerdings bedeutet, dass ich Theo für heute Abend absagen muss.« Kaum dass ich es ausgesprochen hatte, fühlte ich eine Schwere in mir.

»Nicht zwingendermaßen. Du könntest dich ja auch noch im Anschluss mit ihm treffen.«

»Denkst du ...« Ich stockte. Allein beim Gedanken daran wurde mir heiß.

»Hm?«, machte Kim, weil ich nicht sofort weiterredete.

»Wäre es verrückt, Theo zu fragen, ob ich danach zu ihm fahren kann, damit wir uns zumindest noch einen Film anschauen?« Es wäre dann wirklich spät und vermutlich dachte er, ich würde dann auch gleich bei ihm übernachten ...

»Klar, warum nicht. Außer du hast ein ungutes Gefühl bei ihm.«

Ich musste nicht einmal in mich hineinhören, um zu wissen, dass das bei Theo definitiv nicht zutraf. »Nein.«

»Dann mach es. Frag ihn. Ansonsten könntet ihr das Filmeschauen ja auch auf einen anderen Abend verlegen. Euch erst besser kennenlernen. Ihr müsst ja nichts überstürzen. Und falls du doch im Anschluss zu ihm fährst, kannst du mir deinen Standort schicken, wenn du dich sicherer fühlst.« Sie kicherte. »Keine Sorge, ich sage das nicht, weil ich wissen will, wo Theo Murray wohnt.«

Augen rollend schmunzelte ich. »Das weiß ich doch. Und ja, ich glaube, ich frage ihn wirklich, ob wir es so machen können. Ich befürchte einfach, dass ich es bereuen könnte, wenn ich nicht zu dieser Party gehe. Ich sollte halt echt einfach jede Möglichkeit nutzen, um Kontakte zu knüpfen.«

Kim machte ein zustimmendes Geräusch.

»Weswegen hast du eigentlich angerufen?«, erkundigte ich mich dann.

»Oh, stimmt. Ich wollte dich fragen, ob du Lust hast, morgen Abend mit mir die Clubs unsicher zu machen. Mir ist nach

Cocktails und Tanzen, und etwas sagt mir, dass du das ebenfalls gut vertragen könntest.«

»Reden wir morgen noch einmal, aber ich denke, das könnte
ich wirklich dringend gebrauchen«, antwortete ich und lächelte, während ich mir mit einem Taschentuch die letzten Tränen
von den Wimpern tupfte.

# 10 – Alicia

»Hey, ich habe eben an dich gedacht«, sagte Theo, kaum dass ich seine Nummer gewählt und er meinen Anruf angenommen hatte.

»Das ist ... schön«, sagte ich und atmete geräuschvoll aus, um meine Anspannung loszuwerden. »Hör zu, ich rufe wegen heute Abend an.«

»Fuck, ich habe es befürchtet«, sagte er und klang dabei so enttäuscht, dass sich alles in mir zusammenzog.

»Nein, ich sage nicht ab!«, erklärte ich schnell. »Es ist nur so, dass es eine kleine Planänderung gibt.« In wenigen Worten erzählte ich ihm von der Party und meinem Vorschlag, dass ich im Anschluss zu ihm kommen könnte. »Das heißt, natürlich nur, wenn dir das dann nicht zu spät ist.«

»Wenn es nicht gerade vier Uhr morgens ist ...«, meinte er und klang dabei immer noch nicht wirklich glücklich.

So ein Mist!

»Gott, nein, auf keinen Fall! Ich melde mich bei dir, damit du weißt, wann ich ungefähr da bin. Und sollte es dir doch zu spät sein, verschieben wir es einfach auf einen anderen Tag.« Ich kniff die Augen zusammen und hoffte, er würde mich heute ebenso gern sehen wollen wie ich ihn.

»Okay, kein Ding, sag einfach Bescheid, ich bin zu Hause.«

Erleichtert atmete ich auf. »Danke! Ich verspreche, ich mache es wieder gut, dass ich dich warten lasse.«

Er lachte leise. »Keine Sorge, ich freue mich einfach darauf, dich zu sehen, Alicia.«

Augenblicklich fühlte ich eine Wärme, die einen großen Teil des unguten Gefühls in mir vertrieb.

Diese hielt allerdings nicht lange an.

Ich schrieb Mum, dass ich sie zur Party begleiten würde, woraufhin sie mir wie selbstverständlich Anweisungen schickte, was ich anziehen, wie ich mich schminken und mir die Haare machen sollte. Außerdem informierte sie mich, dass sie mich gegen halb acht abholen würde. Mir blieben also gut eineinhalb Stunden, eine Kleinigkeit zu essen und mich für die Party herzurichten. Bestimmt würde es dort auch Canapés oder vielleicht sogar ein Dinner geben, aber in Mums Begleitung würde ich mich hüten, dort so viel zu essen, dass ich unter normalen Umständen satt werden würde.

Als ich schließlich geduscht, geschminkt und mit geföhnten und zu einem lockeren Zopf geflochtenen Haaren pünktlich um halb acht auf die Straße trat, hielt gerade das Uber mit Mum vor meiner Tür.

Ich stieg ein, und sie begrüßte mich kühl. »Schön, dass du dich umentschieden hast. Aber wieso du meine Anweisungen missachtest, ist mir schleierhaft.«

Hätte ich sie befolgt, würden mir meine Haare nun in weichen Locken über die Schultern fallen. Ich hätte mich deutlich mehr geschminkt und würde ein kurzes Kleid zu High Heels tragen – doch ich wollte mich wohlfühlen. Nicht nur auf der Party, sondern auch im Anschluss bei Theo. Da würde ein knappes Kleid nicht wirklich von Vorteil sein, schon gar nicht, wenn wir es uns auf seiner Couch gemütlich machen wollten.

Außerdem hatte ich keine Clutch bei mir, sondern eine große Handtasche, in die ich Snacks für später gepackt hatte – die ich jedoch vor Mum tunlichst verbergen wollte.

Sie wusste nichts davon, dass ich vorhatte, zeitig wieder abzuhauen und zu Theo zu fahren – und daran würde sich so schnell auch nichts ändern. Sie würde es dann schon merken, wenn ich mich von den Leuten verabschiedete.

»Ich muss mich in meiner Haut wohlfühlen – und für meine Arbeit in erster Linie mit meiner Ausstrahlung und meinem Können überzeugen. Da ist ein natürliches Auftreten sogar oftmals von Vorteil.«

Mum schnaubte und strafte mich die restliche Fahrt mit Schweigen – was mir nur recht war. Stattdessen schrieb ich Kim, die mir viel Kraft und Durchhaltevermögen wünschte, und Theo, der mir antwortete, dass er es kaum erwarten konnte, mich zu sehen. Eine bessere Motivation, diesen Abend schnell und professionell über die Bühne zu bringen, gab es vermutlich nicht.

Das Haus von Maximilian Stone war, genau genommen, eine Villa in Hampstead am Stadtrand von London und als wir ankamen, stieg gerade eine Frau in elegantem Abendkleid aus einer Limousine – woraufhin ich sofort einen *Ich-habs-dir-doch-gesagt-Blick* von Mum kassierte. Das änderte nichts daran, dass ich immer noch nicht bereute, mich für die dunkelviolette Stoffhose und die Tunika entschieden zu haben, die sie mir heute gekauft hatte. Letztere hatte ich zwar widerwillig, jedoch in der Hoffnung angezogen, Mum damit etwas besänftigen zu können. Diese würde sie allerdings erst sehen, wenn ich meinen Mantel ausgezogen hatte.

Ich folgte ihr zum Eingang, wo uns eine Frau empfing, die, so vermutete ich, für Mr Stone arbeitete. Sie nahm uns die Mäntel ab, und als Mum erkannte, dass ich ihre Tunika trug, wurde ihr Blick zumindest ein wenig weicher.

»Bethany, wie schön, dass du da bist!«, ertönte es in diesem Moment, und als ich mich zur Stimme umdrehte, kam der Gastgeber auf uns zu. Das hieß ... er kam auf Mum zu, die Arme ausgebreitet, und küsste sie übertrieben auf beide Wangen.

»Maximilian, ich danke dir für die Einladung. Natürlich bin ich gekommen. Darf ich dir meine Tochter Alicia vorstellen? Du erinnerst dich, ich habe dir erzählt, dass sie Schauspielerin ist.«

Mr Stone runzelte die Stirn, als er sich mir zuwandte. »Aber natürlich. Bildschön, wie die Mutter.« Auch mich begrüßte er überschwänglich und als wären wir schon ewig beste Freunde. Doch dann legte er einen Arm um die Taille meiner Mum und drehte mir damit fast schon den Rücken zu, während er sie von mir wegführte.

Zwar hatte ich nicht erwartet, dass wir sofort in ein Gespräch über die Arbeit versinken würden, doch gleich zu Beginn so zu spüren zu bekommen, dass er ausschließlich Interesse daran hatte, sich an meine Mum ranzumachen, war schon hart.

Seufzend sah ich mich um. Das Haus war wirklich luxuriös eingerichtet, und in dem riesigen Wohnbereich befanden sich locker vierzig Gäste oder mehr. Klavierklänge drangen aus den Boxen und ich entdeckte eine kleine Bar, hinter der ein Barkeeper Drinks mischte. Ich ging auf ihn zu und bestellte ein Glas Weißwein, mit dem ich mich weiter umsah, bis ich tatsächlich den Regisseur Louis Francis ausmachte, der sich eben mit der Frau unterhielt, die vor uns aus der Limousine gestiegen war.

Tief atmete ich durch, nippte noch einmal am Weinglas und ging schließlich auf den Mann Mitte fünfzig zu. Er lachte gerade, meine Gelegenheit, in die Unterhaltung einzusteigen, ohne die beiden unterbrechen zu müssen.

»Entschuldigen Sie die Störung, Mr Francis. Vielleicht ist das hier nicht der richtige Ort, aber ich wollte die Gelegenheit nutzen und meine Bewunderung für Ihre Arbeit ausdrücken.«

Die Frau neben mir gluckste, doch ich lächelte sie einfach nur freundlich an und ließ mich dadurch nicht von ihr verunsichern.

»Oh, junge Dame, das dürfen Sie durchaus. Künstler wie ich lieben es zu hören, dass anderen ihr Schaffen gefällt.« Er zwinkerte mir zu. »Was haben Sie denn schon von mir gesehen?«

Vermutlich wollte er herausfinden, ob ich nur zum Schleimen gekommen oder wirklich mit seiner Arbeit vertraut war. Aber selbstverständlich kannte ich seine Filmografie zumindest in Teilen und hatte und davon sogar einige gute Stücke gesehen. »Also ich fand *Feenstaub* wirklich großartig. Die

Inszenierung des Balls und die Wahl der Beleuchtung, die Kameraführung ...« Ich seufzte. »Oder *Epos eines Helden* – die Schlacht beim Showdown war atemberaubend!«

Die Frau neben uns räusperte und entschuldigte sich, woraufhin wir allein waren.

Mr Francis schien das nicht zu stören. Er lachte leise. »Okay, das klingt, als hätten Sie Ahnung, wovon Sie sprechen. Sind Sie ebenfalls in der Filmbranche tätig?«

»Ja, ich bin Schauspielerin. Alicia Atkinson«, erklärte ich mit all dem Stolz in der Stimme, den ich aufbringen konnte, und streckte ihm meine Hand entgegen. »Vielleicht haben Sie ja ...«

»Ah, daher weht der Wind«, fiel er mir ins Wort und schob beide Fäuste in die Hosentaschen. Ein eindeutiges Zeichen meines Misserfolgs. »Also ich werde dir sicher keine Rolle verschaffen, wenn es das ist, worauf du aus bist, Kleines.«

Schwer schluckte ich gegen die Niederlage an, obgleich mir seine respektlose Ansprache missfiel. »Tut mir leid, dass Sie das missverstanden haben. Deshalb habe ich Sie nicht angesprochen.« Hatte ich doch, aber das behielt ich für mich. »Ich wollte nur meine Bewunderung ausdrücken und mit Ihnen über das Business reden. Aber falls Sie das in Ihrer Freizeit nicht möchten, habe ich natürlich auch vollstes Verständnis dafür. Bitte entschuldigen Sie mich ...« Ich wollte mich schon abwenden, als meine Mum auf uns zukam.

»Ah, da bist du ja. Und hast, wie ich sehe, bereits Mr Francis kennengelernt.«

Am liebsten wäre ich im Boden versunken – nach so einem misslungenen Gespräch von ihr genötigt zu werden, noch länger in dieser unangenehmen Situation zu verweilen, war wirklich das Letzte, das ich mir vorstellen konnte.

»Und Sie sind ...?«, erkundigte er sich, die Stirn in Falten gelegt. Die Hände zog er wieder aus den Hosentaschen.

»Bethany Atkinson.«

»Alicias Schwester«, sagte er, während er ihre Hand schüttelte und ich mir ein Augenrollen verkneifen musste. Das hatte ich in den letzten Jahren wahrlich zu oft gehört.

Mum kicherte mit einer Hand vor dem Mund. »Sie Charmeur! Nein, ich bin ihre Mutter.«

»Unmöglich!« Mr Francis mochte zwar ein guter Regisseur sein, aber er war ein schlechter Schauspieler.

»Nun, ich bin offenbar mit guten Genen gesegnet«, meinte Mum und deutete dann auf mich. »Genau wie Alicia, die allerdings noch eine Menge andere Talente besitzt. Dass sie Schauspielerin ist, hat sie erzählt?«

Mr Francis lachte. »Ja, wir haben eben darüber gesprochen.« Dass er mich mehr oder weniger hatte abblitzen lassen und mich wie eine lästige Fliege behandelt hatte, ließ er nicht durchsickern.

»Vielleicht kennen Sie ja ein paar Produktionen, in denen sie mitgewirkt hat?« Sie sah mich an und machte mit dem Kopf eine Bewegung in meine Richtung, als würde sie mich auffordern, mich endlich am Gespräch zu beteiligen und dem Mann meine Filmografie aufzusagen.

»Ja, also ich habe die Rolle der Tochter der Hauptfigur in *Im Schatten der Vergangenheit* gespielt und dafür sehr gute Kritiken erhalten.«

»Aber ist der Film nicht bereits vor gut zehn Jahren erschienen?« Mr Francis schaute mich neugierig an.

»Das ist richtig. Aber ich war in den letzten Jahren nicht untätig, sondern habe fast ohne Unterbrechung in verschiedenen Produktionen mitgewirkt.« Kurz überlegte ich, ob ich *Das Haus der gebrochenen Seelen* erwähnen sollte, oder vielleicht den Kurzfilm *Don't fight for her*, in dem ich kurz vor dem Horrorfilm mitgespielt hatte. Doch Mr Francis nippte bereits desinteressiert an seinem Champagnerglas, bevor er sich meiner Mum zuwandte. »Und Sie sind ebenfalls Schauspielerin?«

»Nein, ich bin in der Modebranche tätig. Viele Jahre vor der Kamera, jetzt größtenteils dahinter.«

Mr Francis wirkte nachdenklich. »Bethany Atkinson ... Atkinson! Sind Sie nicht das ehemalige Supermodel, das mit dem Tennisspieler verheiratet war?«

Das war genau, was sie hatte hören müssen. Sofort schaltete sie ihr Tausendwattlächeln ein, klimperte mit den Wimpern und warf ihre lange Mähne über die Schulter nach hinten. »Oh, Sie haben mich erkannt!«

Anschließend passierte etwas, das mich sprachlos zusehen ließ: Sie hakte sich bei Mr Francis unter und schlenderte mit ihm von mir weg, als würde ich gar nicht da sein.

Mein Mund klappte auf, als ich den beiden hinterhersah, während unbändige Wut in mir aufstieg. Keine Ahnung, was gerade in ihr ablief, aber dass sie mich erst hergelockt hatte, nur um mich im Anschluss so zu demütigen, war wirklich das Höchste. Nicht, dass ich von Louis Francis nach seinem Verhalten die beste Meinung hätte. Aber auch Maximilian Stone hatte nicht den Eindruck erweckt, als würde er sich nur einen Funken für mich und mein Talent interessieren. Da fragte ich mich echt, warum ich überhaupt hergekommen war ...

Ich leerte mein Weinglas und beschloss, noch eine Runde zu drehen. Vielleicht würde ich noch irgendwo Jax Harley sehen oder ein mir sonst bekanntes Gesicht. Doch den Regisseur konnte ich nicht entdecken – vielleicht war ihm etwas dazwischengekommen – und auch sonst assoziierte ich niemanden mit der Filmbranche. Was nichts hieß, immerhin kannte ich auch nicht alle, die in dem Business arbeiteten.

Weil ich jedoch keine Lust hatte, mich mit einem Model und einem Modefotografen zu unterhalten, sondern mich einfach nur noch danach sehnte, von hier zu verschwinden und zu Theo zu fahren, flüchtete ich auf die Toilette und orderte ein Uber, das mich nur zehn Minuten später abholte.

Dass ich verschwand, ohne mich von Mum zu verabschieden, verschaffte mir nur kurz ein schlechtes Gewissen. Diesmal schob ich einfach ihr die Schuld in die Schuhe, dass weder aus dem Gespräch mit Mr Stone noch mit Mr Francis mehr geworden war. Davon, dass es davor schon katastrophal verlaufen war, mal ganz zu schweigen, aber sie hatte mir mal wieder bewiesen, dass es ihr im Grunde nur um sich selbst ging. Und heute hatte ihr Egoismus wieder gewaltige Wellen geschlagen.

# 11 – Theo

Wie verrückt war es bitte, dass ich vor dem Kleiderschrank stand, unschlüssig, was ich anziehen sollte? Es war nur ein Date – eines, bei dem ich nicht einmal wusste, wie lange ich meine Klamotten anbehielt. Wobei ich nicht vorhatte, Alicia einfach flachzulegen und sie gleich darauf nach Hause zu schicken. So eine war sie nicht – so war das zwischen uns nicht. Verdammt, wenn ich mich selbst nicht belog, kribbelte es zwar gewaltig, doch das mit uns ging weit tiefer als ein gewöhnlicher Flirt – und vielleicht gerade deshalb wollte ich den bestmöglichen Eindruck bei ihr hinterlassen.

Ich war mit Richie und Lex bei Spencer gewesen, und wir hatten gemütlich gechillt. Bis Alicia mir vor dreißig Minuten geschrieben hatte und ich mich umgehend auf den Weg nach Hause gemacht hatte.

So früh hatte ich gar nicht mit Alicia gerechnet, doch ich wollte ihr auch nicht ungeduscht und in Jogginghose und ausgewaschenem T-Shirt die Tür öffnen.

Schließlich entschied ich mich für eine dunkelgraue Chino mit braunem Gürtel und einen eng anliegenden schwarzen Pullover und war dennoch saunervös beim Gedanken daran, dass sie gleich hier sein würde.

Bis Alicia hier eintraf, räumte ich noch ein wenig auf, was

im Grunde nicht viel war. In der Wohnung hielt ich mich momentan in erster Linie zum Schlafen auf. Meine Gitarren, die ich hier bei mir hatte, staubte ich grob ab und warf Post, die ich nicht mehr brauchte, in den Mülleimer. Anschließend stellte ich eine Ladung Wäsche an, als es auch schon klingelte.

Eine Welle heißer Nervosität jagte über mich, und ich wischte meine schwitzigen Hände notdürftig an dem Stoff der Hose ab, bevor ich die Tür öffnete, vor der Alicia stand. Ihre langen roten Haare hatte sie zu einem Zopf geflochten, der ihr locker über eine Schulter nach vorn fiel, und ein süßes Lächeln lag auf ihren Lippen.

»Hey«, begrüßte sie mich und trat ein, als ich die Tür weiter öffnete.

»Hi. Du siehst ... wow! Umwerfend aus.«

Sofort sah sie sich um, während ihre Wangen sich rosa färbten. Sicher war sie neugierig, wie ich so lebte.

Auch heute war sie nicht so extrem geschminkt wie bei der Preisverleihung. Schon das letzte Mal im Café war mir aufgefallen, dass sie dezenteres Make-up aufgelegt hatte, was ihr definitiv besser stand – vor allem, weil dadurch ihre Sommersprossen viel besser zur Geltung kamen.

Ich mochte es, dass sie damit ihre Natürlichkeit unterstrich und sich nicht eine Maske ins Gesicht pinselte, hinter der sie sich verbarg. Obwohl sie Letzteres als Schauspielerin vermutlich jeden Tag tat – aber vielleicht gerade deshalb sparte sie damit im Alltag.

»Danke. Du aber auch.« Sie musterte mich von oben bis unten und ich gab mir gedanklich ein High five für meine Kleiderwahl, als sie kurz anzüglich lächelte und dieses prompt verhalten zu vertuschen versuchte, indem sie die Zähne in die Unterlippe grub.

»Darf ich dir den Mantel abnehmen?« Ohne auf eine Antwort zu warten, stand ich hinter ihr und zog ihn ihr von den Schultern, nachdem sie ihre Handtasche abgestellt hatte.

»Danke, das ist lieb von dir.« Sie öffnete den Reißverschluss an den Stiefeln und zog sie aus. »Ich habe uns etwas mitgebracht.« Mit diesen Worten griff sie in ihre Handtasche und zog eine Papiertüte daraus hervor, die ich dankend entgegennahm.

»Was ist das?« Neugierig linste ich hinein und konnte mehrere Plastikboxen identifizieren.

»Gurken- und Karottensticks, dazu ein Joghurtdip. Und Mais für Popcorn.« Sichtlich verlegen lächelte sie mich an.

»Wow, du lässt es ja echt krachen.« Schmunzelnd führte ich sie in den Wohnbereich und zur offenen Küche, in der ihr Blick sofort auf den Süßkram und die Chipstüten fiel, die ich am Nachmittag für uns besorgt hatte.

»Also ... du musst natürlich nicht ... Ich dachte nur ...«

»Du hast definitiv die bessere Wahl getroffen«, sagte ich schnell und klopfte auf meinen flachen Bauch. »Die Fans stehen nicht so auf rundliche Gitarristen.« Auf keinen Fall wollte ich, dass sie sich jetzt schlecht fühlte, weil sie gesunde Snacks mitgebracht hatte. Womöglich musste sie sich gerade für eine bestimmte Rolle, die sie ergattern wollte, an einen strengen Ernährungsplan halten. »Davon abgesehen, klingt das Gemüse echt lecker.«

Daraufhin schenkte sie mir einen Blick, der verdeutlichte, dass sie mir kein Wort glaubte.

»Doch, wirklich. Auf der Europatournee gab es so oft Fast Food, dass ich danach Pizzen und Burger nicht mehr sehen konnte. Und auch im Studio essen wir oft bloß einen schnellen – nicht gerade gesunden – Snack zwischendurch. Wenn wir Musik aufnehmen oder proben, arbeiten wir häufig bis spät in die Nacht hinein und schlafen dementsprechend lange am nächsten Morgen. Nach dem Aufstehen lasse ich mir oft einfach was liefern, weil ich weiß, dass ich den ganzen Tag kaum zum Essen kommen werde. Und auch das ist nicht immer besonders nährstoffreich.«

»Und trotzdem siehst du so aus?« Ungläubig musterte Alicia mich und machte eine entsprechende Handbewegung in meine Richtung. »Würde ich mich auf Dauer derart ungesund ernähren ...« Sie verstummte, und ihre Augenbrauen schoben sich zusammen.

Keine Ahnung, woran sie gerade dachte, aber es musste etwas sein, das sie aufregte. Und weil ich wollte, dass sie sich bei mir wohlfühlte und wieder lächelte, ja, dass sie glücklich war, lenkte ich auf ein anderes Thema. »Wie war die Party?«

Alicia schnaubte sofort und verdrehte die Augen. »Wäre ich nicht dort gewesen, hätte ich auch nichts verpasst.«

»Oh, das tut mir leid.«

Sie winkte ab. »Egal, ich hätte auf mein Bauchgefühl hören und gar nicht erst hingehen sollen. Aber vielleicht war es auch nur Pech, weil meine Mum es eingefädelt hat. Beim nächsten Mal wird es jedenfalls sicher wieder anders laufen.«

»Bestimmt.« Verunsichert, wie ich die Kurve kriegen sollte, schob ich die Hände in die Hosentaschen. »Was hältst du von einer Führung durch die Wohnung, bevor wir mit dem Film starten?«

»Klingt gut«, sagte sie, wirkte erst noch gedankenverloren, hatte dann jedoch ein müdes Lächeln auf den Lippen.

Das war immerhin ein Anfang, ich würde sie schon noch auf andere Gedanken bringen. Ich machte eine Drehung um die eigene Achse. »Okay, also hier halte ich mich echt selten auf«, erklärte ich und zeigte auf die Gitarren. »Und wenn, dann spiele ich meistens für mich. Oder ich hänge vor dem Fernseher ab.«

»Du bist kaum zu Hause, oder wie meinst du das? Immerhin ist es fantastisch hier.« Stirnrunzelnd ließ sie ihren Blick von der grauen Couch zur Kommode wandern, über der der große Flatscreen hing. Danach schaute sie zum Billardtisch, weiter zum Esstisch, an dem Platz für vier Personen war, und zur weißen Hochglanzküche.

»Genau. Aber *wenn* ich mal hier bin, verbringe ich die meiste Zeit im Bett. Allein«, fügte ich schnell an, um bloß keine falschen Schlüsse von Alicia zuzulassen. »Allerdings sollte sich das jetzt ändern.«

Als sich Alicias Augen weiteten, kapierte ich, dass sie diesen Satz mit ziemlicher Sicherheit missverstanden hatte.

»Ich meine wegen des Billardtisches. Den hab ich erst seit ein paar Tagen und hoffe, dass ich den auch öfters nutze. Spielst du?«

»Sehr schlecht. Ich vermute, du würdest mit mir als Gegnerin schnell die Freude daran verlieren, weil du ständig gewinnst.«

Amüsiert schnaubte ich auf. »Erstens gewinne ich gern und zweitens kann ich mir nicht vorstellen, dass etwas langweilig ist, wenn du dabei bist.«

Alicia rollte mit den Augen. »Meine Mum wäre da sicher anderer Meinung«, murmelte sie, aber als wollte sie das Thema wechseln, zeigte sie auf den Flur, der neben der Küche vom Wohnbereich wegführte. »Wo geht es da hin?«

»Schlafzimmer, WC und Badezimmer.« Schnell ging ich voraus und öffnete erst die Tür zur Toilette, anschließend die zum Bad. »Ich finde es großartig, dass das Klo separat ist.«

Alicia nickte bloß und ich hatte das Gefühl, dass sie mit den Gedanken wieder woanders war.

»Und hier schlafe ich.« Gespannt musterte ich sie, wartete darauf, dass sie eine Reaktion zeigte.

Und tatsächlich hatte ich das Gefühl, dass sie wieder voll bei mir war. Neugierig schaute sie sich um, ließ ihren Blick von den bodentiefen Fenstern und den moosgrünen Vorhängen zu beiden Seiten zum großen Schrank gleiten, weiter zum Bett, das mit weiß-grüner Bettwäsche bezogen war. Dann entdeckte sie den Spiegel darüber. »O Gott«, stieß sie aus, schnaubte und klang wenig begeistert.

»Okay, lass mich erklären«, begann ich schnell.

»Darauf bin ich gespannt«, fuhr sie mit immer noch leicht genervtem Ton fort, lächelte jedoch, was mir Mut gab.

»Den Spiegel hat der Typ montiert, der vor mir hier gewohnt hat. Ehrlich, ich schwöre«, hängte ich lachend an, als sie zweifelnd eine Augenbraue hob. »Nie hätte ich ihn dort aufgehängt, aber ihn abmontieren wollte ich auch nicht, weil der Kerl mir erklärt hat, wie er ihn dort oben angeschraubt hat – verankert trifft es eher, glaub mir. Würde ich ihn abnehmen, müsste ich vermutlich die komplette Zimmerdecke renovieren lassen – und auf diesen Dreck habe ich keinen Bock.«

»Und das kaufen dir die Frauen ab, die du hierher einlädst?«, fragte sie grinsend.

»Ähm ... na ja, also du bist die Erste, die hier in diesem Schlafzimmer steht.«

Nun lachte sie auf. »Aber sicher.«

Abwehrend hob ich beide Hände. »Ich meine das ernst. Ich bin kurz vor unserer Tournee in diese Wohnung gezogen. Davor hatte ich weder Zeit noch Kopf für Frauen – und meine Tinderdates habe ich nicht zu mir eingeladen. Nach der *Elevation*-Tour letzten Sommer war ich erst für ein paar Wochen in Südfrankreich, und danach habe ich die volle Ladung dessen abbekommen, was es heißt, erfolgreich zu sein.«

»Und das bedeutet?«

»Dass es nicht mehr so leicht ist, auszugehen und zwanglos neue Leute kennenzulernen, ohne an Groupies zu geraten«, gestand ich leise. »Das ist auch der Grund, weshalb ich den Poolbillardtisch gekauft habe. Gemütlich mit den Jungs in einer Bar abzuhängen gehört für uns der Vergangenheit an.«

»Und dennoch hast du dich mit mir zu Beginn in einem Café getroffen«, sagte sie mit einem Stirnrunzeln.

»Ich kann mich ja nicht komplett in meinen vier Wänden verkriechen. Mal davon abgesehen, dass es wahrscheinlich zu aufdringlich gewesen wäre, dich zum ersten Date gleich zu mir nach Hause einzuladen«, fügte ich augenzwinkernd an.

»Okay, ja, da hast du vermutlich recht«, meinte sie schmunzelnd. »Dennoch: Du willst mir weismachen, dass du seitdem keine Frau mehr abgeschleppt hast?«

Nun grinste ich verlegen. »Das habe ich nicht behauptet. Aber hierher habe ich bisher keine eingeladen.«

»Wieso nicht?«, wollte sie leise wissen, den Blick auf meine Lippen gesenkt.

»Weil das hier mein Safe Space ist und ich nicht möchte, dass Groupies hier auftauchen.« Dass mir das vielleicht nicht für immer gelingen würde, war mir klar. Wenn es irgendwann doch einmal so weit kam, dass Fans mir vor meiner Tür auflauerten, würde ich entscheiden müssen, ob ich hierblieb und damit lebte oder ob ich mir eine neue Bleibe suchte.

»Und wieso bin ich dann hier? Ich meine ... ich höre eure Musik auch sehr gerne.« Alicias Stimme war nur noch ein Flüstern. Ihr Blick hing gebannt an mir, und ich konnte nicht anders, ich musste den Abstand zwischen uns verringern.

»Okay, du magst unsere Musik. Aber – bitte korrigiere

mich, wenn ich falschliege – du hast den Dates nicht zugesagt, weil du mit einem *Mighty Bastard* ausgehen, sondern weil du mich, Theo Murray als Person, kennenlernen willst.«

Alicias Augen weiteten sich. »Gott, nein, ich bin kein verrücktes Groupie oder so. Ja, ich mag eure Musik schon lange, aber ... ich mag auch dich, und ich genieße es, Zeit mit dir zu verbringen und dich kennenzulernen.«

»Siehst du. Deshalb vertraue ich dir. Und weil ich das Gefühl habe, dass du mich verstehst.« Bedacht legte ich meine Hand an ihre Hüfte und zog sie langsam näher.

Alicias Wangen waren leicht gerötet und fuck, ich liebte es, wie gut sie roch; wie sie verhalten seufzte und den Blick wieder auf meine Lippen richtete. Wie eben schon. Wie sie sich vorsichtig über die ihren leckte.

»Du kennst mich doch gar nicht«, raunte sie und legte ihre Hände an meine Brust.

Ob sie mich damit auf Abstand halten wollte oder mich gleich am Kragen packen und an sich ziehen würde, wusste ich nicht, aber ich war bereit, es herauszufinden.

»Deshalb will ich noch ganz viel Zeit mit dir verbringen und dich besser kennenlernen«, murmelte ich, bevor ich mich zu ihr beugte und kurz vor ihren Lippen verharrte. Ich wollte ihr die Gelegenheit geben, einen Rückzieher zu machen – oder den letzten Abstand zu überwinden. Spürte sie auch die Spannung zwischen uns? Dieses Knistern, wie ich es in mir fühlte. Wie die Luft regelrecht flirrte?

Alicia schloss die Augen und reckte mir leicht den Kopf entgegen.

Okay, das genügte, mehr brauchte ich nicht als Aufforderung.

Zart strich ich mit meinem Mund über ihren, neckte mit der Zunge ihre Unterlippe, bis sie mit einem verhaltenen Seufzen ihre Hände in meinem Nacken verschränkte und sich an mich presste.

Während ich sie sanft an mich drückte und ihr unwiderstehlicher Duft mir in die Nase stieg, spürte ich ihre zarten Brüste an meinem Oberkörper. Fühlte durch den Stoff, wie ihre Knospen unter unserem Kuss hart wurden ... und fuck, mir ging es nicht anders.

Als sie schließlich meine Lippen mit ihren verschloss und mit der Zunge gegen meine stupste, war ich im Himmel.

Ein kehliges Brummen stieg in mir auf, und alles in mir drängte danach, Alicia vorsichtig in Richtung Bett zu dirigieren. Wenn ich das allerdings jetzt tun würde, würden wir garantiert miteinander schlafen. Und das ging nicht. Denn: Damit würde ich uns erst recht in die gleiche Lage manövrieren wie mit all den unbedeutenden Frauen vor ihr. Doch das wollte ich nicht. Weil sie – und das meinte ich absolut ernst – anders war. Alicia hatte etwas an sich, das mich neugierig machte. Mich sie unbedingt näher kennenlernen lassen wollte. Ich sehnte mich danach, *alles* über sie zu erfahren. Mit ihr zu lachen und eine wunderschöne Zeit zu haben – und das nicht nur im Bett.

Also löste ich mich von ihr, so schwer es mir auch fiel, und atmete tief durch. »Wollen wir uns jetzt *Im Schatten der Vergangenheit* anschauen? Ich mache uns Popcorn, wenn du willst, und du kannst währenddessen die Gemüsesticks auf einen Teller legen. Was möchtest du dazu trinken? Ich habe Limo, Wasser, Bier und ähm ... Bier.« Verlegen grinste ich.

»Ein Wasser, bitte.«

Schmunzelnd nickte ich, da ich damit bereits gerechnet hatte.

»Oder vielleicht doch ein Bier?«

Nun lachte ich offen. »Wenn du möchtest, gern.«

Ich bedeutete ihr, vorauszugehen, und als wir in der Wohnküche ankamen, war der Rest der Anspannung – genau wie leider das Knisterns zwischen uns – verflogen.

Alicia lächelte und wirkte viel gelöster. Und als sie begann, über den Dreh des Films zu plaudern, war von ihrer anfänglichen Unsicherheit nichts mehr zu spüren. Ab da wusste ich, dass ich richtig gehandelt hatte. Dass sie das Warten definitiv wert war.

# 12 – Alicia

»Scheiße, wie überzeugend du spielst!« Theo zog die Nase hoch und presste ein Kissen an sich, während wir in eine Decke eingekuschelt auf der Couch saßen und mein Leinwanddebüt schauten.

Und ich konnte nicht anders, als breit grinsend die Emotionen von seinem Gesicht abzulesen und gleichzeitig meinem Film-Ich dabei zuzusehen, wie dessen Mutter mit all den Enthüllungen aus der Vergangenheit nicht mehr fertigwurde und einen Nervenzusammenbruch erlitt.

»Wie alt warst du da?«

»Zwölf beziehungsweise dreizehn.«

Kurz schaute er zu mir und drückte schließlich auf Pause. »Wann hast du Geburtstag?«

»Im Juli, und du?«

»Oktober«, antwortete er, den Blick neugierig auf mich gerichtet.

»Am wievielten?«, bohrte ich weiter nach.

»Am neunundzwanzigsten.« Immer noch sah er mich seltsam abwartend an, und in seinen Augen blitzte es, was mich nervös machte. Mit einem Mal wurde mir ganz warm, was sicher nicht an der Decke lag. Hatte ich irgendwas verpasst? »Und du?«, wollte er schließlich wissen.

»Am siebenundzwanzigsten Juli«, antwortete ich und linste verunsichert in Richtung Fernseher, der gerade ein Standbild von mir zeigte, das mich reichlich dämlich dreinschauen ließ.

Ich erwartete, dass Theo auf Play drücken und wir den Film weiterschauen würden, doch das tat er nicht. Also wandte ich mich ihm erneut zu und stellte fest, dass er mich nach wie vor musterte. Und sofort kribbelte es wieder in mir, aber diesmal nicht auf die angenehme Sorte. »Was ist?«, wollte ich wissen und konnte meine Unsicherheit nicht länger verbergen.

»Nichts, ich ... Du erklärst mir jetzt nicht, wie toll es ist, dass ich ein Skorpion bin, und stellst Analysen auf, wie gut oder schlecht wir zusammenpassen?«

»Äh ... nein. Sollte ich?«

Theo atmete tief durch. »Scheiße, nein, bitte nicht.« Er lachte sichtlich erleichtert auf.

Irritiert zog ich die Beine an und wandte mich ihm ganz zu. »Okay, Mr Murray, was hat es damit auf sich?«

Geräuschvoll holte er Luft. »Sorry, dass ich dich deswegen aus dem Konzept gebracht habe. Irgendwie scheint das so ein Frauen-Ding zu sein, die Sternzeichen zu vergleichen und Analysen durchzuführen.«

Ein Lachen unterdrückend, stützte ich den Kopf in die Hand. »Und das ist ... schlecht?«

Er rollte mit den Augen. »Es nervt. Und ist doch so was von egal, oder? Ich meine, was soll ich von einer Person halten, die ihr Leben von den Sternen leiten, ja bestimmen lässt? Wenn sie das Wagnis, sich auf jemand anderen einzulassen, nicht eingehen will, weil die Tierkreiszeichen angeblich nicht harmonieren? Ist eine Beziehung nicht immer auch das, was man selbst daraus macht? Und ist jeder Charakter wirklich genau so, wie das Sternzeichen es sagt? Dann gäbe es ja nur zwölf verschiedene Typen von Menschen, was völliger Nonsens ist. Man sollte doch besser sein Leben selbst in die Hand nehmen und formen, anstatt es von den Sternen bestimmen zu lassen.«

»Da bin ich voll deiner Meinung. Davon abgesehen, bin ich kein typischer Löwe.« Ich lachte auf. »Ganz und gar nicht.«

»Angeblich spielt der Aszendent eine viel größere Rolle.

Aber frag mich nicht, das ist meist der Moment, in dem ich auf Durchzug schalte.«

»O Gott, das klingt schlimm.« Kichernd legte ich meine Hand auf seine. »Davor brauchst du bei mir keine Angst zu haben.« Ich streichelte kurz mit dem Zeigefinger über seinen Handrücken, doch irgendwie veränderte sich damit die Stimmung zwischen uns. Oder vielleicht waren es meine Worte, die den Auslöser dafür gaben. Denn Theo sah mir tief in die Augen und ich konnte unmöglich den Blick von ihm abwenden.

In meinem Bauch kribbelte es, und sofort musste ich an unseren Kuss von vorhin denken. Wie heiß mir dabei geworden war – und wie froh ich gewesen war, als er ihn von sich aus beendet hatte. Keine Ahnung, wie ich reagiert hätte, wenn er weitergegangen wäre.

Dennoch brandete der Wunsch in mir auf, ihn erneut zu küssen. Weil es so gut gewesen war und ich mich bei ihm wohlfühlte. Er gab mir das Gefühl, mich zu nichts zu drängen, überließ mir jederzeit die Entscheidung, bis wohin ich gehen wollte. Abgesehen davon, wollte ich mir nach diesem grauenvollen Tag etwas Gutes tun. Das hatte ich verdient ...

Den Blick weiterhin auf Theos Lippen gerichtet, beugte ich mich ein Stück weit in seine Richtung. Und er verstand sofort.

Sanft zog er mich an sich, und ich legte, wie schon zuvor, meine Hand an seine Brust – etwas, das ich brauchte, um die Kontrolle zu behalten.

Mein Herz klopfte wie verrückt, als ich ihm so nah war, dass ich seinen Atem auf den Lippen spüren konnte.

Ein Schmunzeln umspielte seine Mundwinkel, das ich nur zu gern erwiderte. Ich streifte mit der Unterlippe die seine und schloss endgültig die Augen. Küsste ihn, bis ich abermals alles um mich herum vergaß. Beinahe zumindest.

Seine Zunge streichelte meine, und ich seufzte leise in seinen Mund, als er mich noch näher an sich zog und mich auf seinen Schoß führte.

Kurz zögerte ich, dann saß ich rittlings auf ihm. Eine noch nie zuvor empfundene Hitze wallte in mir auf, während ich mich fragte, wie er das anstellte. Mich so vollkommen für sich und den Moment einzunehmen. Mir war klar, dass ich mich in etwas hineinmanövrierte, aus dem ich nur schwer wieder herausfinden würde, aber in diesem Augenblick wollte ich einfach genießen. Und das tat ich.

Theo schlang seine Arme um mich und hielt mich fest. Küsste mich, als wäre es das Schönste, was er je mit einer Frau getan hatte.

Ich ließ mich regelrecht in diesen Kuss fallen, der einfach unglaublich war und in keiner Weise fordernd oder gar drängend. Es war einfach ein Kuss, ohne dass ich das Gefühl hatte, mehr geben zu müssen. Und das, obwohl ich auf seinem Schoß saß und merkte, wie sehr ihn das Ganze anturnte. Doch seine Hände lagen nach wie vor an meinem Rücken, streichelten sanft auf und ab, er unternahm jedoch nichts, was den Eindruck in mir erweckte, es würde nicht dabei bleiben.

Mit meinen bisherigen Flirts und Freunden hatte ich regelmäßig gegenteilige Erfahrungen gemacht. Dass er in diesem Punkt anders war, überraschte mich, weshalb ich den Kuss und unsere Nähe noch mehr genoss.

Schwer atmend löste sich Theo schließlich von mir – keine Ahnung, wie lange es angedauert hatte – und lächelte mich an. Seine Lippen waren geschwollen und glänzten im weichen Licht der Wohnzimmerlampe. Zärtlich berührte er mein Gesicht, strich mit dem Daumen über die Unterlippe und folgte der Bewegung mit sehnsüchtigem Blick. Doch dann schob er mich sanft von seinem Schoß, bis ich wieder neben ihm saß. Seinen Arm legte er über meine Schultern – eine so intime, vertraute, einfühlsame und liebevolle Pose, dass mein Herz für diesen Mann anschwoll.

»Erzähl mir, wie dein Alltag aussieht«, fragte er leise. »Ich will *alles* über dich wissen.«

Ich merkte, wie mir die Röte in die Wangen stieg. »Also ... vermutlich klingt mein Beruf aufregender, als er ist. Momentan halte ich mich mit kleineren Sprechrollen über Wasser. Also zum Beispiel in Werbespots, Animationsfilmen, Hörbüchern und so weiter. Ich mach das gern, aber viel lieber stehe ich vor der Kamera.«

»Wie kommst du zu den Castings? Musst du die selbst suchen?«

Schmunzelnd schüttelte ich den Kopf. »Also natürlich könnte ich das auch selbst machen, aber dafür habe ich meinen Agenten, Ed. Von ihm bekomme ich einmal wöchentlich eine E-Mail mit allen möglichen Castings und Vorsprechen – alles, was für mich als Person passend ist. Die sehe ich durch und versuche, so viele wie möglich zu besuchen. Jedes Casting ist gleichzeitig auch eine Übung für mich, in Rollen zu schlüpfen und mich zu beweisen. Nur dass ich schon länger kein Glück mehr hatte mit den Angeboten, die mich wirklich interessieren.« Es ärgerte mich, dass ich meine Enttäuschung vor Theo nicht verbergen konnte.

»Ganz sicher ändert sich das bald wieder«, meinte er mit einem aufmunternden Blick. »Und musst du dich auch weiterbilden?«

Dankbar dafür, dass er mich aus meinem kleinen Tief holte, nickte ich. »Genau. Ich besuche regelmäßig Sprechtrainings, aber auch immer wieder Schauspielunterricht. Dazu halte ich mich körperlich fit und habe Tanz- und Karateunterricht. Man weiß ja nie, wofür man das mal gebrauchen kann.«

Sichtlich beeindruckt pfiff Theo durch die Zähne. »Mein Respekt vor dir ist gerade noch weiter angestiegen«, raunte er, dann beugte er sich über mich und küsste mich zärtlich.

Sofort beschleunigte sich meine Atmung wieder und ich verlor mich in seinem Geschmack und den neckenden Bewegungen seiner Zunge. Es war verrückt, was er in mir auslöste, denn ich wollte mehr von ihm, wollte all meine bisher gesetzten Grenzen austesten. Weil ich Theo mochte, weil ich ihm vertraute.

»Wollen wir weiterschauen?«, fragte er leise, während er sich wieder von mir löste.

Die Emotionen in mir waren außer Rand und Band, genau wie meine Hormone, weshalb ich einfach nickte. Meiner Stimme traute ich gerade nicht. Die Angst, sie würde meine Gefühle verraten, war zu groß. Immerhin ging das alles viel zu schnell mit uns. Noch nie hatte ich erlebt, jemandem in dem Tempo zu vertrauen und mich bereits nach so kurzer Zeit zu jemandem so hingezogen zu fühlen. Und falls es ihm nicht genauso ging, wollte ich ihn durch meine Worte nicht verschrecken. Also schmiegte ich mich an ihn und lächelte, als er unsere Hände miteinander verschränkte, bevor er den Film weiterlaufen ließ. Immer wieder drückte er sanft seine Lippen an meine Stirn, und verflixt, ich hatte wirklich damit zu kämpfen, mich nicht Hals über Kopf in diesen Mann zu verlieben ...

»Also, mein Fazit nach diesem Abend ist unverändert: Du bist eine großartige Schauspielerin, und das Ende deiner Karriere ist garantiert noch lange nicht in Sicht. Es waren vielleicht einfach gerade nicht die richtigen Filmprojekte für dich dabei. Aber lass dich auf keinen Fall entmutigen.« Theo schaute mich eindringlich an, und ich merkte, dass er jedes Wort so meinte, wie er es sagte.

»Danke, das ist ... lieb von dir.« War es wirklich.

»Hey! Ich glaube an dich, und du solltest das ebenfalls.« Sanft strich er mir eine Haarsträhne aus dem Gesicht.

All meine Selbstzweifel und das Gefühl, nicht genug zu sein, schob ich für den Augenblick beiseite. Weil Theo mich überzeugt und hoffnungsvoll ansah und erneut ein wohliges Kribbeln in meinem Bauch auslöste.

Selbst wenn ich etwas hätte erwidern wollen, würden die Worte warten müssen, denn mein Mund klappte auf, und ich gähnte herzhaft.

»Sorry«, murmelte ich hinter vorgehaltener Hand. »Das liegt nicht an dir, ich bin einfach müde vom Tag. Und bei dir hier ist es so kuschelig warm ...«

Theo schmunzelte und küsste mich herrlich sanft auf die Lippen. »Ich würde ja gern vorschlagen, dass du hier übernachten kannst. Aber ich ...« Er fuhr sich durch seine dunkelblonden Haare, die ihm sofort wieder in die Stirn fielen. »Wenn ich ehrlich bin, will ich nichts überstürzen. Es fühlt sich richtig an, wie es jetzt ist – obwohl ich dich wirklich ungern gehen lasse. Ich genieße den Abend mit dir sehr. Und ich hoffe, dass wir uns bald wiedersehen.« Süß und irgendwie jungenhaft grinste er mich an, und ich schmolz dahin. Alles, was er gesagt hatte, war genau das, was ich hatte hören müssen.

»Das hoffe ich auch. Wie sieht es in den nächsten Tagen mit deinen Terminen aus?«

Theo blies die Wangen auf und streckte sich, um zu seinem Smartphone zu gelangen, das auf dem Tisch vor uns lag. »Morgen Abend hab ich den Jungs versprochen, dass wir den Billardtisch einweihen. Und du? Musst du zu Castings oder so?«

»Nicht am Wochenende, aber nächste Woche habe ich schon ein paar Termine. Morgen kann ich allerdings sowieso nicht, da bin ich mit Kim unterwegs. Tanzen. Aber es wäre schön, wenn wir uns übermorgen sehen könnten.«

Seine Augen funkelten. »Klingt gut. Aber ... muss ich eifersüchtig sein, wenn du tanzen bist?« Er runzelte die Stirn.

»Darauf, dass du mich nicht auf der Tanzfläche siehst? Auf jeden Fall! Abgesehen davon, gibt es keinen Grund. Kim ist meine beste Freundin – und das meine ich damit auch. Sie ist großartig, eine herzensgute Seele.«

Theo sog zischend Luft zwischen den Zähnen ein. »Fuck, ich hoffe, ich bekomme ein andermal wieder die Gelegenheit.«

»Mir beim Tanzen zuzusehen?«

Er nickte und beugte sich über mich, um sich erneut einen Kuss zu stehlen. »Jep. Die Bilder von der After-Show-Party verblassen langsam. Aber beim nächsten Mal musst du ganz privat, nur für mich tanzen«, raunte er und sandte einen süßen Schauder über mich. »Jetzt bringe ich dich allerdings nach Hause. Mein Wagen steht in der Garage.«

Ein Widerspruch lag mir auf den Lippen, den ich jedoch hinunterschluckte. Noch etwas Zeit mit Theo zu verbringen war wirklich nichts, über das ich mich beschweren wollte.

Als wir vor meinem Haus hielten, tat es mir leid, dass wir nicht länger bei Theo geblieben waren. Wir hatten uns auf dem Weg hierher so gut unterhalten, über gefühlt alles und nichts geredet, und jetzt aussteigen zu müssen fühlte sich wie eine Bestrafung an. Zu gern würde ich bei ihm im Wagen sit-

zen bleiben, doch auch Theo hatte schon zweimal gegähnt –
und ihm stand noch die Fahrt zurück nach Hause bevor.

»Wir können telefonieren, während du zurückfährst«, bot
ich ihm an. »Damit du nicht einschläfst.«

»Das machen wir. Aber noch will ich dich nicht gehen lassen. Nicht so. Erst muss ich dich ein weiteres Mal küssen.« Mit
diesen Worten beugte er sich über die Mittelkonsole seines
Autos und berührte meine Wange mit der Hand.

Ohne zu zögern, kam ich ihm entgegen und schloss die Augen. Ich packte ihn im Nacken, um ihn zu mir zu ziehen. Um
seine Nähe noch ein letztes Mal für heute zu genießen und
unseren Abschied hinauszuzögern.

Theos Lippen waren warm und weich und großartig, und
was er mit seiner Zunge anstellte, raubte mir den Atem.

Keine Ahnung, wie lange wir knutschten wie Teenager,
aber ich liebte es, dass er es offenbar genauso sehr genoss wie
ich.

»Ich sollte jetzt wirklich gehen«, murmelte ich, auch wenn
ich es nicht so meinte. Doch Mitternacht war schon lange vorbei, und Theo hatte noch eine gute Stunde Fahrt vor sich …

Er stieß ein frustriertes Seufzen aus, das ich bis tief in mein
Inneres nachfühlen konnte. »Da gebe ich dir ungern recht,
aber ja. Ich begleite dich allerdings noch bis zur Tür.«

»Um dort weiterzuknutschen?«, fragte ich amüsiert, bevor
ich die Beifahrertür öffnete und ausstieg.

»Klingt äußerst verlockend«, sagte er, wobei das letzte Wort
in einem weiteren Gähnen unterging. »Aber vermutlich sollten wir es besser vertagen. Wir sehen uns ja schon bald wieder, oder?«

»Stimmt.« Ich schloss die untere Eingangstür auf und ließ
uns ins Haus. »Hier entlang«, sagte ich und deutete nach
links, wo sich meine Wohnung befand.

Mit dem Schlüssel in der Hand blieb ich vor der Tür stehen.

Theo schaute auf das weiße Holz, auf dem *1B* stand. »Hier
wohnst du?«

»Ja.« Krampfhaft überlegte ich, wie ich den Abschied hinauszögern konnte. Mir fiel nur eine Sache ein.

Ich schlang meine Arme um ihn und küsste ihn kurz, aber

intensiv, drängte mich an ihn und vergrub die Finger in seinen Haaren. Fordernd zog ich daran, bis er mir in den Mund stöhnte und mich gegen die Wand neben der Tür drückte, bevor ich mich schweren Herzens von ihm löste. »Du solltest wirklich fahren«, murmelte ich widerwillig und schloss die Wohnung auf.

Theo seufzte betrübt. »Ja.« Ein letztes Mal beugte er sich für einen flüchtigen Kuss und einen tiefen Blick in meine Augen zu mir, bevor er sich umdrehte und – tatsächlich ging. Am Ausgang blieb er stehen, um mir einen letzten Blick zuzuwerfen, dann trat er auf die Straße.

Ich hatte noch nicht einmal die Stiefel ausgezogen, als sein Name auf dem Display meines Handys aufblinkte und ich mit einem seligen Grinsen auf den Lippen seinen Anruf annahm. Noch ehe ich etwas sagen konnte, raunte er mir sofort ein »Ich vermisse dich jetzt schon« ins Ohr.

# 13 – Theo

»Yeah, Baby, geiles Teil!« Mit strahlenden Augen umrundete Richie den Billardtisch, während Spencer und Lex das mitgebrachte Essen und die Getränke in der Küche abstellten. »Lasset die Bälle rollen.«

Lex, Spencer und ich prusteten los.

»Erst sollten wir essen, bevor es kalt wird.« Das kam, wie nicht anders zu erwarten, von Spencer.

Die Jungs hatten vom Thai um die Ecke mitgenommen, was ich für uns bestellt hatte. Außerdem hatten sie zwei Sixpack Bier und mehrere Dosen Energydrinks dabei – es würde wohl ein langer Abend werden. Mir war es nur recht, ich hatte mich schon den ganzen Tag darauf gefreut.

Zum Glück blieb der morgige Tag uns privat vorbehalten. An sich unsere Vereinbarung, um wenigstens etwas Zeit zum Rechargen zu haben. Aber in letzter Zeit hatten sich auch die Sonntagstermine gehäuft, wenn etwas Nichtaufschiebbares anstand.

Zeiten wie diese, die wir gänzlich ungestört miteinander verbringen konnten, waren selten geworden. Immer umgab uns jemand, sei es auf Tour, beim Recorden der nächsten Musik oder auf Partys außerhalb, wo wir schnell mal von einer ganzen Traube Menschen umschwärmt wurden.

Zwar hätte ich nichts dagegen gehabt, den heutigen Abend mit Alicia zu verbringen, doch ich hatte ihn den Jungs versprochen. Immerhin wollte der Tisch endlich eingeweiht werden. Abgesehen davon, tröstete es mich, dass Alicia und ich uns morgen wiedersahen. Danach ...? Keine Ahnung. Mein Terminplan war voll, und Alicia hatte bestimmt ebenfalls Verpflichtungen wie Castings oder Gespräche mit ihrem Agenten.

Als ich etwas später satt und gut gelaunt mit den anderen am Esstisch saß und das zweite Bier öffnete, kündigte mein vibrierendes Handy eine neue Nachricht an.

Richie reckte den Kopf und schmunzelte. »Aha! Alicia also?« Schelmisch wackelte er mit den Augenbrauen.

»Läuft was mit ihr?«, bohrte Spencer kauend nach, der die Reste des Hühnchens und des Gemüsereises aß, die Lex und ich übrig gelassen hatten.

»Jep.« Im Grunde hatte ich nicht vor, den anderen groß etwas über sie zu erzählen. Schon gar nicht, solange ich selbst nicht wusste, wohin es uns beide führte. Aber natürlich war das bei den dreien nicht möglich.

»Details, Mann ... Seid ihr der nächste Skandal in der Klatschpresse, müssen wir uns darauf vorbereiten, oder habt ihr nur Spaß miteinander?« Richie hatte sich vorgebeugt und Lex schaute mich ebenfalls neugierig an.

Spencer öffnete die Box Klebereis mit Mangostückchen, die er als Dessert hatte haben wollen. Wie der Kerl so viel essen und dabei so schlank und trainiert aussehen konnte, blieb mir ein Rätsel. Als er jedoch in der Bewegung innehielt und mich wie die anderen gespannt musterte, seufzte ich.

»Wir haben uns kürzlich in einem Café getroffen und gestern war sie bei mir. Wir haben zwei Filme angeschaut, im Anschluss hab ich sie nach Hause gefahren.«

Lex gähnte provokant.

»Genau so verbringen auch Hayden und ich unsere heißesten Nächte«, zog Richie mich auf, woraufhin die anderen lachten.

Augenverdrehend trank ich von meiner Flasche, stand auf und griff nach einem Billardqueue. »Wer von euch spielt eine Partie gegen mich?«

»Entweder hatten sie total versauten Sex, über den er nicht reden will, oder es lief gar nichts zwischen ihnen, was gerade für den Anfang echt traurig wäre«, hörte ich Richie mutmaßen.

Spencer brummte zustimmend.

»Lex? Du beginnst«, sagte ich und drückte meinem ältesten und besten Freund einen Queue in die Hand.

Dieser erhob sich schmunzelnd und folgte mir, während die beiden anderen weiterlästerten. Sollten sie, war mir egal.

»Hör nicht auf sie, du weißt, wie sie sind«, raunte Lex mir zu.

Natürlich wusste ich das und war auch nicht sauer auf die zwei. Richie und Spencer waren Kindsköpfe, was das anging. Dass Richie, seit er mit Hayden zusammen war, immer noch so drauf war, wunderte mich zwar, aber ich würde mich nicht auf sein Niveau begeben und auf seine Sticheleien eingehen.

Lex rieb mit der Kreide über die Spitze des Queues, und ich nutzte den Moment vor dem Spielbeginn, um zu lesen, was Alicia mir geschrieben hatte.

Mit einem raschen Blick registrierte ich jedoch, dass es besser gewesen wäre, den Chat gar nicht erst zu öffnen. Denn fuck, sie hatte mir ein Foto von sich geschickt, verbunden mit der Nachricht:

*Sind gleich unterwegs. Schönen Abend!*

Aufgenommen hatte sie das Bild wohl in ihrem Schlafzimmer, denn im Hintergrund konnte ich einen Teil des Bettes sehen. Sie hatte sich durch den Spiegel fotografiert, an dessen Rand mehrere kleine Glühbirnen leuchteten. Doch das war nicht das Besondere an dem Foto, nein, das war Alicias Look.

Ihre Haare fielen ihr in weichen Wellen über die Schultern. Ihr Make-up war nicht ganz so dezent wie gestern, allerdings nicht zu vergleichen mit dem bei den *BRITs,* denn ihre Sommersprossen kamen immer noch gut zur Geltung. Und sie trug ein schwarzes Kleid.

Aber was für eines ...! Brauchte man dafür einen Waffenschein?

Es bestand aus verspielter Spitze, darunter war eine Menge Haut zu sehen. Scheiße, hoffentlich war zumindest an den wichtigen Stellen ein undurchsichtiger Stoff eingenäht, um aufdringliche Blicke – und die würden bei diesem heißen Teil garantiert kommen – abzuwehren.

Oben lief das Kleid zusammen und wurde im Nacken gehalten. Das Dekolleté war durch einen tropfenförmigen Ausschnitt freigelegt, und ihre Brüste wurden dadurch besonders in Szene gesetzt. Und als wäre das nicht genug, endete dieser Hauch von Nichts knapp unter ihrem Schritt.

Ohne es verhindern zu können, stöhnte ich leise auf.

Lex, der ebenfalls einen Blick auf das Display erhaschte, pfiff durch die Zähne und grinste breit. »Kein Sex also, wie?«

Statt ihm zu antworten, brummte ich missmutig – und ärgerte mich im selben Moment darüber. Zum einen konnten mir die Kommentare meiner Kumpels egal sein, zum anderen sollte es mich nicht stören, was sie trug. Aber bei dem Gedanken daran, dass sie in diesem Aufzug in einen Club ging und eine Menge Kerle sie begaffen würden, regte sich der Beschützerinstinkt in mir. Am liebsten würde ich ebenfalls hinfahren und sie vor den lüsternen Blicken abschirmen.

*Holy Shit*

antwortete ich ihr, verbunden mit einem Chilischoten-Emoji.

*Hab Spaß!*

Anschließend machte ich eine Aufnahme vom Billardtisch und schickte ihr diese. Dann sperrte ich das Display und schob das Handy zurück in die Hosentasche. Sie sollte den Abend genießen, genau wie ich.

Inzwischen hatten sich auch Richie und Spencer zu uns gesellt.

Ich war froh, dass Lex Alicias Foto nicht vor den beiden ansprach. Aber das war zwischen ihm und mir sowieso so ein Ding. Ganz oft wussten wir, wie der andere tickte, und verstanden uns ohne Worte.

Während ich gegen Lex eindeutig das Spiel dominierte, lauschte ich der Unterhaltung von Richie und Spencer, die uns erst noch eine Weile zusahen, es sich dann jedoch auf der Couch gemütlich machten, wo sie über unsere anstehenden Termine redeten und schließlich über eine mögliche zweite Tournee sinnierten.

»Beim nächsten Mal sind wir sicher noch länger unterwegs«, meinte Spencer, der von Lex ein zustimmendes Nicken erntete.

»Das glaube ich auch. Oder wir bekommen eine Promotour durch die Staaten. Immerhin ist *Broken* auf Platz sechs der *Billboard Charts* gelandet.« Das kam von Richie, der, seit er in Malibu seinen Urlaub verbracht hatte und mit Hayden zusammen war, ständig von den USA redete.

»Nora hat tatsächlich vor Kurzem etwas in die Richtung erwähnt«, meinte Spencer, während ich das Hilfsqueue auf dem Billardtuch platzierte.

»Stellt euch das mal vor, Leute. Amerika! Hättet ihr das vor ein paar Jahren gedacht?« Lex klopfte mir auf die Schulter, sicher, um mich aus meiner Konzentration zu reißen.

Gedanklich zeigte ich ihm den Mittelfinger, fokussierte mich allerdings schnell wieder und versenkte die nächsten beiden vollen Kugeln. Blieb nur noch eine.

»Die Acht in die linke Mitteltasche«, sagte ich und deutete auf das entsprechende Loch.

Lex seufzte, jubelte jedoch lauthals, als ich es vermasselte, indem ich der Acht zu viel Drall gab.

»Mit den Gedanken wohl nicht ganz bei der Sache, wie?« Amüsiert zwinkerte mir Lex zu und umrundete den Tisch.

»Hach, muss Liebe schön sein. Wenn ich groß bin, will ich auch ein Stück davon«, säuselte Spencer in doofem Singsang und kam zu uns.

»Jaja, redet nur blöd«, murrte ich, als sich auch Richie grinsend zu uns gesellte. »Ich weiß noch genau, wie ihr drauf wart, als ihr Tessa und Hayden kennengelernt habt. Man konnte keine zwei vernünftigen Sätze mit euch wechseln ...«

»Keine Sorge, das vergeht wieder.« Lex umrundete den Tisch.

»Oder auch nicht.« Spencer stieß mir grinsend in die Seite und deutete mit dem Kopf auf unsere beiden Kumpels.

Zum Glück – oder auch gaaanz zufällig – wechselten sie das Thema.

»Würde Hayden mit auf Tour kommen?« Lex schaute zu Richie, bevor er sich seinen vier verbleibenden halben Kugeln widmete.

»Ich denke schon. Wir haben noch nicht im Detail darüber gesprochen, aber sie könnte sicher für den Zeitraum Content vorproduzieren. Immerhin wissen wir ja früh genug Bescheid, sodass sie planen kann. Somit sollte es für ihre Arbeit kein Problem darstellen.« Hayden hatte einen veganen Kochblog, auf dem sie regelmäßig nicht nur Rezepte veröffentlichte, sondern parallel dazu die Videos auf alle gängigen Social-Media-Plattformen lud und damit verdammt erfolgreich war.

»Und Izzy?« Spencer liebte Haydens Jack Russell Terrier-Hündin. Er raschelte mit der Chipstüte, die seit gestern in der Küche lag und die er geöffnet hatte.

»Keine Ahnung, die würde vermutlich mitkommen. Wobei so ein Tourbus wahrscheinlich nichts für Hunde ist.« Richie stieß geräuschvoll die Luft aus. »Vielleicht bleibt sie auch bei Katie.« Haydens Nachbarin passte immer wieder auf Izobel auf, und bestimmt war das die beste Lösung für die Kleine.

Kurz stellte ich mir vor, wie es wäre, ebenfalls eine Frau mit auf Tour zu nehmen. Versuchte, mir auszumalen, neben Alicia im Tourbus zu sitzen, was sofort ein ungeahnt mächtiges Gefühl von Wärme in mir auslöste. Ich sah uns beide in der Lounge fläzen und mit ineinander verflochtenen Händen Musik hören. Wir würden knutschend und fummelnd in einem der Betten hinter zugezogenem Vorhang liegen – und in Hotelbetten, denn für die Nacht würde ich glatt eine andere Bleibe suchen, um hin und wieder ungestörte Zweisamkeit mit ihr zu genießen.

Dass die nächste Tournee anders werden würde als die letzte, stand sowieso fest. Mit Tessa und Hayden würden sich die Groupies auf Spencer und mich konzentrieren – und sollten Alicia und ich das, was wir hatten, bis dahin vertiefen, lag der gesamte Fokus auf Spencer. Der Arme!

Bei dem Gedanken musste ich schmunzeln.

Lex reagierte mit einem Schnauben, da seine Kugel an der Bande abprallte und er wohl dachte, ich hätte mich darüber amüsiert.

»Wird jedenfalls ziemlich voll werden im Tourbus.« Spencers Mundwinkel zuckten.

Schon beim letzten Mal war es im Bus mit der Supportband, den beiden Managern, den Merchgirls und Patrick, dem *Roadie,* der sich um unsere Instrumente gekümmert hatte, verdammt eng gewesen. Keine Ahnung, ob wir diesmal unseren eigenen Bus bekommen würden ...

»Zum Glück ist das nicht unser Problem. Und Nora wird sich sicher etwas überlegen. Sie weiß, dass Tessa definitiv mitkommen würde. Und wahrscheinlich rechnet sie auch mit Hayden, aber das können wir ihr ja beim nächsten Mal sagen. Oder falls du ebenfalls einen Platz für dein Mädchen dazurechnen willst.« Dabei schaute Lex zu mir und mir entging nicht, dass dabei seine Mundwinkel zuckten.

Richie klopfte mir auf die Schulter. »Bestimmt verstehen sich die Mädels prächtig. Du solltest Alicia mal mitnehmen.«

Schnaubend verdrehte ich die Augen. »Danke, dass ihr die Planung meiner Beziehung übernehmt. So weit sind wir noch nicht, es waren gerade mal ein paar Dates.«

Dass ich das Wort *Beziehung* ins Spiel gebracht hatte, obwohl Alicia und ich noch gar nicht darüber gesprochen hatten, brachte mich dermaßen aus dem Konzept, dass ich meinen nächsten Versuch, die Acht in der angekündigten Tasche zu versenken, ebenfalls vergeigte, indem ich mit dem Queue abrutschte und die weiße Kugel nur streifte, ohne dass sie auch nur eine Bande berührte.

## 14 – Alicia

»Denkst du, er ist eifersüchtig?« Kim stand dicht gedrängt neben mir, ein breites Grinsen im Gesicht.

Schulterzuckend nippte ich an meinem Spiced Apple Gin. »Selbst wenn, wäre es sein Problem.«

Es ärgerte mich, dass mich seine knappe Antwort störte. Da half auch das nachgeschickte Chilischoten-Emoji nichts. Aber was hatte ich erwartet? Er wusste, dass ich in diesem Aufzug in einen Club ging – klar reagierte er da nicht mit Begeisterungsstürmen.

Nun bereute ich, dass ich ihm das Bild von mir geschickt hatte, und würde es am liebsten zurücknehmen.

»Schwamm drüber.« Kim hielt mir ihr Glas entgegen, um mit mir anzustoßen.

Sie sah mindestens genauso umwerfend aus in ihrem dunkelvioletten Kleid mit dem fast bis zum Bauchnabel reichenden Ausschnitt. Das Oberteil hatten wir mit Booby-Tapes an ihren Brüsten fixiert. Außerdem hatte ich sie geschminkt und ihr Beachwaves in die schulterlangen, silbergrau gefärbten Haare gedreht.

Dass wir beide also eine Menge Blicke von allen Seiten kassierten, war klar. Doch ehrlich gesagt, nervte es mich heute, ständig angestarrt zu werden, auch wenn ich es provoziert hatte.

»Dich hat es erwischt, wie?« Kims Worte rissen mich aus meinen Grübeleien. »Mit Theo, meine ich.«

Schwer seufzte ich. »Er ist wirklich süß. Aber wir beide wissen, dass das mit ihm keine Zukunft hat.« Und das aus so vielen Gründen.

»Das weißt du nicht. Gib dem Ganzen doch einfach eine Chance.«

Es war lieb von Kim, dass sie mich aufbauen wollte. »Komm schon, dass ich mit gebrochenem Herzen aus dieser Sache herausgehe, ist vorprogrammiert.«

»Weil er Musiker in einer der aktuell erfolgreichsten Rockbands ist? Ist das nicht etwas vorurteilsbehaftet?«

»Auch.« Bedeutungsschwanger sah ich sie an, und Kim verstand.

»Ach, Süße, das weißt du doch nicht, ob er ...«

Entschlossen schüttelte ich den Kopf. »Dass er mich abserviert, kaum dass er es weiß, ist so sicher wie das Amen in der Kirche. Das kannst du schönreden, wie du willst. Und ich wäre ständig in Sorge, er könnte sich anderweitig umsehen, verstehst du? Immerhin liegen der Band die Frauen zu Füßen.«

Als meine Freundin betreten schwieg, wusste ich, dass ich recht hatte.

»Vielleicht solltest du ihm trotzdem eine Chance geben?«, meinte sie, nachdem sie ihr Cocktailglas geleert hatte.

»Und mich ganz bewusst dem unvermeidlichen Herzschmerz aussetzen? Schon wieder?«

»Womöglich überrascht er dich ja. Und selbst wenn nicht, hast nicht auch du zumindest für kurze Zeit Glück verdient? Du hast mir heute von dem gestrigen Abend bei ihm so vorgeschwärmt. Wer weiß, vielleicht ist er ja wirklich derjenige, der ...«

»Du weißt, dass das äußerst unwahrscheinlich ist«, unterbrach ich sie harscher als beabsichtigt. Aber mir wurde mit einem Mal unglaublich schwer ums Herz. Dieses Thema schwebte viel zu lange wie eine dunkle Wolke über mir, weshalb ich es die meiste Zeit fortzuscheuchen versuchte. Wie jetzt mit einem weiteren Schluck meines köstlichen Getränks und anschließend mit einer Menge Spaß zum Beat.

Als daraufhin Tränen in Kims Augen standen, wollte ich mich schon bei ihr entschuldigen, doch sie fiel mir um den Hals und drückte mich fest an sich. »Ich wünsche mir einfach, dass du glücklich bist. Du hast alles Glück der Welt verdient und solltest dich verlieben dürfen. Ohne Einschränkungen, verstehst du?«

Knapp nickte ich. Denn ja, ich wünschte mir nichts sehnlicher, als dass ihre Worte wahr wurden.

Kim schenkte mir ein aufmunterndes Lächeln. »Und jetzt lass uns tanzen. Wir sind immerhin hier, um den Abend zu genießen.« Sie packte mich an der Hand, und ich folgte ihr auf die Tanzfläche, wo ich zuließ, einfach alles zu vergessen, was mich belastete. Die ausbleibenden Rollen, meine Mum und meine Unsicherheit, was die Zukunft mit Theo betraf. Und für zumindest kurze Zeit fühlte ich mich frei und glücklich ...

Bis ich Hände auf mir spürte, die sicher nicht zu Kim gehörten, weil sie gerade mit dem Rücken zu mir vor mir stand und die Arme in die Luft streckte. Hände, die über meine Taille und meinen Hintern strichen, bis eine davon ohne Vorwarnung unter meinem Kleid verschwand und mir über den Schritt rieb.

Ich wirbelte herum und blickte in die Augen eines Typen, der mich lüstern angrinste.

Sofort zuckte ich zurück und brachte Abstand zwischen ihn und mich – was ihn nicht davon abhielt, diesen erneut zu verringern.

»Hey, Beauty, du bist so heiß. Lass uns von hier abhauen, ich hab ein Zimmer in der Nähe ...« Er war mir inzwischen so nahe, dass ich seinen Atem auf der Wange spürte. Gleichzeitig hatte er schon wieder eine Hand auf mir, gefährlich nahe an meiner Brust. Ekelhaft.

»Garantiert nicht.« Ohne auf eine Reaktion von ihm zu warten, stieß ich ihn weg, packte Kim an der Hand und verließ mit ihr die Tanzfläche.

»Was ist passiert?« Irritiert schaute sie mich an.

»Der Kerl ...« Der Rest der Worte blieb mir im Hals stecken.

Vor Schock und Scham und Wut. Stattdessen verschleierten Tränen meine Sicht.

»Gott, Alicia, was hat er getan?« Kim legte ihre Arme um mich und rieb mir tröstend über den Rücken.

Kopfschüttelnd ließ ich mich von ihr halten. »Mich angefasst und ...« Ein Schauder schüttelte mich. »Nichts, ich will hier einfach nur weg.«

»Am meisten hasse ich, dass ich mir selbst Vorwürfe mache, verstehst du?« Ich lag in meinem Bett, Kim neben mir. Auf dem Weg nach draußen hatte ich ihr alles erzählt, woraufhin sie beschloss, bei mir zu übernachten, weil sie mich nicht alleinlassen wollte.

»Aber du hast nichts falsch gemacht!« Im Dunkeln tastete sie nach meiner Hand und drückte sie.

»Ich weiß. Genau das ist ja das Problem. Wieso können wir Frauen nicht einfach anziehen, was wir wollen? Ich habe mich wohlgefühlt in dem Kleid. Ich fand mich sexy und großartig. Als wäre ich jemand Besonderes, verstehst du?«

»Aber du *bist* etwas Besonderes, Süße. Immer.«

Schwer seufzte ich. »Nur fühle ich mich gerade nicht so. Du weißt, die Absagen, meine Mum ...«

Kim rieb mit dem Daumen über meinen Handrücken.

»Und dass ich jetzt ein schlechtes Gewissen und das Gefühl habe, mit der Wahl des Kleides einen Fehler begangen zu haben, weil es auf manche Kerle wie eine unausgesprochene Einladung wirkt, ärgert mich. Keine Frau sollte so denken. Und kein Mann sollte unaufgefordert in unsere Komfortzone eindringen, uns betatschen und derart plump anbaggern dürfen.«

»Unfassbar, dass manche ein sexy Kleid als Aufforderung verstehen«, flüsterte Kim und drückte meine Hand.

»Ich hasse Männer!«

»Na, na«, murmelte sie, und ich konnte das Schmunzeln auf ihren Lippen hören. »Wirf nicht alle in einen Topf. Denk an Theo.«

Sofort schwand ein Teil meiner Wut und ich atmete tief durch. »Du hast recht.«

»Hast du ihm noch einmal geschrieben?«, wollte Kim wissen.

»Nein, ich melde mich morgen bei ihm. Wir haben bisher keine Uhrzeit vereinbart, weil wir nicht wussten, wie spät es bei uns wird.«

Sie brummte zustimmend. »Ich bin nach wie vor davon überzeugt, dass er dir guttut.«

Tief atmete ich durch. »Du willst mich nur mit einem Musiker verkuppeln. Dabei würde ich auch so mit dir Konzerte besuchen, weißt du?«, sagte ich, halb im Scherz, halb ernst gemeint.

»Ich will dich glücklich sehen«, konterte sie mit weicher Stimme.

»Und ich dich.«

Kim schnaubte belustigt auf. »Ich *bin* happy.«

»Aber nicht verliebt.«

»Vielleicht ja doch?«

Nun wurde ich hellhörig. »Verschweigst du mir etwas?«, wollte ich neugierig wissen und stützte mich auf meine Ellbogen.

»Ich bin verliebt in das Leben. In die Freiheit, alles tun und lassen zu können, was ich will. Und ich finde mich großartig. Hin und wieder habe ich auch Spaß mit mir selbst, also fehlt es mir gerade an nichts. Wir müssen uns erst selbst lieben, um von anderen geliebt zu werden.«

Liebevoll stieß ich ihr gegen die Schulter und richtete mein Kissen. »Ich beneide dich«, sagte ich ehrlich.

Statt etwas zu erwidern, schlang sie einen Arm um mich und drückte mich an sich. Sie gab mir einen Kuss auf die Stirn und so blieben wir liegen, bis ich kurz darauf einschlief.

Meine Sorgen von letzter Nacht fühlten sich wie ein verblassender schlechter Traum an, als ich am späten Vormittag eine Nachricht von Theo auf dem Handy vorfand, nachdem ich Kim nach einer großen Tasse Kaffee verabschiedet hatte.

*Theo: Hey, Partygirl! Wie war dein Abend? Ich gehe gerade ins Bett, wollte mich aber noch einmal bei dir melden. Ich hoffe,*

*unser Treffen steht nach wie vor? Was hältst du vom späten*
*Nachmittag? Bin für alles offen – essen gehen, Film schauen …*
*Hauptsache, ich sehe dich später. Schlaf gut. Ich denke an dich.*

Kurz schaute ich auf die Uhrzeit – er hatte die Nachricht
gegen halb zwei in der Früh geschickt. Es war also nicht unwahrscheinlich, dass er noch schlief, weshalb ich ihn nicht anrief, sondern ihm eine Antwort schrieb.

> *Alicia: Guten Morgen! Bei uns ist es nicht ganz so lang geworden,*
> *wir waren gegen halb eins zu Hause.*
> *Später Nachmittag klingt super!*

Und da ich nach dem Gespräch mit Kim gestern beschlossen
hatte, mir mein Leben nicht länger von anderen diktieren oder
mich gar darin einschränken zu lassen – weder von irgendwelchen fremden Kerlen noch von meiner Mutter oder sonst
wem, holte ich tief Luft, bevor ich ihm noch eine zweite Nachricht schrieb.

> *Alicia: Du kannst gerne zu mir kommen, dann können wir ja*
> *überlegen, was wir machen. Ich bin offen*
> *für alles, solange wir uns sehen.*

Kurz schwebte mein Daumen noch über dem Herz, doch ich
beschloss, es einfach mitzuschicken.

Tief atmete ich durch, nachdem ich die Nachricht versendet
hatte.

Umso mehr war ich überrascht, dass sie gleich darauf als gelesen markiert wurde und Theo zu tippen begann.

> *Theo: Super, dann komme ich diesmal zu dir. Passt dir halb fünf?*

> *Alicia: Perfekt! Ich freu mich auf dich.*

> *Theo: Und ich mich auf dich! Soll ich was mitbringen?*

> *Alicia: Nur dich.*

Dass er mir daraufhin ebenfalls ein Herz schickte, ließ meines direkt höherschlagen.

Den Tag verbrachte ich mit dem Schauen der letzten zwei Folgen der fünften Staffel von *Downton Abbey*, einer Serie, bei der ich auch gern mitgespielt hätte, wäre ich zu den Casting-Zeiten nicht gerade erst ganz am Anfang meiner Schauspielkarriere gestanden. Aber das ganze Setting, das Drama, das Drehbuch, die vielschichtigen Charaktere und der geschichtliche Bezug – ich liebte alles an dieser Serie. Nicht umsonst schaute ich sie bereits zum dritten Mal.

Danach putzte ich die Wohnung und gönnte mir anschließend ein Vollbad.

Als ich schließlich in Unterwäsche und dezent geschminkt vor dem Kleiderschrank stand und überlegte, was ich anziehen sollte, klingelte mein Telefon. Sofort schoss siedend heiße Nervosität durch mich hindurch und trieb meinen Puls an.

Hatte ich zu lange gebraucht? War Theo schon hier und fand den Klingelknopf nicht?

Ein Blick auf das Display ließ meine Aufregung und Vorfreude jedoch auf einen Schlag verpuffen – denn es war niemand anders als meine Mum, die anrief.

Kurz überlegte ich, es klingeln zu lassen, doch womöglich stand sie dann binnen weniger Minuten vor meiner Tür, um nachzusehen, ob es mir gut ging oder warum ich sie ignorierte. Möglicherweise auch einfach nur, um mich zu nerven – was wahrscheinlicher war.

»Mum«, meldete ich mich knapp, versuchte mich aber dennoch an einem freundlichen Ton. Je schneller ich sie abwimmeln konnte, umso besser.

»Alicia, wie geht es dir? Du meldest dich gar nicht mehr bei mir. Bist du nicht neugierig, wie die Party noch war und was du alles verpasst hast?«

Schon ging es los.

Ich rollte mit den Augen und schluckte die Erwiderung, dass wir erst kürzlich gemeinsam shoppen waren, hinunter. »Ist nach meinem Verschwinden denn noch etwas Aufregendes passiert?«

»Das weißt du nicht – womöglich hättest du noch *das* Gespräch geführt, das dich auf die nächste Ebene deiner Filmkarriere gebracht hätte.«

Ich ballte meine freie Hand zu einer Faust und schloss kurz die Augen, um mich zu beruhigen. »Stimmt, das weiß man nie«, erwiderte ich und wechselte dann das Thema auf ein – zumindest halbwegs – sicheres Terrain. »Wie geht es dir?«

Sie schnaubte theatralisch. »Wie soll es mir gehen, wenn ich gerade erfahren habe, dass Emilia Starling gestern Abend auf dem Charity-Event in der *MacMillan Hall* dasselbe anhatte wie ich bei den *BRIT Awards*? Und dann hat sie doch tatsächlich noch die Frechheit besessen, zu behaupten, man bräuchte für dieses Kleid schon ein gewisses Maß an Jugend, um es nicht wie einen alten Fetzen wirken zu lassen.«

Mühsam unterdrückte ich ein Schnauben.

Es war ein Designerkleid, und Mum hatte nicht das Alleinrecht erworben, es zu tragen. Auch wenn die Aussage von Emilia Starling nicht gerade schmeichelhaft war. Aber erstens wusste ich, dass man nicht alles glauben sollte, was man sich so erzählte, und zweitens: Woher wollte Mum wissen, dass Emilia sie damit hatte angreifen wollen? »Das tut mir leid«, sagte ich deshalb. »Aber vielleicht wusste sie gar nicht, dass du das Kleid kurz vor ihr getragen hast?«

»Aber natürlich wusste sie das!«, rief sie empört aus. »Sie hat garantiert Fotos von mir in dem Kleid gesehen, immerhin hat sie mich auf die *BRITs* angesprochen und gefragt, wie es mir dort gefallen hat. Vor wenigen Tagen hat sie sich noch zuckersüß mit mir unterhalten, und jetzt das! Mit ihrem gestrigen Auftritt hat sie nur ausdrücken wollen, dass sie viel jünger ist als ich. Ich meine, das schwingt doch eindeutig in ihren Worten mit!«

Ein kurzer Blick auf die Uhr verriet mir, dass mir wirklich die Zeit davonlief. Theo könnte jeden Moment vor der Tür stehen, und ich hatte noch immer nicht entschieden, was ich anziehen wollte.

Schnell nahm ich einen cremeweißen Pullover mit Zopfmuster aus dem Schrank, zu dem ich eine cappuccinofarbene

Stoffhose mit sandfarbenem schmalen Gürtel wählte. Das Outfit war bequem für einen Abend auf der Couch und gleichzeitig schick genug, um damit vor die Tür zu gehen, sollten sich unsere Pläne spontan ändern. Ich wollte offen sein.

»Okay, hör zu, Mum, lass uns ein anderes Mal darüber reden, ich bekomme gleich Besuch und bin noch nicht ganz fertig.«

»Besuch? Kommt Kim zu dir? Habt ihr euch nicht erst gestern Abend gesehen? Du brauchst wirklich mal anderen Kontakt, wenn du es …«

»Nein, nicht Kim.« Krampfhaft überlegte ich, wie ich das Gespräch zum Abschluss führen konnte.

»Sag nicht, dein Vater kommt zu dir …«

Okay, nun machte sie mich sauer. Denn bei ihr klang es immer gleich so vorwurfsvoll, dass ich zu ihm eine enge Bindung hatte. »Und was, wenn es so wäre? Er ist immerhin mein Dad, ich sehe keinen Grund, weshalb er mich nicht besuchen sollte.«

»Mich lädst du nie zu dir ein.«

»Du warst erst kürzlich bei mir, bevor wir zu den BRIT Awards gefahren sind.«

»Aber nur, um dich abzuholen und dein Schminkdesaster zu korrigieren. Glücklicherweise«, hielt sie dagegen und schnaubte theatralisch. »Sag deinem Vater, dass ich …«

»Es ist nicht Dad, es ist Theo«, unterbrach ich sie, weil ich mit den Nerven und der Geduld am Ende war.

Schweigen.

»Theo?«, fragte sie schließlich.

»Ja.« Nervös tippte ich mit den Zehen auf den Boden.

»Kenne ich ihn?«

Sie würde keine Ruhe geben, solange ich ihr nicht noch einen Brocken hinwarf. Genervt stöhnte ich und wünschte, ich wäre erst gar nicht ans Telefon gegangen. »Der Musiker, du weißt schon. Von der Awardshow.«

Ihre Antwort bestand aus einem pikierten »Nein!«.

»Doch. Also, Mum, schönen Abend, und danke für deinen Anruf.«

Fast hatte ich aufgelegt, da hörte ich sie ein schnelles »Ich hoffe, du verhütest« sagen, weshalb ich das Smartphone noch einmal ans Ohr drückte – obwohl ich das Telefonat einfach beenden sollte. »Gott bewahre, dass du schwanger wirst. Dann kannst du deine Schauspielkarriere nämlich wirklich begraben. Du willst sicher nicht auf *diese* Weise auf dich aufmerksam machen: Schwanger von einem Rockstar, der seine Mädchen schneller wechselt als andere die Bettlaken.« Sie schnaubte, und es klang verächtlich. »Oder bist du wirklich so ein leichtes Mädchen?«

»Nein!«, sagte ich, schockiert, diese Worte aus ihrem Mund zu hören.

»Du solltest dir wirklich mehr wert sein, Kind«, redete sie weiter, als hätte sie meine Antwort gar nicht wahrgenommen. »Und deine Karriere dir auch. Ich hoffe, du bist dir dessen bewusst, dass das dein Aus wäre, dabei suchst du doch gerade nach Rollen. Jetzt sollte deine Karriere über allem stehen. Denk daran, wie es bei mir war: Kaum dass du unterwegs warst, waren meine Tage als Topmodel gezählt. Du weißt, ich wurde danach kaum noch für große, exklusive Aufträge gebucht.«

Ich wusste nicht, was mir übler aufstieß: Dass sie mir erneut unter die Nase rieb, mich für den größten Fehler ihres Lebens zu halten, oder dass sie das letzte Wort mit derartiger Verachtung ausgespuckt hatte, als wäre es verwerflich, mit Musik sein Geld zu verdienen.

## 15 – Theo

Alicia öffnete mir die Tür, und ich merkte sofort, dass etwas passiert sein musste. Ihr Lächeln wirkte ... irgendwie aufgesetzt, und sie machte auf mich den Eindruck, als sei sie völlig durch den Wind.

»Hey, alles okay?« Besorgt streckte ich die Hand nach ihr aus, die sie nur zögernd ergriff.

»Sicher. Komm rein.« Sie trat zur Seite, damit ich ihrer Aufforderung nachkommen konnte.

Ohne sie aus den Augen zu lassen, zog ich Boots, Jacke, Mütze und Schal aus und legte alles an der kleinen Garderobe ab, bevor ich ihr in ihr lichtdurchflutetes Wohnzimmer folgte.

»Was darf ich dir zu trinken anbieten?« Sie steuerte bereits den Durchgang zur Küche an, doch ich hielt sie zurück.

Gerade war ich nicht durstig, sondern beunruhigt, weshalb ich sie an mich zog, mit den Fingern ihr Kinn anhob und ihr tief in die Augen schaute. »Erst will ich wissen, was los ist.«

Vielleicht lag es an der Sorge in meiner Stimme, dass sie schwerfällig aufseufzte und mich schließlich an der Hand zur Couch führte. Womöglich interpretierte ich aber auch zu viel hinein, und sie hatte bloß einen anstrengenden Tag gehabt.

»Okay, setz dich. Aber ich warne dich, es könnte unangenehm werden. Für dich, in erster Linie jedoch für mich. Und vermutlich ist es gut, wenn du gleich zu Beginn all den Mist über mich erfährst, bevor ...« Den Rest des Satzes ließ sie in der Luft schweben, und ich hatte echt keine Ahnung, was jetzt kommen würde.

Verunsichert sank ich auf das weiche Polster und Alicia setzte sich neben mich. Sie wandte mir ihren Oberkörper zu, wich jedoch meinem Blick aus. »Ich bin nicht so, wie du vielleicht denkst«, begann sie mit leiser Stimme, ehe sie schnaubte. »Genau genommen bin ich garantiert nicht, wie du dir eine Frau in deinem Leben vorstellst.«

Irritiert schüttelte ich den Kopf und machte mich auf alles Mögliche gefasst. »Du weißt ja gar nicht, was mir bei meiner Partnerin wichtig ist.«

Alicia verdrehte die Augen. »*Das* kannst du dir sicherlich nicht wünschen.« Wieder atmete sie hörbar durch, als bräuchte sie noch einen Moment, um sich Mut zu machen.

Beruhigend griff ich nach ihrer Hand und drückte sie sanft, um ihr zu vergewissern, dass sie bei mir nichts zu befürchten hatte und mit mir über alles reden konnte.

»Meine Mutter ist ... ein sehr schwieriger Mensch. Sie ist unfassbar perfektionistisch und verlangt auch von allen Mitmenschen, dass diese sich keine Fehltritte erlauben. Jedenfalls keine, die mit ihr assoziiert werden könnten. Sie kritisiert mich ständig, verliert kaum ein gutes Wort über mich. Meinem Dad hat sie das Leben ebenfalls schwer gemacht, bis er sich schließlich von ihr getrennt hat.« Einen Moment hielt sie inne, als müsste sie sich die nächsten Sätze erst zurechtlegen, und ich fragte mich, wie alt sie war, als sich ihre Eltern hatten scheiden lassen. Doch bevor ich nachhaken konnte, redete sie weiter. »Kurz bevor du geklingelt hast, war sie am Telefon, um mich mal wieder daran zu erinnern, dass ich ihre Karriere zerstört habe, als sie mit mir schwanger geworden ist.«

Alicia wandte den Kopf ab, und fuck, ich konnte sehen, wie ihr Tränen in die Augen stiegen. Und doppelt fuck, ich konnte nicht glauben, was ich da eben gehört hatte. Wie konnte ihre Mutter nur?

»Scheiße, komm her.« Ohne Umschweife zog ich sie an mich. Wut brodelte in mir auf, was diese Frau betraf, während ich Alicia tröstend über den Rücken streichelte und sie sich an meiner Brust ausweinte.

»Und gestern ...« Sie schniefte und hickste. »... als ich mit Kim auf der Tanzfläche war, hat mich ein Typ begrapscht. Er hat mir unter das Kleid zwischen die Beine gefasst und wollte, dass ich mit ihm mitkomme.«

Okay, nun war es mit meiner Beherrschung vorbei. Innerlich bebte ich. »Du hast hoffentlich etwas gegen den Kerl unternommen.«

Alicia schaute mich aus großen Augen an, dann schüttelte sie stumm den Kopf. »Nein, ich habe ... ich bin einfach gegangen. Ich ...«

»Verflucht, komm her. Tut mir so leid, dass manche Männer Schweine sind.« Langsam streichelte ich ihr abermals über den Rücken, bis sie den Kopf hob und mich anschaute.

»Du hast recht, ich hätte es melden müssen. Wer weiß, ob er nicht auch andere Frauen bedrängt.«

»Das kannst du ja immer noch machen«, sagte ich in sanftem Ton. »Wenn du willst, begleite ich dich – zum Club, um ihn auf die Sperrliste setzen zu lassen, und zur Polizei, um Anzeige gegen ihn zu erstatten. Kim natürlich auch, falls du deine Freundin mitnehmen möchtest. Hat sie den Kerl ebenfalls gesehen?«

»Nein, ich glaube nicht. Sie hat nicht gecheckt, was passiert ist, weil sie mit dem Rücken zu mir getanzt hat. Als ich sie weggezogen habe, wusste sie erst nicht, was los war.«

Tief atmete ich durch. »Okay, aber du kannst ihn beschreiben, oder?«

Sie nickte.

»Gut. Ich begleite dich jederzeit, wenn du dich bereit fühlst.«

»Danke.« Sie verschränkte ihre Finger mit meinen und beugte sich vor, um mir einen zarten Kuss auf die Lippen zu geben – den ersten, seit ich hier war.

Ich schloss die Augen und genoss diese kleine Zärtlichkeit. Dann schaute ich sie direkt an. »Und wegen deiner Mutter: Gerade kann ich nichts zu ihr sagen, weil ich vermutlich keine netten Worte finden würde, und das will ich nicht. Aber du sollst wissen, dass ich unglaublich froh bin, dass du auf der Welt bist. Dass sie ihre Karriere nicht weiterverfolgt hat, ist ihr Problem und nicht deines. Also laste dir das nicht auf.«

»Ich weiß. Sie ist nur wahnsinnig anstrengend und nicht nett mit ihren Worten, verstehst du?«

»Sie beschimpft dich?« So ganz wusste ich nicht, worauf Alicia hinauswollte.

»Nein, sie macht das viel subtiler. Kritisiert einfach alles an mir. Mein Äußeres, meine Berufswahl, meine Ausdrucksweise, dass ich mich gut mit Dad verstehe – besser als mit ihr.«

»Etwas, das offenbar nicht schwer ist«, warf ich ein, was Alicia ein müdes Lächeln entlockte.

»Sie saugt mich aus«, murmelte sie und wandte ihren Blick ab. »Manchmal glaube ich, ich bekomme deshalb keine Rollen mehr, weil es mich so viel Kraft kostet, mich gegen die verbalen Sticheleien meiner Mum durchzusetzen und den Kopf hochzuhalten, verstehst du? Potenzielle Auftraggeber sehen mir bestimmt an, dass ich unter dem Druck breche.«

Bei diesen Worten spürte ich einen Schmerz tief in der Brust. Auf mich machte es den Eindruck, als bremste ihre Mutter sie aus. Als könnte sich Alicia deshalb auch beruflich nicht so entfalten, wie sie es sich wünschte. Zu gern wollte ich Alicia sagen, wie unfair ich es fand, dass sie sich derart von ihrer Mutter abhängig machte und mit sich selbst so hart ins Gericht ging. Dass es viel besser wäre, sie würde sich von ihr abwenden, einen Cut machen, um endlich zu leben, wie sie es wollte. Aber das konnte ich nicht. Für so einen Kommentar war es definitiv zu früh. Wenn ich überhaupt einmal in der Position sein würde, mich dazu zu äußern. Deshalb wählte ich eine andere Strategie.

»Als ich mit dem Gitarrespielen angefangen habe, hatte ich einen Lehrer, der ziemlich streng war. Er hat gefühlt jeden Akkord von mir thematisiert, und der Unterricht war unglaublich zermürbend für mich. Nicht nur einmal hat er mir gesagt, es wäre besser, ich würde beim Fußball bleiben, weil ich als Gitarrist kein Talent besäße.«

Überrascht blinzelte Alicia ihre Tränen weg und schaute mich an. »Aber du spielst wirklich großartig!«

Meine Mundwinkel hoben sich zu einem kurzen Lächeln. »Danke. Was ich damit sagen will: Mein Gitarrenlehrer hat nicht an mich geglaubt. Für ihn war ich lediglich ein reicher, verwöhnter Sohn, den die Eltern zweimal die Woche zu ihm in den Unterricht steckten, weil sie mit ihren Berufen als Anwalt und Ärztin eingespannt waren.« Ich machte eine bedeutungsschwangere Pause, um das Gesagte bei Alicia sacken zu lassen.

»Aber? Was ist passiert? Hast du durchgehalten?«

»Das habe ich. Und zwar, weil ich ihm beweisen wollte, dass er falschlag. Und weil *ich* an mich geglaubt habe, weil ich es mir beweisen musste, dass ich mehr bin, als andere in mir sehen. Tief in mir drin wusste ich, dass die Musik mein Leben ist. Also habe ich geübt. Die Anmerkungen meines Lehrers, mit denen ich arbeiten konnte, habe ich umzusetzen versucht. Alle anderen Beschimpfungen und Demütigungen habe ich so weit wie möglich ausgeblendet. Genau genommen haben sie mich nur zusätzlich angespornt, ihm zu zeigen, dass er sich irrte. Dass ich viel besser war, als er es mich glauben machen wollte.«

Endlich lächelte Alicia. »Das hast du geschafft. Du kannst stolz auf dich sein. Glaubst du, er weiß von deinem Erfolg?«

»Selbst wenn, ist es mir egal, weil ich mich darüber nicht definiere«, erwiderte ich achselzuckend. »Der Mann war nicht mit sich im Reinen. Damals habe ich gelernt, nicht an mich heranzulassen, was andere über mich denken.« Sanft küsste ich Alicia auf die Stirn.

Sie senkte den Kopf. »Das sollte ich wohl auch tun, hm?«

Statt etwas darauf zu erwidern, drückte ich sie an mich und streichelte über ihr Haar.

»Nur ist das leichter gesagt als getan«, sagte sie so leise, dass ich sie fast nicht verstand.

»Sicher. Sie ist deine Mutter. Das ist natürlich noch einmal etwas anderes als bei jemand Fremdem.«

»Erzähl mir von deinen Eltern«, bat sie mich schließlich. »Wie sind sie so?«

Ich stockte. Überlegte, was ich sagen konnte, ohne die Situation mit ihrer Mum zu relativieren. Denn auch ich hatte meine Probleme mit ihnen, doch im Vergleich zu Alicias wirkten sie absolut lächerlich. »Im Grunde sind sie voll in Ordnung, aber sie lieben beide ihre Jobs und arbeiten dementsprechend viel. Die meiste Zeit, in der ich zu Hause gewohnt habe, hab ich mich ziemlich alleingelassen gefühlt. Nicht nur einmal hätte ich mir gewünscht, meine Eltern wären mehr wie die meiner Freunde und Schulkollegen, die mit ihren Kindern am Nachmittag gelernt oder Ausflüge unternommen haben. Zwar hatte ich eine Nanny, die wirklich bemüht war, aber sie konnte Mum und Dad nie ersetzen.«

Betreten sah sie mich an und drückte meine Hand. »Tut mir leid, dass du nicht die Kindheit hattest, die du dir gewünscht hast.«

Schulterzuckend winkte ich ab. »Schon gut. Das ist wirklich Jammern auf hohem Niveau, ich weiß ja, dass es mir nicht schlecht ging.« Dass ich selbst heute noch das Gefühl hatte, zwischen meinen Eltern und mir läge ein tiefer Graben, erwähnte ich nicht. Gerade ging es um Alicia, weshalb ich sie fragte, wie ihr Dad so war. Vor allem, weil ich wusste, dass sie zu ihm ein besseres Verhältnis hatte.

Ein sanftes Lächeln schob sich auf ihre Lippen. »Mein Dad war und ist immer für mich da. Er ist großartig, wir machen echt oft was gemeinsam. Mum hat das nie verstanden.« Nun wirkte sie wieder traurig.

Nachdenklich zog ich Kreise auf ihrer Handfläche. Vielleicht half es ihr doch, wenn ich mehr von meiner Familie erzählte. »Meine Eltern hatten deswegen auch ein schlechtes Gewissen, glaube ich. Also dass sie nicht so für mich da waren, wie sie es vielleicht hätten sein sollen. Sie haben mir alles gekauft, was ich wollte, haben mir jeden Wunsch erfüllt. Geld hat nie eine Rolle gespielt, und ich gebe zu, ich hatte so meine Phasen, in denen ich das ausgenutzt habe. Bis ich feststellen musste, dass ein paar ›Freunden‹ ebenfalls gefiel, dass es mir an nichts fehlte.«

Alicia legte ihre Stirn in Falten. »Wie meinst du das?«

»Sie haben unsere Freundschaft zu ihrem Vorteil genutzt. Einige Mädels an der Schule haben sogar eine Art Wettkampf daraus gemacht, welche von ihnen ich zu einem Date einlud. Wohin ich mit ihnen ging, wie viel Geld ich für sie ausgab ...

Als ich dahinterkam, war das ein ziemlicher Schlag ins Gesicht. Da hab ich mich gefühlt wie eine Trophäe. Und das war kein schönes Gefühl, glaub mir. Einen Award zu haben, ist grandios, hingegen selbst einer zu sein, ist großer Mist. Ich wusste nicht mehr, wem ich vertrauen konnte. Wer ehrlich an mir interessiert war.«

Mitfühlend drückte Alicia meine Hand. »Tut mir leid, dass du diese Erfahrung machen musstest.«

»Danke. Seitdem war ich äußerst vorsichtig, was das betrifft. Seit unserem Durchbruch als Band ist es auch nicht besser geworden, im Gegenteil. Ich habe nicht nur einmal feststellen müssen, dass sich Frauen mehr für meinen Erfolg und mein Geld interessieren als für mich. Bis jetzt. Mit dir ist es anders, vielleicht weil ich das Gefühl habe, dass du das alles verstehst. Weil wir ... aus ähnlichen Welten kommen?« Verlegen fuhr ich mir mit einer Hand durch die Haare und fühlte mich dämlich bei meinen Worten. Noch mehr, als Alicia sich neben mir versteifte.

»Du weißt, dass das alles für mich keine Rolle spielt, oder?«, sagte sie schließlich, was mir etwas von meiner Unsicherheit nahm.

»Natürlich weiß ich das. Bei dir habe ich das Gefühl, dass es dir einzig um den Menschen in mir geht. Was umgekehrt natürlich genauso gilt.« Sanft küsste ich sie auf die Lippen. Sah ihr tief in die Augen, die noch leicht von den eben geweinten Tränen glitzerten, und auf die unzähligen Sommersprossen in ihrem Gesicht, von denen ich am liebsten jede einzelne mit meinen Lippen berühren wollte.

»Weißt du, dass du unfassbar hübsch bist? Ich glaube, mir ist nie eine schönere Frau begegnet«, hauchte ich an ihren Mund.

Als hätte sie diese Worte hören müssen, drängte sich Alicia gegen mich. Ihre Arme verwob sie in meinem Nacken und dann ... küsste sie mich. Erst zart und zurückhaltend, dann immer stürmischer. Als würde sie mir alles, was ihr noch auf der Seele brannte, auf diese Weise mitteilen wollen. Und Gott, ich war so bereit dafür.

Ich keuchte in ihren Mund, packte sie an den Oberschenkeln

und zog sie auf meinen Schoß. Kniff sie in den Po, hielt sie am Rücken und vergrub meine Finger in ihren Haaren.

Verdammt, diese Frau machte mich dermaßen an ...

Schwer atmend löste sich Alicia von mir und sah mir wieder tief in die Augen. Etwas veränderte sich an ihrem Gesichtsausdruck und sie wandte verlegen den Blick ab. »Ich habe Hunger, lass uns was essen gehen.«

Es dauerte ein paar Atemzüge, bis ich mich insoweit gesammelt hatte, um zu verstehen, dass das wohl ihr Tempo war. Langsam, aber spannungsgeladen. Also gut, dann war es eben so. Auf keinen Fall würde ich sie zu etwas drängen ...

Mich räuspernd nickte ich. »Okay, wo möchtest du hin? Und denkst du, wir bekommen jetzt noch einen Tisch?«

Alicias Wangen waren gerötet, als sie sich mit beiden Händen durch die Haare fuhr, um ihre Locken in Ordnung zu bringen. »Sicher, es ist auch gar nicht weit. Du magst doch Italienisch?«

»Klar«, antwortete ich und richtete unauffällig meinen Schwanz in der Hose, als sie von mir stieg.

Wenig später saßen wir in einem kleinen Lokal mit mediterranem Flair nicht weit von Alicias Wohnung entfernt. An den Wänden hingen Bilder mit Strandmotiven, und leise italienische Musik drang aus den Boxen.

Ich bestellte ein Fischrisotto, Alicia entschied sich für Garnelenspieße auf gegrilltem Gemüse. Dazu tranken wir beide ein Glas Wein, und die Schwere war zum Glück gänzlich aus unserer Unterhaltung gewichen.

Wir erzählten uns lustige Anekdoten – sie von ihren Filmdrehs, ich aus meiner Musiklaufbahn, und ich konnte mich nicht erinnern, wann ich mich je zuvor derart mit einer Frau amüsiert hatte. Alicia war humorvoll, intelligent und nicht auf den Mund gefallen. Dazu kam, dass ihr Blick unablässig an meinen Lippen hing, als würde sie jedes Wort von mir in sich aufsaugen.

»Wenn ich dich langweile, sag Bescheid, dann wechsle ich das Thema«, sagte ich, als ich die letzten Reste auf meinem Teller zusammenkratzte. Eben hatte ich über unseren anstehenden Termin beim Plattenlabel gesprochen – und über das Prozedere, das im Anschluss folgen würde, sobald Samantha Evans alles absegnete, was wir ihr lieferten.

Doch Alicia schüttelte den Kopf. »Überhaupt nicht, ich höre dir wirklich gern zu. Nicht nur, weil du eine angenehme Stimme hast, sondern auch, weil ich es wirklich interessant finde, einen Blick hinter die Kulissen der Musikindustrie zu bekommen.«

Schmunzelnd griff ich über den Tisch nach ihrer Hand. »Willst du noch ein Dessert essen, oder sollen wir zurück zu dir?« Ich hatte die Worte geraunt, denn verflucht, ich war scharf auf sie. Sehnte mich danach, wieder mit ihr allein zu sein und dann herauszufinden, ob sie bereit war, heute einen Schritt weiter zu gehen.

Abgesehen davon, fühlte ich mich beobachtet. Zwar gaffte niemand von den Leuten hier offen in unsere Richtung, vielleicht lag mein Empfinden aber auch daran, dass ich in letzter Zeit selten ungestört war, wenn ich mich in der Öffentlichkeit aufhielt.

»Nein, wir können jederzeit los.« Alicia spürte wohl ebenfalls das Knistern zwischen uns, denn sie verkniff sich ihr Grinsen, indem sie ihre Zähne in die Unterlippe grub. Und fuck, ich konnte es nicht abwarten, ihren Mund wieder auf meinem zu spüren. Wusste sie eigentlich, was sie hier mit mir anstellte?

So schnell wie möglich bezahlte ich unser Abendessen, dann schlenderten wir zurück zu ihrer Wohnung, wobei mich ihr langsames Tempo quälte. Tat sie das absichtlich, oder brauchte sie die Zeit, um die Hitze, die auch sie spüren musste, zu vertreiben? Bei mir half es jedenfalls kein bisschen.

Als sie endlich die Tür aufschloss, musste ich mich zusammenreißen, sie nicht sofort an die Wand zu drängen und zu küssen. Stattdessen zog ich Boots, Mütze und Jacke aus und hängte meinen Schal dazu, während Alicia es mir gleichtat und ebenfalls Mantel und Co an den Garderobenhaken hing.

»Willst du jetzt *November Rain* oder *Hometown Love* schauen? Oder lieber etwas, wo ich nicht mitspiele?«, fragte sie unsicher, als sie ihr Wohnzimmer ansteuerte.

Schon im Restaurant hatten wir vereinbart, im Anschluss bei ihr noch mal fernzusehen.

»Ganz egal, wir können auch etwas schauen, in dem du nicht mitspielst, wenn es dir lieber ist. Ich will dich nicht dazu nötigen, dich in deiner Freizeit mit der Arbeit zu befassen. Ich möchte einfach nur, dass du bei mir bist«, antwortete ich ehrlich und hoffte, sie würde meine raue Stimme auf die Kälte draußen schieben. Und nicht auf meinen Schritt schauen, wo sie sicher erkennen konnte, wie sehr ich mich nach ihr verzehrte.

# 16 – Alicia

Mir war klar, dass Theo nach wie vor deshalb Zeit mit mir verbrachte, weil er sich mehr erhoffte. Das hatten mir seine Blicke und die Art, wie er mich küsste, mehr als deutlich gezeigt. Noch dazu war er sicher niemand, der sich die Chance, eine Frau ins Bett zu kriegen, durch die Lappen gehen ließ.

Hätte ich vorhin, bevor wir zum Restaurant aufgebrochen waren und ich ihn auf der Couch geküsst hatte, nicht die Handbremse gezogen, wären wir so schnell nicht von hier weggekommen. Ich hatte gespürt, wie sehr er mich wollte. Aber genau das ging nicht. Ich konnte ihm nicht geben, wonach er sich sehnte. Von daher war es bloß eine Frage der Zeit, bis Theo die Geduld mit mir verlor und das Ganze beendete.

Die Leidtragende dabei würde definitiv ich sein. Weil ich, masochistisch, wie ich offenbar war, nichts tat, um das Unvermeidbare zu stoppen.

Nun saß ich neben ihm auf der Couch und *It Ends With Us*, das Liebesdrama von Colleen Hoover mit Blake Lively und Justin Baldoni, flimmerte über den Fernseher. Doch ich bekam kaum was davon mit. Stattdessen ruhte meine gesamte Aufmerksamkeit auf Theos Hand, mit der er immer wieder an meiner Seite auf und ab strich. Dabei schob er jedes Mal den

Pullover wie zufällig ein kleines Stück nach oben und berührte meine nackte Haut darunter.

Dass er damit ein mittleres Inferno in mir auslöste, war ihm womöglich nicht mal bewusst. Oder es war ganz und gar von ihm beabsichtigt.

Ja, vermutlich war es ganz genauso. Jedenfalls beschleunigte sich meine Atmung, obwohl ich das zu unterdrücken versuchte, und zwischen meinen Schenkeln kribbelte es. Alles in mir surrte, und meine Gedanken kreisten mit einem Mal nur noch darum, ihn ebenfalls zu berühren. Gleichzeitig ermahnte ich mich, bloß die Finger von ihm zu lassen und keine Reaktion zu zeigen, weil das hier nicht weitergehen durfte. Ich durfte nichts provozieren, das ich nicht durchhielt.

Geräuschvoll atmete Theo aus und zog mich näher an sich, woraufhin ich mich direkt versteifte.

Für einen Moment dachte ich, er hätte verstanden, denn er brachte Abstand zwischen uns. Allerdings beugte er sich vor, griff nach der Fernbedienung, die auf dem Couchtisch lag, und drückte auf Pause.

Inzwischen trommelte mein Herz regelrecht in meiner Brust. Bestimmt bekam er mit, wie es in mir aussah. Falls er mich doch nicht durchschaut hatte, hielt ich zur Sicherheit den Blick stur geradeaus gerichtet.

Bis ich merkte, wie Theo mich von der Seite ansah.

Sein Blick prickelte unangenehm forschend auf mir, bis mir nach ein paar Sekunden klar wurde, dass ich nicht so tun konnte, als würde ich darauf warten, dass er aufstand und auf die Toilette verschwand oder so.

Räuspernd wandte ich ihm halb den Kopf zu und schielte in seine Richtung. »Was ist?« Besser erst mal unschuldig stellen, vielleicht ging es ja um etwas ganz anderes als um das, was ich befürchtete.

»Sag du es mir. Du sitzt neben mir, als würdest du dich nicht wohlfühlen. Liegt es am Film? Wir können auch was anderes schauen.« Verunsichert fuhr er sich mit einer Hand durch die Haare.

Eine Spur zu laut lachte ich auf. »Nein, alles gut. Ich bin nur etwas nervös.«

Theos Mundwinkel zuckten. »Das merke ich. Willst du mir den Grund dafür verraten?«

Angespannt schüttelte ich den Kopf. »Ich bin bloß wegen meiner Mum etwas durch den Wind, das ist alles.«

Theo schien mir meine kleine Notlüge zu glauben, denn ein mitfühlender Ausdruck trat auf sein Gesicht. »Komm her«, verlangte er mit weicher Stimme und breitete seine Arme aus.

Mist, da hatte ich so darauf geachtet, Abstand zu wahren, und mich unbewusst direkt an seine Brust manövriert. Doch in dem Moment, in dem ich mich zögernd gegen ihn sinken ließ, seinen würzig-frischen Duft einatmete und er tröstend über meinen Rücken streichelte, ohne unter den Pullover zu gleiten, entspannte ich mich merklich.

Sanft küsste er mich auf den Scheitel und ich stellte fest, dass ich seine Nähe und seinen Trost wirklich genoss.

»Tut mir leid, dass ich heute so emotional bin und dir den Abend vermiese.« Peinlich berührt, vergrub ich mein Gesicht an seiner Brust.

Spätestens jetzt würde er mich für ein Sensibelchen halten, für jemanden, der einen Berg an Problemen mit sich herumschleppte und damit nicht umgehen konnte. Dabei hatte er von der Größe des Ausmaßes noch gar keine Ahnung ...

»Hey, so was will ich überhaupt nicht hören. Jeder hat mal einen schlechten Tag. Und hin und wieder steckt man in einer etwas länger andauernden miesen Phase fest. Nur Arschlöcher und Idioten laufen bei so was davon.«

Nun hob ich den Kopf und schaute ihn an. »Du willst nicht wissen, wie oft ich Ähnliches schon mal gehört habe – und vom Gegenteil überzeugt worden bin.«

Theo schnaubte. »Dann waren es keine richtigen Freunde.«

»Du kennst mich kaum, Theo«, sagte ich leise.

»Dennoch bin ich nicht der Typ, der sich umdreht und geht, wenn es kompliziert wird.«

Ich richtete mich auf, damit ich in seine Augen schauen konnte. »Okay, wie viele Beziehungen hattest du schon? Oder ... um dem hier nicht unbedingt ein Label aufzukleben, weil es dafür vermutlich zu früh ist: Wie oft bist du bisher in eine Situation geraten, in der du bedingungslos zu jemandem gestanden hast, obwohl derjenige übers Ziel hinausgeschossen ist?«

»Sicher schon einige Male. Zuletzt, als Lex einen Fehler begangen hat, von dem er dachte, dass er ihn vor uns geheim halten muss, und dessen Auswirkungen die ganze Band betroffen haben.« Er schaute mich eindringlich an, bis ich seinem Blick ausweichen musste, weil er zu intensiv war. »Und du magst es glauben oder nicht, aber ich hatte im Laufe der Zeit drei Freundinnen, mit denen ich in Summe knapp vier, vielleicht fünf Jahre zusammen war.«

Unschlüssig schaute ich ihn an. Er wirkte nicht, als würde er mir das bloß sagen, um mich zu beruhigen. Theo strahlte Ehrlichkeit und Offenheit aus und im Grunde wäre es der perfekte Zeitpunkt, ihm all die anderen unschönen Dinge über mich zu erzählen. Wenn ich allerdings nur daran dachte, hatte ich das Gefühl, etwas würde mir das Sprechen unmöglich machen.

»Was genau ist das mit uns, Theo? Was erwartest oder erhoffst du dir von mir?«, fragte ich stattdessen.

Eine Weile lauschte ich seinem Schweigen und war mir nicht sicher, ob das ein gutes oder schlechtes Zeichen war. Dann überraschte er mich und zog mich auf seinen Schoß.

Mein Puls raste, als sein Blick von meinen Augen zu den Lippen und zurück wechselte.

Theo schluckte, dann räusperte er sich. »Ich erwarte nichts und erhoffe mir alles, Alicia. Alles, was du zu geben bereit bist, werde ich dankbar annehmen. Deine Freundschaft, dein Herz, deinen Körper, deine Zeit. Ich werde darauf achten, als wäre es mein Eigen – ohne Besitzansprüche zu stellen. Und solltest du mir keinen Teil davon anvertrauen können, werde ich das ebenso respektieren. Im Gegenzug werde ich dir alles von mir geben, was du möchtest. Meine Freundschaft, mein Herz, meinen Körper, meine Zeit. Also falls du jetzt nicht abgeschreckt bist ...?« Verlegen grinste er.

Mit dieser Antwort hätte ich nicht gerechnet. Noch nie zuvor war ich einem Mann begegnet, der derart selbstlos war und etwas so Schönes zu mir gesagt hatte. Ich schlang meine Arme um seinen Nacken und küsste ihn, als hätte er mir gerade *sein* Herz auf einem Silbertablett serviert.

»Was, wenn ich dich dennoch enttäusche?«, flüsterte ich an seinen Lippen. Diese verflixte Unsicherheit konnte ich einfach nicht ganz ablegen. Außerdem hatte ich einmal zu oft erfahren müssen, dass es schlussendlich doch anders kam, als es mir versprochen worden war.

»Das kannst du gar nicht.« Theo sagte das im Brustton der Überzeugung, dass ich ihm wirklich glauben wollte. Also wiegte ich mich zumindest im Moment in Sicherheit und ließ zu, dass er mich sanft küsste. »Ist zwischen uns wieder alles gut? Möchtest du weiterschauen?«, fragte er schließlich, woraufhin ich nickte.

Als er daraufhin auf Play drückte und wir den Film zu Ende schauten, ertappte ich mich dabei, wie ich endlich das Negative ausblendete und seine Anwesenheit vorbehaltlos genoss.

Als ich im Aufzug zu meinem Agenten nach oben zu seinem Büro fuhr, öffnete ich den langen grauen Mantel gerade so weit, dass meine cremefarbene Hose und die gleichfarbige Seidenbluse darunter zum Vorschein kamen. Das Oberteil zupfte ich oberhalb des schmalen schwarzen Gürtels etwas zurecht, dann richtete ich meine Haare, die unter der Wollmütze hervorlugten, und machte ein Selfie über den Spiegel.

Bevor die Lifttüren aufglitten und ich aus dem Fahrstuhl trat, lud ich das Foto auf Instagram hoch und schrieb busy day – busy girl darunter. Das Ganze versah ich noch mit #actress, dann war ich auch schon vor dem Büro meines Agenten angekommen.

Schnell verstaute ich das Telefon in der Handtasche und klopfte an, bevor ich eintrat.

»Hi, Marisa!«, begrüßte ich die gute Fee der Filmagentur und zeigte auf das Büro meines Agenten. »Ich habe bei Ed einen Termin, kann ich schon rein?«

Sie hob den roten Lockenkopf und lächelte, wobei die Fältchen neben ihren Augen zum Vorschein kamen. »Sicher, er wartet bereits auf dich.«

Ich bedankte mich bei ihr, klopfte an Eds Tür und öffnete sie einen Spaltbreit.

»Hi, Alicia, komm rein und nimm Platz.« Er stand auf,

strich sein weißes Hemd glatt und trat mit ausgestreckter Hand auf mich zu. Sein Händedruck war fest, sein Blick wie immer freundlich. »Was kann ich für dich tun?«

Ich zog meinen Mantel aus und legte ihn über die Lehne des zweiten Stuhls gegenüber seines Schreibtisches, ehe ich mich setzte.

Obwohl mein Agent und ich in regelmäßigem Telefon- und Mailkontakt standen, hatte ich das Gefühl, ein persönliches Gespräch mit ihm zu brauchen. Dass er sofort auf den Punkt kam, zeigte mir, dass seine Zeit kostbar war und er diese nicht verschwendet sehen wollte.

Er ließ sich auf seinem Schreibtischstuhl nieder und sah mich abwartend an.

Tief holte ich Luft. »Du weißt, dass ich unbedingt wieder vor der Kamera stehen will. Ehrlich gesagt, habe ich keine Ahnung, warum die letzten Castings dazu erfolglos verlaufen sind. Du? Gab es Rückmeldungen? Vielleicht bin ich zu ungeduldig, aber alles in mir brennt danach, endlich eine Rolle zu bekommen, die meinen Durchbruch sichert.«

Ed lachte leise. »Du weißt, dieser Ehrgeiz gefällt mir. Allerdings kann ich nicht mehr tun als das, was ich bisher für dich gemacht habe. Du bist jung und talentiert, aber du weißt auch, dass das Business unberechenbar und hart ist. Ich weiß, dass du ehrgeizig bist und wirklich viel für deinen Erfolg tust, aber manchmal soll es eben nicht sein. Abgesehen davon, bist du nicht die einzige Schauspielerin, die eine große Rolle ergattern konnte und sich bis zum nächsten größeren Part als Kleindarstellerin oder Komparsin beweisen muss. Und das machst du gut. Du kannst stolz auf alles sein, was du bisher erreicht hast. Du warst in den letzten Jahren ja nicht untätig. Du hast kleine Rollen in Werbespots bekommen, arbeitest als Hörbuchsprecherin, hin und wieder als Moderatorin und hast sogar einem Videogame deine Stimme geliehen.« Er schmunzelte, und ich konnte aus seiner Stimme heraushören, dass er beeindruckt war von meinem Einsatz, wie er es immer wieder erwähnte.

»Warum habe ich dann das Gefühl, auf der Stelle zu treten? Es muss doch noch irgendwas geben, das ich tun kann. Ich nutze so gut wie jede Gelegenheit, Networking zu betreiben, bilde mich weiter, gehe zu den Castings ...« Verzweifelt hob ich beide Arme und ließ sie wieder auf meinen Schoß sinken.

»Denk daran, du hast deine erste große Rolle ohne Schauspielschule bekommen. Du hast in einem Theater auf der Bühne gestanden, als du entdeckt wurdest. Das ist ein wahnsinniges Glück, um das dich viele beneiden.« Er schaute mich eindringlich an. »Du weißt, dass du keinen leichten Job hast, Alicia. Und du hast in deinem jungen Alter schon eine Menge erreicht. Andere reißen sich Jahre oder gar Jahrzehnte den Arsch auf und schaffen es nicht so weit wie du.«

Nun fühlte ich mich undankbar und sackte in mich zusammen. »Das weiß ich alles«, sagte ich leise. »Nur fällt es mir gerade sehr schwer, mich motiviert zu halten, verstehst du? Der letzte Erfolg liegt lange zurück und ich habe das Gefühl, nicht voranzukommen, obwohl ich mich so anstrenge.«

»Du bist ja nicht erfolglos, immerhin kannst du von deiner Schauspielerei leben«, sagte er und seufzte tief. »Aber ich verstehe, worauf du hinauswillst. Was also soll ich für dich tun? Ich kann nicht mehr machen, als dir alle Castings weiterzuleiten, die für dich infrage kommen. Überzeugen musst du schon selbst, darauf habe ich keinen Einfluss.«

»Ich weiß es nicht.« Ich hasste es, dass ich mich dumm und unvorbereitet fühlte. »Gibt es nicht irgendwas, was ich noch tun könnte?«

»Nun ja, ich wüsste schon etwas, wie mir gerade wieder einfällt«, begann Ed und weckte damit meine Neugier.

»Ja?« Enthusiastisch beugte ich mich in seine Richtung, als er sich die Lesebrille aufsetzte und auf dem Computer herumtippte.

»Ja, ich habe erst heute die E-Mail bekommen ... Ah, da ist sie ja. John Moss hat da was Neues geschrieben. Anspruchsvoll, dramatisch, genau dein Geschmack.«

Euphorie stieg in mir hoch, als mein Herzschlag schneller wurde. »Okay, das klingt gut!« John Moss war mir zwar kein Begriff, aber wenn Ed davon überzeugt war, war ich es ebenfalls.

»Bravo, dann leite ich dir alle Infos für das Casting weiter. Es findet im *Savoy Theatre* statt. Mittwoch, meine ich.« Durch seine Brillengläser linste er auf den Monitor und runzelte die Stirn. »Ja, um zehn. Da kannst du doch, oder?«

Unbeweglich schaute ich ihn an. »Theater? Ist das ...«

Ed lehnte sich in seinem Stuhl zurück. »Ein Vorsprechen für eine Rolle auf der Bühne, genau.«

Augenblicklich schwand all meine Begeisterung, was Ed nicht verborgen blieb.

Mit krausgezogener Stirn sah er mich tadelnd über den Rand seiner Brille an. »Mir ist klar, dass es nicht das ist, was du dir vorstellst. Allerdings solltest du keine Chance verstreichen lassen, dein Können unter Beweis zu stellen. Gerade, wenn du so sehr darauf brennst, einen neuen Job zu ergattern. Du willst spielen? Hier ist deine Gelegenheit. Noch dazu eine großartige! Viele andere Schauspieler würden alles dafür tun, im *Savoy Theatre* auf der Bühne zu stehen. Vor allem bei einem Stück des großartigen John Moss.«

Ich schluckte. »Wieso fühlt es sich dann für mich wie ein Rückschritt an?«, fragte ich mehr mich selbst.

Ed seufzte tief. »Denk daran, wie du zum Film gekommen bist, Alicia.«

»Indem ich auf der Theaterbühne stand und Chandler Bell mich entdeckt hat«, erwiderte ich leise.

»Siehst du! Geh zu dem Casting. Ich weiß, du wünschst dir endlich wieder eine große Filmrolle, aber niemandem fallen ausschließlich BAFTA- oder Oscar-verdächtige Hauptrollen in Kinoblockbustern in den Schoß. Was dir einmal gelungen ist, gelingt vielleicht wieder. Wer weiß, wer im Publikum sitzt.«

Ich wusste, dass Ed recht hatte. Und dass ich auf jeden Fall diese Chance nutzen musste. So gern ich auch lieber für eine Film- als für eine Theaterrolle vorsprechen wollte.

»Du bist talentiert, Alicia. Ich weiß es, und du solltest das auch wissen. Deine Zeit ist noch lange nicht vorbei.« Ed schenkte mir ein wohlwollendes Lächeln und ich wusste, das war mein Zeichen, sein Büro wieder zu verlassen.

Auf dem Weg nach Hause telefonierte ich mit Kim. Sie war selbstständig und arbeitete als Grafikerin und Illustratorin, weshalb ich sie jederzeit erreichen konnte – worüber ich gerade unglaublich dankbar war.

»Ich weiß, dass es eine tolle Chance ist, aber ich bin einfach enttäuscht. Sicher, Theater ist großartig, trotzdem fühlt es sich für mich an, als würde ich auf der Stelle treten, verstehst du? Die Großen der Branche sehnen sich alle irgendwann auf die Bühne, ich weiß das. Aber mich erfüllt es eben nicht so wie das Schauspiel vor der Kamera.«

»Aber du hast es damals geliebt, auf der Bühne zu stehen. Sieh es einfach als erfrischende Abwechslung und als weitere Chance, Erfahrungen zu sammeln, dazuzulernen und neue Leute kennenzulernen. Dich weiterzubilden und wieder ein paar Monate Geld zu verdienen.«

Schnaubend überquerte ich einen Zebrastreifen.

»Ich meine das ernst! Manchmal muss man innehalten und eine kleine Lockerungsübung machen, um Anlauf zu nehmen und auf sein nächstes Etappenziel zuzusprinten.«

Nun musste ich lachen. »An dir ist echt ein Motivationscoach verloren gegangen.«

»Danke, das sagt man mir öfter, aber nein, dafür habe ich nicht auch noch Zeit.« Ich konnte das Schmunzeln in ihren Worten hören. »Für dich mache ich das allerdings gern und kostenlos.«

Ich schmatzte einen Kuss ins Telefon und wich einem Anzugtypen aus, der telefonierte und in der anderen Hand einen Kaffeebecher hielt.

»Und um auf das Thema zurückzukommen: Kneif deine verdammten Arschbacken zusammen, und hör auf zu heulen. Du willst eine große Rolle bekommen? Dann halte durch, und tu weiterhin alles dafür. Du weißt, wie ich dieses *alles* definiere«, ergänzte sie schnell leiser.

»Sicher«, antwortete ich mit brüchiger Stimme und versuchte, das unbehagliche Gefühl abzuschütteln, das mich ohne Vorwarnung bei Kims Worten erfasst hatte.

»So, und weil du jetzt wieder positiv gestimmt sein sollst, erzähl: Wie war es gestern mit Theo?« Neugier und Vergnügen schwangen in ihrer Stimme mit.

Also berichtete ich ihr davon – von den schönen und den nicht so schönen Momenten.

Als ich fertig war, seufzte Kim. »Mädchen, Mädchen, ich weiß echt nicht, was ich mit dir tun soll.«

»Wieso?«

»Du musst es ihm sagen!« Sie klang streng und so, als hätte ich einmal zu oft geschwiegen. Womit sie vermutlich recht hatte. Dennoch überraschte und enttäuschte es mich, dass meine beste Freundin so reagierte.

»Ich meine das ernst, Alicia«, fuhr sie fort, weil ich nicht sofort etwas erwiderte. »Er muss wissen, woran er bei dir ist. Dass er das alles zu dir gesagt hat, ist schön und gut und ja, es ist süß von ihm. Aber solange er nicht das volle Ausmaß des Ganzen kennt, ist es unfair von dir, ihm solche Versprechen abzuringen.«

Nun wurde ich sauer, in mir kochte es. »Ich habe ihm gar nichts abgerungen, spinnst du? Ich wollte nur wissen, was ...«

»... was er sich erhofft. Schon klar. Aber wer kauft gern die Katze im Sack, hm? Er *muss* es erfahren. Nur so kann er wirklich entscheiden, ob er dem Ganzen gewachsen ist. Ob er bei dir bleiben will und eurer Beziehung, oder was immer das ist, eine Chance geben möchte. Immerhin willst du auch, dass er offen und ehrlich mit dir über alles spricht und dir nicht wichtige Dinge vorenthält, die euch beide betreffen.«

So ungern ich es zugeben wollte, Kim hatte recht. Schon wieder. »Ich habe einfach zu große Angst, dass er mich mit seiner Reaktion enttäuscht.«

»Und das verstehe ich«, sagte Kim total einfühlsam. »Aber falls du dir wünschst, dass du mit Theo weitergehst und das mit ihm eine Zukunft haben soll, kommst du nicht dran vorbei. Angst darf eigenem Glück nicht im Weg stehen. Deshalb solltest du ihn bei der nächsten Gelegenheit einweihen. Weil du es nicht besser machst, indem du das Unausweichliche hinausschiebst. Du stiehlst euch beiden damit nur wertvolle Zeit.«

Und ja, das war mir ebenfalls klar. Obwohl es mir schwerfiel, das zuzugeben.

# 17 – Theo

Tessa und Hayden applaudierten begeistert, als die letzten Töne unserer Probe verklungen waren. Nora grinste und auch Ruben, der Produzent des Tonstudios, in dem wir bald unser nächstes Album aufnehmen würden, wirkte zufrieden, nachdem wir *She Is My Girl* gespielt hatten. Den Song hatte Lex während der *Elevation Tour* für Tessa geschrieben, und heute hatten wir ihn gemeinsam mit Ruben noch an ein paar Stellen verfeinert. Inzwischen haute er gewaltig rein, und ich war mir sicher, die Leute würden ihn lieben.

Kaum dass die Instrumente allesamt verstummt waren, stürmte Tessa auf Lex zu und schlang die Arme um ihn.

Augen verdrehend wandte ich mich ab. Manchmal waren die beiden dermaßen süß und kitschig, dass mir übel davon wurde. Und gleichzeitig wünschte ich, Alicia wäre hier. Nicht, dass ich den beiden ihr Glück nicht gönnte, aber sie weckten ein bisher unbekanntes Sehnen in mir. Ich wollte das, was die beiden hatten, auch erleben. Denn mit Alicia war mir klar geworden: Ich hatte all die belanglosen Flirts und Nächte mit namenlosen Frauen so was von satt. Alicia hatte mir gezeigt, dass es viel mehr im Leben gab, und jetzt, wo ich eine Kostprobe dessen bekommen hatte, wollte ich mehr davon.

»Neidisch?« Richie stieß mir grinsend in die Seite, als Hayden ebenfalls auf ihn zukam, um ihn zu küssen.

Schnaubend schüttelte ich den Kopf – auf seine Sticheleien würde ich jetzt garantiert nicht eingehen. Scheiße, dieser Kerl hatte echt ein verdammt gutes Einfühlungsvermögen. Manchmal war ich mir nicht sicher, ob er nicht sogar unsere Gedanken lesen konnte, weil er immer zu wissen schien, was wir dachten und fühlten.

»Wann lernen wir endlich dein Mädchen kennen?«, fragte Hayden.

»Du hättest sie mitbringen können.« Das kam von Tessa. »Ich bin so neugierig auf Alicia.«

»Ja, Leo, wird Zeit, dass du sie uns vorstellst!« War ja klar, dass sich Spencer von den beiden aufstacheln ließ.

Tief atmete ich durch und verdrängte das Sehnen in mir für den Moment. Um mich davon abzulenken, holte ich mein Glücksplek aus der Hosentasche und drehte es zwischen Daumen und Zeigefinger. »Keine Ahnung, ich überlasse es Alicia, wann sie so weit ist. Und ich muss ebenfalls dafür bereit sein. Immerhin kann ich euch nicht einfach auf sie loslassen. Womöglich verschreckt ihr sie mir noch.« Dass ich das nicht völlig ernst meinte, wussten meine Freunde sicher. Dennoch zwinkerte ich ihnen zu und streckte die Zunge heraus.

»Du weißt, wir sind alle ganz lieb.« Tessa stieß mir sanft in die Seite.

»Hayden haben wir auch nicht verschreckt«, sagte Lex, schaute allerdings mit leicht fragendem Blick in die Richtung von Richies Freundin. »Oder?«

Diese lachte. »Nein, ich bin ja hier, nicht wahr? Außerdem habe ich mich sofort wohl und willkommen gefühlt.«

»Hört auf, Theo zu bedrängen, konzentriert euch lieber, Jungs!« Rubens Stimme war scharf, aber er sah nicht böse aus, als ich zu ihm blickte. »Ich will jetzt *Forget and Forgive* hören und mir Theos Einsatz bei der Bridge noch einmal genauer anschauen.« Er drückte auf seinem Laptop herum, über den er unsere Proben mitschnitt, damit wir uns die Songs im Anschluss noch einmal anhören, analysieren und gemeinsam mit ihm daran feilen konnten.

Ich hatte schon die ganze Zeit das Gefühl gehabt, dass die Stelle noch nicht ganz rund war und dass Ruben nun ebenfalls daran feilen wollte, war nur eine Bestätigung dessen.

Bei seinen Worten sah er direkt mich an, und als ich weiter zu Nora schaute, nickte diese zustimmend und mit wohlwollendem Ausdruck im Gesicht.

Nora war in so vielen Dingen besser als unser ehemaliger Manager Nicholas. Dieser hatte immer nur genörgelt und weder ein gutes Wort noch einen freundlichen Blick für uns übrig gehabt. Für ihn war alles Business gewesen, und im Nachhinein war ich mir sicher, dass er insgeheim ständig überschlagen hatte, wie viel Geld er mit uns machte.

Nora bekam zwar eine geringe Grundvergütung für ihre Arbeit ausbezahlt, ordentlich verdienen würde sie allerdings erst mit zukünftigen Veröffentlichungen, an denen sie prozentual an den Umsätzen beteiligt sein würde. Das hielt sie jedoch nicht davon ab, uns zu helfen, unser erstes Album *Feet on the Ground* mit vollem Einsatz weiterzuvermarkten und uns als Band im Gespräch zu halten.

Abgesehen davon, hatte sie immer ein offenes Ohr für uns und als wir ihr gesagt hatten, dass wir mit dem ersten Tonstudio nicht zufrieden gewesen waren, hatte sie sich sofort nach einer Alternative umgeschaut. Auch wenn Ruben streng war, profitierten wir alle deutlich von seinem Wissen und seiner Kreativität.

»Ich bin bereit und hätte da sogar schon eine Idee.« Ich verstaute das Glückspick wieder in der Hosentasche und trank noch einen Schluck Wasser. Dann klemmte ich mir das Plektrum, das ich zum Spielen nahm, zwischen die Lippen und griff nach meiner Gitarre. Auch die anderen begaben sich wieder auf ihre Plätze.

Das Intro kam von Richie, und fuck, es waren die vielleicht besten Bass-Riffs seit *Smoke on the Water*, die die Menschheit je gehört hatte. Danach folgte mein Einsatz, gleichzeitig mit Spencer an den Drums.

Als Lex zu singen begann, hob ich den Blick und schaute zu Nora, die breit grinsend mit dem Kopf im Takt wippte. Tessa und Hayden zeigten sich ebenfalls völlig begeistert – ich wusste, dass Lex' Freundin die Lyrics zu diesem Song allein geschrieben hatte. Der Text hatte eine ähnlich düstere Stimmung wie *Broken* und ich liebte das Tempo.

Als wir besagte Stelle bei der Bridge erreichten, spielte ich meinen Part komplett anders als bisher. Gestern Nacht beim Einschlafen hatte ich die Eingebung zur Veränderung gehabt und war noch einmal aus dem Bett gestiegen, um es auszuprobieren und zu notieren. Die richtige Entscheidung, denn Ruben hob mit beeindrucktem Ausdruck im Gesicht beide Daumen als Zeichen, dass er meine Idee für gut befand.

Auch Lex grinste mich von der Seite an, Richie stieß einen johlenden Laut aus und Nora nickte begeistert.

Auch ich merkte, dass es jetzt deutlich stimmiger klang und perfekt mit Lex' Gesang harmonierte.

Hayden und Tessa applaudierten nach dem Fade out und Lex klopfte mir auf die Schulter. »Das ist viel besser, du solltest dabei bleiben.«

»Unbedingt«, schloss Ruben sich ihm an. »Willst du dir die Aufnahme anhören und mitschreiben?«

»Ich hab gestern schon alles notiert«, erklärte ich und zeigte auf den Notizblock, der neben mir auf dem Barhocker lag.

Ruben bedeutete mir mit den Fingern, dass er die Notizen sehen wollte. Also stellte ich meine Gitarre in den Ständer und brachte ihm den Block.

»Ich hoffe, ihr wisst, dass ihr es euch verdammt schwer macht, zu entscheiden, welche Songs jeweils als Single veröffentlicht werden sollen.« Nora klappte schmunzelnd ihr Notizbuch zu – das Zeichen für uns, eine Unterbrechung einzulegen, während Ruben noch meine Aufzeichnungen sichtete und sich bestimmt im Anschluss zu uns gesellte.

»Endlich Pause, ich hab schon riesigen Kohldampf«, maulte Spencer, der hinter seinem Schlagzeug hervorkam und uns alle damit zum Schmunzeln brachte.

Als Nora heute nämlich zur Vorproduktion im Proberaum aufgetaucht war, hatte sie leckere Wraps für uns im Gepäck dabeigehabt, über die wir uns jetzt hermachten.

»Esst in Ruhe, anschließend will ich die letzte Aufnahme mit euch analysieren. Ich habe noch ein paar Ideen, die ich mit euch besprechen will«, erklärte Ruben, während wir uns schon auf das Essen stürzten.

»Ich will auch noch die nächsten Termine mit euch durchgehen«, kündigte Nora an, bevor sie sich einen Wrap nahm, auf dessen Verpackung *Thunfisch* stand, und herzhaft hineinbiss.

»Ich muss euch übrigens etwas sagen«, begann Tessa und öffnete eine Flasche Eistee. Ihre Wangen hatten einen leicht rosafarbenen Ton angenommen, während sie sich gedankenverloren über den Bauch rieb, und sofort schaute ich zu Lex.

Neben mir schnappte Richie nach Luft.

»Nein, ich bin nicht schwanger, falls ihr das jetzt denken solltet, und Lex und ich sind auch nicht verlobt«, sagte sie schnell.

Den Reaktionen der anderen nach zu urteilen, war ich nicht der Einzige, der diese Gedanken gehabt hatte. Wenn auch nur für den Moment ...

»Aber ich habe einen Vertrag bei einer Literaturagentur unterschrieben, und gestern ist ein erstes Angebot eines Verlags hereingeflattert. Die wollen einen Gedichtband von mir veröffentlichen.«

»Hey, herzlichen Glückwunsch!« Hayden, die neben ihr saß, umarmte Tessa sofort.

»Was bedeutet das für uns?«, wollte ich unsicher wissen. Immerhin hatte Tessa auch einen Vertrag mit uns und *Symbol Records* als Songwriterin.

»Für euch ändert sich gar nichts. Ich werde selbstverständlich weiterhin mit euch zusammenarbeiten. Allerdings hatte ich in den letzten Monaten eine heftig kreative Welle. Viele Texte sind geeignet, in einen Song verpackt zu werden, aber nicht alle. Und als ich im Herbst gemeinsam mit meiner besten Freundin Bree durch eine Buchhandlung geschlendert bin und wir die Abteilung mit den Gedichtbänden erreicht haben, ist mir der Gedanke gekommen, meine restlichen Texte auf diese Weise zu verwerten. Also habe ich mich schlaugemacht und eine gute Literaturagentur gefunden, die mich jetzt vertritt.«

»Glückwunsch, das klingt wirklich großartig«, sagte ich, stand auf und beugte mich vor, um Tessa zu umarmen.

Spencer und Richie taten es mir gleich und da unsere Managerin schmunzelnd sitzen blieb, ging ich davon aus, dass sie bereits über alles im Bilde war. Was sich bestätigte, als sie sagte: »Ich wusste immer, dass du alles erreichen kannst, und bin schon sehr gespannt auf diese Texte.«

Wir unterhielten uns noch eine Weile darüber, bevor Nora schließlich zur Ruhe aufforderte und wir die nächsten Termine durchgingen.

Schwere breitete sich in mir aus, als ich realisierte, dass ich in der kommenden Woche keinen einzigen freien Abend haben würde. Dabei hatte ich mich schon auf ein Wiedersehen mit Alicia gefreut. Vielleicht hatten die anderen recht, und ich sollte sie mal mitbringen. Obwohl wahrscheinlich meine Konzentration darunter litt, wenn sie mir bei der kreativen Arbeit zusah.

*Theo: Hey, wie geht es dir? Leider habe ich nicht so gute Nachrichten: Mein Terminkalender ist für die nächsten Tage voll. Damit wir uns trotzdem sehen, dachte ich, du möchtest mich vielleicht zu einer Probe zu begleiten – falls du Zeit hast, selbstverständlich.*

Ich schickte die Nachricht ab und wollte ihr gerade die Daten für die Proben senden, als das Telefon in meiner Hand vibrierte und ihren Anruf ankündigte.

»Hey«, meldete ich mich und konnte nicht verhindern, dass ich breit grinste.

»Na du? Störe ich?«

»Überhaupt nicht. Ich wollte dir eben schreiben, wann wir die nächsten Male hier im Proberaum sind. Tessa und Hayden, die Freundinnen von Lex und Richie, sind auch dabei, sofern es ihre Zeit zulässt.«

»Oh, okay.« Fuck, sie klang nicht gerade begeistert.

»Du musst natürlich nicht. Wenn du dich bei dem Gedanken nicht wohlfühlst ...«

»Das ist es nicht. Ich kann lediglich nicht fix zusagen, da ich morgen zu einem Casting muss. Und je nachdem, was dabei rauskommt, könnte es sein, dass ich dann wieder richtig straff eingespannt bin mit Arbeit.«

»Hey, das ist ja großartig!«

Alicia machte ein Geräusch, das nicht unbedingt so begeistert klang, wie ich jetzt vermutet hatte. »Es ist für ein Theaterstück, obwohl ich viel lieber endlich wieder eine große Filmrolle spielen würde, weißt du? Aber ich will dich jetzt nicht damit belasten. Schick mir einfach die Termine, und ich sag dir Bescheid, wann ich vorbeischauen könnte.«

»Du belastest mich nicht, Alicia. Niemals. Und wenn du darüber reden willst, können wir das gerne machen. Ich melde mich später, sobald ich zu Hause bin, okay? Dann können wir noch einmal telefonieren.«

Sie machte ein zustimmendes Geräusch. »Gleich kommt übrigens Kim vorbei und begleitet mich zur Polizei. Du weißt schon, um Anzeige zu erstatten ...«

Sofort brodelte es wieder in mir bei der Erinnerung, dass dieser Wichser sie begrapscht hatte, und ich ballte eine Hand zur Faust. »Finde ich gut, dass du das machst. Nur begleiten wird heute schwierig für mich, weil wir am Abend einen kleinen Gig haben. Aber davor und danach bin ich da, wenn du mich brauchst. Sag Bescheid, wann und wo, und ich bin da.«

Aus dem Augenwinkel bekam ich mit, wie sich Hayden und Richie von Ruben verabschiedeten, also hob ich meine Hand und winkte den beiden, was sie knapp erwiderten.

»Das ist unglaublich lieb von dir. Darauf komme ich später wirklich gern zurück.«

Ich hörte, wie bei Alicia die Türklingel schrillte.

»Ah, das muss Kim sein. Also dann ... schick mir die Termine und wir reden später.«

»Mache ich. Und Alicia?«

»Ja?«

Verdammt, wieso schlug mein Herz auf einmal schneller? War die Luft hier drin die ganze Zeit schon so dünn? »Ich denke an dich und bin stolz auf dich, dass du das zur Anzeige bringst.«

Kurz lauschte ich ihrem Schweigen, bevor sie mit einem leisen »Danke« antwortete und sich daraufhin verabschiedete.

Einen Moment starrte ich noch auf den Chatverlauf, der mir wieder angezeigt wurde. Schließlich schrieb ich ihr die Termine der Proben in die Nachrichtenzeile und drückte auf Senden.

Im Laufe des restlichen Tages schaute ich immer wieder auf mein Handy, doch von Alicia kam keine Antwort, was mich mehr und mehr beunruhigte. Dauerte das echt so lange, eine Aussage bei der Polizei zu machen?

Mit den anderen wollte ich nicht darüber reden, weil ich nicht wusste, ob es Alicia recht wäre, würde ich vor meinen Kumpels den Übergriff auf sie ansprechen. Also schwieg ich und war versunken in meinen Gedanken und Sorgen.

Falls es den anderen auffiel, sagten sie nichts zu mir. Vielleicht schoben sie es auch nur auf unseren Gig, auf den wir uns alle mental vorbereiteten. Ein Radiosender hatte fünfzig Plätze an seine Zuhörenden verlost, für die wir in intimer Runde spielen durften. Ein ziemlich außergewöhnliches Erlebnis für unsere größten Fans, und ich war mir sicher, dass sich heute Abend für einige ein großer Traum erfüllte.

Schon allein deshalb war dieser Auftritt auch für mich etwas Besonderes. Den Fans auf diese Art nahe zu sein, war noch einmal ein ganz anderes Erlebnis, als auf einer großen Bühne zu stehen. Es erinnerte mich irgendwie an unsere Anfänge und war dennoch nicht mit der Zeit damals zu vergleichen.

Den Soundcheck hatten wir bereits seit einiger Zeit hinter uns. Wir hatten uns inzwischen umgezogen, noch eine Kleinigkeit essen können und ausreichend getrunken, als wir die Info vom Veranstaltungsleiter bekamen, dass sie nun die Türen für die geladenen Gäste öffnen würden.

Sofort packte mich wieder die altbekannte Nervosität, und ich atmete tief durch, während ich meine Hände schüttelte, um mich irgendwie zu beruhigen. Ich wusste, sobald ich auf der Bühne stand und spielte, war die Aufregung wie verflogen, aber der Zeitraum bis dorthin ging mir echt immer an die Substanz.

»Alles okay?« Spencer klopfte mir beruhigend auf die Schulter, als wir neben dem Bühnenaufgang standen und auf unser Go warteten.

»Wird schon.« Ich versuchte mich an einem Lächeln, das bestimmt misslang, so wie es sich anfühlte.

Durch die Boxen hörten wir, wie der Radiomoderator das Publikum begrüßte, allen noch einmal zu ihrem Gewinn gratulierte und uns schließlich ankündigte.

Ein letztes Mal stieß ich geräuschvoll Luft aus, dann liefen wir hintereinander auf die Bühne, winkten den Leuten und bezogen Stellung an unseren Instrumenten.

Ich ließ den Blick über die Anwesenden schweifen, die applaudierten, wobei vereinzelte Zuschauende Jubelschreie ausstießen.

Im Hintergrund hörte ich, wie Spencer leise mit den Drumsticks den Takt anzählte, dann begann ich gemeinsam mit Richie mit dem Intro von *Useless Thoughts*. Augenblicklich jubelte das Publikum erneut los, und Leute standen von ihren Sitzplätzen auf, um sich zum Takt zu bewegen.

Ich wusste ja, dass die Stühle völlig umsonst aufgestellt worden waren – bei unseren Songs konnte man einfach nicht stillhalten. Und als Lex schließlich seinen Einsatz hatte, sang der ganze Saal mit – und das bereits beim ersten Song!

*Useless Thoughts*


*Love is rough*
*but so is life*
*Just be tough*
*it's not worth the strife*


*Time runs out*
*for all of us*
*mind your doubt*
*it's not worth the fuss*


*A useless thought*
*you can chew on*

*be happy here*
*Just get along*


*Work is hard*
*but so is fun*
*mind your spark*
*It's not worth the gun*


*Dreams grow pale*
*for you and me*
*just stay awake*
*it's not worth your sleep*


*Some useless thought*
*you can mull over*
*your time's been bought*
*just claim another*


*You are a vicious mastermind*
*your life is but all your design.*

»Ihr seid unglaublich!« Lex strahlte ins Publikum und wischte sich mit einem kleinen Handtuch Schweiß von der Stirn, nachdem er das Mikrofon wieder in die Halterung klemmte. »Danke, dass ihr unsere Songs so liebt und feiert!«

»Danke für eure Musik!«, rief jemand aus der Menge zurück, und alle lachten.

»Ja, was soll ich sagen?« Lex sah über seine Schulter zu uns. »Ohne euch würden wir vermutlich keine mehr machen.«

Das war eine glatte Lüge, ich wusste, niemand von uns würde je damit aufhören können, weil wir zu sehr liebten, was wir taten. Was allerdings nicht hieß, dass wir nicht froh waren, wie weit uns unsere Fans gebracht hatten. Denn ohne deren Begeisterung wären wir immer noch die kleine Band, die hobbymäßig im Keller von Spencers Dad gemeinsam jammte und hin und wieder kleine Auftritte hatte – bei denen vermutlich nie mehr Leute waren als heute Abend.

»Wir arbeiten gerade am nächsten Album, und ich glaube, ich kann so viel verraten, dass ihr voraussichtlich noch dieses Jahr musikalischen Nachschub von uns zu hören bekommt.« Begeistertes Pfeifen und lautes Klatschen folgten, während Richie die ersten Takte von *Never Get Enough* spielte. Mit dem Song hatten wir uns zwanzig Wochen in den Charts halten können. Er war im Grunde der Anfang dieses großen Abenteuers gewesen, auf dem ich mich noch immer mit den Jungs befand.

Das Publikum reagierte begeistert, und gleich darauf setzten Spencer und ich ein, dann folgte Lex mit dem Gesang.

Meine Nervosität war inzwischen völlig verflogen, und ich genoss es, auf der Bühne zu stehen und zu performen. Ich war voll in meinem Element, vergaß alles um mich herum und fühlte, atmete und lebte nur noch die Musik.

Im Anschluss an unseren Auftritt verschwanden wir kurz hinter der Bühne, um uns den Schweiß vom Körper zu wischen, uns umzuziehen und noch einmal mit Deo einzusprühen. Gleich würden wir für Autogramme und Fotos noch einmal nach vorne kommen – uns wäre es lieber gewesen, wir hätten diesen Part vor dem Auftritt erledigen können, um nicht völlig verschwitzt von unserer Performance zu sein, doch das hatte den Radiosender nicht interessiert.

Nichtsdestotrotz dachte ich erst jetzt zum ersten Mal wieder an Alicia. Das schlechte Gewissen plagte mich, dass ich sie während des Auftritts völlig aus meinen Gedanken geschoben hatte. Andererseits war ich völlig auf den Gig konzentriert gewesen, was nur für meine Professionalität sprach. Als ich allerdings einen kurzen Blick auf das Handy warf und sie sich noch immer nicht gemeldet hatte, wurde ich wieder nervös. Nur kurz überlegte ich, bevor ich ihr eine Nachricht schrieb. Ich wusste, wie fertig sie wegen des Vorfalls im Club gewesen war. So eine Anzeige dauerte nicht Stunden, und ich befürchtete, dass sie zwar eine Aussage gemacht hatte, allerdings wieder weggeschickt worden war, weil man nichts gegen den Kerl machen konnte. Die Beleuchtung im Club war sicher schwach, die Wahrscheinlichkeit, dass man ein Gesicht erkennen konnte, verschwindend gering – falls es überhaupt Material auf Überwachungsvideos gab.

»Kommst du?« Lex stand an der offenen Garderobentür und sah mich abwartend an. Die anderen warteten schon im Flur auf mich.

Schnell schloss ich mein Handy wieder in den Spind der Umkleide und folgte ihnen.

Die Fans waren toll, sie machten Fotos mit uns, und wir signierten Alben, Schallplattenhüllen, T-Shirts und Baseballcaps aus unserem Merch-Shop. Dennoch war ich unruhig und hoffte, dass es Alicia gut ging und dass sich Kim gut um sie kümmerte.

Als wir schließlich – endlich – mit allem fertig waren und unser Zeug aus der Garderobe geholt hatten, während sich Roadies und Techniker um den Abbau und Abtransport der Instrumente sowie um die Technik kümmerten, hatte ich immer noch kein Lebenszeichen von Alicia erhalten. Deshalb tippte ich, kaum dass wir durch den Hinterausgang ins Freie getreten waren, erneut eine Message an sie.

*Theo: Ich hoffe, es ist alles okay?*
*Melde dich, ich mache mir Sorgen.*

# 18 – Alicia

So schwer es mir erst gefallen war, mit der Polizistin mittleren Alters über den Vorfall im Club zu reden, so gut hatte es sich schlussendlich angefühlt, das Richtige getan zu haben. Sie hatte die Sache sehr ernst genommen und mir versprochen, sich mit dem Clubbesitzer in Verbindung zu setzen und das Videomaterial – sofern es welches gab – zu sichten.

Anscheinend war ich kein Einzelfall – und das auch nicht nur in diesem Club.

Dass immer wieder Frauen bedrängt wurden, stimmte mich traurig und ließ mich zugleich unruhig werden. Ich würde lange nicht vergessen können, wie ich mich dabei gefühlt hatte, und selbst jetzt hallte das Erlebnis in mir nach, als wäre es erst heute passiert.

Irgendwie wollte ich gar nicht so genau wissen, was den Frauen vor mir in diesem Club angetan worden war. Allerdings hatte ich auch nicht das Bedürfnis, so schnell wieder dorthin zu gehen. Und die Lust darauf sank weiter bei dem Gedanken daran, dass es in anderen Lokalen vermutlich genauso war, denn solche Kerle konnten überall sein ...

Um mich abzulenken, hatte Kim mich im Anschluss ins Kino eingeladen. Als ich kurz nach elf Uhr abends aus dem Saal trat und einen Blick auf mein Telefon warf, das mir mehrere

Nachrichten von Theo zeigte, überkam mich sofort ein schlechtes Gewissen.

»Ich muss noch aufs Klo. Kommst du mit, oder wartest du hier?« Kim, die einen Riesenbecher zuckerfreie Limo geleert hatte, verzog entschuldigend das Gesicht und zeigte in Richtung der Toiletten.

»Ich begleite dich und warte dort.« Während der Liebeskomödie hatte ich bloß eine kleine Flasche Wasser getrunken und auch nicht wie Kim Nachos gegessen, die den Durst vermutlich zusätzlich angekurbelt hatten.

Zwar hatte meine Freundin angeboten, mir ebenfalls was zum Knabbern zu kaufen, aber ich hatte weder auf Salziges noch auf Süßes Appetit gehabt.

Während Kim in einer der Kabinen verschwand, nutzte ich die Gelegenheit, um Theo zu antworten.

*Alicia: Sorry, ich hätte mich nach der Anzeige melden sollen. Das Gespräch verlief überraschend positiv, ich muss vermutlich noch einmal hin, falls Videomaterial vorhanden ist und sie den Täter darauf nicht genau ausmachen können. Kim und ich waren im Anschluss im Kino.*
*Zu deiner Probe am kommenden Montag könnte ich mitkommen. Sagst du mir die Adresse, oder holst du mich ab?*

Als keine Antwort kam, bis Kim mit dem Händewaschen fertig war, verstaute ich das Telefon in der Handtasche und machte mich mit meiner Freundin auf den Heimweg.

Ich wusste, ich musste dringend ins Bett, da ich morgen mein Casting beim Theater hatte und nicht müde oder unkonzentriert dort auftauchen wollte. Da überhaupt keine Infos weitergegeben worden waren, welche Charaktere gecastet würden, gab es nicht viel, was ich vorab hätte tun können, um mich gezielt vorzubereiten. Vermutlich wollte der Regisseur eine spontane Performance von uns, um zu sehen, wie vielseitig die Darstellenden waren und wie wir auf verschiedene Situationen reagierten. Vielleicht ließ er uns auch bewusst kreative Freiheit, um unsere eigene Interpretation der Rollen zu sehen.

Ich hatte damit kein Problem und mochte es, mich ganz spontan ohne große Anweisungen auf einen Charakter einzulassen und einen knappen Part zu spielen, zu dem ich erst kurz zuvor den Text bekommen hatte. Andererseits war hier auch die Wahrscheinlichkeit größer, komplett am Ziel beziehungsweise an den Erwartungen des Regisseurs vorbeizuschießen und mit der Performance genau das Gegenteil von dem zu erreichen, was er im Sinn hatte.

Ein allgemeines Schauspieltraining, Improvisationstraining und ein ständiges Arbeiten an verschiedenen Charakteren gehörte für mich völlig selbstverständlich zu meiner Arbeit als Schauspielerin dazu. Und ich gab alles, mich trotz der vielen Rückschläge nicht einschüchtern zu lassen. Obwohl ich nicht unbedingt scharf auf die Rolle war, würde ich vor Ort alles geben. Auf keinen Fall sollte jemand schlecht über mich reden, weil ich mich unprofessionell verhielt. Das schloss verhaltenes Gähnen ebenfalls ein.

»Melde dich, sobald dein Casting vorbei ist, hörst du?«, sagte Kim in eindringlichem Ton, als unser Taxi nicht mehr weit von meinem Zuhause entfernt war.

»Klar, du bist die Erste, der ich schreibe.«

»Die Erste nach Theo?« Kim grinste schief.

»Vielleicht«, gab ich zu und spürte, wie mein Herzschlag allein beim Gedanken an ihn anstieg.

Der Fahrer hielt vor meinem Wohnhaus. Ich umarmte Kim zum Abschied und gab ihr die Hälfte der Fahrtkosten, bevor ich ausstieg.

Kurz vorm Zubettgehen schaute ich noch einmal auf mein Handy, doch Theo hatte mir nicht geantwortet.

Ein kleines bisschen stimmte mich das traurig, da ich gern von ihm gehört hätte. Aber es war spät, und entweder war er beschäftigt oder bereits im Bett.

Die Vorstellung, bald auch den Rest der Band kennenzulernen, sandte ein nervöses Kribbeln durch mich hindurch. Zudem war ich wirklich gespannt darauf, das Bandleben und ihre Arbeit mal aus nächster Nähe zu erleben und mit eigenen Augen zu sehen, wie sie die Hits schufen, die nicht nur ich so sehr liebte. Es fühlte sich aufregend an und machte mir außerdem bewusst, dass das mit uns beiden ernst war. Wäre es das nicht, würde er mich bestimmt nicht den anderen vorstellen.

Ich dachte daran zurück, was er letztens zu mir gesagt hatte. Dass er mir alles von sich anbot und ich von ihm bekam, was ich zu nehmen bereit war. Und ja, in dem Moment war ich mir sicher, dass ich alles wollte: Eine Beziehung mit Theo Murray, obwohl ein kleiner Teil in mir Angst hatte, dass ich, wie bei den Männern davor, irgendwann an einen Punkt gelangte, ab dem ich einsehen musste, dass niemand mit mir zusammen sein wollte. Nicht auf Dauer. Weil ich im Umkehrschluss nicht alles von mir geben konnte.

Mir war klar, dass ich das wichtige Gespräch mit ihm nicht ewig hinauszögern konnte. Sobald wir uns das nächste Mal sahen und ungestört waren, würde ich es ihm sagen. Und beten, dass er nicht reagierte wie die anderen vor ihm.

Am Morgen wurde ich früh wach und entdeckte eine unglaublich süße Nachricht von Theo auf meinem Handy, die mir ein Lächeln auf die Lippen zauberte und Wärme durch mich sandte.

*Theo: Da bin ich erleichtert, dass alles gut gelaufen ist. Klingt, als sei Kim eine tolle Freundin.*
*Unser Gig gestern Abend lief großartig, schade, dass du nicht dabei sein konntest – aber vielleicht ja beim nächsten Mal.*
*Lass uns später telefonieren, dann sag ich dir, wann ich dich für die Probe am Montag abhole.*
*Für dein Casting heute drücke ich dir fest die Daumen – möge es so ausgehen, wie du es dir wünschst. Du wirst deinen Weg gehen, davon bin ich überzeugt.*
*Ich denke an dich und vermisse dich.*

Er vermisste mich! Als ich diese Worte las, die er bestimmt nicht jedem Mädchen schrieb, spürte ich, wie mir Hitze in die Wangen stieg und es heftig in meinem Bauch kribbelte.

*Alicia: Kim ist die Beste! Und wie schön – das klingt so, als hättet ihr gestern Abend viel Spaß gehabt. O ja, beim nächsten Mal würde ich wirklich gerne dabei sein, wenn du das möchtest. Ich*

*melde mich bei dir, sobald ich zu Hause bin, dann kannst du*
*mich jederzeit anrufen. Die Nervosität sitzt tief in meinen Kno-*
*chen und wird noch ansteigen, wenn ich mich auf den Weg zum*
*Theater mache.*
*Ich vermisse dich auch und wünschte,*
*ich könnte dich jetzt küssen.*

Verdammt, ich war Hals über Kopf in Theo verliebt. Was zwar schön war, aber ebenso gefährlich wie dumm. Zumindest solange ich mit ihm nicht das eine klärende Gespräch hatte führen können. Doch damit wollte ich mich jetzt nicht belasten.

Für den Casting Call brauchte ich meine volle Konzentration. Also frühstückte ich ausreichend, danach stellte ich mich unter die Dusche und bereitete mich vor. Mehr mental als körperlich. Rief mir in Erinnerung, in wie viele Rollen ich bereits geschlüpft war – und diese hatte ich aufgrund meines Könnens bekommen. Körperlich und stimmlich würde ich mich erst vor Ort aufwärmen, um die besten Voraussetzungen für einen optimalen Ausgang des Castings zu haben. Als ich eine knappe Stunde später das Haus verließ, war ich also guter Dinge.

Ich hatte das *Savoy Theatre* fast erreicht, als mein Telefon vibrierte. In der Hoffnung, es sei Theo, holte ich es aus der Handtasche. Doch es war Dad, der immer erst eine Nachricht schickte, bevor er mich anrief, weil er mich nicht bei der Arbeit stören wollte, sollte ich gerade nicht telefonieren können.

Da ich noch etwas Zeit bis zu meinem Slot hatte, rief ich ihn, ohne zu zögern, an.

»Hey Dad. Na, wie gehts?«

»Gut, und dir? Was machst du? Bist du unterwegs?«

Seine Worte ließen mich schmunzeln. »Ja, ich stehe gerade vor dem *Savoy Theatre* und mache mir vor Nervosität fast in die Hose.« Ich erzählte ihm vom anstehenden Casting.

»Du willst zurück zum Theater?« In seiner Stimme schwang Freude mit, gemischt mit Unglauben.

»*Wollen* ist vielleicht das falsche Wort«, erwiderte ich, nachdem ich mich umgesehen hatte und mir sicher sein konnte, dass mich niemand belauschte. Das Schlimmste wäre, wenn ich die Rolle nicht bekäme, nur weil jemand hörte, was ich gleich zu Dad sagte. »Aber ich lasse keine Gelegenheit ungenutzt, auch wenn ich mich mehr dazu aufraffen muss als bei einer großen Filmrolle. Wenn du verstehst, was ich meine.«

Er kannte meine Gedanken zu dem Thema, immerhin hatten wir in den letzten Jahren des Öfteren mal darüber gesprochen, was meine Ziele und Wünsche bezüglich der Schauspielerei waren.

»Hm«, machte Dad und ich wartete ab, ob noch etwas kam. Und das tat es. »Weißt du, manche Entscheidungen führen einen über Umwege zurück auf den eigentlichen Pfad. Und wenn das dein Weg ist, ist das doch okay. Man reift mit jeder Erfahrung, und womöglich ist es das, was du brauchst. Vielleicht musst du noch einmal Theaterluft schnuppern, weil sie es ist, die dich ein weiteres Mal auf die große Leinwand bringt.«

Da hatten wir ähnliche Gedanken zu, auch wenn meine nicht so konkret waren.

»Danke, Dad.«

»Immer. Und sonst geht es dir gut? Wie läuft es mit dem tätowierten Rockmusiker?«

Nun musste ich kichern. »Gut, denke ich. Er hat nicht viel Zeit, aber die, die wir gemeinsam verbringen, genieße ich sehr.«

»Du stellst ihn mir doch vor, oder? Ich könnte die Mighty Pasta für ihn kochen.«

Amüsiert gluckste ich, während mir warm ums Herz wurde.

»Natürlich! Sobald es die Gelegenheit zulässt. Aber bitte erwähne den Namen nicht vor ihm, das wäre mir wirklich peinlich.«

»Okay, dann keine Mighty Pasta«, erklärte er, ohne beleidigt zu wirken. »Ich finde bestimmt ein anderes Rezept in meinem Buch.«

»Bestimmt! Und wie geht es dir?«

»Gut. Ich habe ein wieder Rezept gefunden, das wir probieren sollten. Und ich habe einen neuen Jungen, den ich als Trainer betreue. Er spielt Tennis wie ich früher – unschlagbar.«

Ich kicherte. »Dann wird er die nächste Nummer eins.«

»Ganz bestimmt.« In seiner Stimme konnte ich seine Belustigung hören. Schließlich brummte er zufrieden. »Nun gut, ich halte dich nicht länger auf. Melde dich danach und sag Bescheid, wie dein Casting verlaufen ist. Und denk an meine Worte.«

»Danke, das werde ich.« Wir verabschiedeten uns, und meine innere Unruhe war einer positiven Aufregung gewichen. Dads Worte hatten gutgetan. Zu wissen, dass er hinter mir stand, mich unterstützte und an mich glaubte, war alles, was ich an Booster brauchte, um tief durchzuatmen und erhobenen Hauptes sowie mit einem Lächeln auf den Lippen das Theater zu betreten.

# 19 – Theo

Endlich war ich zu Hause. Der Tag hatte mich wirklich mehr als geschlaucht. Ich wollte nur noch auf die Couch und endlich von Alicia hören.

Mein Herz schlug schneller, als ich sah, dass sie mir bereits geschrieben hatte. Voller Vorfreude öffnete den Chat mit ihr und las ihre Nachricht, die Beine auf den Couchtisch gelegt.

*Alicia: Das Casting lief überraschend gut. Zwar bin ich mir immer noch nicht sicher, ob es der Weg ist, den ich gehen will, aber sollte ich eine Zusage bekommen, soll es wohl so sein. Wer weiß, wohin er mich führt. Bin bereits auf dem Weg nach Hause, du kannst mich also jederzeit anrufen.*

Die Nachricht hatte sie vor acht Stunden geschickt. Dass ich erst jetzt Zeit fand, sie anzurufen, tat mir leid. Ein Teil von mir fürchtete, dass sie irgendwann genervt davon sein könnte, ständig auf mich warten zu müssen. Denn so sah nun mal mein Alltag aus. Sie wäre nicht die Erste, die sich daran störte, dass bei mir Musik nun mal an allererster Stelle stand. Andererseits war Alicia jemand, der das noch am ehesten nachvollziehen konnte. Wenn Alicia ein Angebot für eine Rolle bekam, konnte es genauso passieren, dass sie für Wochen oder gar

Monate von hier wegmusste und wir uns nicht sahen. Das brachten unsere Jobs nun mal mit sich – es konnte also von Vorteil sein, dass unsere Welten einander nicht so fremd waren. Ich hatte Verständnis für sie und ihre Arbeit, und sie für mich und die Band. Hoffte ich jedenfalls.

Rasch wählte ich ihre Nummer und wartete, dass sie ranging und vor allem, dass sie mir nicht böse war, weil ich mich nicht eher hatte melden können.

»Hey!«

Meine Sorgen lösten sich auf, als ich hörte, wie sehr sie sich freute, dass ich anrief. Ich konnte das Lächeln aus diesem einen Wort heraushören und bis in mein Innerstes spüren.

»Hi, wie geht es dir? Das Casting verlief gut, hab ich gelesen.«

»Ja, es war echt verrückt. Als ich die Theaterbühne betrat, hab ich sofort diese ganz besonderen Vibes gespürt, die ich bisher nur auf der Bühne hatte. Es war ein totaler Flashback zurück in meine Kindheit. Ich sollte für die Rolle der Eleanor Brightwell vorsprechen. Sie ist eine junge Frau aus gutem Hause, die im achtzehnten Jahrhundert in London für Frauenrechte kämpft und sich leidenschaftlich für die Bildung von Mädchen einsetzt. Inspiriert von den frühen Schriften über Gleichberechtigung, hält sie heimlich Vorträge über Frauenrechte und gründet eine kleine Schule, um Frauen das Lesen und Schreiben beizubringen – was den Männern nicht gefällt, weswegen sie verfolgt wird. Jedenfalls ist alles sehr dramatisch und tiefgründig – und damit im Grunde genau das, was mir gefällt. Echt verrückt, dass ich mich innerlich erst so gar nicht mit dem Gedanken hatte anfreunden können, wieder auf der Bühne zu stehen.« Sie lachte kurz auf, als wäre sie sich der Absurdität dessen erst jetzt bewusst geworden.

Davon abgesehen, gefiel mir, dass sie gar nicht mehr zu reden aufhören wollte. Sie zeigte mir den Teil von sich, von dem ich immer geahnt hatte, dass er in ihr schlummerte. Dass er bisher vor mir verborgen geblieben war, lag daran, dass sie mit ihrer Mutter und dem – ich vermutete mal – auch von sich selbst auferlegten Druck viel zu sehr gehemmt worden war.

»Das klingt einfach großartig und du hast es voll verdient.

Wer weiß, vielleicht ist es genau das, was du brauchst, um später andere Rollen an Land zu ziehen.«

»Danke«, hauchte sie leise. »Wie war dein Tag?«

»Puh, anstrengend. Wir hatten einen Termin bei *Symbol Records* und haben mit Ruben, dem Produzenten aus dem Tonstudio gesprochen, in dem die Aufnahmen fürs nächste Album stattfinden sollen. Gemeinsam mit ihm haben wir wieder ein wenig an unseren Songs gefeilt. Gerade sind wir an dem Punkt, ab dem es nur noch um Feinheiten geht. Wir haben uns auf einzelne Parts konzentriert und versucht, das Ergebnis zu optimieren. Das ist alles spannend und kräftezehrend zugleich. Demnach bin ich froh, endlich zu Hause zu sein.«

»Hm, klingt wirklich turbulent«, raunte sie. »Nimm ein Bad, das hilft mir immer beim Entspannen.«

Bilder, die Hitze in mir aufwallen ließen, stiegen in mir auf. »Am liebsten mit dir gemeinsam«, hauchte ich ins Telefon. Ich hoffte, sie würde Ja sagen, während ich gleichzeitig nicht enttäuscht wäre, wenn sie ablehnte – weil das mit uns beiden ein ganz besonderes Tempo hatte und ich liebte, wie sich alles langsam entwickelte.

»Das hättest du wohl gern, wie?«, fragte sie, und ich konnte hören, dass sie dabei schmunzelte.

»Fuck, Alicia, du ahnst nicht, wie gern ich dich jetzt bei mir hätte. Einfach nur, um dich zu halten und zu küssen. Aber ich muss morgen um halb vier aufstehen, unser Flug nach Rom geht ganz früh. Du weißt schon, wir haben dort das Interview, ein Fotoshooting und am Abend einen Gig, bevor es in der Nacht wieder zurückgeht.«

»Siehst du? Noch ein Punkt für ein entspannendes Vollbad. Dein morgiges Programm klingt nämlich genauso anstrengend wie das von heute. Wenn nicht sogar anstrengender.«

Ich nickte. »Da sagst du was. Koffer packen und in meiner Bude für Ordnung sorgen, wäre auch nicht schlecht. In den letzten Tagen war ich kaum zu Hause und habe bloß Chaos hinterlassen.« Verlegen lachte ich auf.

»So schlimm kann es nicht sein«, meinte Alicia und klang amüsiert.

»Doch. Willst du es sehen? Ich kann zu *FaceTime* wechseln.« Kurz fragte ich mich, ob ich verrückt war, dass ich ihr meinen Saustall zeigen wollte, aber ihr vergnügtes »Okay« ließ mich jegliche Hemmungen verdrängen, und ich drückte auf den entsprechenden Button.

Als sie auf dem Display erschien, breitete sich eine in dieser Intensität bisher ungekannte Sehnsucht in mir aus. Verdammt, wenn wir uns nur *wirklich* sehen könnten.

»Hey, Hübsche«, raunte ich, was sie mit einem Lächeln beantwortete.

Sofort hatte ich das Gefühl, dass der Platz in meiner Brust jeden Moment zu eng werden würde, genau wie der in meiner Hose.

Alicia sah unglaublich heiß aus mit den süßen Sommersprossen in ihrem Gesicht, ihren roten Haaren, die sie zu einem wilden Pferdeschwanz zusammengebunden hatte, und dem weiten, grau melierten Hoodie. Frauen wussten vermutlich gar nicht, wie sexy wir Männer diesen gemütlichen Gammellook fanden.

»Also ... bist du bereit für die ganze Wahrheit des Theo Murray?« Auffordernd wackelte ich mit den Augenbrauen, was sie zum Kichern brachte.

»Bereit, wenn du es bist.«

Ich switchte die Kamera, und Alicia sah den Couchtisch vor mir als ersten Beweis für meine Unordnung.

Sie lachte nun etwas lauter, während ich mich nach mehr davon sehnte. Konnte man so schnell nach einem Geräusch süchtig werden? Man konnte! »Ähm, ja ... gerade bin ich mir nicht mehr sicher, warum ich dir das alles zeigen wollte, aber hier siehst du die Müslischüssel von vorgestern.« Ich griff erst nach der leeren Saftpackung und klemmte sie mir unter den Arm, dann nahm ich die Schale, die auch noch auf dem Tisch festklebte.

Großartig!

Auf dem Weg zur Küche passierte ich die Balkontür.

»Wow, warte! Kannst du noch mal einen Schritt zurückgehen? Ich liebe den Ausblick aus deiner Wohnung auf die Themse! Besonders bei Nacht.«

Ich tat ihr den Gefallen und öffnete sogar kurz die Tür für

sie und trat hinaus, ungeachtet dessen, dass die kalte, abendliche Februarluft unter meine Klamotten kroch.

»Genau dieser Anblick war für mich damals das entscheidende Argument, mich für dieses Apartment zu entscheiden«, gestand ich. Denn auch wenn es teurer war, als ursprünglich geplant, liebte ich es, auf das fließende Wasser und die vielen Lichter blicken zu können, wann immer mir danach war. Selbst jetzt, wo es draußen finster war, hatte das Spiegeln der Lichtpunkte etwas Beruhigendes an sich. »Im Sommer sitze ich ganz oft abends auf dem Balkon und schaue hinab aufs Wasser. Das müssen wir unbedingt machen, sobald es die Temperaturen wieder zulassen.«

Alicia lächelte und senkte kurz den Blick, während ihre Wangen rosig wurden. »Das klingt schön. Aber bitte geh wieder hinein, sonst erkältest du dich noch!«

Ich kam ihrer Bitte nach, schloss die Balkontür und drehte mich so um, dass der Esstisch ins Bild kam. Auf ihm lagen ein ganzer Packen Post und ein Karton mit Klamotten, die ich bestellt und geöffnet, aber noch nicht anprobiert hatte.

»Wow, das sind viele Briefe!« Alicia runzelte die Stirn und in dem kleinen Fenster sah ich, dass sie sich vorbeugte, um besser lesen zu können.

»Fanpost. Die habe ich heute vom Plattenlabel mitgenommen.«

Alicia stieß einen beeindruckten Laut aus. »Wirst du die alle lesen?«

»Vielleicht, wenn ich Zeit habe. In der Kommode im Wohnzimmer hab ich eine Kiste, in der ich die ungelesenen Briefe aufhebe. Und manchmal öffne ich sie.« Meistens in Phasen, in denen ich an mir zweifelte, aber das sprach ich jetzt nicht an. Alicia hatte so gute Laune, da wollte ich nicht darauf lenken, dass auch ich immer wieder mal mit meinem Selbstbewusstsein zu kämpfen hatte und einen Boost brauchte.

»Wir könnten ja welche gemeinsam lesen«, schlug sie vor.

»Jetzt?«

»Ich dachte eher an das nächste Mal, wenn ich bei dir bin. Aber du kannst gern sofort einen aufmachen und ihn mir vorlesen. Vorausgesetzt, du möchtest den Inhalt mit mir teilen.«

Einen Augenblick zögerte ich, bevor ich einen x-beliebigen Umschlag aus der Menge fischte, ihn aufriss und das Papier auseinanderfaltete. »Hey Theo, ich bin dein größter Fan. Ich liebe dich und muss dir sagen, dass du der heißeste *Mighty Bastard* bist. Regelmäßig träume ich von dir und stelle mir vor, wie du mich küsst und dabei tief in mich st...« Ich unterbrach und räusperte mich. »Okay, vielleicht sollte ich die Fanpost doch besser wegpacken«, sagte ich schnell und warf den Brief zu den anderen zurück, während Alicia hinter vorgehaltener Hand kicherte.

»Ich bin schockiert, was die Fans dir schreiben. Sind alle Inhalte so schmutzig?«

»Na ja, einige.« Viele. »Aber ich hatte gehofft, einen zu erwischen, in dem bloß auf die Musik eingegangen wird. Also ... weiter mit der Chaos-Wohnungstour. Küche: ein einziger Saustall.« Ich schwenkte die Kamera, sodass sie die Essensboxen von gestern Abend, das benutzte Geschirr und die leere Packung Kaffee sehen konnte, die ich nicht in den Mülleimer geworfen hatte, weil dieser inzwischen übervoll war.

Die Müslischüssel und die Saftpackung stellte ich neben der Spüle ab, beides würde ich später verräumen. Anschließend peilte ich das Schlafzimmer an. »Und hier geht die Gruselshow weiter.« Ich schwenkte einmal über die Kommode, bei der Schubladen offen standen, zum Schrank, bei dem ich zwei Türen nicht geschlossen hatte. Ich drehte mich, hielt die Kamera auf den Sessel gerichtet, auf dem sich eine Menge Kleidungsstücke stapelten, die ich anprobiert und für den heutigen Tag dann doch nicht für passend empfunden hatte. Der Wäschekorb dahinter quoll über, und das Bett war nicht gemacht. »Du siehst, ich habe nicht übertrieben. Aber ich kann auch anders, das hast du beim letzten Mal gesehen.«

»Okay, ja, du hast mich überzeugt. Es ist schrecklich. Wie hast du es bloß geschafft, innerhalb kürzester Zeit so ein Chaos zu verursachen?« Sie verbarg ihr Grinsen hinter ihrer Hand und ich drehte die Kamera wieder, sodass sie auf mich gerichtet war.

»Solltest du mich jetzt abservieren, nachdem du die volle Wahrheit gesehen hast, kann ich es absolut verstehen«, meinte ich und bekam gleichzeitig Herzrasen, weil mir in dem Moment bewusst wurde, dass sie nicht die erste Frau wäre, für die Unordentlichkeit, wenn auch nur temporär, eine Red Flag war.

Alicia schnaubte. »Klar. Derjenige, der eine reine Weste trägt, werfe den ersten Stein.«

Schmunzelnd ließ ich mich aufs Bett sinken. »Ich bin mir sicher, das Sprichwort geht anders.«

Belustigt rollte sie mit den Augen. »Ich weiß. Aber hey, Themenwechsel. Da wäre ich jetzt auch gerne.«

»Im Bett?« Ich rieb mir unauffällig über die Brust, um die letzten Nachwehen des kleinen Schocks von eben zu vertreiben.

Sie summte zustimmend. »Bei dir.«

Oha! Damit hatte ich nach dieser Tour des Grauens echt nicht gerechnet.

Sofort machte ich es mir gemütlicher und stopfte ein Kissen in meinen Rücken. »Ich hätte dich jetzt auch gerne hier«, sagte ich leise und mit vor Erregung rauer Stimme. »Dann würde ich dich halten und küssen ... streicheln.« Gespannt wartete ich ab, wie Alicia darauf reagierte. Mir war klar, dass sie ihr eigenes Tempo hatte, und das würde ich auf jeden Fall berücksichtigen.

»Wo?«, war ihre simple Frage – und meine Eintrittskarte für mehr.

»Hm«, brummte ich und wurde instant hart. »Zuerst würde ich dich auf den Mund küssen. Mit Zunge, ganz langsam, bis deine Lippen anschwellen und sich deine Atmung beschleunigt. Dabei würde ich dich streicheln. Im Nacken, wo ich erst noch meine Finger in den Haaren vergraben würde, weil ich das Gefühl auf meinem Handrücken so mag. Anschließend den Rücken hinunter, über die Wirbelsäule. Langsam, bis ich deinen süßen Po erreiche. In den würde ich hineinkneifen – das will ich schon echt lange machen. Und ich würde die Kuhle darunter nachzeichnen. Ganz sacht nur, bis du mich anflehst, dir mehr zu geben.«

Alicia seufzte und legte den Kopf zurück, bis sie ihn an der Couch anlehnen konnte. »Das klingt gut«, murmelte sie und schloss für einen Moment die Augen. »Ich würde währenddessen eine Hand unter deinen Sweater schieben und deine warme Haut streicheln. Würde jeden Zentimeter erkunden und herausfinden wollen, an welchen Stellen es dir besonders gefällt.«

»O ja, ich kann es förmlich spüren.« Ich räusperte mich. »Wenn du willst, könnte ich den Sweater auch einfach ausziehen. Bestimmt wird mir bei den Küssen und Berührungen heiß.«

»Eine gute Idee«, meinte Alicia und lächelte mit verhangenen Augen.

Ohne groß darüber nachzudenken, in welche Richtung das Telefonat ausarten könnte, legte ich das Telefon beiseite und zog mir mit einer fließenden Bewegung den Pullover mitsamt dem T-Shirt, das ich darunter anhatte, aus. Einerseits, weil ich gespannt war, wie es weiterging, andererseits war mir wirklich heiß geworden.

Alicia stieß einen überraschten Laut aus, als ich mein Handy wieder hochnahm, und biss sich auf die Unterlippe, konnte dadurch allerdings nicht verhindern, dass ich ihr Grinsen bemerkte. »Was würdest du anschließend machen?«, fragte sie frech und trieb damit meinen Puls in die Höhe.

»Ich würde dir deinen Hoodie ebenfalls ausziehen und den Anblick deines perfekten Körpers genießen – davon kann ich einfach nicht genug kriegen.« Dass sich ihr Foto, das sie mir vor dem Clubabend geschickt hatte, separat gespeichert auf meinem Handy befand, verriet ich ihr nicht. Auch nicht, dass ich die gesamte Fotogalerie der *BRIT Awards* durchgeklickt hatte, um eines von ihr in diesem verboten heißen Kleid zu finden.

Keine Ahnung, ob es daran lag, dass ich mit freiem Oberkörper dasaß, oder eher daran, was ich zu ihr gesagt hatte, aber nach ein paar Sekunden des Zögerns zog auch sie sich den Hoodie über den Kopf.

Darunter kam ein schwarzer Spitzen-BH zum Vorschein und mir blieb für einen Moment der Atem weg.

»Fuck, Alicia!« Mit der freien Hand wischte ich mir über das Gesicht und schloss die Augen, während ich lächelte. »Ich kann nicht fassen, dass ich das Glück habe, dich mein Mädchen zu nennen.«

»Du bist so süß«, sagte Alicia leise, bevor sie tief seufzte. »Ich wäre wirklich gerne bei dir. Dann könnte ich mich an dich kuscheln und deinen Duft einatmen. Weißt du, dass du unglaublich gut riechst?«

»Du auch, Alicia. Und wenn du hier wärst, würde ich dich fest an mich ziehen und eine Decke über uns breiten. Und ich würde dich halten. Und zwischendurch immer wieder küssen.«

Hörbar zufrieden seufzte sie auf. »Das wäre wirklich schön. Und jetzt, wo ich keinen Hoodie mehr anhabe ... wo würde ich überall deine Lippen spüren?«

Schwer schluckte ich. Durch das kurze Abflauen der Stimmung war ich mir nicht sicher gewesen, ob sie bereit war, weiterzumachen. Aber offenbar gefiel ihr dieses Spiel genauso wie mir.

»Mhm, also zuerst vermutlich deinen Hals. Den liebe ich, hab ich das schon mal gesagt?«

Schmunzelnd verneinte sie. »Aber gut zu wissen. Für welche Stelle entscheidest du dich? Für diese?« Sie neigte den Kopf zur Seite und zeigte auf einen Punkt unterhalb ihres linken Ohrs.

Genüsslich leckte ich mir über die Lippen und würde verflucht noch mal alles dafür geben, sie jetzt hier bei mir zu wissen. »Die sieht sehr verlockend aus, ja.«

»Beißt du auch beim Küssen? Nur damit ich mir vorstellen kann, wie es sich anfühlt.«

»Ich kann schon stürmisch werden, aber nur, wenn es dir gefällt.«

»Das tut es«, antwortete sie heiser, und ich konnte sehen, wie sie angestrengt schlucken musste.

Eine Hitzewelle fegte bei ihren Worten durch mich hindurch und ich stöhnte verhalten auf. »Du weißt hoffentlich, dass ich mich gerade dafür verfluche, dich nicht zumindest für die paar wenigen Stunden, die ich zu Hause bin, eingeladen zu haben. Ich sehne mich danach, dich endlich zu schmecken, Alicia. Ich will dich überall küssen, an deinen Brustwarzen saugen, bis du mich anflehst, dir mehr zu geben. Und ich möchte dich zwischen den Schenkeln kosten und dich dort so lange mit der Zunge verwöhnen, bis du an meinem Mund kommst.«

Alicia seufzte auf und – verflucht! – erst jetzt bekam ich mit, dass sie ...

»Fuck, bitte sag, dass du dich gerade selbst berührst«, stieß ich mit rauer Stimme aus – und betete gleichzeitig, dass ich damit richtiglag.

# 20 – Alicia

Ach du heilige …!

Nie zuvor hatte ich *so was* getan. Mit einem Mann videotelefoniert und mich dabei auf ein so heißes Gespräch eingelassen. Schon gar nicht wäre ich auf die Idee gekommen, meine Hand auf meine Mitte zu legen, in der Hoffnung … Ja, was eigentlich? Mir noch weiter einzuheizen? Mich bis zum Höhepunkt zu bringen?

So genau wusste ich das nicht, aber Theos sexy Stimme und seine anregenden Worte hatten mich dermaßen auf Touren gebracht, dass ich gar nicht darüber nachgedacht hatte. Für mich war es neu und erfrischend anders, mich fallenzulassen, während Theo mir dabei zusah. Überraschenderweise genoss ich es sogar.

Bis zu dem Moment, als ihm klar geworden war, was ich tat. Denn im ersten Moment war es mir fürchterlich peinlich – auf keinen Fall wollte ich, dass er mich für eines jener Mädchen hielt, die sich leichtfertig auf Telefonsex einließen. Schnell zog ich die Hand zurück.

Theo fuhr sich durch die Haare, die ihm sofort wieder vor die Augen fielen. »Nein, bitte … mach weiter, Alicia. Ich möchte dir dabei zusehen, wenn du kommst«, kam es von ihm, und er klang verzweifelt.

Augenblicklich schoss mir noch mehr Hitze ins Gesicht. »Theo, ich ... bin nicht so.«

»Wie denn? Solltest du damit sagen wollen, dass du keine Frau bist, die sinnlich und sexy ist, belügst du dich selbst. Wenn du glaubst, ich ginge davon aus, dass du das öfter machst, liegst du falsch. Hier sind nur wir beide, und ... wir tun es wie vorhin mit dem Oberteil. Einer beginnt, der andere macht mit.« Verlegen lächelnd biss er sich auf die Unterlippe. Und verdammt, er war einfach zu süß. Und heiß, denn kurz darauf wackelte das Bild, und mir war klar, dass er mit der freien Hand seine Hose ein Stück hinabschob. »Gleiche Bedingungen für beide«, sagte er entschlossen – und, o mein Gott, er bewegte den Arm langsam auf und ab.

Eine derart heftige Welle der Erregung rauschte durch mich hindurch, dass ich verhalten aufstöhnte und für einen Atemzug die Augen schließen musste. »Aber ich hab meine Hose noch an«, sagte ich beinahe tonlos und wagte nicht, ihn anzuschauen.

»Mach ganz, wie du dich wohlfühlst. Ich jedenfalls male mir jetzt aus, wie meine Finger an der Stelle sind, wo deine eben waren. Wie weich und warm du dich dort anfühlst und wie verlockend du riechst. Wie du dich unter meinen Berührungen fallen lässt und genießt, was ich mit dir vorhabe.«

Erregt stieß ich den Atem aus. Meine Hand zitterte vor Aufregung, als ich sie in die Hose schob und erneut über meine pulsierende Klitoris rieb.

Theo stöhnte auf. »Was würdest du jetzt tun, wenn du hier bei mir wärst?«

»Dir dabei zusehen«, gab ich zu, ohne überlegen zu müssen.

»Ja? Einfach nur gucken oder auch anfassen?«

»Wenn du das möchtest?«

Der Ton, den er daraufhin ausstieß, ließ alles in mir vor Lust erbeben. »Nichts sehnlicher als das, Alicia.«

»Gut, dann ... würde ich es tun. Dich umfassen und massieren. Langsam, mit leichtem Druck.« Ich liebte es, wie Theo aussah, wenn er erregt war. Zu gern wäre ich wirklich bei ihm – wobei ich mir sicher war, dass ich mich in dem Fall nicht darauf eingelassen hätte. Dafür fehlte mir der Mut. Die

Distanz mit dem Handy ließ mich allerdings forscher werden. »Und ich würde dich küssen. Auf deine Lippen, deinen Hals – den ich übrigens auch sexy finde – und deine Brust. Und anschließend ... würde ich dich mit dem Mund verwöhnen wollen.«

O Gott, ich konnte nicht fassen, dass ich das wirklich gesagt hatte. Doch ich war betrunken vor Lust. Mich selbst zu streicheln, während Theo das für mich übernehmen wollte, und zu sehen, wie er es sich ebenfalls gerade machte, war so ziemlich das Heißeste, das ich in den letzten Jahren erlebt hatte.

Dass er mit einem gedehnten Stöhnen auf meine Worte reagierte, trug zusätzlich dazu bei, mich näher an den Höhepunkt zu befördern. »Am liebsten würde ich jetzt deine süße Pussy kosten. Ich würde dich mit der Zunge massieren, von deiner Lust trinken und dich so heftig zum Kommen bringen, bis du nur noch mich willst.«

Als wären meine Finger seine Lippen und seine Zunge, rieb ich mich und stellte mir vor, Theo wäre wirklich hier. Und weil sich das überraschend gut anfühlte, machte ich weiter und steigerte das Tempo. Ließ mich einfach darauf ein. Es begann mit einem leisen Kribbeln in mir, das sich bei seinen Worten zu einem wilden Sturm aufbauschte und sich schließlich in einem kräftigen Tosen entlud.

Mein Herz raste, mein Atem ging schnell und mein Kopf surrte, weil ich nicht damit gerechnet hatte, wirklich zu kommen. Überhaupt hatte ich das alles nicht erwartet. Umso schöner war es, Theo dabei zu beobachten, wie er sein Tempo steigerte, die Augen schloss und mit leicht geöffneten Lippen, auf denen ein zarter Schweißfilm glänzte, ebenfalls seinen Höhepunkt erreichte.

Sein Adamsapfel hüpfte, als er schluckte und mich heftig atmend wieder anschaute. Das Lächeln, das er mir daraufhin schenkte, kribbelte viel zu schön in meinem Bauch. »Das war ...«

»Ja!«, brach es aus mir heraus, und wir lachten beide.

»Wunderschön«, sagte er in ehrfürchtigem Ton, der erneut mein Herz schneller schlagen ließ. »Und verflucht heiß.« Geräuschvoll stieß er den Atem aus. »Und etwas, das ich unbedingt wiederholen möchte. Bestenfalls das nächste Mal mit dir bei mir?« Seine Stimme war zum Ende des Satzes hin leise und fragend geworden.

»Das wäre schön«, gab ich zu, weil ich es gerade wirklich so empfand. Obwohl ich nicht wusste, wie ich mit alldem umgehen sollte. Oder ob es überhaupt so weit kommen würde. Denn auf jeden Fall würde ich vorher das unausweichliche Gespräch mit ihm führen müssen. Das schuldete ich uns beiden, aber vor allem mir selbst.

Theo seufzte tief. »Ich will echt nicht das Telefonat beenden, Alicia, aber ich muss.«

»Ich weiß.« Das schlechte Gewissen, weil ich ihn so lange aufgehalten hatte, wog schwer auf meiner Brust. Immerhin hatte er morgen einen unglaublich anstrengenden Tag vor sich und musste sicher jetzt noch duschen.

»Ich melde mich, sobald ich kann, okay?«

»Mach das. Ich denke an dich.«

»Und ich an dich.«

Verdammt, wieso fühlte es sich so schwer an, dieses Telefonat zu beenden? »Du fehlst mir jetzt schon«, gestand ich.

Theo seufzte. »Du mir auch.« Er führte sein Telefon näher an sein Gesicht und schickte mir einen Kuss, den ich augenblicklich zurücksandte.

»Leg du zuerst auf.« Sofort musste ich bei meinen Worten schmunzeln, weil ich nie gedacht hätte, dass gerade ich einmal so ein Spielchen beginnen würde. Gleichzeitig hoffte ich insgeheim, Theo würde darauf einsteigen. Und er tat es.

»Nein, du zuerst.« Er grinste breit.

»Nein, du.« Auffordernd sah ich ihn an.

Wieder lachte er. »Du verrücktes Mädchen, du machst mich fertig.« Kopfschüttelnd und mit gequältem Gesichtsausdruck schaute er mich an, dann legte er auf.

Und ich konnte nicht verhindern, dass ich enttäuscht war, während ich gleichzeitig in Glück badete.


Die kommenden Tage zogen sich endlos, weil ich es nicht erwarten konnte, Theo endlich zu sehen, der nach wie vor kaum Zeit hatte.

Nach unserem heißen Telefonat hatte ich gehofft, abends einmal zu ihm fahren zu können oder ihn, sollte es passen, zu einem Spontanbesuch zu überreden, doch er hatte mit seinem vollen Terminkalender wirklich nicht übertrieben. Am Samstag war er schließlich mit Lex und Tessa nach York gereist, um gemeinsame Freunde zu besuchen.

Hin und wieder schickte er mir ein Selfie oder eine knappe Nachricht. Wenn er Zeit hatte, telefonierten wir kurz, aber eine Wiederholung unseres spicy Calls hatte es nicht gegeben.

Gleichzeitig saß ich auf glühenden Kohlen, was die Rückmeldung des Theaters betraf. Als am Montagvormittag endlich mein Telefon klingelte, während ich mir nach meinem Workout gerade den Schweiß von der Stirn wischte, fuhr siedend heiße Nervosität durch mich hindurch. Allerdings sackte diese sofort wieder wie ein ekeliger Klumpen in meinen Magen, als ich sah, dass es bloß Mum war.

Gerade hatte ich keinen Nerv für ein Gespräch mit ihr, noch dazu, da ich mich durch das Training energetisiert fühlte. Ein Telefonat mit ihr würde das nur wieder zunichtemachen. Also schaltete ich den Anruf auf stumm und verstaute mein Smartphone mit gar nicht so großem schlechten Gewissen in meiner Handtasche. Ich würde sie einfach irgendwann später zurückrufen. Vielleicht nach einem hoffentlich positiven Anruf von Ed – denn dann würde mich selbst sie nicht von meiner guten Laune abbringen können.

Vorausgesetzt natürlich, ich bekam wirklich eine Zusage. Nach dem Casting hatte der Regisseur euphorisch und zuversichtlich geklungen und gemeint, schnell Bescheid geben zu können. Doch bisher hatte ich nichts von meinem Agenten gehört. Zwar wusste ich, dass es auch mal länger dauern konnte. Trotzdem war ich ein nervöses Nervenbündel, als ich mich aus den nass geschwitzten Trainingssachen schälte und die Duschen ansteuerte. Denn obwohl ich mich nicht zurück am Theater sah, wäre eine Zusage die Bestätigung gewesen, die ich dringend brauchte. Ein Zeugnis dafür, dass ich nicht so schlecht war, wie ich inzwischen dachte. Doch noch wollte ich die Hoffnung nicht aufgeben. Vielleicht war jemand von den Personen, die eine Entscheidung trafen, krank geworden, oder es hatte aufgrund anderer Begebenheiten eine Verzögerung gegeben.

Am Nachmittag rückte jedoch all mein Grübeln darüber in den Hintergrund. In erster Linie, weil Theo mich gleich zur Probe und zum Kennenlernen seiner Freunde abholen würde. Doch auch deshalb, da Mum erneut anrief und sich irgendwie seltsam verhielt.

»Liebes, ich muss noch einmal wegen einer Sache nachfragen, die du gestern am Telefon erwähnt hast.«

Wie immer, wenn ich mir die Nägel machte, telefonierte ich mit den Kopfhörern in den Ohren, das Handy neben mir. Die Versuchung, einfach auf den *Auflegen*-Button zu drücken, war groß, aber ich hielt mich zurück.

»Und das wäre?«, fragte ich und bereute bereits, dass ich gestern in Redelaune gewesen war – was vermutlich daran lag, dass Mum mir ein Kompliment zu meinem neuen Schlauchkleid gemacht hatte, mit dem ich ein Foto auf Instagram gepostet hatte.

»Du hast erzählt, du würdest heute Nachmittag diesem Theo bei der Probe zusehen, und er würde dich seinen Freunden vorstellen.« Sie machte eine Pause, und ich hasste es, dass sie das tat. Sie spannte mich damit auf die Folter, und ich ahnte bereits, dass mich das Gespräch gewaltig aufregen würde.

»So ist es.« Hätte ich nur besser den Mund gehalten und es erst gar nicht erwähnt ...

»Dann ist es also etwas Ernstes zwischen euch?«

Angespannt sog ich Luft in die Lungen. »Ich mag ihn. Und er mich. Mehr kann ich dazu nicht sagen.«

Mum lachte leise auf. »Geschickte Antwort, meine Liebe. Wann stellst du ihn mir vor?«

»Demnächst.« Hoffentlich konnte ich das so lange wie möglich hinauszögern. »Das heißt, es wird bestimmt noch dauern. Sein Terminkalender ist sehr voll. Wir sehen uns schon kaum ...«

»Und du bist dir sicher, dass er neben dir keine andere Frau trifft?«

»Mum!« Verdammt, ich wusste, dass es ein Fehler gewesen war, mit ihr über ihn zu reden. »Ja, ich vertraue ihm!«

»Ich meine ja nur ... Er ist ein Rockstar und du bist bestimmt nicht die Einzige, die ihn anhimmelt. Und Gelegenheiten wird er garantiert genügend auf dem Silbertablett serviert bekommen. Glaub mir, ich weiß, wovon ich spreche, immerhin war ich mit einem Grand-Slam-Sieger verheiratet.«

Nun kochte es regelrecht in mir. Ich schloss den Nagellack vehementer als beabsichtigt und stand auf. Meine Hände zitterten so sehr, dass ich die Farbe sowieso nicht mehr ordentlich auftragen konnte. »Erstens *himmle* ich ihn nicht an. Ich mag ihn. Sehr. Wir sind zusammen, und das weiß er. Zweitens glaube ich ihm, dass er nicht mit jeder dahergelaufenen Frau rummacht, kaum dass ich nicht in seiner Nähe bin.« Mum schnaubte, doch ich redete weiter, weil es noch nicht alles war, was ich dazu zu sagen hatte. »Und Dad hat mit dieser Sache nichts zu tun. Mal davon abgesehen, dass er dich nicht betrogen hat.«

*Ganz dünnes Eis, Alicia!*, ermahnte mich meine innere Stimme.

»Ach, das erzählt er dir?« Sie stieß ein höhnisches Lachen aus. »Ist ja schön, dass er dich nach wie vor auf seine Seite zu ziehen versucht und dich dabei belügt.«

»Okay, Mum, ich habe auf diese Unterhaltung keine Lust. Und keine Zeit, Theo holt mich in knapp einer Stunde ab. Schönen Tag noch.« Viel zu energisch drückte ich nun wirklich das Gespräch weg, bevor ich einen Wutschrei ausstieß und aufstampfte, weil ich nicht wusste, wohin mit meiner negativen Energie.

Ich konnte das nicht länger. Ja, sie war meine Mum, doch beinahe jedes Mal, wenn ich mit ihr redete, brachte sie mich in Rage. Gestern war eine Ausnahme gewesen, was aber vermutlich wirklich bloß daran gelegen hatte, dass sie mir ein Kompliment zu meinem Kleid gemacht hatte.

Um diese negative Stimmung aus mir rauszubekommen, schaute ich eine Folge *Gilmore Girls* und versuchte, nicht mehr an ihren Anruf zu denken, sondern mich darauf zu fokussieren, dass ich Theo gleich wiedersehen würde. Dass er mich mitnehmen, ich seine Bandkollegen und deren Freundinnen kennenlernen würde, genau wie die Managerin der Band. Und dass ich ihm bei seiner Arbeit zuschauen durfte.

Als Theo klingelte und ich ihm die Wohnungstür öffnete, fiel ich ihm um den Hals und küsste ihn stürmisch, so sehr hatte ich ihn vermisst und mich auf ihn gefreut.

»Woah, was für eine leidenschaftliche Begrüßung.« Amüsiert hielt er mich fest, und ich genoss es, dass er nicht sofort von mir abließ. Anschließend stahl er sich einen Kuss, der zärtlicher und weniger impulsiv war, ehe er sich seufzend von mir löste. »Ich würde wirklich gern mit dir hierbleiben, aber Nora ist sehr streng, was Pünktlichkeit und Anwesenheitspflicht betrifft.« Er lehnte seine Stirn gegen meine. »Wir holen das allerdings nach, versprochen.« Ein letzter flüchtiger Kuss, bevor er sich zurückzog. Vermutlich brauchte er genau wie ich Abstand, um wieder klar denken zu können und um sich nicht von seinen Hormonen leiten zu lassen.

»Okay, ich zieh nur schnell meinen Mantel, Schal und Mütze über, dann können wir los.«

Theo wartete lässig an dem Türrahmen gelehnt und streckte mir, als ich fertig war, die Hand entgegen, die ich ergriff. Sofort glitten seine Finger zwischen meine und mein Herz schmolz, als er sie an seinen Mund führte und mich auf den Handrücken küsste, bevor wir nach draußen traten.

Die knappe halbstündige Fahrt zum Proberaum verging wie im Flug. Theo erzählte vom Besuch bei seinen Freunden. Dieser Ausflug war lange geplant gewesen, weshalb er nicht hatte absagen wollen, auch wenn dadurch und mit Noras Terminplanung sein ganzes Wochenende belegt gewesen war. Und er baute mich auf, nachdem ich erwähnt hatte, dass ich nach wie vor auf eine Rückmeldung vom Theater wartete. Als er schließlich ankündigte, dass wir gleich da waren, stieg meine Aufregung an. Würden die anderen mich mögen? Und war das überhaupt wichtig?

Er parkte im Innenhof eines Gebäudes mit Industriecharakter, das von außen völlig unscheinbar wirkte.

»Dort vorne ist der Eingang.« Er deutete auf eine dunkelgraue Stahltür, stieg aus und half mir aus dem Wagen. Neugierig schaute ich mich um – wenn hier einfach eine Tischlerei ihren Sitz hätte, würde es wahrscheinlich nicht anders aussehen.

Erneut verschränkte er seine Finger mit meinen und ich war froh, ihn an meiner Seite zu haben. Die Berührung nahm mir einen großen Teil der Aufregung. Theo gab eine Zahlenkombination in das Tastenfeld neben dem Eingang ein, woraufhin die schwere Tür aufsprang und wir eintraten.

Richie und Lex fläzten auf Sofas, beide den Arm um ihre Freundinnen gelegt, und Spencer bediente sich gerade an einem kleinen Kühlschrank. Die restlichen Mitglieder einer meiner Lieblingsbands zu sehen, noch dazu in einer so alltäglichen Situation, fühlte sich surreal und aufregend zugleich an.

Als sie bemerkten, dass wir hier waren, verstummten die Gespräche, und alle standen auf und kamen auf uns zu.

»Da sind sie ja!«, meinte Richie, der breit grinste und erst Theo mit einem kurzen Handschlag begrüßte. Anschließend ignorierte er meine Hand und zog mich sofort in eine herzliche Umarmung. »Schön, dich endlich kennenzulernen, Alicia. Theo redet nur noch von dir.«

Überrumpelt von seiner Begrüßung und seinen Worten, spürte ich, wie mir Hitze in die Wangen stieg.

»Mein Gott, Richie, lass die Arme doch erst einmal ankommen, bevor du sie mit deiner lebhaften Art überforderst«, sagte die blonde Frau mit dem amerikanischen Akzent, die vorhin neben ihm gesessen hatte. »Hi, ich bin Hayden, und sollte dir Richie zu nahe treten, sag Bescheid. Ich bin diejenige, die ihn in die Schranken verweist.«

Das brachte die anderen zum Lachen. »Hi, Alicia, ich bin Tessa, Lex' Freundin. Schön, dass Theo dich endlich nicht mehr vor uns versteckt. Wir können jede Verstärkung gebrauchen.« Tessa war kleiner als Hayden und mindestens so sympathisch wie sie.

»Was für ein Bullshit, das hab ich gar nicht gemacht«, protestierte Theo und knuffte Tessa in die Seite, die sich lachend hinter Lex in Sicherheit brachte.

»Danke, dass du meinen besten Freund glücklich machst.«
Lex schüttelte meine Hand, als hätte ich ihm einen Gefallen
getan. »Oh, ich bin übrigens Lex«, fügte er an, was mich kichern ließ.

»Ich weiß, ich kenne euch alle, ich bin ein großer Fan.«
Zack, ich wurde gleich noch röter im Gesicht. »Also, ich meine ... Schon bevor ich euch bei den *BRITs* gesehen und Theo
kennengelernt habe, fand ich eure Musik klasse.«

»Endlich eine Frau mit gutem Geschmack«, meinte Spencer,
der daraufhin mit liebevollen Protesten von Hayden und Tessa
überfallen wurde.

»Hey, hey, was ist das denn für eine Aufregung? Lasst doch
den armen Spencer in Ruhe, der braucht gleich seine volle
Konzentration!«

Ich drehte mich zu der Stimme um und sah eine Frau –
schätzungsweise Mitte vierzig – auf uns zukommen. Sie hatte
kurze schwarze Haare, und als sie ihren Schal abnahm, blitzte
ein Tattoo an ihrem Dekolleté unter ihrem Pullover hervor.

»Theo hat endlich seine Freundin mitgebracht!«, rief Richie
ihr zu und zeigte auf mich, was ihm erneut einen liebevollen
Klaps von Hayden einbrachte.

»Ah, hi, Alicia! Theo hat schon viel von dir erzählt. Freut
mich, dass du hier bist. Ich bin Nora, die Managerin der vier –
oder auch Löwenbändigerin, je nachdem, was die *Mighty Bastards* gerade brauchen.«

Alle vier Jungs brachen in Proteste aus, während Tessa und
Hayden lachten und ich mir das Schmunzeln ebenfalls nicht
verkneifen konnte.

»Also los jetzt, unsere Zeit ist kostbar!« Nora klatschte in
die Hände. »Ich will, dass ihr noch einmal *Untainted* spielt.
Nächste Woche ist Ruben wieder hier, da wäre es gut, wenn
ihr den Song so weit finalisiert habt, damit ihr mit ihm daran
weiterarbeiten könnt.« Damit scheuchte sie die Jungs an ihre
Instrumente und machte es sich mit ihrem aufgeklappten Laptop bequem, die Band konzentriert im Blick.

»Komm, wir setzen uns dorthin«, meinte Tessa und zeigte
zu den Sofas.

»Willst du auch einen Eistee?«, erkundigte sich Hayden, die

währenddessen den Kühlschrank ansteuerte, und ich nickte dankbar.

Keine Ahnung, warum ich so nervös gewesen war, sie alle kennenzulernen. Ich fühlte mich sofort willkommen und zugehörig. Und als ich kurz darauf zwischen den beiden Mädels saß und die Jungs zu spielen begannen, erfasste mich eine heftige Gänsehaut, und pures Glück strömte durch mich hindurch, sodass es eng in meiner Kehle wurde. Hier zu sein war so ziemlich das Beste, was ich bisher erlebt hatte. Theo Musik machen zu sehen, gemeinsam mit den drei anderen, und zu erkennen, wie groß seine Leidenschaft auch abseits der Bühne war, sorgte dafür, dass mein Herz für ihn nur noch mehr anschwoll.

# 21 – Theo

Fuck, ich war ein Idiot! Ich hätte Alicia schon viel früher herbringen sollen. Musik zu machen und zu wissen, dass sie nur wenige Meter entfernt saß und zuhörte, war noch einmal ein ganz anderes Gefühl. Es war, als würde mir ihre Anwesenheit einen Booster verleihen, von dem ich bisher nichts geahnt hatte.

Das Blut rauschte gefühlt viel schneller durch meine Venen, und in jedes Wort, das ich sang, in jeden Ton, den ich spielte, legte ich meine geballte Leidenschaft. Ich wollte, dass es ihr gefiel, wollte, dass *ich* ihr gefiel. Dass ihre Aufmerksamkeit ausschließlich auf mir lag, dass sie nur mich singen und spielen hörte – was unmöglich war, da wir *Mighty Bastards* als eine Einheit funktionierten.

Erleichtert atmete ich auf, als Nora endlich das Okay gab und sie mit uns zufrieden war. Das konnte sie auch sein, und Ruben würde es hoffentlich nicht anders sehen. *Untainted* war unfassbar genial und würde man mich irgendwann fragen, welcher Track mein liebster auf dem neuen Album ist, könnte ich es nicht beantworten.

Kaum dass die Mädels verstanden, dass wir mit den Proben für heute durch waren, kamen Tessa und Hayden auf Lex und

Richie zu. Auch Alicia war aufgestanden und lief etwas schüchterner zu mir herüber.

Ich stellte meine Fender in den Ständer, und kaum dass Alicia endlich bei mir war, zog ich sie eng an mich.

»Du warst großartig. Ihr alle. Ich liebe eure neuen Songs. Sie sind ... frisch und neu und dennoch irgendwie wie die vom ersten Album. Energiegeladen, einprägsam und richtig gut.« Ihre Worte taten unglaublich gut, und ich konnte nicht anders, ich musste sie küssen.

Kaum dass ich sie schmeckte und ich ihr leises Stöhnen in meinem Mund vernahm, vergaß ich, wo wir waren. Ich schob eine Hand in ihre roten Haare, drängte mich gegen sie und hielt sie, als wäre sie das Kostbarste auf der Welt.

Ausnahmsweise waren es keine blöden Kommentare der Jungs, die uns auseinanderrissen – denn darauf hatte ich nur gewartet –, sondern Alicias Telefon, das sie aus der Gesäßtasche zog, als es vibrierte.

»Sorry, da muss ich rangehen«, sagte sie stirnrunzelnd, gab mir noch einen schnellen Kuss, bevor sie Richtung Ausgang lief, um ungestört telefonieren zu können.

»Was war das denn?«, wollte Richie wissen, der ihren Abgang wohl mitbekommen hatte.

Ich antwortete mit einem Schulterzucken und lief ihr hinterher, jedoch nicht, ohne mir meine Jacke überzuziehen und ihren Mantel mitzunehmen, den sie in der Eile hatte liegen lassen. Doch als ich vor die Tür trat und sah, dass sie intensiv ins Gespräch versunken war, wagte ich nicht, zu ihr zu gehen und sie zu stören. Sie wirkte geknickt und das Telefonat war innerhalb kürzester Zeit beendet.

Gedankenverloren wandte sie sich ab, schaute in die Ferne und bekam gar nicht mit, dass ich auf sie zuging. Atemwölkchen bildeten sich vor ihrem Mund, und ich war mir sicher, ihr musste eisig kalt sein. Erst als ich ihr den Mantel über die Schultern legte, drehte sie sich zu mir um.

»Alles okay?«, fragte ich besorgt.

Sie nickte, doch die Tränen, die ihr in den Augen standen, verrieten, dass gar nichts in Ordnung war.

»Hey!« Sanft zog ich sie an mich und hielt sie, um sie in der kalten Märzluft zu wärmen. »Du weißt, dass ich dir immer zuhöre und für dich da bin, oder?«

Sie zog die Nase hoch. »Sorry, du hattest gerade einen so tollen Moment da drinnen, ich will dir den nicht zerstören.« Alicia wandte den Kopf ab.

Doch ich würde sie nie, niemals so sich selbst überlassen. Sanft legte ich einen Finger an ihr Kinn, bis sie meinen Blick erwiderte. »Du zerstörst nichts, Alicia. Ich bin für dich da, und wenn es dir schlecht geht, werde ich alles daransetzen, damit du dich bald besser fühlst.«

Zaghaft nickte sie.

»Willst du mir sagen, was los ist?«

Schwer seufzte sie. »Das war Ed, mein Agent. Ich habe die Rolle fürs Theater nicht bekommen.«

»Shit, das tut mir leid.« Tröstend schlang ich die Arme um sie und zog sie an mich, küsste sie sanft auf die Stirn. »Du bist viel besser als diejenige, die die Rolle bekommen hat. Ganz bestimmt.«

Ein erstickter Laut brach aus ihr hervor. »Das weißt du doch gar nicht.«

»Weißt du es denn?«

Alicia zuckte mit den Schultern. »Vielleicht entsprach ich nicht deren Vorstellungen für die Rolle. Manche Regisseure haben spezielle Erwartungen zur Performance ihrer Charaktere im Kopf. Wenn ich die nicht erfülle, habe ich wohl Pech, oder?«

Gott, ich war so stolz auf sie. »Ganz richtig. Du hast einfach nicht zur Rolle gepasst. Oder die Rolle nicht zu dir. Davon solltest du dich nicht unterkriegen lassen. Irgendwann wird dein Zeitpunkt kommen, davon bin ich überzeugt. Ich glaube ja, die haben dich gar nicht verdient, wenn sie dein Talent nicht sehen.«

Alicia sah mich schniefend an. »Du bist süß. Danke fürs Aufbauen. Es frustriert einfach nur und tut weh. Obwohl ich weiß, dass du vermutlich recht hast.«

»Hey, nicht aufgeben. Die perfekte Rolle wartet noch auf dich, hörst du? Vermutlich hast du genau deshalb diese hier

nicht bekommen, damit du frei für die wirklich wichtige bist.«
Aufmunternd streichelte ich ihr Gesicht.

Sie schmiegte ihren Kopf in meine Hand, und ich zog sie an
mich, um sie zu küssen. »Lass uns wieder zu den anderen gehen. Hier draußen ist es kalt.«

Alicia nickte und wischte sich über die Wangen, um die
letzten Spuren ihrer Tränen zu beseitigen. »Wie sehe ich
aus?«

»Wunderschön wie immer.«
Und endlich lächelte sie wieder.

Zurück bei den anderen, hatten wir beschlossen, alle gemeinsam ins indische Restaurant zwei Straßen weiter zu gehen.
Nora hatte sich uns ebenfalls angeschlossen, und wir hatten
eine Menge Spaß. Wir hatten ein Séparée bekommen – ob das
Personal nun ahnte, dass wir lieber ungestört waren, oder ob
es Zufall war, wusste ich nicht. Vielleicht hatte auch Nora
interveniert, und es war mir nur entgangen. Jedenfalls störten
wir mit unserem Gelächter nicht die anderen Gäste, und wir
wurden nicht von irgendwelchen Leuten angesprochen, was
zur Abwechslung mal ganz angenehm war.

Die Zeit mit den Jungs und Mädels war schön, und ich genoss sie sehr, war allerdings auch froh, als wir uns später verabschiedeten und sich jeder auf den Weg machte.

»Würdest du mich nach Hause fahren?«, bat mich Alicia.

Grinsend verdrehte ich die Augen. »Kommt nicht infrage«,
scherzte ich, was sie sofort verstand.

Sie lachte und stieß mir in die Seite, was ich dazu nutzte, sie
an mich zu ziehen. Eine meiner aktuellen Lieblingsbeschäfti-
gungen. »Wenn du willst, kann ich noch etwas bei dir bleiben«, raunte ich ihr zu und knabberte an ihrem Ohrläppchen,
woraufhin sie verhalten seufzte.

Nora hatte uns vorhin gesagt, das Interview für einen Rock-
Podcast, das für morgen früh in Bristol angedacht war, sei ver-
schoben worden. Die Moderatorin hatte sich eine Kehlkopf-
entzündung zugezogen und durfte nicht sprechen. Demnach
hatte ich morgen überraschend frei und Zeit.

Und selbst wenn nicht, wollte ich Alicia nicht länger auf Abstand halten. Sicher, mein Freiraum war mir heilig, den hatte ich in den letzten Jahren sehr genossen und gebraucht. Was ich allerdings jetzt brauchte, war sie. Ich vermisste sie jeden Augenblick, den ich allein verbrachte, und verflucht, wenn es ihr nur annähernd wie mir ging, wären wir doch dumm, nicht jede mögliche Minute gemeinsam zu nutzen.

»Klar, gerne.«

Irrte ich mich, oder wirkte Alicia etwas überrumpelt? Oder nervös?

»Wenn nicht, muss ich nicht, ich ...«

»Nein, schon gut. Tut mir leid, dass ich mit meiner Antwort gezögert habe. Ich freue mich, dass du mit zu mir kommst.«

Sie verschränkte ihre Finger mit meinen, dann steuerten wir mein Auto an.

Auf der Fahrt zu ihr hatte ich den Eindruck, dass ihre Unsicherheit verflogen war. Wir unterhielten uns angeregt über alles Mögliche, weshalb ich mir nicht einmal mehr sicher war, ob ich ihr Verhalten nicht fehlinterpretiert hatte. Und als ich vor ihrer Wohnung hielt, war ich derjenige, der Aufregung verspürte.

Und Erregung.

Fuck, so gern wollte ich diesmal mit ihr *tun*, worüber wir beim letzten Mal am Telefon gesprochen hatten.

Mit geröteten Wangen hängte Alicia ihren Mantel auf. Ich wusste jedoch nicht, ob sie von der Kälte rot waren oder weil sie ähnliche Gedanken hatte wie ich.

»Möchtest du etwas zu trinken?«, fragte sie und peilte sofort die Küche an. »Und schauen wir dann noch einen Film oder eine Serie?«

Ohne ihr zu antworten, folgte ich ihr. Ich umschlang sie von hinten und drückte meine Lippen sanft an ihren Hals. »Völlig egal, solange ich dich nur halten und küssen darf.«

Keuchend drehte sie sich in meinen Armen um und schaute mir in die Augen. Räusperte sich. »Also, ich brauche auf jeden Fall etwas zu trinken.« Mit diesen Worten wand sie sich aus meiner Umarmung.

Okay, sie brauchte es wohl ein paar Gänge langsamer. Dann

drosselte ich eben mein Tempo. Kein Thema – ich musste es nur dem da unten erklären.

Mit den Händen in den Hosentaschen lehnte ich mich neben sie an die Arbeitsfläche und schaute ihr zu, wie sie den Inhalt ihres Kühlschranks inspizierte. Oder kühlte sie einfach nur das Gesicht in der kalten Luft?

»Vielleicht nehme ich doch ein Wasser, falls du eines für mich hast.« Ich brauchte eine Beschäftigung für meine Hände – und eine Getränkeflasche zu halten, war immer noch besser, als unbeabsichtigt eine von Alicias Grenzen zu überschreiten.

Sie reichte mir eine Flasche, nahm sich selbst ebenfalls eine und steuerte die Couch im Wohnzimmer an, auf die sie sich niederließ.

Ich folgte ihr und setzte mich zu ihr. »War schön, dass du heute dabei warst.«

»Ja, das fand ich auch.« Den Blick gedankenverloren in die Ferne gerichtet, lächelte sie, bevor sie mich wieder ansah. »Ich mag Richie, Lex und Spencer. Und die Mädels. Nora ist mindestens genauso toll!«

Zustimmend brummte ich. »Ich glaube, das beruht auf Gegenseitigkeit. Und ich würde dich beim nächsten Mal wirklich gern wieder dabeihaben, wenn du magst. Überhaupt habe ich darüber nachgedacht, dass ich ...« Ich räusperte mich und überlegte mir die folgenden Worte genau, denn auf keinen Fall wollte ich Alicia irgendwie in die Enge treiben. »... es total schön fände, mehr Zeit mit dir zu verbringen. Ich weiß, in erster Linie bin ich das Problem, weil Nora uns mit Terminen zupflastert und wir oft frühmorgens wegfahren müssen, um zu den Interviews und so weiter zu gelangen. Aber ich dachte ... also, vielleicht schaffen wir es dennoch, jede freie Minute gemeinsam zu genießen. Selbstverständlich nur, wenn du das ebenfalls willst. Das sagte ich schon, oder?« Gott, was redete ich da? In Alicias Gegenwart konnte ich manchmal keinen klaren Gedanken fassen, geschweige denn formulieren. Mit Kribbeln im Bauch sah ich sie an.

Alicia knibbelte am Etikett ihrer Wasserflasche. »Das wäre schön.«

»Ja?«

Sie nickte. »Ja. Aber …«

Mein Herz setzte einen Schlag aus. Nicht wegen diesem *Aber*, sondern wegen Alicias Gesichtsausdruck, der nichts Gutes verheißen konnte. Sie hatte die Stirn krausgezogen und die Augenbrauen zusammengeschoben. Ganz offensichtlich war sie nervös, und irgendetwas lag ihr auf der Seele.

»Was ist los? Du kannst mir alles sagen.«

Verunsichert wich sie meinem Blick aus. »Da gibt es etwas, das du noch über mich wissen solltest, bevor wir es richtig ernst zwischen uns werden lassen. Es wäre dir gegenüber nur fair.« Geräuschvoll atmete sie aus.

Der Magen sackte mir nach unten und ich überlegte, was ich Wichtiges übersehen hatte. Ein anderer Kerl in ihrem Leben konnte es nicht sein. Oder doch? Egal, was in meinem Kopf aufploppte, es passte nicht zu Alicia.

»Okay«, sagte ich deshalb ruhig und wappnete mich gleichzeitig gegen eine heftige Keule. Denn die würde unweigerlich folgen, das verriet mir mein Bauchgefühl.

»Ich … weiß, ehrlich gesagt, nicht, wie ich es dir am besten sagen soll. Weil ich befürchte, dass wir den idealen Zeitpunkt dafür längst überschritten haben. Glaub mir also bitte, dass ich dir diese Information nicht bewusst vorenthalten habe, sondern dass ich verzweifelt versucht habe, einen passenden Moment zu finden. Wobei ich inzwischen glaube, dass es den nicht gibt.«

Übelkeit stieg in mir hoch. »Okay, egal, was es ist, ich komme damit klar.« Womöglich war das eine Lüge, aber ich würde mich zusammenreißen und versuchen, cool zu reagieren und nicht auszuflippen.

Wenn sie ein Kind hatte, verheiratet und noch nicht geschieden oder schwer krank war, aus irgendwelchen Gründen dauerhaft ins Ausland ziehen musste, als Undercover Agent arbeitete und die Schauspielerei nur Tarnung war oder was auch immer es war, ich würde hoffentlich irgendwie damit zurechtkommen. Weil ich Alicia inzwischen viel zu sehr mochte, als dass ich unsere Beziehung leichtfertig wieder aufgeben wollen würde.

Tief atmete ich durch. »Also, für mich *ist* es schon wirklich ernst zwischen uns, und ich meinte, was ich eben erklärt habe: Egal, was es ist, ich werde damit klarkommen.«

Mehrfach atmete sie tief durch und schenkte mir ein zögerliches »Danke«, dann lachte sie sichtlich nervös auf. »Mist, ich hätte nicht gedacht, dass es mir dermaßen schwerfällt.« Blinzelnd legte sie den Kopf in den Nacken. »Machen wir es anders. Erzähl mir etwas über dich, das kaum jemand weiß.«

Einen Augenblick stutzte ich. Doch sie brauchte wohl eine lockere Spielrunde, um sich gedanklich auf ihr Geständnis vorzubereiten, weshalb ich mich darauf einließ. Und weil ich merkte, dass sie noch nervöser war als ich, griff ich nach ihrer Hand und verwob unsere Finger miteinander – um uns gleichermaßen zu beruhigen.

»Also etwas, das kaum jemand über mich weiß ... mhm.« Nachdenklich legte ich den Kopf in den Nacken. »Mein richtiger Name ist Theodor Jonathan Murray – jetzt kennst du ihn und vergisst ihn am besten sofort wieder. Ich finde ihn absolut schrecklich und werde es meinen Eltern vermutlich mein ganzes Leben lang vorhalten, dass sie mich so genannt haben. Deswegen ist er auch in keiner öffentlich zugänglichen Vita über mich als Bandmitglied zu finden. Ich bin mir nicht einmal sicher, ob die Jungs ihn kennen.«

Alicia schmunzelte. »Ich habe keinen zweiten Vornamen, aber ich heiße Alicia, weil mein Dad ein großer Alicia Keys-Fan ist.«

Überrascht runzelte ich die Stirn. »Wirklich?«

»Ja, ihm ist damals kurz vor meiner Geburt zufällig ihr Debütalbum in die Hände gefallen, und er war völlig fasziniert von ihrer Stimme. Er hat meiner Mum Alicia vorgeschlagen, und ihr hat er gefallen. Erst Jahre später hat er ihr gestanden, wie er auf den Namen gekommen ist.«

»Das finde ich schön, weil uns beide jetzt auch die Musik verbindet«, stellte ich fest und zog sie an mich, um sie auf die Stirn zu küssen.

Alicia nickte. »Stimmt, so habe ich das noch gar nicht betrachtet.« Tief atmete sie durch. »Also ... ich habe Angst vor

Pferden – was mich bereits einmal um eine Rolle gebracht hat, in der ich in einem Stall hätte arbeiten sollen.«

Mir war klar, dass das nicht ihr Geständnis war, vor dem sie sich so fürchtete. Also spielte ich einfach weiter und ging auf ihre Aussage ein. »Oh, das tut mir leid.« Grübelnd, was ich ihr als Nächstes offenbaren könnte, neigte ich den Kopf ein wenig. »Ich glaube, ich hatte noch nie etwas mit Pferden zu tun. Und kann dich gut verstehen – die Tiere sind groß, majestätisch und ... unberechenbar?«

»Ja, eine ehemalige Schulkollegin von mir ist beim Reiten aus dem Sattel ihrer Stute gestürzt und saß lange Zeit im Rollstuhl, bevor sie wieder mühsam das Gehen lernen musste. Vielleicht hat sich das so in mir festgefressen, dass ich lieber Abstand zu den Tieren halte.«

»Verständlich«, sagte ich. »Also ... ich hatte bei den ersten Auftritten vor Publikum so heftiges Lampenfieber, dass ich mich regelmäßig davor übergeben habe.« Verlegen kratzte ich mich am Kopf und setzte schließlich die Wasserflasche an, um einen Schluck zu trinken und damit die Erinnerung an jene peinlichen Erlebnisse wegzuspülen.

»Oje, aber das kann ich gut nachvollziehen. Wenn ich auf der Bühne stehe, bin ich ebenfalls unglaublich nervös, vor der Kamera jedoch gar nicht. Beim Film hat man mehrere Versuche, und später im Schnitt kann einiges noch korrigiert werden. In einer Live-Aufführung jedoch muss alles punktgenau sitzen. Vielleicht ist es deshalb gar nicht so schlecht, dass ich die Rolle beim Theater nicht bekommen habe.« Sie lachte verlegen. Schluckte. Schaute auf ihre Hände.

Und ich wusste, dass sie es jetzt sagen würde. Dass sie keinen Vorwand mehr fand, das eigentliche Thema länger zu umschiffen.

»Ich mag dich wirklich sehr, Theo. Was die ganze Situation jedoch nur schwerer für mich macht.« Sie seufzte gequält und verzog das Gesicht. »Jedenfalls fühle ich mich unfassbar zu dir hingezogen. Unser Telefonat kürzlich war heiß, und ich sehne mich danach, dir körperlich näherzukommen. Will deine Hände, deine Lippen auf mir spüren. Und das werden wir, wenn du es ebenso möchtest. Aber ... ich kann nicht mit dir schlafen.« Tränen stiegen ihr in die Augen, die sie heftig wegzublinzeln versuchte.

Ich malte mir die schlimmsten Bilder aus, was ihr zugestoßen sein könnte, und ballte automatisch die Hände zu Fäusten, während mein Ober- und Unterkiefer aufeinander mahlten. Bis ich mich am Riemen riss. Womöglich hatte sie auch nur ein Enthaltsamkeitsgelübde abgelegt? Sollte es ja geben. Aber das klang selbst in meinen Ohren völlig absurd.

Dann stockte mir der Atem. War sie etwa HIV-positiv oder sonst irgendwie krank? Egal, was der Grund war, ich musste mich beruhigen. Bemühte mich mit allen Kräften, Alicia nicht bemerken zu lassen, wie es in mir aussah. Stattdessen fragte ich mit hoffentlich ruhiger Stimme. »Wieso nicht?«

## 22 – Alicia

Das hatte ich nicht wirklich getan, oder? Ich konnte nicht fassen, dass ich es eben ausgesprochen hatte. Mein Herz brach in tausend Stücke, und ich machte mich darauf gefasst, Theos Enttäuschung zu spüren. Sie zu sehen. Enttäuschung, die in Resignation und schließlich in Abweisung enden würde. Es war jedes Mal so gewesen und würde immer so sein.

»Weil es nicht geht«, antwortete ich ihm dennoch schweren Herzens. Ich war ihm diese Erklärung schuldig. »Meine Vagina macht ... zu, wie eine unsichtbare Schranke, sobald ich etwas in sie einführen will.«

Theo richtete sich gerader auf, aufmerksam und verwirrt zugleich, und nahm meine Hände in seine. »Wie meinst ...?«

»Das Ganze nennt sich Vaginismus. Es ist eine unwillkürliche Verkrampfung der Vaginalmuskulatur, und es gab Jahre, in denen ich nicht einmal einen Tampon, geschweige denn einen Finger in mich einführen konnte. Inzwischen ist zumindest das möglich – dank meiner Sexualtherapeutin, bei der ich seit einiger Zeit in Behandlung bin und unter deren Anleitung ich meinen Beckenboden trainiere. Allerdings sind die Fortschritte minimal, hin und wieder habe ich das Gefühl, nicht weiterzukommen. Zwar kann ich inzwischen einen Tampon verwenden, aber ... wir werden keinen penetrativen Sex haben können.« Mein Herz schmerzte so sehr bei meinen Worten, dass ich die Augen schließen musste. Ich wartete bloß darauf, dass Theo sich zurückzog. Oder dass er wie manche Männer zuvor dachte, er hätte *die* Lösung für mein Problem. Angefangen von Analsex zu *Sex kann schon mal wehtun* oder ich *solle mich nicht so anstellen* hatte ich inzwischen alles gehört. Und ich war es leid.

Sanft spürte ich Theos Hand an meiner Seite, bis er mich an sich zog. Er tröstete mich? Das hatte ich nun nicht erwartet.

Vorsichtig ließ ich seine Umarmung zu, sog tief seinen herrlichen Duft ein. Dann jedoch konnte ich mich nicht länger beherrschen, und die Tränen sprudelten nur so aus mir heraus. Ich wusste, dass es das letzte Mal war, dass ich von ihm gehalten wurde, ihn spüren durfte. Er war einfach nur netter in seinem Abschied als all die anderen vor ihm.

»Scht, nicht weinen, Alicia.«

Doch seine Worte sorgten lediglich dafür, dass ich noch mehr heulte. Mein ganzer Körper bebte, und mein Herz schmerzte so sehr, dass ich nicht wusste, wie ich das überleben sollte.

In beruhigender Geste streichelte Theo über meinen Rücken, wieder und wieder, auf und ab. Küsste mich auf den Scheitel und murmelte tröstende Worte, während ich ihm sein Oberteil komplett durchnässte.

Keine Ahnung, wie lange er mich hielt. Irgendwann wurden die Schluchzer weniger, was ich vom Schmerz in der Brust nicht behaupten konnte. Innerlich wappnete ich mich für seinen Abschied oder dass er versuchte, das Thema runterzuspielen. Dass er mit Tipps um die Ecke kam oder mir erklärte, wie ich damit umgehen sollte.

»Dass es nicht geht, ist für mich okay, Alicia, wirklich«, hörte ich ihn sagen.

Schnaubend lachte ich auf. »Das behauptest du jetzt. Aber irgendwann wirst du es leid sein, nicht in mich eindringen zu können. Glaub mir, ich weiß, wovon ich rede. Also … falls du es beenden willst, geh bitte gleich. Versprich mir nicht, damit umgehen zu können, nur um mir in ein paar Tagen oder Wochen das Herz zu brechen. Weil das … verkrafte ich vielleicht nicht.« Ich hob den Blick und erwartete, dass er sofort etwas darauf erwiderte. Dass er mir sagte, wie leid ihm das alles tut, aber es aufgrund meiner Situation besser wäre, wenn wir auf Abstand gingen. Vielleicht auch, dass er erst noch herumdruckste und nach den richtigen Worten suchte. Doch Theo schaute mich einfach nur an. Seine Stirn lag in Falten, und ein mitfühlender Ausdruck trat auf sein Gesicht, aber er sagte nichts.

Zu gern würde ich wissen, was er gerade dachte – und dann doch nicht. Früher oder später würde ich es erfahren und es würde mir garantiert nicht gefallen.

Verdammt, ich brauchte wirklich Abstand. Sofort. Ich musste aufstehen, von ihm weggehen. Unmöglich konnte ich seine Wärme noch länger auf mir spüren und seinen Blick ertragen. Also stemmte ich mich seufzend hoch und ging in die Küche, ohne zu wissen, was ich hier wollte.

Schwer atmend stützte ich mich mit dem Rücken zu ihm auf der Arbeitsfläche ab und wartete darauf, dass er aufstand und meine Wohnung verließ. Oder dass er mit einem echten Lösungsvorschlag um die Ecke kam – den es nicht gab. Ich war in Behandlung und arbeitete mit einer guten Therapeutin zusammen. Ich machte Fortschritte, aber derart geringe, dass ich sie fast nicht wertete. Für eine Beziehung mit Theo kam ich definitiv nicht schnell genug voran, um in absehbarer Zeit schmerzfrei mit ihm schlafen zu können. Und allein beim Gedanken daran, dass Harold, mein Ex-Freund, es versucht hatte, breitete sich ein angstvoller Schauder in mir aus.

Als ich schließlich hörte, wie Theo sich erhob, wäre fast der nächste Schluchzer aus mir herausgebrochen. Doch ich wollte ihm nicht noch mehr von meinem Schmerz und meiner Verletzlichkeit zeigen, also riss ich mich, so gut es ging, zusammen.

Ich lauschte seinen Schritten, wartete darauf, dass er seine Boots und seine Jacke anzog und sich aus meinem Leben verabschiedete. Doch er kam näher. Und näher.

Aufgewühlt zog ich meine Mauern hoch, um mich zu schützen ... Ich wusste nicht einmal, wovor ich größere Angst hatte: dass er mich davon überzeugen wollte, es einfach zu versuchen? Dass er mich anlog und sagte, er würde damit klarkommen – denn das konnte er unmöglich wissen –, oder dass er tatsächlich gleich durch die Tür verschwand?

Kaum dass ich erneut seine Arme um mich fühlte und sein Kinn auf meiner Schulter, stieß ich erleichtert den Atem aus. Was lächerlich war, weil ich wusste, dass ich ihn gehen lassen musste. Um ihn vor einem Verlust zu schützen, den er noch gar nicht greifen konnte. Und einem Vermissen. Weil er nicht wegen mir auf all das verzichten sollte, was ich ihm nicht bieten konnte. Doch ich mochte ihn zu sehr, um rational zu reagieren. Durfte ich nicht einmal im Leben egoistisch sein?

Sanft streiften seine Lippen meine Wange, was sich viel zu gut in mir anfühlte, obwohl es das nicht sollte. »Falls du denkst, ich würde dich verlassen, hast du dich geschnitten, Alicia. Ich werde nicht gehen. Gut, dann ist es bei dir so. Geschlechtsverkehr besteht nicht ausschließlich aus penetrativem Sex. Ich bin mir sicher, wir finden eintausend und mehr Möglichkeiten, die Zeit zusammen zu genießen, Intimität zu teilen und uns gegenseitig zum Höhepunkt zu bringen. Das klappt doch bei dir, oder?«, fragte er vorsichtig.

Langsam nickte ich, benommen von seinen Worten, mit denen ich nicht gerechnet hatte.

»Siehst du? Damit kann ich leben.«

Schnaubend schüttelte ich den Kopf. »Nein, kannst du nicht. Du weißt nicht, worauf du dich einlässt, Theo. Wie du in ein paar Monaten darüber denkst. Oder in einem Jahr. Wenn du erkennst, was du mit mir vermisst.«

»Da hast du recht. Aber du doch auch nicht. Keiner von uns kennt die Zukunft. Sie definiert sich nicht aus der Vergangenheit, sondern maximal aus dem Hier und Jetzt. Was *du* nämlich nicht weißt, ist, dass ich es *liebe*, eine Frau – nein, nicht eine, sondern dich – zu lecken. Dass ich unglaublich gern Hand- und Blowjobs bekomme und dass ich mehr Wert auf Körperkontakt und Kuscheln lege als darauf, mit meiner Partnerin zu schlafen. Am allermeisten bedeutet mir im Übrigen die Person selbst, nicht der Body.«

Langsam drehte ich mich zu ihm um, musste ihm ins Gesicht schauen. Ich wollte sichergehen, dass ich alles, was er sagte, richtig verstand.

»Vielleicht möchtest du es nicht hören, aber ich glaube, es ist wichtig, es zu erwähnen: In den letzten Jahren habe ich mit verdammt vielen Frauen geschlafen. Ich bin nicht stolz darauf, und darum geht es auch nicht. Was ich allerdings über mich gelernt habe, ist, dass mir bei diesen flüchtigen Abenteuern immer etwas gefehlt hat: die Liebe, die Nähe, die Vertrautheit. Die echte Verbindung zweier Menschen, die nur in einer Beziehung entstehen kann. Das Wissen, mit einem Herzensmenschen alles teilen zu können. Ja, die One-Night-Stands bestanden oft nur aus penetrativem Sex, daraus, schnell körperliche Befriedigung aus der Situation zu ziehen. Mental hat mich das nie abgeholt, dafür blieb keine Zeit. Wie den Körper der Frau zu erkunden, ihre erogenen Stellen zu entdecken. Sie zum Höhepunkt zu streicheln oder herauszufinden, wie ich sie sonst noch auf Touren bringen kann. Das alles könnte ich mit dir machen. Wie bei unserem Telefonat, nur ... hautnah. Aber wichtig ist, ich könnte das nur, wenn du es auch willst.« Theo schaute mich flehend an, als hätte er Angst, ich würde ihm – uns – diese Chance verwehren. »Weißt du, ich mag dich auch. Sehr. Und das Ganze jetzt enden zu lassen, wäre ein herber Verlust. Ich verbringe gern Zeit mit dir, ich mag unsere Gespräche, und ich habe das Gefühl, noch viel zu wenig davon bekommen zu haben.« Sein Blick wurde eindringlicher. »Gibst du uns eine Chance? Ich bin jedenfalls bereit dazu.«

Das musste ich erst einmal sacken lassen. Theo hatte eben Dinge gesagt, die ich nicht erwartet hätte. »Was, wenn du es trotzdem vermisst? Wie kann ich darauf vertrauen, dass du nicht irgendwann ungeduldig wirst und mir wehtust? Oder dass du dir das, was du brauchst, nicht woanders holst?«

Theo schaute mich aus großen Augen an. »Das würde ich nie tun! Und fuck, es tut mir verdammt leid, dass dir offensichtlich jemand auf diese Weise wehgetan hat. Ich könnte den Kerl ...« Statt weiterzureden, stieß er ein wütendes Knurren aus.

»Sorry, aber ich *musste* das ansprechen. Das bedeutet nicht, dass ich fest davon ausgehe, dass du so handeln wirst. Allerdings kennen wir uns dafür einfach zu wenig, als dass ich das alles weiß, verstehst du?«

Er schluckte, wandte den Blick von mir ab, überraschte mich jedoch, als er nach wenigen Sekunden nickte. »Ich kann das nachvollziehen und versuche es nicht als Angriff zu werten. Weil ... wie du sagtest, wir kennen uns dafür zu kurz, als dass wir gegenseitiges Vertrauen in dieser Tiefe voraussetzen könnten.« Er räusperte sich und sah mir wieder fest in die Augen. »Alicia, ich habe noch nie eine Freundin betrogen. Wenn ich mit jemandem zusammen war, war es immer exklusiv – oder von Anfang an klar, dass es das nicht ist. Ich habe dir gesagt, dass ich mit dir eine Beziehung möchte, und das impliziert für mich auch Exklusivität. Sollte ich wirklich irgendwann an den Punkt gelangen, an dem ich es vermisse, werde ich es ansprechen. Und wir werden gemeinsam eine Lösung finden, mit der wir beiden leben können und die keinen von uns verletzt.«

Zwar wusste ich nicht, wie diese aussehen könnte, aber ich nickte.

»Und ich werde niemals etwas tun, das dir wehtut. Wenn es dich schmerzt, wenn jemand in dich eindringt, werde ich es nicht tun. Punkt. Es ist dein Körper, du entscheidest.« Sein Blick wurde mit einem Mal ernst und so entschlossen, dass ich die Ehrlichkeit dahinter nicht infrage stellte. »Komm her«, sagte er leise und breitete seine Arme aus.

Ohne groß zu überlegen, nahm ich sein Angebot an und schmiegte mich an ihn. Atmete zitternd seinen Duft ein, der den Schmerz in mir zumindest etwas heilte.

Vielleicht war es verrückt, mich darauf einzulassen, und Liebeskummer war vorprogrammiert. Aber ich wusste auch, dass ich es mir ewig vorhalten würde, wenn ich uns diese Chance verwehren würde. Also hob ich den Kopf und schaute ihn an. »Lass es uns versuchen. Ich vertraue dir.«

Als hätte ich damit eine große Last von Theos Schultern genommen, seufzte er erleichtert auf. Ich selbst konnte das noch nicht von mir behaupten, doch als er zärtlich seine Lippen auf meine legte und mich küsste, löste sich der Schmerz in mir zumindest für den Moment auf.

## 23 – Theo

Mein Kopf surrte von allem, was Alicia mir anvertraut hatte. Und vermutlich war mir nicht einmal ansatzweise klar, worauf ich mich einließ. Aber ich *wollte* sie, verdammt. Auf keinen Fall würde ich Alicia aufgeben, bloß weil sie Schmerzen hatte. Das würde ich mit mir und meinem Gewissen nicht vereinbaren können. Davon abgesehen, fühlte ich mich bei ihr seit Langem wieder angekommen. Als wäre sie mein Zuhause. Und das hatte ich wirklich eine Ewigkeit nicht mehr. Das konnte ich doch nicht einfach gehen lassen.

Langsam löste ich mich von ihren Lippen und schaute ihr tief in die Augen. »Lass uns was festlegen: Du sagst mir *immer*, wie sich etwas anfühlt. Ein Seufzen oder Stöhnen bedeutet immerhin nicht, dass es gut war. Ich möchte mich nicht darauf verlassen müssen, was ich wahrnehme oder interpretiere. Ich will, dass du es aussprichst.«

Alicia nickte, und ich war erneut dankbar, dass sie sich auf meinen Vorschlag einließ. Auf mich. Auf diese Beziehung, die uns beide vor eine Herausforderung stellte, vor der ich jedoch nicht zurückschrecken würde. Wenn wir mal ehrlich waren, welche Beziehung war schon einfach?

Das Leben hatte mich bisher in so vielen Dingen gesegnet. An Geld hatte es in meiner Familie nie gemangelt, Mum und

Dad waren noch verheiratet – nicht wie bei Spencer und Richie. Ich hatte keine großen Verluste verzeichnen müssen, anders als Lex und Tessa. Die einzigen Narben, die mich gezeichnet hatten, stammten daher, dass meine Eltern ihre Arbeit über mich stellten und dass mich die ein oder andere Frau ausgenutzt hatte, weil sie auf das Geld oder meinen Status scharf gewesen war. Dass das bei Alicia nicht zutraf, wusste ich. Sie hatte zudem viel schlimmere Bürden zu tragen. Ihre Mutter, die Unsicherheit, was die eigene Karriere betraf, und vor allem die Angst, nicht zu genügen, weil sie Schmerzen hatte.

»Na komm, setzen wir uns wieder«, sagte ich und schenkte ihr ein aufmunterndes Lächeln.

Wir gingen zurück ins Wohnzimmer und machten es uns wie zuvor auf der Couch gemütlich. Nur dass sie sich diesmal eng an mich schmiegte – und ich würde mich darüber nicht im Geringsten beschweren. Ich genoss es, ihren blumigen Duft einzuatmen und sie zu halten. Ihre Wärme zu spüren und gleichzeitig mit ihr weiterzureden über dieses Thema. Einerseits, weil ich dazu noch eine Menge Fragen hatte, andererseits hatte ich das Gefühl, dass es ihr ebenfalls ein Bedürfnis war, mich weiter aufzuklären und endlich offen sein zu können.

»Danke, dass du so reagiert hast. Leider habe ich schon ganz andere Antworten darauf erhalten«, sagte sie leise und streichelte über meinen Handrücken, vermutlich, weil ich bei ihren Worten unwillkürlich eine Faust gebildet hatte.

»Will ich Details dazu wissen?«, knurrte ich, während es in mir brodelte.

»Na ja, einer meinte zum Beispiel, er könne mir helfen, dass es nicht mehr schmerzt. Er würde mich so feucht machen, dass er ganz von allein hineingleitet. Solche Dinge halt.« Sie schnaubte.

Meine Kiefer mahlten aufeinander. »Ich glaube dir, wenn du sagst, dass es wehtut. Ich bin mir sicher, du hast bereits alles Mögliche probiert.«

Knapp nickte sie. »Eine Weile dachte ich, Schmerzen beim Einführen eines Tampons seien normal. Als ich dann die erste Untersuchung bei der Gynäkologin hatte, war es nicht anders.

Während ich auf dem Stuhl saß, fühlte es sich an wie ein Messerstich von innen heraus. Ich habe einfach nur gehofft, dass es vorbeigeht. Lange hatte ich vermieden, zur Kontrolle zu gehen, bis ich einen Freund hatte und mir die Antibabypille verschreiben lassen wollte. Weil mir die erste Untersuchung immer noch in den Knochen saß, beschloss ich schließlich, zu einer anderen Gynäkologin zu wechseln. Bei ihr habe ich die Schmerzen im Vorfeld angesprochen und erfahren, dass es nicht normal ist. Sie war dementsprechend rücksichtsvoll und hat sofort aufgehört, wenn etwas wehtat. Von ihr habe ich auch die Adresse meiner Sexualtherapeutin, mit der ich inzwischen gemeinsam daran arbeite.«

»Wie darf ich mir das vorstellen? Also redet ihr da wie bei einer Psychologin?«

»Genau. Ich bekomme außerdem Hausaufgaben mit und trainiere seitdem regelmäßig meinen Beckenboden. Es gäbe auch die Möglichkeit, die Vagina zusätzlich mit Dilatoren zu dehnen. Das sind Stäbe aus Metall oder Kunststoff mit abgerundeten Spitzen in verschiedenen Größen, die eingeführt werden. Man beginnt mit dem kleinsten und steigert sich im Laufe der Zeit. Aber allein, wenn ich daran denke, bricht mir der Schweiß aus, weshalb wir beschlossen haben, es ohne zu versuchen.«

Fuck ey, ich wollte mir gar nicht ausmalen, was Alicia bereits alles hatte durchmachen müssen. Wie schlimm es auch mental sein musste, etwas nicht genießen zu können, was anderen so viel Freude bereitete. »Wie lange arbeitest du jetzt schon mit deiner Therapeutin daran?«

»Über eineinhalb Jahre. Fast zwei, um genau zu sein.« Alicia schaute auf ihre Hände. War sie etwa verlegen? »Manchmal habe ich das Gefühl, dass es nichts bringt. Könnte ich nicht inzwischen Tampons verwenden, hätte ich wahrscheinlich längst aufgegeben.« Sie klang unglaublich niedergeschlagen.

»Ich bin mir sicher, dass du das großartig machst. Und Veränderungen brauchen mitunter einfach ihre Zeit. Weiß man, wie es dazu kommt? Also ist es ... körperlich oder psychisch?«

Ich hatte zwar schon eine Vermutung, da sie bei einer Therapeutin war und nicht bei einer Ärztin, aber ich wollte alles darüber erfahren. Von ihr.

»Körperlich ist bei mir alles in Ordnung. Es spielt wohl eine große Rolle, dass meine Mum mich als ihren größten Fehler ansieht.« Sie seufzte schwer, während ich mich versteifte und gleichzeitig versuchte, meine Wut auf ihre Mutter zu bändigen. »Schon als ich klein war, hat sie mir gesagt, ihr Traum vom Modeln hätte mit der Schwangerschaft mit mir geendet. Als ich in ein Alter kam, in dem Jungs interessant wurden, hat sie regelmäßig gepredigt, bloß zu verhüten und aufzupassen, dass ich nicht schwanger werde, weil das ebenso meine Karriere zerstören würde. Meine Therapeutin und ich vermuten, dass sich das ziemlich heftig in mir verankert hat. Dazu kommen ein paar hässliche Erfahrungen, die das Ganze zusätzlich verstärkt haben. Wie die Schmerzen beim Tamponeinführen, die erste Untersuchung bei der Gynäkologin und ... na ja ...«

In mir brodelte ein ganzer Vulkan auf. »Hat dich jemand ...«

»Ich wurde nicht vergewaltigt, wenn du das meinst, nein«, antwortete sie schnell. »Aber dennoch sind Grenzen überschritten worden. Hey ...!« Sanft strich sie über meine Wange. »Heute geht es mir gut.«

Bebend schüttelte ich den Kopf. »Was ist passiert?« Ich musste es erfahren, allein schon deshalb, weil ich sonst fürchtete, sie womöglich unabsichtlich zu triggern. Und das wollte ich auf jeden Fall vermeiden.

Alicia seufzte. »Es muss nicht sein, dass ich ...«

»Ich will ... nein, ich *muss* es wissen«, fiel ich ihr ins Wort und schaute ihr dabei so eindringlich in die Augen, dass sie schließlich ergeben nickte. »Weil ich es mir bei Gott nicht verzeihen könnte, wenn ich dich unwissentlich in eine ähnliche Situation bringe. Du musst es mir nicht sofort sagen, wenn du nicht willst, aber bitte lass mich diesbezüglich nicht im Ungewissen.«

Zögernd nickte sie. »Mein erster Freund dachte, es würde wehtun, weil ich Jungfrau war. Er hat versucht, die unsichtbare Mauer zu durchdringen. Es war ...« Sie stockte, und in ihrem Gesicht konnte ich ablesen, dass die Erinnerung daran ihr noch heute Qualen bereitete.

Verdammt, und ich zwang sie dazu, diese schlimmen Momente erneut zu durchleben, ich Arsch... Aber es musste sein, ich musste alles wissen, um definitiv keine Fehler zu begehen, wenn ich mit ihr zusammen war. »Das werde ich *nie* tun, hörst du?« Sanft schob ich meine Hand an ihre Wange und streichelte ihr über den Rücken.

»Ich weiß, Theo. Keine Sorge, inzwischen kenne ich meinen Körper besser und weiß, worauf ich achten muss. Und ich vertraue dir. Du kennst meine Schwäche und ich weiß, du wirst nichts tun, was ich nicht will.« Geräuschvoll atmete sie aus. »Und einmal ... Es war bei einem Casting. Ich war in der letzten Runde und wollte die Rolle so sehr! Ich war sechzehn und naiv und hoffnungsvoll.« Sie schluckte. »Der Regieassistent hat mich beiseitegenommen. Er meinte, er könne mir helfen, genau das zu bekommen, was ich wollte. Ich müsste ihm nur geben, was er wollte.«

»Was?!« Aufgebracht richtete ich mich auf.

»Er hat ... mich bedrängt ... mir unter den Rock gefasst, versucht, mir einen Finger ...« Sie senkte den Blick. »Ich habe ihn angezeigt, es ist vorbei.« Sie sagte das, als hätte sie damit abgeschlossen. Was vielleicht auch so war, aber in mir stand der Vulkan kurz vorm Ausbruch.

Nun begann ich erst richtig zu begreifen, was dieser Übergriff im Club neulich mit ihr angestellt hatte.

Ohne zu überlegen, zog ich sie erneut eng an mich. Hielt sie fest, streichelte über ihren Oberarm und fühlte mich hilflos. Zu gern wollte ich ihr die Qualen nehmen, die sie bisher hatte erleiden müssen. Wünschte mir, ich könnte all die schlechten Erinnerungen aus ihrem Gedächtnis löschen oder sie mit schönen überschreiben.

»Weiß Kim darüber Bescheid? Also, über deinen Vaginismus, meine ich«, fragte ich leise.

Alicia nickte. »Ja. Meine Mutter weiß es ebenfalls, versteht es allerdings nicht, glaube ich. Vielleicht will sie sich auch nicht damit befassen. Sie denkt, es würde kurz wehtun und sich mit der Zeit bessern, wenn ich länger mit einem Mann zusammen wäre. Ich wollte ihr jedoch nicht mehr dazu erklären, aus Angst, sie würde mich daraufhin zu irgendwelchen befreundeten Ärzten schleifen, die mich *heilen* sollten oder so.« Alicia verdrehte die Augen, aber ich merkte, dass sie das gar nicht lustig fand.

»Ich möchte, dass wir immer offen darüber sprechen können, okay? Jede Sorge, jedes unangenehme Gefühl – ich will das wissen, das betone ich nochmals. Du kannst mit mir über alles reden und dir gleichzeitig sicher sein, dass das unter uns bleibt.«

»Danke.« Zum ersten Mal seit einer gefühlten Ewigkeit hoben sich ihre Mundwinkel.

Wir unterhielten uns noch lange. Und je mehr sie mir erzählte, umso besser verstand ich, wie ihr Körper reagierte. Zum Beispiel, dass ihre Vagina nicht in einem Dauerzustand verkrampft war. Allerdings funktionierte allein der Gedanke daran, etwas in sie einzuführen, wie ein Hebel, und ihre Muskeln verspannten sich augenblicklich.

»Einer meiner Ex-Freunde dachte, er könne meinen Körper überlisten«, gestand sie leise. »Er wollte Sex mit mir, während ich geschlafen habe. Das war der Tag, an dem ich mit ihm Schluss gemacht habe.«

Abermals mahlten meine Kiefer aufeinander. »Okay, wie heißt der Typ?«

»Das werde ich dir nicht sagen, Theo. Ich habe mit ihm, mit dem ganzen Thema abgeschlossen, wirklich.«

»Es ist dennoch nicht in Ordnung, was er getan hat«, knurrte ich.

»Nein, das ist es nicht. Aber das weiß er. Er hat es total bereut und sich schlecht deswegen gefühlt. Ich erzähle dir das alles auch nicht, um dich gegen ihn aufzuhetzen, sondern lediglich, um dir klarzumachen, dass es eben nicht möglich ist. So gern du oder ich es uns wünschen würden.«

»Alicia, ich würde nie ...«

»Ich weiß«, unterbrach sie mich und küsste mich auf die Lippen. »Das wollte ich damit auch nicht andeuten.«

Schweigend hielt ich sie fest und gähnte herzhaft.

»Es ist schon spät.« Sie schaute auf die Uhr, die neben der Küchenzeile an der Wand hing und deren Zeiger auf kurz vor Mitternacht standen.

»Ja, ich ... sollte wohl gehen.« Obwohl ich das nicht wollte, aber nach allem, was sie mir erzählt hatte, würde sie mich vermutlich nicht bei sich im Bett haben wollen.

»Oder du bleibst«, sagte sie leise und schaute mich mit flehendem Blick unter halb aufgeschlagenen Augen an. »Das heißt, wenn du möchtest. Aber es wäre schön, nach diesem emotional doch sehr aufwühlenden Abend nicht allein sein zu müssen.«

»Ich würde wirklich gerne bei dir übernachten.«

Alicia seufzte zufrieden und schmiegte sich an meine Brust – was für mich genau die Antwort war, die ich gebraucht hatte.

Etwas später sah sie mir dabei zu, wie ich im Licht der Nachttischlampe oben ohne in ihrem Schlafzimmer stand und meine Jeans aufknöpfte. Vorhin hatte sie mir eine frische Zahnbürste gegeben – und die Vorstellung, gleich mit ihr ein Bett zu teilen, war mehr, als ich mir nach dem heutigen Tag erhofft hatte.

»Soll ich dir ein T-Shirt leihen? Ich habe einige Oversize-Shirts, von denen könnte dir eines passen.«

»Normalerweise schlafe ich nur in Boxershorts. Aber wenn du willst, dass ich mir was überziehe ...«

»Nein, meinetwegen musst du nicht.« Sie schmunzelte, und ich liebte es, dass sie mich dabei abcheckte.

»Ah, du willst meinen Körper, schon verstanden.« Frech wackelte ich mit den Augenbrauen, was sie zu amüsieren schien. Zumindest gluckste sie.

Sie setzte sich aufs Bett und hielt mir die Decke auf, damit ich mich zu ihr legen konnte. Ich machte es mir neben ihr bequem, rückte anschließend nah an sie heran, schlang einen Arm und ein Bein über sie und kuschelte mich an sie, als wäre sie mein Stofftier.

Erneut kicherte sie und strich mir sanft durch die Haare. »Danke, dass du so bist, wie du bist, Theo.«

Fragend schaute ich zu ihr hoch.

»Dass du kein Drama daraus machst oder mich mit Samthandschuhen anfasst, meine ich. Nicht in jede Berührung etwas hineininterpretierst.« Ihre Stimme war leise geworden, und ich merkte, dass das eine große Bedeutung für sie hatte. »Sag mir, falls ich ein Idiot bin und es dennoch tue, okay?« Alicia nickte, dann fanden ihre Lippen die meinen.

Derart eng an sie geschmiegt in ihrem Bett zu liegen, war schön. Und heiß. Verflucht war das heiß! Noch mehr, als sie mir leise in den Mund stöhnte, kaum dass ich meine Zunge an ihrer rieb. Das Geräusch fuhr mir direkt in die Eier, die sich sehnsuchtsvoll zusammenzogen, und mein Schwanz wurde hart. Ich keuchte, drängte mich an sie – aber was wäre ich für ein Arsch, wenn ich nach allem, was sie mir heute anvertraut hatte, einen Schritt weiter gehen wollte? Gerade noch hatte sie mich gebeten, sie nicht alleine zu lassen nach dem aufwühlenden Geständnis. Da konnte ich es nicht mit meinem Gewissen vereinbaren, meine Hände auf Wanderschaft zu schicken. Es würde sich anfühlen, als würde ich ihre Verletzbarkeit ausnutzen und ihr Vertrauen missbrauchen. Also löste ich mich schweren Herzens von ihr, drehte mich auf den Rücken und versuchte, heftig atmend wieder Kontrolle über mich zu bekommen.

## 24 – Alicia

»Du bist ein Idiot, Theo Murray!« Fast schon verärgert setzte ich mich neben ihm auf. Als ich jedoch seinen verwirrten Gesichtsausdruck sah, konnte ich nicht länger böse auf ihn sein.

»Was hab ich getan?« Er richtete sich ebenfalls auf und schaute mich verzweifelt an. Seine Augen weit aufgerissen.

»Nichts! Du hast nichts mehr gemacht – und genau das ist das Problem. Du hast gesagt, ich solle dir sagen, du seist ein Idiot, wenn du mich mit Samthandschuhen anfasst, und im nächsten Moment tust du genau das. Oder wieso hast du aufgehört, mich zu küssen?«

»Weil ich ...« Seufzend fuhr er sich mit einer Hand durch die Haare. Dann lachte er auf. »Fuck, vermutlich hast du recht. Ich dachte, ich sei ein Arsch, weil ich nach diesem aufwühlenden Abend bei deinen Küssen hart werde und dich am liebsten nackt unter mir spüren würde.«

Meine Augen weiteten sich. Das hatte er jetzt nicht gesagt, oder?

»Also ohne dass ich in dir bin, versteht sich«, fügte er schnell an. »Sorry, ich bin horny, da funktioniert mein Sprachzentrum nicht unbedingt, wie es sollte.« Mit einem schweren Seufzen ließ er sich zurück in die Kissen sacken. »Ich verbocke es gerade, oder? Verzeihst du mir?«

Gott, dieser Mann war einfach süß. »Ja, aber nur, wenn wir da weitermachen, wo wir eben aufgehört haben.«

Theo stöhnte verhalten auf, stemmte sich jedoch auf die Unterarme und beugte sich über mich. Seine Lippen trafen erneut unglaublich sanft und neckend zugleich auf meine und trieben die Hitze in mir auf ein neues Level.

»Hör nicht auf, versprich es mir«, raunte ich an seinem Mund. »Ich warte schon zu lange darauf, dass du mich berührst.« Es war nicht leicht, ihm das zu sagen, aber Theo brauchte vermutlich diese klare Ansage, um nicht wiederholt aus falscher Zurückhaltung vorzeitig abzubrechen.

Er antwortete mit einem verzweifelten Laut, bevor er mich an der Kniekehle packte und mein Bein auf seine zog.

Endlich zeigte er mir, wie er wirklich war – ohne sich zu zügeln oder vorsichtig zu sein. Er ließ seine Hände über meinen Körper gleiten, schob sie unter meinen Pyjama und ich liebte es, dass er seine Bedenken abgelegt hatte.

Ich streichelte seinen Rücken und genoss es, seine nackte Haut zu fühlen. Vergrub meine Finger in seinen Haaren und drängte mich ihm entgegen, um mehr von ihm zu bekommen.

»Ich muss ständig an unser Telefonat denken, vor allem, wenn ich im Bett bin«, gestand ich heiser, als er über meinen Hals leckte und mich sanft seine Zähne spüren ließ, was eine prickelnde Gänsehaut über meinen Körper schickte.

»Ja? Hast du dich dann wieder selbst angefasst?«

»Habe ich. Aber mit dir gemeinsam macht es mehr Spaß«, flüsterte ich.

»Hm, dabei habe ich am Telefon gar nicht das hier machen können.« Ohne Vorwarnung schob er mein Oberteil ein Stück hinauf und neckte mich mit Zunge und Zähnen an meinem Rippenbogen.

Die Berührung kitzelte und war zugleich unglaublich heiß, sodass ich einen Laut zwischen Lachen und Stöhnen ausstieß.

»Oder das hier.« Theo schob den Stoff weiter nach oben und legte meine Brüste frei.

Mein Herz raste, als er sich tiefer über mich beugte, eine Brustwarze in den Mund nahm und sanft daran sog.

Haltlos seufzte ich und drängte mich näher an ihn.

»Oh, das gefällt dir?«

»Sehr«, gab ich zu.

»Willst du mehr davon?«, fragte er und schaute mich neckend an.

»Unbedingt.«

Und Theo erfüllte mir den Wunsch. Er sog an meinen Brüsten, streichelte mich an jedem Stück freier Haut und half mir schließlich, das Shirt auszuziehen.

Zwischen meinen Beinen pochte es unnachgiebig, während ich Theos Liebkosungen genoss.

Als er süße Küsse auf meinem Dekolleté verteilte, nutzte ich die Gelegenheit und drängte ihn auf seinen Rücken. »Jetzt bin ich an der Reihe«, erklärte ich entschlossen. Bevor Theo etwas hätte erwidern können, beugte ich mich über ihn und erkundete seine erhitzte Haut mit dem Mund.

Leise stöhnte und keuchte er, und ich liebte es, dass er so auf mich reagierte. Dass er meine Zärtlichkeiten genauso zu genießen schien wie ich seine. Ich sog an seinen Brustwarzen, wanderte tiefer und umkreiste mit der Zunge seinen Bauchnabel. Dann strich ich mit dem Zeigefinger am Bund seiner Boxershorts entlang, bevor ich ihn neckend darunterschob.

Theos Atem ging schneller, und ich war verrückt danach, wie er mich lustvoll anschaute, mit leicht geöffnetem Mund und geröteten Wangen.

Seine Reaktionen nicht aus den Augen lassend, rieb ich über die Beule in seinen Shorts.

Wieder keuchte er, vergrub seine Hände in meinen Haaren und biss sich auf die Unterlippe.

»Willst du mehr davon?«, wiederholte ich seine Frage von vorhin.

Theo grinste. »Unbedingt.« Sein Atem ging stoßweise.

Als ich ihm die Boxershorts von den Hüften schob, half er mit. Dann leckte ich über meine Handfläche, um sie zu befeuchten.

Theo stieß ein noch heißeres »Fuck!« aus.

Mit der flachen Hand rieb ich vorsichtig über seine Eichel, was zusätzlich ein verzweifeltes Stöhnen aus ihm lockte.

Ich liebte es, wie er auf mich reagierte, und umschloss mutig seinen Schaft mit der ganzen Hand. Mit sanftem Druck massierte ich ihn und beobachtete Theos Reaktion.

Zu sehen, wie heiß ihn das alles machte, trieb Nässe zwischen meine Beine, und ich konnte es kaum erwarten, dort von ihm ebenfalls berührt zu werden.

»Ich will dich lecken, Alicia«, murmelte er, die Lider verhangen. »Ich will dich schmecken und dich mit der Zunge zum Schreien bringen. Ich will dafür sorgen, dass du dich jedes Mal daran erinnerst, wie ich dich zum Kommen gebracht habe, wenn du dich in dieses Bett legst.«

Seine Worte entlockten mir ein sehnsuchtsvolles Stöhnen.

Fast hätte ich frustriert protestiert, als er sich meiner Hand entzog und sich über mich drängte. Gleichzeitig hoffte ich, er würde sein Versprechen in die Tat umsetzen. Doch er widmete sich meinen Brüsten, ohne mich zwischen den Beinen zu berühren.

Ich liebte es, wie er meine Knospen mit seiner Zunge umspielte und an ihnen sog, wie er sanft in mein weiches Fleisch biss und dafür sorgte, dass ich mich weiter an ihn drängte. Zärtlich strich er über meine Haut, erkundete meinen Körper und brachte mich innerlich wie äußerlich zum Beben. Alles in mir kribbelte vor Erregung und ich genoss seine Liebkosungen sehr.

Dann endlich legte Theo seine Hand auf meinen Venushügel und glitt langsam zu meiner Klit, den Stoff meiner Hose noch zwischen uns, und ich keuchte auf. Ich drängte ihm mein Becken entgegen, wusste, ich konnte ihm vertrauen. Er würde nichts tun, was mir wehtat, dessen war ich mir sicher, und vielleicht schloss ich deswegen die Augen und gab mich ganz seinen Berührungen hin.

In weichen Wellen rieb er über meine Mitte, als würde seine Hand dort pulsieren. Mehr und mehr heizte er meine innere Glut an.

Ich musste ihn ebenfalls anfassen, konnte nicht einfach nur genießen. Wollte ihm unbedingt zurückgeben, was er mir schenkte.

Ich tastete über seinen nackten Oberkörper und liebte die Laute, die aus seiner Kehle drangen. Erneut bekam ich seinen

Schaft zu fassen und rieb ihn, doch Theo zog sich von mir zurück.

»Zuerst bist du an der Reihe«, murmelte er, während er die Finger in meine Hose und meinen Slip hakte und beide gleichzeitig hinabzog.

Als die kühle Luft auf meine entblößte Mitte traf, erschauderte ich. Doch in dem Moment, als Theo seinen Mund an meine sensibelste Stelle setzte und mich seine Zunge spüren ließ, flutete mich eine Hitzewelle, und ich vergaß alles andere um mich herum.

Keuchend wand ich mich unter ihm, war verrückt danach, mit welcher Hingabe er sich um mein Lustzentrum kümmerte. Verdammt, er war wirklich gut darin ...

»So süß«, brummte er genüsslich, »so heiß.« Unablässig rieb er mich mit seiner Zunge, und ich krümmte die Zehen, weil es so gut war.

Ich stöhnte, atmete schneller, hauchte seinen Namen.

Theo streichelte mit einer Hand über meinen Bauch, höher zu meiner Brust, ohne das Tempo an meiner Klit zu verringern. Mehr und mehr peitschte er meine Lust nach oben und als er sanft meine Brustwarze zwirbelte, entlud sich die angestaute Energie in einem so gewaltigen Orgasmus, dass ich den Rücken durchdrückte und die Schenkel zusammenpressen musste. Ich pulsierte, während Theo nicht von mir abließ und meinen Höhepunkt mit seinem Zungenspiel in die Länge zog.

»Genug ... zu viel«, wimmerte ich verzweifelt, bis ich die Beine lockerte und ihn freiließ.

Als Theo sich über mich beugte, glänzten seine Lippen und ein zufriedenes Funkeln lag in seinen Augen. »Fuck, Alicia, du schmeckst so gut. Ich glaube, ich will nichts anderes mehr tun, als dich an meinem Mund kommen zu spüren.«

Müde ließ er sich neben mich sacken und zog mich an sich.

Doch er war unverändert hart. Und ich wollte mich zumindest annähernd bei ihm revanchieren.

Zwischen meinen Beinen spürte ich das leise Nachbeben, als ich mich über ihn stützte und ihn träge küsste. Mich auf seinen Lippen zu schmecken war berauschend, genau wie die Hitze seines Körpers zu spüren.

Als ich sein Schlüsselbein erreichte, seufzte er entspannt. Müde kreisten seine Hände über meinen Rücken, und als ich tiefer glitt, beschleunigte sich erneut seine Atmung.

Ich liebte es, mit ihm und seinen Reaktionen zu spielen, neckte ihn mit der Zunge, den Lippen und den Fingern. Ich streichelte seine Beine hinab und wieder hinauf, reizte ihn, indem ich mich seiner Erektion und den Hoden näherte, ihn dort jedoch nicht berührte.

Wie sehr ihn das in den Wahnsinn trieb, konnte ich an seinem Gesicht ablesen. Er keuchte, schloss vor Verzweiflung und Genuss die Augen und biss sich auf die Unterlippe, bis der ein oder andere Fluch seinen Mund verließ.

Als ich das erste Mal über seine Hoden strich und daraufhin seinen Schwanz umfasste, um ihn zu massieren, drang ein so erregter Laut über seine Lippen, dass ich nicht mehr warten konnte – ich musste ihn schmecken. Jetzt.

Mit der Zunge leckte ich über seinen Schaft, bevor ich ihn in den Mund nahm.

»Scheiße, Alicia ... Ich kann nicht garantieren, dass ich mich lange zurückhalten kann.«

*Dann tu es nicht*, hätte ich am liebsten gesagt, wollte allerdings nicht von ihm ablassen. Stattdessen nahm ich ihn tiefer in den Mund, umspielte ihn mit der Zunge und genoss jeden Laut, jede Regung von ihm. Ich war verrückt danach, dass er mir keuchend die Finger in die Haare schob. Genoss es, wie verzweifelt er mich beobachtete.

»Alicia ... ich ... komme!«, war seine letzte Warnung, ehe er die Augen verdrehte, die Lider schloss und sich in meinen Mund ergoss. Und ich liebte es, ihn zu schmecken und seine Lust an meinen Lippen pulsieren zu spüren. Zu sehen, wie er sich unter meinen Händen fallen ließ und sich dem Höhepunkt hingab.

Als ich mich schließlich von ihm löste, war er völlig außer Atem. Schweiß stand ihm auf der Stirn, und als ich mir mit Daumen und Zeigefinger über die Mundwinkel wischte, schmunzelte er.

»Komm her«, sagte er mit sanfter Stimme.

Ohne auch nur eine Sekunde zu zögern, kam ich seiner Aufforderung nach. Ich schmiegte mich an ihn und legte die Hand auf die Stelle seiner Brust, unter der sein Herz heftig pochte.

Theo küsste mich auf die Stirn, seine Arme fest um mich geschlungen. »Siehst du? Das hier … das ist es, was so unglaublich schön und wertvoll ist. Was kein penetrativer Sex übertrumpfen könnte. Diese Nähe, dieses … Gefühl. Hier drin.« Er klopfte mit zwei Fingern auf seine Brust. »Du, Alicia. Du machst mich vollkommen.«

Mein Herz schwoll an bei seinen Worten, und ich musste tief einatmen, um das wohlig warme Gefühl, das sein unfassbar schönes Geständnis in mir ausgelöst hatte, etwas zu bändigen. Weil ich nicht erneut in Tränen ausbrechen wollte.

»Du bist das Beste, was mir je passiert ist, Theo Murray.«

Er machte ein zufriedenes Geräusch. »Dann geht es dir wie mir mit dir.«

# 25 – Theo

Keine Ahnung, wie lange Alicia und ich in dieser Nacht wach lagen. Wir hielten uns, streichelten einander und redeten über alles und nichts. Sie erkundete meine Tattoos, und zu jedem, das sie anstupste, musste ich ihr die Bedeutung erzählen und warum und wann ich es mir hatte stechen lassen.

»Ich finde es schön, dass du die Erlebnisse aus der Vergangenheit auf deiner Haut sammelst wie andere Fotos in Alben. Auf diese Weise hast du die Erinnerungen immer bei dir.« Träge lächelte sie und versteckte ihr Gähnen hinter vorgehaltener Hand. »Wie das hier. Es ist mein Lieblingstattoo an dir, glaube ich. Was hat es damit auf sich?« Mit sanften Berührungen schwang sie die Linien des Baumes an meinem hinteren Oberarm nach, der aus einer Glühbirne herauswuchs und mit seinen Wurzeln und Ästen das Glas und den Sockel durchbrach.

»Das ist tatsächlich auch eines meiner liebsten Motive. Ich hab es mir stechen lassen, nachdem wir mit *Broken* auf Platz 1 gelandet sind. Die Glühbirne steht für die Kreativität und unsere Ideen, der Baum dafür, wie sie sprießen und aus uns herauswachsen. Dass er das Glas durchbricht, zeigt, dass auch wir Grenzen überschritten haben. Grenzen, von denen wir nie dachten, dass wir es je so weit schaffen würden, sie zu spren-

222

gen. Es erinnert mich daran, dass alles möglich ist und uns nichts aufhalten kann.« Sanft stupste ich gegen ihr Kinn. »Dasselbe gilt übrigens auch für dich.«

»Du bist süß. Und ... das klingt schön. Ich mag die Bedeutung dahinter.« Ihre letzten Worte gingen in einem weiteren Gähnen unter.

»Wir sollten schlafen.« Zärtlich streichelte ich über ihr hübsches Gesicht.

»Ich möchte aber jede Sekunde mit dir genießen. Wer weiß, wann wir uns das nächste Mal wiedersehen.«

»Morgen früh beim Aufwachen«, sagte ich, woraufhin sie sich seufzend noch enger an mich schmiegte. Ich vergrub meine Finger in ihren Haaren und küsste sie auf die Stirn. »Ich will keinen weiteren Tag vergehen lassen, ohne dich zu sehen, Alicia. Ich gebe dir den Schlüssel zu meinem Apartment, und du kannst jederzeit zu mir kommen, auch wenn ich noch nicht zu Hause bin. Oder ich komme zu dir, damit du spätabends nicht mehr aus dem Haus musst. Ja, das hier geht verdammt schnell, aber ... Ich möchte jede freie Minute mit dir verbringen – weil es nichts Schöneres für mich gibt.« Verlegen biss ich mir auf die Zunge. Womöglich hätte ich das jetzt nicht sagen sollen. Auf keinen Fall wollte ich, dass sie mich für besitzergreifend hielt oder für einen Irren, der seiner Freundin jeglichen Freiraum nahm. »Das heißt, selbstverständlich nur, wenn du das ebenfalls willst. Du sollst natürlich dein Leben so leben können, wie du es möchtest. Aber mich hat es voll erwischt und ... also ...«

Alicia schmunzelte. »Keine Sorge, ich verstehe dich. Mir geht es genauso. Verrückt, oder?«

»Total.«

Einen zufriedenen Laut ausstoßend schmiegte sie sich an mich. »Da ich die Rolle am Theater nicht bekommen habe, steht mir aktuell weiterhin viel freie Zeit zur Verfügung, warum sie also nicht mit etwas Schönem füllen. Bevor ich frustriert überlege, warum ich abgelehnt wurde, bin ich lieber bei dir. Solange ich dir nicht im Weg bin, dich ablenke oder nerve.«

»Das kannst du gar nicht«, versicherte ich ihr gähnend.

»Wir sollten wirklich schlafen.«

Widerwillig nickte ich.

Sie beugte sich über mich, streckte die Hand aus, tastete nach dem Schalter der Nachttischlampe und augenblicklich hüllte uns Dunkelheit ein. »Träum süß, Theo.«

»Du auch, Alica.«

»Solange du mich festhältst, werde ich schlafen wie ein Baby«, murmelte sie müde.

Ich war mir sicher, dass es mir nicht anders ging, wenn ich Alicia in meinen Armen hielt.

Am nächsten Morgen saßen wir mit Kaffee und unseren Handys in den Händen auf Alicias Couch und gingen unsere Terminpläne durch. Sie hatte lediglich ein paar kleine Castings für Werbespots oder Voiceovers für Dokumentationen auf dem Plan, wohingegen sich bei mir ein Termin an den anderen reihte. Bei einigen machte es keinen Sinn, dass sie mitkam – wenn wir zum Beispiel ein Interview gaben oder das Meeting mit dem Plattenlabel hatten. Aber bei den meisten konnte sie im Hintergrund dabei sein, und ich liebte es, dass sie sich darauf freute, mehr Zeit mit mir zu verbringen.

Meine Freundin zu den beruflichen Terminen mitzunehmen, fühlte sich zwar ungewohnt an, aber auf die gute Art.

Tessa und Hayden waren schließlich auch hin und wieder mit von der Partie, und ich wusste deshalb, dass es für die Jungs kein Thema war.

»Am Mittwoch bin ich mit Dad zum Dinner verabredet und ... ich würde dich gern mitnehmen. Falls das für dich in Ordnung ist. Ich möchte dich ihm vorstellen.«

Ich wusste, wie wichtig Alicia ihr Vater war, und dass sie wollte, dass ich ihn kennenlernte, war bedeutsam – für sie und für mich.

»Wir haben an dem Tag ein Fotoshooting, aber bis zum Abend sollten wir locker damit fertig sein. Also klar, ich komm gerne mit, falls das für ihn okay ist.«

»Ganz sicher. Er ist neugierig und freut sich schon auf dich. Gibt es etwas, das du nicht isst oder gegen das du allergisch bist?«

»Nope. Keine Allergien und ein Allesfresser.« Ein leises Knurren ausstoßend stürzte ich mich auf Alicia, die kreischend lachte.

»Okay, dann sage ich Dad Bescheid.« Sie nickte und trank von ihrem Kaffee.

Ein Treffen mit ihrem Dad ... O Mann, jetzt wurde ich glatt nervös. »Wenn ich das nächste Mal meine Eltern besuche, nehme ich dich mit. Dann zeige ich dir, wo ich aufgewachsen bin.«

Alicia schmiegte sich an mich. »Das klingt schön. Ich ...« Sie schnaubte, lächelte und schüttelte schließlich den Kopf.

»Was?«

»Nichts, es ist viel zu früh, so was zu sagen.«

Augenblicklich schlug mein Herz schneller. »Sag es.«

Erneut verneinte sie.

»Sag es«, drängte ich, ein Grinsen auf den Lippen, während ich meine Tasse Kaffee auf den Couchtisch stellte und anschließend nach ihrer griff.

»Nein!« Sie lachte.

»Sag es!« Kaum dass ich ihre Kaffeetasse in Sicherheit gebracht hatte, stürzte ich mich über sie, um sie zu kitzeln und mich an ihrem Hals festzusaugen.

Alicia quietschte und zappelte unter mir. »Schon gut, schon gut!«

Heftig atmend lag sie unter mir. So schön.

»Ich ... liebe dich, Theo Murray.«

Mein Herz setzte einen Schlag aus, bevor es in doppeltem Beat weiterschlug. »Ich liebe dich auch, Alicia Atkinson.« Verdammt, ich musste sie küssen, jetzt, sofort. Ich wüsste sonst nicht, wohin mit meinen überschäumenden Gefühlen. »Vergiss nicht, du kannst mir *immer* alles sagen, ich werde nie schlecht über dich denken. Schon gar nicht bei so schönen Worten.«

»Ich dachte nur, es wäre verrückt, weil wir uns noch nicht lange kennen.«

»Einen Monat bereits, ich habe mitgezählt. Und das zwischen uns ist ... besonders. Ich finde, da dürfen wir so empfinden«, erwiderte ich und legte erneut meine Lippen auf ihre.

»Letzte Nacht war echt schön mit dir«, sagte sie schließlich und lächelte mit gesenktem Blick. War sie etwa verlegen? Dazu gab es keinen Grund.

»Fand ich auch.« Meine Stimme war rau, und Hitze flutete meinen Körper beim Gedanken daran, wie heiß es gestern zwischen uns geworden war.

»Dir hat nichts gefehlt?«, fragte sie leise, während sie mich sanft von sich schob und sich ebenfalls aufrichtete. Zitterte ihre Stimme etwa? Sie war eindeutig verunsichert, das musste ich ändern.

Sofort streichelte ich über ihre Wange und wartete, bis sie mich anschaute. »Nein, Alicia. Du warst bei mir. Ich durfte deine Küsse, deine Hände spüren. Deine Liebe und deine Erregung. Ich habe dich zum Höhepunkt gebracht, und dabei hast du wunderschön ausgesehen. Du hast mir alles gegeben, was ich wollte, und mehr.«

Alicia seufzte und lehnte sich in meine Berührung, bevor sie an meine Brust sackte und sich fest an mich schmiegte. Ob sie immer noch meine Worte anzweifelte, wusste ich nicht. Aber ich würde es ihr so oft sagen, bis sie mir glaubte.

Die nächsten Tage vergingen wie im Flug. Alicia und ich sahen uns endlich öfter, und ich liebte es, dass sie mir bei der Arbeit zuschaute, wann immer unsere Termine es uns möglich machten. Am Mittwoch hatte sie uns sogar zum Fotoshooting begleitet.

Tessa und Hayden hingegen hatte ich bloß einmal gesehen, aber da Alicia gut von den Jungs aufgenommen worden war und sich mit allen prächtig verstand, machte ich mir keinen Kopf.

Sie lachen zu sehen und zu wissen, dass es ihr gut ging, war unglaublich schön. In den Pausen hielt ich sie fest und küsste sie in jeder freien Minute.

Dass Richie, Lex und Spencer uns aufzogen, war mir dabei herzlich egal. Bestimmt würde es in Kürze völlig normal sein, dass Alicia uns öfter begleitete.

Auch mit Nora verstand sie sich gut, und ich erkannte einfach keinen Nachteil darin, meine Freundin dabeizuhaben, zumal ich mit ihr in meiner Nähe zur Höchstform auflief.

Wir posierten gerade für die letzten paar Aufnahmen des Shootings, als ich mitbekam, dass Alicia sich mit dem Telefon in der Hand zurückzog.

Hoffnung stieg in mir auf, dass sie die Zusage für einen Werbespot bekommen würde.

»Ein letztes Mal lächeln, Jungs. Sehr gut, und jetzt alle die Arme vor der Brust verschränken. Cooler Blick.« Der Fotograf machte ein zufriedenes Gesicht, als er die Aufnahmen auf dem kleinen Display seiner Kamera durchging. »Großartig, wir haben es.«

Erleichtert atmete ich auf.

Inzwischen war ich Profi, was Fotoshootings anging. Keine Ahnung, ob andere Bands ebenso oft abgelichtet wurden wie wir, aber um uns rissen sich die Leute. Heute waren wir in einem Studio in London, wobei Sophie – die Redakteurin einer deutschen Musikzeitschrift – hier war. Sie hatte die Aufnahmen in Auftrag gegeben.

»Vielen Dank, Jungs. Auch für das Interview vorhin. Ich schicke euch ein Belegexemplar zu – also an Nora. Obwohl ihr den Artikel vermutlich nicht lesen könnt.« Entschuldigend lächelte uns die Frau Mitte dreißig an.

»Ein Onlinetranslator packt das schon«, meinte Richie und zwinkerte ihr zu.

Sie nickte. »Stimmt, das wäre eine Lösung.«

Ich wollte mich gerade abwenden, als sie neben mir auftauchte. »Und keine Sorge, Theo – dass du eine Freundin hast, bleibt unerwähnt, da gebe ich dir mein Wort drauf. Ich kann verstehen, dass es ein immenser Druck ist, der auf euch lastet. Als Lex und Richie erwähnt haben, was sie alles erleben mussten, habe ich mich fremdgeschämt für meine Branche.« Erneut wirkte sie ehrlich betroffen.

»Danke, das weiß ich zu schätzen.« Alicia und ich waren mit ihrem Auftauchen hier ein Risiko eingegangen, aber wir hatten im Vorfeld – gemeinsam mit Nora – darüber gesprochen. Uns war klar, dass über kurz oder lang jemand mitbekommen würde, dass ich ebenfalls vergeben war. Allerdings wirkte Sophie nicht, als würde sie mir ins Gesicht lügen. Zudem hatte sie keine Fotos von Alicia und mir gemacht, was ihre Aussage, falls sie es doch veröffentlichte, nicht untermauern würde. Und ohne Beweise stand sie mit der Behauptung ziemlich allein da. Also vertraute ich ihr, ob es naiv war, würde die Zeit zeigen.

Auch Nora hatte mir versichert, dass die Redakteurin absolut vertrauenswürdig sei. Der Fotograf sowieso, mit ihm hatten wir schon mal zusammengearbeitet.

Sophie nickte und lächelte mir zu, bevor sie sich abwandte, um ihre Sachen einzupacken.

Ich jedoch hielt Ausschau nach Alicia, die mir schließlich augenrollend an der Tür entgegenkam.

»Alles okay?«, fragte ich, den Blick auf ihr Telefon gerichtet, das sie gerade zurück in ihre Handtasche schob.

»Das war Mum.« Sie schnaubte. »Sie hat mich erneut daran erinnert, auf jeden Fall zu verhüten, aber sie findet es toll, dass wir beide zusammen sind«, erklärte sie mit verbittertem Unterton.

»Okay ...?«

Alicia machte eine wegwischende Handbewegung. »Frag nicht. Sie ist einfach anstrengend und übergriffig. Ich dachte ja, sie würde versuchen, dich mir auszureden. Weil du Rockmusiker bist und tätowiert und ... keine Ahnung. In ihren Augen vermutlich schlecht für mich und mein Image. Aber anscheinend freut sie sich doch einmal in ihrem Leben für das Glück ihrer Tochter.« Sie verzog ihr Gesicht zu einer Grimasse. »Ehrlich, würde ich nicht einen so großartigen Dad haben, ich wüsste nicht, was ich tun würde ...«

Schmunzelnd legte ich einen Arm um ihre Schultern, während wir zurück zu den anderen gingen. »Ich bin wirklich gespannt auf ihn.«

»Oh, und er auf dich. Er hat mir vorhin geschrieben, dass er unsicher ist, was er anziehen soll.« Sie kicherte. »Wie lange brauchst du hier noch? Wann können wir los?«

»Erst will ich mir das Make-up aus dem Gesicht waschen, aber dann können wir los. So möchte ich deinem Dad jedenfalls nicht gegenübertreten.« Obwohl es nur etwas Farbe war, um die Retuschearbeiten zu reduzieren, und wir es inzwischen gewöhnt sein sollten, fühlte ich mich nach wie vor nicht wohl damit. Vor der Kamera und auf der Bühne war es völlig in Ordnung, aber bei Tageslicht und unter Menschen wollte ich so nicht herumlaufen.

»Soll ich dir helfen?«, bot Alicia an.

»Gerne.« Die Gelegenheit, mich von ihr anfassen zu lassen, ließ ich mir nicht entgehen.

Einige Zeit später hielten wir vor dem Haus ihres Dads. Nervös wischte ich meine schwitzigen Hände in den Jeans ab. Zwar hatte Alicia mir mehrfach versichert, dass er mich garantiert mögen würde. Aber ich hatte diverse Erfahrungen mit Vätern meiner Ex-Freundinnen gemacht und wollte mich erst selbst davon überzeugen, dass Jacob Atkinson keine Bedrohung für seine Tochter in mir sah ... oder was auch immer.

Wir stiegen aus, und ich folgte Alicia zur Tür, wo sie klingelte und uns gleich darauf der ehemalige Grand-Slam-Sieger gegenüberstand. Ein seltsames Gefühl, dass er der Vater meiner Freundin war ... Jedoch kein negatives.

»Hi, Mr Atkinson, ich bin Theo Murray.«

Sofort ergriff er meine Hand und schüttelte sie mit kräftigem, allerdings nicht unangenehmem Druck. »Freut mich sehr, dich endlich kennenzulernen, Theo. Aber bitte sag Jacob zu mir. Kommt rein.« Er zog Alicia in eine Umarmung und küsste seine Tochter auf die Wange, bevor er die Tür weiter öffnete und wir ihm in sein Haus folgten.

Es war geräumig, jedoch nicht protzig. Dass er Geld hatte, war deutlich an der Einrichtung und den Bildern an den Wänden zu sehen, die ein New Yorker Künstler gemalt hatte, von dem mir der Name gerade nicht einfallen wollte. Jedoch hatte ich einige seiner Werke bereits in einer Ausstellung gesehen, die ich vor ein paar Jahren gemeinsam mit meinen Eltern besucht hatte. Sein Pinselstrich war sehr prägnant, der Stil unverwechselbar, weshalb ich mir sicher war, mich nicht zu täuschen.

Jacob führte uns durch ein geräumiges Wohnzimmer, in dem ein Perserteppich auf dem geölten Parkett lag, weiter in

Richtung offener Essküche. Die Möbel waren vintage und meiner Mum würde die Einrichtung sicher gefallen – sie hatte das Haus, in dem ich aufgewachsen bin, in ähnlichem Stil eingerichtet.

»Alicia hat erzählt, ihr kommt direkt von einem Fotoshooting?«, erkundigte er sich, während er sich den Kochtöpfen widmete, in denen es blubberte. Der leckere Duft verteilte sich bereits überall, und ich rieb mir kaum merklich den Bauch.

»Genau. Bis vor ein paar Jahren war ich davon überzeugt, als Musiker ausschließlich Musik zu machen. Inzwischen bin ich auch Model«, sagte ich halb im Scherz, was ihn sofort zum Lachen brachte.

»Ich weiß, was du meinst. Ich dachte ebenfalls, ich würde nur Tennis spielen. Dann kamen die ersten Werbeanfragen diverser Unterwäschelabels, und bevor ich wusste, wie mir geschah, habe ich oben ohne und in Boxershorts von der Werbewand am Times Square gelächelt.«

Alicia kicherte und verwob ihre Finger mit meinen, was ihrem Vater nicht verborgen blieb. Sein Blick verharrte kurz auf meinen tätowierten Knöcheln. Innerlich wappnete ich mich gegen einen Kommentar zu meinem Körperschmuck, doch der kam nicht. Stattdessen bemerkte ich ein zufriedenes Lächeln auf Jacobs Lippen, bevor er einen Löffel aus der Schublade nahm und damit die Soße probierte.

»Schön, dass ihr euch gefunden habt. Du tust Alicia auf jeden Fall gut, sie ist in den letzten Wochen förmlich aufgeblüht.«

»Dad!«, protestierte meine Freundin prompt, und als ich zu ihr sah, bemerkte ich ihre rot gefärbten Wangen. Wie süß!

»Was denn? Ich darf wohl das Offensichtliche aussprechen.« Er zwinkerte mir zu. »Und jetzt hol Teller aus dem Schrank, das Essen ist gleich fertig. Alicia hat gesagt, du würdest alles essen, ich hoffe, das ist richtig?«

»Äh ... ja, außer, es lebt noch oder hat mehr als vier Beine. Oder es hatte nie Gliedmaßen.«

Alicia stieß einen angewiderten Laut aus, während ihr Dad mich aus großen Augen anschaute.

»Also auch keinen Fisch?«

»Doch, ich dachte eher an Würmer und ...« Ein erneuter Blick zu Alicia ließ mich verstummen. Scheiße, was redete ich da? Mit meiner Aussage implizierte ich, dass ich ihrem Dad zutraute, mir so was vorzusetzen, oder?

*Großartig, Theo, so schießt man sich ins Aus*, fluchte ich innerlich über mich selbst. »Fisch ist gut, ich liebe Fisch«, sagte ich schnell und wünschte, die letzten paar Sätze zuvor damit ungesagt zu machen.

Erneut schaute mich Jacob aus großen Augen an, dann lachte er. »Jetzt hast du mich aber erschreckt. Keine Sorge, exotische Tiere und Insekten befinden sich nicht auf meinem Speiseplan. Dafür ein Seebarsch, gemeinsam mit gegrilltem Gemüse und einer Safransoße. Als Dessert gibt es Aprikosenparfait, selbstverständlich selbst gemacht.« Stolz schwang in seiner Stimme mit und – wow! Das alles klang lecker. Nur waren mir meine Worte von eben nun noch unangenehmer.

»Tut mir leid, dass ich ... Also, ich wollte nicht ...«, stammelte ich, während Alicia mein Unbehagen bemerkt haben musste, denn sie strich mir beruhigend über den Rücken.

»Keine Sorge, alles gut. Ich habe meinen ehemaligen Schwiegereltern bei unserer ersten Begegnung gesagt, dass ich nicht viel von Arbeit halte und lieber gar nichts tun würde, als für einen Vorgesetzten beschäftigt zu sein.«

Fragend schaute ich zu Alicia, die drei Teller neben ihrem Dad abstellte. »Meine Großeltern waren einfache Leute, beide haben ihr Leben lang hart geschuftet, um meiner Mum ihre Karriere zu ermöglichen. Grandma hat in einem Lebensmittelladen gearbeitet, Grandpa auf dem Bau, er war Maurer, bis er einen Job im Büro der Baufirma bekommen hat.«

»Ich war so nervös und wollte ihnen unbedingt klarmachen, dass das Tennisspielen mein Leben war und ich mir nichts anderes vorstellen konnte – und bin mit Anlauf ins Fettnäpfchen gesprungen«, erzählte er weiter.

»Trotzdem haben sie dich vom ersten Tag an in ihr Herz geschlossen.« Alicia grinste.

»Na ja, so schnell vielleicht nicht, aber grundsätzlich mochten sie mich. Spätestens, als ihnen klar wurde, wie sehr ich deine Mum geliebt habe.« Kurz flackerte ein wehmütiger Ausdruck auf seinem Gesicht auf, der jedoch sofort wieder verschwand. Er richtete das Essen auf den Tellern an und wir setzten uns an den Esstisch. »Erzähl mal, wie ist das Leben so als Rockstar?«, wechselte er schließlich das Thema, und ich verstand, dass jetzt ich an der Reihe war, von ihm ausgefragt und durchleuchtet zu werden.

Also erzählte ich ihm von meinem Alltag als Gitarrist, beantwortete geduldig alle Fragen über meine Familie und mein Leben vor der Musik. »Ich bin nicht stolz darauf, dass ich die Schule nicht besonders ernst genommen habe. Heute würde ich es bestimmt verantwortungsvoller angehen – doch für mich stand schon lange fest, dass ich Musik machen und damit meinen Lebensunterhalt verdienen wollte, sodass ich meinen Fokus auf nichts anderes gelegt habe. Zwar war ich auf dem College, weil meine Eltern darauf bestanden haben, allerdings ist mir früh bewusst geworden, dass ich mir mit dem Wirtschaftsstudium keinen Gefallen getan habe.«

»Wieso hast du nichts in die musisch-kreative Richtung studiert?«, fragte Jacob ehrlich interessiert.

»Meine Mum ist Ärztin, mein Dad Anwalt. Sie wollten, dass ich etwas *Ordentliches* lerne, um später finanziell abgesichert zu sein, sollte es mit der Musik nicht klappen.« Ich verzog das Gesicht zu einer Grimasse, was Jacob zum Lachen brachte.

»Ah, das ist gut. Manchmal wünschte ich, meine Eltern hätten bei mir auch etwas mehr Fokus darauf gelegt. Jetzt bleibt mir nur übrig, Tennisprofis zu trainieren und in meiner Freizeit zu kochen.« Er sagte es mit einem verschmitzten Blick, der mir verdeutlichte, dass er wahrscheinlich selbst mit einer Ausbildung nichts anderes tun wollen würde.

Alicia drückte unter dem Tisch meine Hand, und als ich in ihr Gesicht sah und das glückliche Funkeln in ihren Augen bemerkte, verstand ich, dass ich gewonnen hatte. Nicht nur ihr Herz, sondern auch die Gunst ihres Dads – und das bedeutete mir viel. Vor allem, weil es ihr wichtig gewesen war.

# 26 – Alicia

»Er ist einfach großartig. Liebevoll, zärtlich, verständnisvoll!«
Seufzend blickte ich zu Kim, die am nächsten Abend neben
mir auf ihrer Couch saß und kicherte.

»Das klingt wirklich schön, und genau das hast du verdient,
Alicia.« Ich war heute zu ihr gekommen und trank mit ihr ein
Glas Rotwein, während ich sie auf den neuesten Stand brachte.

»Und Dad mag ihn auch, wobei ich nichts anderes erwartet
habe. Ich kann gar nicht glauben, dass mir das alles tatsächlich
passiert.«

»Weil Theo einer der *Mighty Bastards* ist, meinst du?«

Sofort schüttelte ich den Kopf. »Nein, weil er mit mir zusammen sein will. Trotz allem. Ich meine, er gibt uns – mir –
eine Chance und scheint es auch wirklich so zu meinen.«

Kim schaute mich lächelnd über den Rand ihres Weinglases
an. »Ich bin so stolz auf dich, dass du es ihm gesagt hast.«

Verlegen senkte ich den Blick. »Es ist mir echt nicht leicht-
gefallen, aber Theo hat *so großartig* reagiert. Und er meinte, es
wäre für ihn kein Problem. Er bräuchte *das* nicht, er will lieber
Nähe und Zeit mit mir.«

Dass Kim trotz allem bei meinen letzten Worten eine Augenbraue hob, störte mich. »Pass halt auf, dass du nicht wie-

der enttäuscht oder gar verletzt wirst. Hast du schon mit Melinda darüber gesprochen?«

»Nein, ich habe morgen meine nächste Therapiesitzung, da werde ich es ihr erzählen.«

Kim nickte. »Bin gespannt, was sie dazu sagt. Weiß sie von Theo?«

Erneut verneinte ich. »Beim letzten Mal war das mit Theo und mir noch zu frisch gewesen, um ihr davon zu erzählen.« Ich hatte alle drei bis vier Wochen einen Termin mit meiner Sexualtherapeutin und war dementsprechend neugierig, wie sie die Situation mit Theo und mir beurteilte. »Und wie läuft es bei dir auf der Arbeit?«, wechselte ich schließlich das Thema. Kürzlich hatte Kim erzählt, sie hätte endlich den lang ersehnten Großkunden an Land gezogen, für den sie schon lange das Werbematerial designen wollte.

»Richtig gut!« Sofort hatte sie dieses Leuchten in den Augen, das sie immer bekam, sobald sie über Herzensprojekte zu reden begann. »Ich darf jetzt ein Kochbuch gestalten. Und das Design für die neue Mitarbeiterzeitung für meinen Lieblingskunden entwerfen. Ich *liebe* solche Arbeiten total.«

Dass sie dermaßen begeistert war, freute mich. Ich wusste, dass der Kunde nicht umsonst diesen Namen von ihr bekommen hatte. Mit dem Energiekonzern war die Zusammenarbeit anscheinend immer ein Traum. Sie bekam von ihm freie Hand und durfte sich innerhalb des Corporate Designs, das ebenfalls von ihr stammte, grafisch komplett austoben – was die Verantwortlichen der Auftrag gebenden Firma bis jetzt jedes Mal ohne große Änderungswünsche angenommen hatten.

Also ließ ich sie erzählen und mir bildhaft schildern, woran sie im Moment arbeitete, bis mich eine neue Nachricht auf meinem Handy ablenkte.

*Theo: Sorry, ich wollte nicht, dass es dazu kommt. Ich dachte, wir könnten ihr vertrauen …*

Stirnrunzelnd betrachtete ich Theos Nachricht, während sich ein ungutes Gefühl in meinem Magen ausbreitete.

»Alles in Ordnung?« Kim klang besorgt.

»Äh … ich bin mir nicht sicher.« Blinzelnd richtete ich den Blick auf meine Freundin und verfluchte Theos Nachricht, die mit ihrem Aufploppen die Stimmung gekillt hatte. Immerhin hatte ich die Zeit mit Kim total genossen und ich befürchtete, dass es mit der guten Laune nun vorbei war.

Ich drehte mein Handy so, dass Kim den Sperrbildschirm mit dem ersten Teil seiner Worte sehen konnte.

»Was meint er? Mach sie auf, das klingt nicht gut«, sagte sie und legte ihre Hand auf mein Knie. Vermutlich, um mich zu trösten, was auch immer kommen mochte.

Mein Herz schlug mit einem Mal viel zu schnell, als ich den Chat mit ihm öffnete. Neben der Nachricht hatte er mir einen Link geschickt, den ich antippte. Sofort baute sich ein Zeitungsartikel vor mir auf. Rasch überflog ich ihn, während mein Herz immer schneller schlug.

»Was schreibt er?« Kim beugte sich vor, um auf mein Handy zu sehen.

Kurz räusperte ich mich. »Es ist ein Artikel über Theo und mich«, erzählte ich leise. »Wie es aussieht, muss wohl die deutsche Reporterin ihr Wort gebrochen haben. Sie meinte, sie würde niemandem von uns erzählen. Allerdings hat man uns heimlich fotografiert, als Theo und ich gemeinsam meinen Dad besucht haben.«

»Sie hat versprochen, für sich zu behalten, dass ihr zusammen seid, um euch noch etwas Privatsphäre zu geben, und schreibt im nächsten Atemzug einen Artikel über euch und eure Beziehung?«

»Nicht direkt«, erklärte ich. »Hier steht: *Bla, bla, bla, wurde Theo Murray, Gitarrist der* Mighty Bastards, *kürzlich ebenfalls mit einer Frau an seiner Seite gesehen. Bei ihr handelt es sich um die Schauspielerin Alicia Atkinson, Tochter des ehemaligen Supermodels Bethany Atkinson und des Grand-Slam-Siegers Jacob Atkinson. Ihre Blicke und Gesten deuten darauf hin, dass sie frisch verliebt sind. Außerdem waren sie bei Murrays Schwiegervater in spe eingeladen. Das erste Mal gemeinsam gesehen wurden die beiden übrigens bei den* BRIT Awards, *wie uns ein Vögelchen gezwitschert hat. Womöglich hat es bereits da zwischen ihnen gefunkt?«*

Kim schaute mich aus zusammengekniffenen Augen an. »Woher wissen die das? Was für ein Vögelchen?«

Müde zuckte ich mit den Schultern. »Wir haben der Reporterin, als wir uns mit ihr nach dem Interview privat unterhalten haben, erzählt, wie wir uns kennengelernt haben. Gott, ich hasse das. Wir hätten ihr nicht trauen dürfen. Aber war klar, dass es irgendwann rauskommt. Ich hätte nur nicht gedacht, dass es so schnell passiert.«

In dem Moment ging eine neue Nachricht von Theo ein.

*Theo: Ich hoffe, du bist jetzt nicht sauer. Nora habe ich schon informiert, sie kümmert sich darum und wird sofort die Reporterin kontaktieren.*

»Willst du ihn anrufen?« Kims Blick war weich und mitfühlend.

»Ich muss nicht ...«, begann ich, obwohl sich mein Herz danach sehnte, mit Theo darüber zu reden.

»Weißt du, was? Ich gehe mal Pipi machen, dann kannst du ohne schlechtes Gewissen mit ihm telefonieren.«

Noch bevor ich hätte protestieren können, war sie aufgesprungen und auf dem Weg in ihr Badezimmer. Also wählte ich Theos Nummer.

»Nein, ich bin nicht böse«, erklärte ich, kaum dass er ranging. »Nur ein bisschen enttäuscht vielleicht, weil die Tatsache, dass wir zusammen sind, jetzt nicht mehr nur uns gehört, sondern es gefühlt alle wissen.«

Theo seufzte schwer. »Um Richie und Hayden wurde ein ziemliches Theater gemacht, als rausgekommen ist, dass die beiden ein Paar sind. Ich hoffe nur, uns bleibt das erspart. Falls nicht, will ich mich hier und jetzt schon mal dafür entschuldigen.«

»Hey, mach dir keinen Kopf. Ich bin Medienrummel gewöhnt, ich komme damit klar. Wirklich.«

Kurz zögerte Theo. »Sicher?«

»Ja. Wir stehen das durch.«

Theo atmete hörbar tief durch. »Okay, das ... ist gut, schätze ich.« Er klang erleichtert. »Was machst du gerade?«

»Ich bin bei Kim und trinke Rotwein. Und du?«

»Spencer ist hier. Wir wollten eine Runde zocken, haben dann aber Billard gespielt, bis Lex mir den Artikel weitergeleitet hat.«

»Ich vermisse dich«, gestand ich leise.

»Ich dich auch. Wenn du willst, komm später noch zu mir. Ich könnte dir ein Uber zu Kim schicken.«

Sehnsucht erfasste mich und ich war wirklich geneigt, Ja zu sagen. »Das wäre schön, aber ich muss morgen früh zu meiner Therapeutin. Da müsste ich quer durch die ganze Stadt und extra früh aufstehen.«

»Ah, stimmt, das hab ich vergessen. Dann sehen wir uns am Nachmittag im Proberaum?«

»Ja, ich bin da.«

»Ich liebe dich, Alicia.«

»Und ich liebe dich, Theo.« Bei diesen Worten zog sich in meiner Brust alles vor Sehnsucht zusammen.

Als ich aufgelegt hatte, kam Kim mit einem Strahlen im Gesicht zurück. »Habe ich da eben das L-Wort gehört?« Aufgeregt ließ sie sich neben mir nieder.

»Ja, hast du.« Ich spürte, wie Hitze in meine Wangen stieg.

»Awww, ich freue mich so sehr für dich, Alicia! Das habe ich mir die ganze Zeit für dich gewünscht.«

*Ich für mich auch*, dachte ich und ließ mich von ihr in eine Umarmung ziehen.


»Ich habe seit Kurzem einen Freund.« Nervös knetete ich den Saum meines Pullovers, als ich Melinda am nächsten Vormittag gegenübersaß und ihr erstmals von den Neuigkeiten der letzten Wochen erzählte.

Sofort lächelte mich meine Therapeutin an. »Das ist schön, das freut mich für dich, Alicia. Ehrlich. Also bist du glücklich mit ihm?«

»Sehr. Er ist großartig! Unglaublich lieb und einfühlsam. Ich kann mich nicht daran erinnern, mich je derart wohl mit einem Mann gefühlt zu haben.«

»Das sind ja schon mal die besten Voraussetzungen.« Mit dem Finger schob sie ihre Brille auf der Nase nach oben. »Seit wann kennst du ihn? Und seid ihr bereits intim geworden? Ist das ein Thema zwischen euch?«

Knapp nickte ich. »Wir haben uns bei den BRIT Awards vor gut einem Monat kennengelernt. Und ja, wir sind uns schon nähergekommen. Er weiß Bescheid.«

Melinda schlug ihr Notizbuch auf. »Also habt ihr über deinen Vaginismus gesprochen. Wie hat er reagiert?«

»Überraschend positiv. Er meinte, er lege keinen besonders großen Wert auf penetrativen Sex; ihm gehe es vielmehr um die menschliche Nähe, um den Austausch von Zärtlichkeiten und Vertrauen.«

Melinda lächelte und schrieb etwas in ihr Notizbuch. »Denkst du, du wärst bereit dazu, ihn seinen Finger in dich einführen zu lassen?«

Augenblicklich schlug mein Herz schneller. »Ich ... weiß es nicht. Irgendwie möchte ich es schon. Ich will an mir arbeiten – ganz besonders jetzt, wo ich Theo habe –, allerdings habe ich große Angst davor, ihn zu enttäuschen.«

»Nur ihn? Oder wärst du in erster Linie selbst enttäuscht, weil du befürchtest, deine eigenen Erwartungen an dich nicht erfüllen zu können?«

Tief atmete ich durch. Denn wie immer traf sie damit den Nagel auf den Kopf. »Das wird es wohl sein, ja.«

»Setz dich nicht unter Druck. Und wenn Theo so einfühlsam ist, wie du ihn eben beschrieben hast, wird er es auch nicht tun. Lass dir mit ihm Zeit, und mach es vorerst allein zu Hause. Stell dir vor, dass es sein Finger ist, den du spürst. Sobald du dir sicher bist, dass dir der Gedanke daran gefällt und dass du dich damit wohlfühlst, kannst du es ja mal in seiner Anwesenheit versuchen. Eventuell mit der Abgrenzung, dass diese Berührung zumindest zu Beginn nur dir vorbehalten ist. Und erst wenn du bereit bist, gibst du ihm die Erlaubnis dazu.«

»Aber woher weiß ich, dass ich bereit dazu bin? Ich habe Angst, dass ich glaube, bereit zu sein, nur um dann enttäuscht festzustellen, dass ich es mir bloß so sehr gewünscht habe, während mein Körper allerdings noch anderer Meinung ist.«

»Ich kann nur wiederholen, dass du dich nicht unter Druck setzen sollst. Soweit ich das richtig verstanden habe, kannst du

offen mit Theo darüber reden. Ich würde das mit ihm besprechen. Stellt euch darauf ein, dass es Rückschläge geben wird.
Das kann immer passieren. Oftmals braucht es nur eine Kleinigkeit, die dich blockieren lässt – das weißt du aus eigener
Erfahrung. Nicht jeder Tag ist gleich, aber das bedeutet nicht,
dass du nicht vorankommst. Denk daran zurück, wie es war,
als du zu mir gekommen bist, und vergleiche das mal damit,
wie es jetzt ist. Was du bereits geschafft hast.«

Ich stieß einen unschlüssigen Laut aus.

»Lass dich nicht entmutigen. Ich weiß, dass es manchmal
frustriert, wenn es nicht im erhofften Tempo vorangeht. Aber
vergiss nicht: Du kannst stolz auf dich sein und auf die Fortschritte, die du in den letzten Jahren gemacht hast. Ich bin es
jedenfalls auf dich. Übe fleißig weiter – ob allein oder mit
Theo, bestimmst du selbst.«

Angespannt nickte ich. Wie bei jeder neuen Aufgabe, die
Melinda mir mitgab, fühlte ich mich auch diesmal überfordert.
Allerdings wusste ich, dass es nicht unmöglich war, das zu
schaffen. Und der Gedanke daran, mit Theo gemeinsam meinen Erfolg zu feiern, war gleich noch mal ein Motivations-
schub für mich, diesen kleinen Meilenstein zu meistern …

# 27 – Theo

»Kaum dass der Enthüllungsbericht über euch erschienen ist, habe ich sofort Sophie kontaktiert, aber sie hat vehement bestritten, etwas über euch beide weitererzählt zu haben.« Nora saß uns mit ernstem Blick im Proberaum gegenüber.

Richie pfiff durch die Zähne. »Was bedeutet das?«

»Dass uns jemand anders gesehen haben muss«, schlussfolgerte ich, woraufhin Nora nickte.

»Das ist, was auch Sophie vermutet. Ihr war die ganze Angelegenheit äußerst unangenehm. Und ich kenne sie schon lange, auf ihr Wort konnte ich mich bisher immer verlassen. Deshalb glaube ich, dass ihr echt einfach Pech hattet und in der Öffentlichkeit gesehen wurdet. Tut mir wirklich leid.« Entschuldigend schaute sie uns an.

»Schon gut, es war ja klar, dass das mit uns über kurz oder lang rauskommt«, erwiderte Alicia leise und lächelte mich traurig an.

Als sie ihre Finger mit meinen verwob, hob ich unsere Hände an meinen Mund und küsste ihre Knöchel.

»Die Aufregung darüber hält nicht ewig an«, meinte Tessa und schenkte uns einen aufmunternden Blick. »Bei Lex und mir und bei Richie und Hayden ist das Interesse nach ein paar Wochen abgeflaut.«

»Mal davon abgesehen, dass wir immer noch in Interviews darauf angesprochen werden«, meinte Lex, der, wie ich wusste, solche Fragen hasste. Privates sollte privat bleiben, aber sobald man in der Öffentlichkeit stand, galten wohl andere Gesetze.

»Das wird bei dir sicher auch passieren. Immerhin stehst du ebenfalls beruflich im Rampenlicht und kennst dich aus.« Hayden drückte Alicias Knie leicht.

»Wir halten das schon aus, macht euch bitte keine Sorgen«, sagte Alicia, und als sie zu mir schaute, nickte ich.

»In erster Linie ist jetzt euer Termin bei *Symbol Records* wichtig, wo ihr euer Demotape vorstellt und die Budget- und Zeitplanung sowie die Songauswahl für das Album besprecht. Und danach geht es für den Musikvideodreh nach Barcelona.« Nora sah uns wohlwollend an.

Dass ich Alicia nächste Woche kaum sehen würde, sorgte dafür, dass sich mein Herz schon jetzt sehnsuchtsvoll zusammenzog, weshalb ich es weitestgehend vermied, daran zu denken. Denn in der kurzen Zeit, in der ich sie jetzt kannte, war sie zum Mittelpunkt meines Lebens geworden. Was crazy war, da sich für mich in den letzten Jahren alles um die Band gedreht hatte und alles andere zweitrangig gewesen war.

»Yeah, ich kann es kaum erwarten, endlich raus aus der Kälte zu kommen.« Richie schnaubte und grinste.

»Du wirst es dort hassen«, meinte Hayden und knuffte ihn in die Seite. »Weil ich nicht bei dir bin.«

Richie stöhnte. »Erinnere mich nicht daran. Das ist der einzige Wermutstropfen.«

Sowohl Hayden als auch Tessa blieben nächste Woche zu Hause – ein kleiner Trost für mich. Würde ich die ganze Zeit mit anschauen müssen, wie neben mir geturtelt wurde, während ich nichts lieber wollte, als meine Freundin bei mir zu wissen, hätte ich bestimmt miese Laune. Die Jungs würden mich nicht ertragen.

»Oh, entschuldigt, das ist mein Agent, da muss ich rangehen.« Alicia hob ihr Telefon in die Höhe und eilte, ihren Mantel mitnehmend, in Richtung Ausgang, und ich hoffte für sie, dass der feine Nieselregen inzwischen aufgehört hatte.

»Okay, gibt es noch Fragen zu Barcelona?« Nora schaute uns der Reihe nach an. »Oder zum Termin beim Label am Montag?«

Einvernehmlich schüttelten wir unsere Köpfe.

»Gut, dann will ich, dass ihr ein letztes Mal alle Songs spielt.« Abwartend sah Nora uns an.

Ich folgte Spencer, Richie und Lex zu unseren Instrumenten, und kurz darauf gaben wir alles, während wir erneut die Songs spielten, von denen ich hoffte, dass sie es alle auf unser neues Album schafften.

»Was wollte dein Agent?«, erkundigte ich mich, als ich nicht ganz eine Stunde später zurück zu Alicia eilte, die mir ein Handtuch für den Schweiß und eine Wasserflasche für den Durst reichte.

»Er hat gute Neuigkeiten für mich – nächsten Dienstag findet ein Casting für einen Spielfilm statt, und der Produzent hat explizit nach mir gefragt. Außerdem hat sich das Theater noch einmal gemeldet. Es gab wohl Differenzen mit der Besetzung für die Hauptrolle, und sie wollten wissen, ob ich nicht doch Interesse hätte.«

Überrascht runzelte ich die Stirn und konnte mein Strahlen nicht zurückhalten. »Wow, das sind tolle Neuigkeiten. Gratuliere!« Ich zog sie an mich und küsste sie. Zwar dachte ich erst, Alicia würde sich schnell wieder zurückziehen, weil ich durchgeschwitzt war und vermutlich bis zum Himmel roch, doch offenbar machte es ihr nichts aus, denn sie schlang ihre Arme um meinen Nacken und erwiderte den Kuss. »Siehst du, ich wusste, dass du einfach Geduld haben musst«, raunte ich an ihren Lippen, als wir kurz beide nach Luft schnappten. »Die wollen dich, du bist gut.«

Schmunzelnd löste sie sich von mir. »Soweit ich weiß, hast du nach wie vor nicht alle Filme von mir geschaut – solche Aussagen kannst du erst treffen, wenn du das Gesamtbild kennst.«

Schnaubend knuffte ich sie in die Seite. »Das weiß ich auch so.«

»Kommst du heute mit zu mir?«, wollte sie schließlich wissen. »Du kannst gerne das ganze Wochenende bleiben.«

Brummend rieb ich mich an ihr. »Ich habe gehofft, du würdest mich das fragen, ich hab schon meine Sachen im Auto.« Noch dazu deshalb, weil wir uns dann mehrere Tage hintereinander nicht sehen würden. Ich, nein, *wir* brauchten diesen Abschied. Da unser Flug am Dienstag um kurz vor sieben Uhr morgens ging, würden wir extra zeitig am Flughafen sein müssen. Und mit dem Termin am Montag beim Label, der für drei Stunden am Nachmittag angesetzt war, fiel dieser Tag voraussichtlich ebenfalls flach.

»Sehr gut, ich wusste, du denkst mit. Aber ich warne dich vor, ich muss mich für das Vorsprechen vorbereiten.«

»Das ist überhaupt kein Problem. Wenn ich bei etwas helfen kann, sag Bescheid.«

»Oh, das könnte lustig werden. Darauf komme ich gern zurück.« Frech grinste Alicia mich an, bevor sie ihr vibrierendes Handy hervorzog, auf ihr Display linste und stöhnend den Kopf in den Nacken warf. »Gott, das darf doch nicht wahr sein ...!«

»Was ist los?«

»Mum lädt zum Tee. Falsch, vielmehr diktiert sie uns zu sich nach Hause.« Sie rollte mit den Augen. »Morgen Nachmittag, ein Nein akzeptiert sie nicht, schreibt sie.« Zum Beweis drehte sie ihr Handy so, dass ich den Text lesen konnte.

»Sie will, dass ich mitkomme?« Erstaunt zog ich die Stirn kraus und ballte gleichzeitig die Fäuste. Keine Ahnung, wie ich mit der Info umgehen sollte, dass ich Bethany Atkinson bald gegenübersitzen würde und dabei noch freundlich bleiben musste. Denn Alicia hatte nichts anderes verdient – auch wenn das nicht auf ihre Mutter zutraf.

»Ja, es tut mir so leid.« Entschuldigend schaute mich Alicia an, ihr Lider flatterten dabei leicht. »Solltest du plötzlich krank werden oder einen wichtigen Termin reinbekommen und somit verhindert sein, bin ich dir auch nicht böse.«

Amüsiert zog ich sie an mich. »Keine Sorge, ich lasse dich nicht allein gegen den Drachen kämpfen.«

Alicias Lachen erstickte zwar einen Teil meiner Wut, doch

ich hatte es ernst gemeint. Ich würde alles tun, um zu verhindern, dass sie länger als nötig Zeit mit ihrer Mutter allein verbrachte. Denn was ich in den wenigen Wochen bereits gelernt hatte, war, dass Bethany Atkinson das personifizierte Böse war – mochte hart klingen, aber die Frau tat ihr nicht gut. Zum Glück war ich jetzt an Alicias Seite, um sie so gut wie möglich dagegen abzuschirmen.

Ich dachte wirklich, ich hätte mich geistig darauf vorbereitet, Bethany Atkinson gegenüberzutreten. Doch auf keinen Fall hatte ich mit dem gerechnet, was mich am Samstagnachmittag erwartete, kaum dass sie Alicia und mir die Tür zu ihrem Haus in der Nähe der *Westminster Abbey* geöffnet hatte.

»Aaah, ich freue mich, euch beide zu sehen. Kommt rein!« Überschwänglich zog sie Alicia in ihre Arme und küsste ihre Tochter auf die Wangen, dann wandte sie sich mir zu. »Theo, schön, dich endlich kennenzulernen! Alicia hat bereits so viel von dir erzählt. Geschwärmt trifft es wohl eher. Du kannst gerne Bethany zu mir sagen, jetzt, wo du zur Familie gehörst.« Und bevor ich realisierte, was hier ablief, hatte sie mich an sich gedrückt, als wäre ich das größte Geschenk auf Erden für ihre Tochter. Was ich natürlich war, aber dass sie das so sah, damit hatte ich nicht gerechnet.

Sie trug ein schickes Kostüm, als würde der König höchstpersönlich heute bei ihr zu Gast sein. Ihre Haare sahen aus wie vom Stylisten geföhnt – wobei ich ihr zutraute, dass sie das selbst so gut konnte – und sie war geschminkt, als würde sie gleich im Anschluss zu einem Fotoshooting gehen.

Auf mich wirkte ihre Aufmachung seltsam professionell und für den Anlass übertrieben – vielleicht auch nur, weil meine Mum sich nie dermaßen aufbrezeln würde. Schon gar nicht für mich. Sicher zog sie sich schick an und trug Make-up, wenn sie Gäste empfing. Aber wie Alicias Mutter würde sie sich nie stylen. Doch was wusste ich schon?!

Wir folgten ihr durch einen großen Eingangsbereich in ein geräumiges Wohnzimmer. Die stuckverzierten Decken waren fast doppelt so hoch wie in meinem Apartment und alles war edel eingerichtet. Die Wände zierte ebenfalls ein Stuckornament, und dass Bethany hier mit High Heels über den bestimmt sauteuren Parkettboden stolzierte, wunderte mich. Mir tat es schon beim Zuhören weh.

»Setzt euch, und erzählt mir, wie es euch geht.« Sie schenkte uns Tee aus einer Porzellankanne ein, und mir fiel auf, dass Alicia die Stirn runzelte beim Anblick der Scones, Clotted Cream und Erdbeerkonfitüre, der Sausage Rolls, Pies und Sandwiches auf der Etagere.

»Theo, Alicia hat erwähnt, du würdest mit deinen Bandkollegen bereits an einem neuen Album arbeiten. Ist das nicht das Schönste, wenn die eigene Kreativität Formen annimmt?«

Mich räuspernd nickte ich und schaute kurz zu Alicia, die ihre Mutter verwirrt anstarrte. »Ähm ... ja, das ist richtig.«

»Bitte, greift zu.« Endlich setzte sie sich – ihr Herumgewusel machte mich nervöser, als ich eh schon war. »Das ist großartig. Auch dass ihr mit dem ersten so einen Erfolg feiern konntet. Zudem noch Platz eins in vierzehn Ländern mit *Broken*! Das ist eine bemerkenswerte Leistung.«

»Ja, na ja, wir hatten unglaublich viel Glück. Andere Musiker arbeiten Jahre, wenn nicht Jahrzehnte für diesen Erfolg.«

»Ich bitte dich. Ihr seid gut, die Leute haben es erkannt. So einfach ist es. Können setzt sich immer durch. Nicht wahr, Alicia?« Mit sich ganz offensichtlich zufrieden griff sie nach ihrer Teetasse, in der eine Scheibe Zitrone schwamm, und nippte daran.

Neben mir merkte ich, wie Alicia sich bei den Worten ihrer Mutter versteifte. Denn was in Bethanys Zeilen deutlich mitschwang, war, dass ihre Tochter wohl in ihren Augen nicht gut genug war, weil sie sonst eine ebenfalls bemerkenswerte Karriere hingelegt hätte. Dass das Glück dennoch eine Rolle spielte, schien sie nicht zu verstehen. Glück hatte Alicia damals gehabt, als sie im Theater entdeckt und für ihre erste Filmrolle engagiert worden war. Dass es fortan jedoch nicht immer so weiterging, begriff ihre Mutter offenbar nicht.

»Und wie läuft es bei dir, Alicia?«, richtete sie daraufhin das Wort direkt an ihre Tochter.

»Gut. Ich habe am Dienstag ein Vorsprechen, das äußerst vielversprechend klingt.«

»Ah, sehr gut. Dann solltest du besser hier nicht zugreifen. Ich hoffe, du hast dich gut vorbereitet, Kind«, erklärte Bethany entschlossen und rückte die Etagere mit einem strengen Blick ein Stück weit in meine Richtung, weg von Alicia. »Aber du solltest die Scones probieren, Theo. Ich bin mir sicher, als Musiker verbrennst du täglich eine Menge Kalorien, du brauchst diese also bestimmt dringend, um ausreichend Kraft für eure Auftritte zu haben.«

Ich … war sprachlos. Und wusste nicht, wie ich darauf reagieren sollte. Denn entweder vergaß ich mich gleich selbst und würde damit Alicia schaden, oder ich fiel meiner Freundin mit meiner Antwort in den Rücken – beides würde ich niemals tun wollen. Also schwieg ich, während es in mir brodelte. Allerdings würde ich auf keinen Fall auch nur einen der Snacks berühren, die vor mir standen. Stattdessen tastete ich unauffällig nach Alicias Hand. Ich konnte nur hoffen, dass sie verstand, dass ich voll und ganz hinter ihr stand und ihre Mutter völlig danebenreagierte.

Bethany hingegen realisierte nicht einmal, was sie eben getan hatte, das verriet mir die Tatsache, dass sie unbeirrt weiterredete. »Das sind eine ganze Menge Kunstwerke, die du da auf deiner Haut trägst. Dazu gehört bestimmt eine Menge Mut. Wobei es in deiner Branche vermutlich zum guten Ton gehört, wenn man dazugehören will. Weißt du, wie viele Tattoos es in Summe sind?«

Völlig perplex schüttelte ich den Kopf. »Nein, weiß ich nicht.«

Bethany ließ ihren Blick über meine Hände und meinen Hals gleiten, wo ebenfalls ein Tattoo herauslugte. »Bei anderen finde ich so was ja … faszinierend, aber ich bin froh, dass Alicia so schlau ist, ihren Körper nicht mit Farbe zu verunstalten. In ihrem Job könnte das fatal sein und sie womöglich noch weitere Rollen kosten.«

»Vielen Dank, Mum. Auch dass du redest, als wäre ich gar nicht hier«, stach Alicia zurück, doch Bethany nippte an ihrem Tee und redete unbeirrt weiter.

»Ich kann ja nur von der Modebranche sprechen – da haben bereits einige ihren großen Karrieresprung zunichtegemacht, indem sie sich ein Tattoo haben stechen lassen. Make-up hin oder her, den Mehraufwand will sich keiner leisten. Ich hatte sie ja gewarnt, aber die jungen Dinger denken, sie seien schlauer als ich. Es ist nun mal so, dass die Modedesigner ihre Kollektionen lieber auf purer Haut präsentiert sehen wollen – ohne Ablenkung von ihrer eigenen Kunst.« Bethany lachte auf, und es klang so gekünstelt, wie sie vermutlich auch war. »Das wäre ja fast so, als würde ein Kunstobjekt auf ein anderes platziert werden, um es in Szene zu setzen.« Ob der Absurdität rollte sie mit den Augen.

»Soweit ich weiß, gibt es auch Tattoomodels«, wandte ich ein. Ich kannte sogar eines persönlich. Sharon war an meiner Schule gewesen, am ganzen Körper tätowiert, und verdiente heute ihr Geld als Model – und lebte nicht schlecht davon.

»Sicher.« Bethany rümpfte die Nase. »Aber ein Fashionmodel mit einem Tattoomodel zu vergleichen wäre ja, als würde man einer Filmschauspielerin eine Pornodarstellerin gegenüberstellen.«

»Mum, wie kannst du so was sagen?!« Alicia schnappte nach Luft, während ich innerlich überschäumte. »Sie meint das nicht so«, murmelte mir Alicia verlegen zu. Vielleicht fürchtete sie, ich fühlte mich persönlich von Bethany angegriffen, doch mir war es, ehrlich gesagt, scheißegal, was diese Frau von mir hielt. Nur ihre allgemeine Haltung gefiel mir überhaupt nicht.

»Sicher, Schatz, man muss den Tatsachen ins Auge sehen. Das ist, was ich dir auch immer sage. Für dich ist die Welt rosarot, aber du verstehst nicht, dass sie in Wirklichkeit knallhart und düster ist. Unterm Strich zählt lediglich, wie du aussiehst und wie erfolgreich du bist. Das ist es, woran dich die Menschen messen. Nicht daran, wie gut dein Herz ist.«

»Dann hast du ja echt noch mal Glück gehabt, nicht wahr, Bethany?«, platzte es aus mir heraus, wohl wissend, dass ich auf etwas zusteuerte, was ich besser vermeiden sollte. Aber ich konnte mich nicht länger zurückhalten. »Denn würden die Leute dein Inneres erkennen, würden sie sich angewidert abwenden.«

Schnell linste ich zu Alicia, um abzuschätzen, wie groß der

Schaden war, den ich mit meiner Aussage angerichtet hatte. Doch diese schaute mich bloß an, die Augen geweitet, sich ein überrascht-beeindrucktes Grinsen verkneifend.

Bethany hingegen stellte ihre Teetasse klirrend auf den Unterteller. »Ich habe mich wohl verhört!«

Ich schüttelte den Kopf. Und weil ich keinen Bock darauf hatte, mir anzuhören, was sie Alicia oder mir als Nächstes um die Ohren hauen würde, griff ich nach der Hand meiner Freundin und erhob mich. »Ich denke, es ist Zeit, von hier zu verschwinden.«

Ohne den geringsten Widerstand sprang Alicia auf und folgte mir zur Tür.

»Das wirst du bereuen, Theo. So spricht niemand mit mir.« Bethany klang bitterböse, doch das war mir egal.

»Danke für die Einladung!«, rief ich ihr über die Schulter zu. »War ... *interessant*, dich kennenzulernen.« Mein Herz raste wie irre, und die Knie wurden weich, aber ich konnte keine Sekunde länger in diesem Haus bleiben, in dem Bethany Atkinson ihr Gift versprühte.

Ich griff nach Alicias Mantel und half ihr hinein, dann schnappte ich mir meinen eigenen und zog ihn mir auf dem Weg zur Tür über, woraufhin wir unsere Finger miteinander verwoben.

Als wir die Straße erreicht und dort ein paar Meter zurückgelegt hatten, blieb Alicia stehen, hielt mich zurück und sah mich aufgewühlt an. »Das ist jetzt gerade nicht wirklich passiert, oder?« Ich merkte, wie sie gegen ein Lachen ankämpfte, während ihr gleichzeitig Tränen in den Augen standen.

Weder wollte ich, dass jemand sie so sah, noch, dass sie hier etwas sagte, was nicht für die Öffentlichkeit bestimmt war. Geschweige denn, dass Bethany uns einholte und bildlich gesehen an den Haaren zurück ins Haus zog, um uns die Leviten zu lesen. Deshalb küsste ich sie flüchtig auf die Lippen und schob sie anschließend weiter in Richtung meines Autos.

Erst nachdem wir zweimal abgebogen waren, atmete ich geräuschvoll durch und merkte, wie das Adrenalin in mir abflaute. Mein Herz raste nach wie vor, meine Hände zitterten jedoch nicht mehr so sehr wie zuvor. »Tut mir leid, dass ich erst so spät etwas gesagt habe. Auch, falls es das Falsche war, aber ich konnte mir nicht länger auf die Zunge beißen. Ansonsten hätte ich sie mir abgebissen. Wäre ganz schön blutig geworden.« Unsicher schaute ich zu Alicia, als ich an einer Ampel hielt. Hatte ich übertrieben, weil sie schwieg? War sie sauer auf mich?

Doch in dem Moment, in dem ich den Kopf ganz in ihre Richtung drehte, schlang sie die Arme um mich, soweit es der Platz im Auto zuließ, und küsste mich drängend. »Danke«, hauchte sie, als sie sich schließlich von mir löste.

Verlegen lachte ich auf. »Wofür?«

»Dafür, dass du den Drachen bekämpft hast.«

# 28 – Alicia

Ich konnte gar nicht in Worte fassen, wie unglaublich gerührt ich von Theos Einsatz bei meiner Mum war. Selbst als wir zurück in meine Wohnung kamen, schwirrte mir der Kopf. Ich wusste nicht, ob ich vor Dankbarkeit heulen oder ob ich lachen sollte, weil er mutig meiner Mum die Stirn geboten hatte.

So oder so schwoll mein Herz für diesen Mann noch mehr an. Und er imponierte mir. Er hatte sich meiner Mum in den Weg gestellt und sie in die Schranken gewiesen. Das hatte mir erneut gezeigt, wie großartig er war. Gleichzeitig stimmte mich seine Reaktion nachdenklich.

Sicher, Melinda hatte mir bereits mehrfach gesagt, ich sei kein Pingpongball. Niemand hätte das Recht, mich zu etwas zu zwingen, was ich nicht wollte. Aber meine Mum war immer noch meine Mum. Obwohl sie ... speziell war, hatte ich stets zu ihr aufgesehen und war ihr mit größtem Respekt begegnet. Weil man das bei seinen eigenen Eltern so machte.

Mit Theos Gegenwehr bekam meine Überzeugung allerdings gewaltige Risse.

Nicht, dass ich mich ihr gegenüber respektlos verhalten wollte. Aber er hatte mir gezeigt, dass ich nicht immer schlucken musste, was sie zu mir sagte. Auch wenn ich zu gut im Gedächtnis hatte, wie sehr die Diskussionen zwischen Dad und ihr ausgeartet waren – ab dem Zeitpunkt, als er beschlossen hatte, sich nicht mehr alles gefallen zu lassen.

»Bestimmt lädt sie uns nie wieder ein. Oder zumindest dich nicht.« Schmunzelnd streckte ich mich auf der Couch aus und lehnte mich mit dem Rücken an Theo, der sanft meinen Oberarm streichelte.

»Tut mir leid«, murmelte er und klang dabei fast etwas bedrückt.

Sofort wandte ich mich zu ihm um, meine Hände auf seinen, und sah ihm tief in die Augen. »Sag so was nicht. Du hast dich für mich eingesetzt und ihr gesagt, was ich längst hätte tun sollen. Sie ist eine unglaublich böse Frau. Ich meine, wie sie dich beleidigt hat, war einfach nur frech und berechnend!«

»Nein, Alicia. Sie hat *dich* beleidigt. Sie war gemein zu dir, hat dich wegen deiner Figur niedergemacht – die im Übrigen unverändert perfekt ist – und im selben Atemzug deinen Männergeschmack kritisiert.«

»Sie hat dich für deine Tattoos blöd angemacht und impliziert, dass alle Menschen, die diese Art von Körperschmuck tragen, minderwertig sind. Allein schon deshalb würde ich am liebsten sofort in den nächsten Tattooladen fahren und mir Tinte unter die Haut jagen lassen, nur um sie zu schocken und zu ärgern.«

Theo lachte lauthals auf. »Du willst dich tätowieren lassen?«

»Ja, na ja, ich spiele schon länger mit dem Gedanken, aber Mum hat es mir bisher immer erfolgreich ausgeredet. Abgesehen davon, weiß ich nicht, ob ich den Mut dazu hätte.« Nachdenklich betrachtete ich Theos Kunstwerke an den Händen, als ich wieder ernst wurde. »Tut mir leid, dass sie indirekt einen Vergleich zwischen dir und einem Pornodarsteller angestellt hat. Ich meine, wie unfassbar dreist ist das denn?«

»Na ja, nicht wirklich. Dafür müsste ich immerhin zusätzlich modeln.« Grinsend streckte er mir die Zunge raus.

»Ähm ... sorry, aber du wirst momentan öfter fotografiert als Mum. Wenn dich das nicht zu einem Model macht, weiß ich auch nicht.«

»Okay, du hast recht. Mal davon abgesehen, dass ich festhalten möchte, dass ich für dich bin, was immer du gerade brauchst: Freund, Rockstar, Model, Drachenbekämpfer«, neckte er mich mit wackelnden Augenbrauen.

»Küss mich, mein Held«, verlangte ich und spürte sofort eine Welle der Erregung über mich hinwegrauschen. Noch mehr, als er innehielt, mir tief in die Augen sah und sich auf mich herabsenkte.

Etwas später bestellten wir uns was zu essen, während ich meine E-Mails checkte und im Posteingang auch schon die Nachricht mit dem Text fürs Casting fand.

Ich druckte alles in doppelter Ausführung aus, und während wir aßen, lasen wir beide die Szene und besprachen schon einmal vorab unseren ersten Eindruck des Charakters, den ich verkörpern sollte.

Ich sollte für die Rolle von Madeleine vorsprechen. Sie war eine sehr junge Mutter von drei Kindern, die von ihrem Mann verlassen wurde.

Der Part, den ich vorbereiten sollte, beinhaltete eine Streitszene mit ihrem künftigen Ex-Mann. Sie klang herausfordernd, aber ich liebte es, solch emotionale Szenen zu spielen.

»Wie wollen wir das jetzt machen?«, erkundigte sich Theo, der viel früher mit dem Lesen des Textes durch gewesen war als ich, weil ich mir dabei gleich Gedanken über Madeleines Hintergründe und Motivationen gemacht hatte – alles Dinge, die nicht in dem Skript standen, die mich aber bereits während des Lesens beschäftigten.

Er klappte den Deckel seiner leeren Poké Bowl zu und legte die Gabel beiseite.

»Also ich werde den Text jetzt noch mehrmals gründlich lesen und mir dabei vereinzelt Notizen zu den möglichen Zielen von Madeleine machen. Du kannst natürlich gern deine eigenen Ideen dazu einbringen, und im Anschluss können wir darüber diskutieren und ihren Charakter analysieren.«

Theo grinste und rieb seine Hände aneinander. »Klingt nach Spaß!«

Schmunzelnd spießte ich eine Süßkartoffel meiner Buddha Bowl auf und schob sie mir in den Mund. »Warts ab! Eine Biografie zu einem Charakter zu entwickeln klingt leichter, als es ist. Vor allem, weil ich es mit dem Hintergrund tun muss, eine persönliche Verbindung zu den Emotionen und der Situation der Figur zu bekommen, um sie authentisch darstellen zu können.«

Stirnrunzelnd öffnete er seine Wasserflasche. »Krass, ich wusste gar nicht, dass so viel Vorarbeit nötig ist, um sich auf ein Casting vorzubereiten. Machst du das immer so?«

»Ja. Und das ist erst der Anfang. Ich muss dann natürlich den Text auswendig lernen, die Szene stehend, sitzend und in Bewegung probieren und herausfinden, wie es sich jeweils für mich anfühlt. Ich muss mich auch emotional darauf vorbereiten, immerhin will sich ihr Mann von ihr scheiden lassen und lässt sie mit drei gemeinsamen Kindern sitzen. Die Frau könnte wütend, verletzt oder verzweifelt sein. Das alles muss ich dementsprechend emotional rüberbringen, es fühlen. Ich muss quasi zu Madeleine werden.«

Geräuschvoll stieß Theo Luft aus den Lungen. »Solange du danach wieder Alicia wirst.« Er zwinkerte mir zu.

Ich merkte, wir mir Hitze in die Wangen stieg. »Na klar. Oh, und ich würde die Szene gern auch filmen. Denkst du, du kannst mir dabei helfen?«

»Indem ich die Kamera halte? Klar doch.«

»Das auch, aber ich meinte eher, ob du den männlichen Part spielen könntest?« Verlegen schob ich ein Spinatblatt auf dem Boden meiner Essenspackung hin und her.

Theo gluckste, wurde dann aber ernst. »Ich bin aber garantiert ein miserabler Schauspieler. Ich will nicht dafür verantwortlich sein, wenn du die Rolle nicht bekommst, weil du das mit mir nicht hast einstudieren können. Ich werde vermutlich alles trocken und emotionslos vom Blatt ablesen.«

»Keine Sorge, du kannst nichts falsch machen. Es geht nur darum, dass ich auf die Worte, die mein Gegenüber sagt, reagieren kann.«

»Hoffentlich nicht mit einem Lachflash«, meinte er und lehnte sich im Stuhl zurück.

»Sicher nicht.« Schnell aß ich den Rest meiner Bowl auf,

weil ich es kaum erwarten konnte, mich gemeinsam mit Theo auf die Rolle vorzubereiten.

Das Brainstorming mit ihm war überraschend inspirierend, und er brachte einige Punkte ein, die mir halfen, mich besser in Madeleine hineinzuversetzen. Wie zum Beispiel, dass sie womöglich selbst eine schlechte Kindheit gehabt hatte und sich deshalb für ihre Kinder eine bessere gewünscht hätte.

Außerdem war Theo unglaublich geduldig. Während ich den Text auswendig lernte, wofür ich immer gern ungestört war, um mich besser konzentrieren zu können, zog er sich ins Schlafzimmer zurück, um mit seinen Kumpels zu telefonieren.

Später im Bett hatten wir viele Zärtlichkeiten getauscht, ohne dass er einmal auch nur Anstalten gemacht hatte, meine Grenzen zu überschreiten.

Am Sonntag hatte er tatsächlich sein Versprechen gehalten und den Part von Madeleines Ex gesprochen – viel besser, als ich es erwartet hatte. Am Ende hatte ich ein wirklich gutes Gefühl für die Rolle bekommen.

Als er sich schließlich am Montagmorgen vor meiner Tür von mir verabschiedete, um sich erst in seine Wohnung und später auf den Weg zum Plattenlabel zu machen, wurde mein Herz ganz schwer.

»Keine Ahnung, wie ich diese Woche überstehen soll. Kann ich mich nicht in dein Gepäck schmuggeln und mit dir kommen?«

Lächelnd streichelte Theo mir über die Wange. »Ich hätte dich unglaublich gern bei mir. Aber dir wäre langweilig, weil wir nur am Arbeiten sind. Und du würdest dein Vorsprechen verpassen.«

Schwer seufzte ich. »Ich weiß …«

»Du musst mir unbedingt Bescheid geben, wie es dir dabei ging, okay? Auch wenn ich vielleicht nicht sofort antworten kann, aber sobald ich Zeit habe, rufe ich dich an.«

Ich nickte knapp.

»Versprich es mir.«

»Ich verspreche es«, wiederholte ich.

»Oh, und …« Er griff in seine Hosentasche und zog ein Plektrum hervor. »Das ist mein Glücksplek. Nimm es mit zum

Casting und behalte es, solange ich weg bin. Wenn ich wieder da bin, gibst du es mir zurück.« Er legte es mir auf meine offene Handfläche.

Mein Mund klappte auf, während ich es anschaute. »Aber brauchst du es nicht für deinen Termin heute? Und für den Videodreh?« Ich wusste, wie wichtig es für ihn war und dass er es *immer* bei sich hatte. Vor einigen Monaten hatte ich mal ein Interview mit ihm gesehen, in dem er die Geschichte dahinter erzählt hatte.

»Dein Vorsprechen ist wichtiger«, sagte er, schloss meine Hand mit seiner und küsste mich zärtlich.

Dass er mir sein Glücksplektrum gab, bedeutete mir eine Menge. Vor allem, dass er es mir vor dem Meeting mit dem Label und vor dem Videodreh überreichte, war ein riesiger Vertrauensbeweis und zeigte mir, dass er mein Wohl über seines stellte. »Und du rufst mich bitte an, sobald euer Termin heute bei *Symbol Records* vorbei ist. Ich drücke euch die Daumen und denke an euch.« Schnell küsste ich ihn noch einmal auf die Lippen. »Du kannst dich ebenfalls jederzeit bei mir melden, wenn du in Barcelona bist. Egal, wie spät es ist. Hauptsache, ich höre deine Stimme.«

»Das mache ich.« Ein süßes Lächeln hob seine Mundwinkel. »Ich liebe dich, Alicia. So sehr.« Sein Gesichtsausdruck war dermaßen voller Gefühle, dass ich mich an seine Brust warf und ihn noch einmal fest an mich drückte.

Als er sich schließlich von mir löste, konnte ich an seinem Gesicht ablesen, wie schwer es ihm fiel, zu gehen.

In meiner Brust zog sich alles zusammen, was echt verrückt war, weil wir uns ja in ein paar Tagen bereits wiedersehen würden. Keine Ahnung, wie es sein würde, wenn er auf Tour ging und mehrere Wochen nicht da sein konnte oder ich für ein Filmprojekt womöglich sogar für Monate weg sein müsste.

Schweren Herzens ließ ich ihn gehen und blieb noch so lange in der Wohnungstür stehen, bis er ins Freie verschwunden war. Anschließend lief ich zum Fenster und sah ihm von dort aus nach, bis sein Auto an der Straßenecke abbog. Und ich fühlte mich unvollständig, als hätte er einen Teil von mir mitgenommen.

Am Abend telefonierten wir, während Theo seinen Koffer packte. Der Termin beim Plattenlabel war gut gelaufen, und sie konnten sich auf alle Wunschtitel der Band einigen. Somit stand dem nächsten Album, wie die Jungs es sich vorstellten, offenbar nichts im Weg. Das freute mich riesig für Theo und die Band – und für mich als Fan ihrer Musik. Dass die Songs, die ich bereits im Proberaum hatte hören dürfen, bald für alle zugänglich sein würden, war großartig, und ich war mir sicher, dass zumindest ein weiterer Nummer-eins-Hit darunter war.

Kaum dass ich aufgelegt hatte, klingelte mein Telefon erneut, und ich war überrascht, dass Ed mich anrief.

»Hi, Alicia, hör mal, ich hab noch ein zusätzliches Vorsprechen für dich. Donnerstagvormittag, die Adresse hab ich dir gerade gemailt. Hört sich echt vielversprechend an, du bist eine von dreien, die sie in der Hauptrolle sehen. TV-Produktion, historisches Drama, genau dein Ding. Check deine E-Mails, und bereite dich gut vor. Für morgen bist du hoffentlich fit und hast den Text einstudiert?«

Kurz blinzelte ich, weil er mir so viele Infos auf einmal entgegenschleuderte. »Großartig! Klar, ich komme hin. Und für morgen bin ich bestens vorbereitet.«

»Sehr gut, nichts anderes wollte ich hören. Hast du dich inzwischen entschieden, was du bezüglich des Theaters machen willst?«

»Ich ... Keine Ahnung, bisher dachte ich, ich sollte erst mal den Termin morgen abwarten. Und jetzt vermutlich noch den am Donnerstag?«

»Das Theater will bis Ende der Woche eine Entscheidung. Es wäre gut, wenn du dir zumindest mal überlegst, ob du die Rolle grundsätzlich willst. Falls du denkst, dass du morgen und am Donnerstag nicht überzeugst, hast du wenigstens die beim Theater in der Tasche.«

»Und was machen wir, sollte ich doch überzeugen? Was, wenn ich danach mehrere Rollen parallel in Aussicht hätte?«

Ed schwieg einen Augenblick. »Dann versuchen wir, es vertraglich so zu regeln, dass du trotzdem alles machen kannst, was du willst. Laut aktuellem Plan überschneiden sich die

Dreharbeiten und die Proben vom Theater nicht. Aber du weißt, dass die Details erst bei den Vertragsverhandlungen festgelegt werden. Das schauen wir uns jedoch besser im Detail an, sobald wir Rückmeldung von den Castings bekommen. Ich kann ja nach gut einer Woche mal nachhaken, ob sie schon was sagen können. Im schlimmsten Fall musst du dich für eines entscheiden und den anderen absagen.«

Mein Herz schlug bei seinen Worten etwas schneller. War meine kleine Pechsträhne vorbei? Konnte ich endlich wieder Schwung in meine Karriere bringen?»Okay, wenn das so ist, würde ich dem Theater zusagen, solange es mit keinen Filmrollen kollidiert. Du weißt, die Filme haben für mich nach wie vor Vorrang.«

Ed brummte zufrieden.»Gut, ich notiere mir das mal und werde erst reagieren, wenn sich der Theaterregisseur bei mir meldet. Vielleicht haben wir dann inzwischen Rückmeldung von den anderen.«

Noch war genau gar nichts gewonnen, ich hatte keinen Vertrag unterschrieben. Es hing alles daran, wie ich ablieferte und mich verkaufte. Aber im Moment sah es gut aus, und die Freude darüber wollte ich mir von nichts und niemandem nehmen lassen. Auch nicht von meiner eigenen Unsicherheit.

»Das ist gut, Ed, oder?«

Er schmunzelte hörbar.»Sogar sehr gut, Alicia. Darauf haben wir hingearbeitet.«


»Warum? Was ...?« Verzweiflung lag in meiner Stimme und ich suchte an der Stuhllehne neben mir Halt. »Bin ich dir nicht mehr genug? Hast du eine andere?« Mein Herz raste, und ich merkte, wie Tränen in mir aufstiegen.

Der Mann, von dem ich dachte, ich würde ihm alles bedeuten, schnaubte. »Eine andere ...« Er schüttelte den Kopf. »Nein, ich habe einfach die Schnauze voll von dir und den Kindern. Ich ... brauche Freiraum, will mein altes Leben wieder.«

Ich zuckte zurück, als hätte er mich geschlagen. »Sag, dass du das nicht ernst meinst«, flüsterte ich, während ich spürte, dass eine erste Träne über meine Wange lief.

Doch statt etwas zu sagen, drehte er sich einfach um und ging.

Und ich sackte auf die Knie und versuchte, zu begreifen, was eben passiert war ... Dass mich mein Mann nicht mehr wollte und mich mit drei kleinen Kindern alleinließ. Keine Ahnung, wie er uns das antun konnte.

Ich fühlte mich hilflos, wertlos und verstand die Welt nicht mehr.

Den Handrücken gegen den Mund gepresst, versuchte ich, den Schluchzer zurückzuhalten – jedoch vergebens ...

Ein Klatschen drang zu mir durch und holte mich zurück ins Hier und Jetzt.

»Das war großartig, vielen Dank!« Mr O'Brian, der Casting Director, nickte mir lächelnd zu.

Dann schwenkte mein Blick zu Mr Penrose, dem Regisseur, der mich interessiert ansah. »Miss Atkinson, darf ich fragen ... haben Sie Erfahrung mit Kindern?«

Sofort musste ich lächeln, als ich nickte. »Meine Cousine und mein Cousin sind drei und fünf Jahre alt. Ich bin verrückt nach den beiden und liebe es, mit ihnen zu spielen und herumzutollen oder lustige Zeichnungen zu machen.« Dass ich sie nur drei- bis viermal pro Jahr sah, behielt ich allerdings für mich.

Doch diese Antwort schien dem Regisseur zu genügen, denn er machte sich eine Notiz und lehnte sich zu Mr O'Brian, mit dem er sich kurz so leise unterhielt, dass ich die beiden nicht verstand.

»Vielen Dank, Sie hören von uns«, sagte dieser schließlich zu mir.

Ich bedankte mich bei den beiden und schüttelte noch Lewis die Hand, der dafür engagiert worden war, die Rolle von Madeleines Ehemann zu spielen, bevor ich mich verabschiedete.

Als ich ins Freie trat, griff ich in meine Hosentasche und zog Theos Glücksplek hervor. Ich umfasste es fest mit der Faust und lächelte. Dann verstaute ich es wieder sicher und machte mich auf den Heimweg, während ich das Casting noch einmal Revue passieren ließ. Ich war echt zufrieden mit mir. Ich hatte mein Bestes gegeben, und wenn ich daran zurückdachte, wie die Kandidatinnen vor mir zum Teil den Tränen nahe den Raum verlassen hatten, war ich mir sicher, dass ich gute Arbeit geleistet hatte.

Auch das Casting am Donnerstag lief gut, obwohl ich danach viel weniger einschätzen konnte, ob der Regisseur mit meiner Arbeit wirklich zufrieden war. Als dann auch noch meine Mum anrief, kurz bevor ich mein Zuhause erreichte, war meine gute Laune endgültig verflogen.

»Alicia, Schätzchen, wie geht es dir?« Dass sie mir noch dazu so vergnügt ins Ohr zwitscherte, als hätte sie sich kürzlich gegenüber Theo und mir nicht absolut unmöglich verhalten, brachte mich zum Brodeln.

»Bestens. Wieso rufst du an?«, fragte ich dann allerdings vorsichtig. Eventuell war sie ja doch zur Einsicht gekommen, dass sie falsch gehandelt hatte, und wollte sich für ihr Benehmen entschuldigen.

»Nichts, ich ... wollte nur fragen, wie es dir geht.« Bei ihrer scheinheiligen Art wurde mir übel.

»Das weißt du ja jetzt«, antwortete ich knapp und eilte die Treppe zum Hauseingang hinauf.

»Bei mir ist auch alles großartig, danke der Nachfrage«, erwiderte sie eingeschnappt und so, als wäre ich wieder einmal die Böse. »Ich sichte gerade die neue Kollektion von Valentino und bin hellauf begeistert. Natasha, eine meiner Schülerinnen, durfte drei Outfits bei einem Shooting tragen. Wenn du weniger Taille hättest, wäre das eine Kleid ebenfalls etwas für dich.«

Ich verkniff mir ein Schnauben und verdrehte die Augen.

»Schade, dass es dir dann auch nicht passt«, hörte ich mich sagen, bevor ich überhaupt verstand, was ich da tat. Sofort schoss mir Hitze ins Gesicht und ich spürte meinen Herzschlag unangenehm im Hals pochen.

Es dauerte ein paar Augenblicke, bis sie ein völlig überraschtes »Wie bitte?« ins Telefon zischte.

Mit zitternden Fingern schloss ich die Haustür auf und ging den Flur entlang zu meiner Wohnung. »Hör zu, ich komme gerade vom zweiten Casting in dieser Woche, das wie jenes am Dienstag richtig gut gelaufen ist. Aber wenn du dazu aufgelegt bist, mich zu beleidigen und auf meiner Figur herumzuhacken – die im Übrigen völlig in Ordnung ist –, lege ich lieber auf. Schönen Tag dir.« Mit diesen Worten hatte ich das Gespräch beendet und drehte den Schlüssel im Schloss meiner Wohnungstür.

Ein überraschtes Lachen brach aus mir heraus, als ich meine vier Wände betrat. Erst zaghaft, dann jedoch konnte ich gar nicht mehr aufhören, zu grinsen und mich zu freuen, als hätte ich eben die Zusage für einen Kinoblockbuster bekommen. Ich zog Mantel und Schuhe aus und sprang auf und ab, weil das Gefühl, das in mir aufstieg, zu überschäumend war.

Zu gern wollte ich es Theo erzählen. Er hatte mich dazu animiert, mir nicht mehr alles von ihr gefallen zu lassen. Allerdings wusste ich auch, dass er keine Zeit haben würde. In den letzten Tagen hatte er sich immer erst nach zehn Uhr abends bei mir gemeldet. Gestern war er sogar während des Telefonats eingeschlafen, als er mich von seinem Hotelbett aus angerufen hatte. Spencer hatte schließlich dem schnarchenden Theo müde und amüsiert das Telefon abgenommen und noch kurz mit mir gequatscht, bevor wir aufgelegt hatten.

Weil ich aber unbedingt mit jemandem darüber sprechen wollte, rief ich Kim an.

»Hey! Na, wie lief es?«, begrüßte sie mich aufgeregt, und ich wunderte mich schon, woher sie vom Telefonat mit Mum wissen konnte – bis mir einfiel, dass sie das Vorsprechen meinte, für das ich gemeinsam mit ihr an den letzten beiden Abenden den Text gelernt hatte.

»Richtig gut. Das Projekt klingt spannend, und die Leute sind cool. Und auch sonst hab ich das Gefühl, dass ihnen meine Interpretation der Rolle der Elizabeth gefallen hat. Aber das ist ausnahmsweise nicht der Grund, weshalb ich anrufe.«

»Nicht?«

»Nein.« Ich öffnete den Kühlschrank und nahm eine Wasserflasche heraus, stellte sie jedoch zurück und griff stattdessen nach der zuckerhaltigen Limo. »Ich hab meiner Mum die Meinung gesagt.«

Schweigen. Dann lachte Kim. »Was?! Das ist ja großartig, endlich. Ich freue mich für dich. Was hast du gesagt?«

In wenigen Worten fasste ich das Gespräch mit meiner Mum zusammen.

»Scheiße, Alicia, ich bin verdammt stolz auf dich. Und das war so was von überfällig!«

»Ich zittere immer noch«, gestand ich und hielt, als müsste ich mich selbst davon überzeugen, meine Hand in die Höhe, deren Beben mir bewies, dass ich das Telefonat nach wie vor nicht verdaut hatte.

»Awww, Süße! Wäre ich nicht gleich zum Sport verabredet, würde ich vorbeikommen und dich drücken.«

»Ach, alles gut. Ich gönne mir gerade eine Limo. Und wenn das nicht hilft, bestelle ich mir später vielleicht sogar eine Pizza.«

Kim lachte. »Uh, also begibst du dich auf die dunkle Seite! Ich feiere dich.«

»Danke.« Amüsiert gluckste ich. »Aber warte ... du bist zum Sport *verabredet*?« Normalerweise war sie eher der Typ, der es genoss, beim Trainieren allein zu sein, weil sie es hasste, wenn ihr jemand dabei zusah, wie sie Grimassen schnitt, während sie Gewichte stemmte oder auf dem Crosstrainer schwitzte.

»Äh, ja. Hab ich dir das noch nicht gesagt? Ich habe ein Trainingsdate mit meinem Gymcrush.«

»Mit deinem ...?« Kurz überlegte ich, ob sie mal jemanden erwähnt hatte, doch mir wollte niemand einfallen. »Gott, ich muss eine echt miese Freundin sein, wenn ich nicht weiß, von wem du sprichst.«

Kim seufzte geräuschvoll. »Nein, *ich* bin hier die schlechte Freundin, weil ich dir offenbar noch nichts von Craig erzählt habe. Da läuft schon eine Weile was zwischen uns. Nichts Verbindliches, wir haben bloß Spaß zusammen. Aber irgendwie hat sich im Laufe der Zeit was verändert. Wir mögen uns und haben beschlossen, es langsam anzugehen, ohne zu große Erwartungen. Er liebt es, ungebunden zu sein, genau wie ich. Deshalb sind wir beide vorsichtig, wollen den anderen nicht enttäuschen oder gar verletzen, sollten sich doch nicht mehr Gefühle entwickeln. Jedenfalls sind wir nach der Arbeit im

261

Gym verabredet. Und nach dem Training gehen wir noch essen.«

»Awww, Kim, wie schön, das freut mich für dich! Ich wünsche einen tollen Abend. Und berichte, wie es läuft. Oder auch nicht, falls du nicht darüber reden willst – oder gerade abgelenkt bist. Du weißt, ich bin für dich da, und wenn ich dich nur schweigend im Arm halten soll.«

Kim atmete geräuschvoll ein. »Du bist echt die beste Freundin, die ich mir wünschen kann«, sagte sie und klang dabei ziemlich bewegt. »Ich hab dich lieb.«

»Ich dich auch, Süße.«

# 29 – Theo

Meine erste Amtshandlung, kaum dass das Flugzeug Freitagabend um kurz vor einundzwanzig Uhr landete und das Anschnallzeichen über mir erlosch, war, mein Handy aus dem Flugmodus zu holen.

Spencer neben mir schmunzelte, als er bemerkte, was ich tat, doch er kommentierte es nicht. Auch nicht mein Grinsen, als prompt eine Nachricht von Alicia einging.

*Alicia: Ich hab die Zusage für das Vorsprechen vom Dienstag! DANKE, dass du mir dein Glücksplek geliehen und so mit mir geprobt hast. Ab jetzt bist du mein Held. Ich liebe dich und kann es kaum erwarten, dich wiederzusehen. Melde dich, wenn du zurück bist!*

Sofort antwortete ich ihr.

*Theo: Eben gelandet. Und wie großartig! Ich wusste, die nehmen dich, du bist nun mal die Beste. Ich freue mich auf morgen, ich liebe dich!*

Dass Spencer neben mir nun doch schnaubte, brachte mich dazu, ihn mit einer gehobenen Augenbraue anzuschauen. »Gibt's ein Problem?«

»Überhaupt nicht. Ich freue mich für euch. Auch wenn ich mich wie ein Außenseiter fühle, weil ich ab sofort der Einzige ohne Beziehung bin.«

Shit, das hatte ich gar nicht bedacht. »Scheiße, Mann, das tut mir leid. Jetzt habe ich ein schlechtes Gewissen.«

»Nein, das sollst du nicht, alles gut!«

Kurz legte ich eine Hand auf seinen Unterarm. »Bestimmt findest du auch irgendwann die eine Person, die dich so grinsen lässt wie Alicia mich.«

»Und bei der ich während des Telefonats einschlafe«, zog er mich auf, als ob er mir das nicht bereits oft genug unter die Nase gerieben hatte.

Statt einer Antwort zeigte ich ihm grinsend den Mittelfinger, dann stand ich auf, um meinen Rucksack und die Jacke aus dem Handgepäckfach zu holen.

»Hey, nicht vulgär werden zwischen den anderen Fluggästen. Was sollen die denn von unseren Manieren halten?« Richie beugte sich von der Reihe hinter uns über die Kopfstützen in unsere Richtung vor und wuschelte Spencer durch die Haare, was dieser mit einem weiteren Schnauben beantwortete.

Gut gelaunt verließen wir wenig später das Flugzeug. Auch Lex und Richie konnten es nicht erwarten, nach Hause zu kommen und ihre Freundinnen in die Arme zu ziehen. Sie redeten von nichts anderem, und ich würde sie in einem ruhigen Moment mal zur Seite nehmen und ihnen erklären, dass wir in dieser Hinsicht etwas sensibler sein sollten, was Spencer betraf. Der Arme musste sich fühlen wie das fünfte Rad am Wagen, während der Rest von uns im siebten Himmel schwebte.

Die Sorge um meinen Bandkollegen rückte jedoch in den Hintergrund, als ich eine gefühlte Ewigkeit später in meiner Wohnung ankam. Ich war hundemüde, wollte nur noch duschen und dann ins Bett.

Den Koffer bugsierte ich durch die Wohnungstür, wo ich ihn einfach neben der Kommode stehen ließ und Jacke und Schuhe auszog. Anschließend schlurfte ich auf direktem Weg ins Badezimmer, pisste und schälte mich danach aus meinen Klamotten. In dem Moment, als ich das Wasser in der Dusche anstellte und mehr zufällig als gewollt in den Spiegel über dem Waschtisch schaute, schreckte ich zusammen, weil jemand hinter mir stand.

»Fuck, Alicia, ich krieg hier fast einen Herzinfarkt!«

»Entschuldige, ich dachte, du kommst direkt ins Bett«, murmelte sie müde und warf sich in meine Arme, kaum dass ich sie für sie ausgebreitet hatte. »Aber wenn du noch duschen willst, kann ich dir Gesellschaft leisten.«

Bei ihren Worten regte sich sofort mein Schwanz, und wer wäre ich, jetzt Nein zu sagen? »Ich dachte, wir sehen uns erst morgen?« Liebevoll küsste ich sie zuerst auf die Stirn und dann auf ihre wundervoll geschwungenen Lippen, bevor ich mich von ihr löste, damit sie sich ebenfalls ausziehen konnte.

»Ich wollte dich überraschen. Sorry noch mal, dass ich dich erschreckt habe.«

Bei ihren Worten wurde es eng in meiner Brust. »Alles gut, dafür hast du ja meinen Schlüssel, ich bin froh, dass du ihn endlich benutzt«, erwiderte ich und zog sie mit mir unter die Dusche.

Das warme Wasser tat unglaublich gut, aber noch besser war es, Alicia bei mir zu haben.

Ihre Haare hatte sie zu einem schnellen Dutt nach oben gerafft, weshalb ich darauf achtete, dass ihr Kopf nicht nass wurde. Allerdings wusste ich schon jetzt, dass es mir schwerfallen würde. Ihren nackten Körper an meinem zu spüren war der krönende Abschluss für diese anstrengende Woche.

Ich genoss, wie sie mich langsam einseifte, und revanchierte mich gleichermaßen bei ihr. Besondere Aufmerksamkeit widmete ich ihren Brüsten, rieb sie dann zwischen ihren Beinen, bis sie keuchte.

Dass sie unterdessen Küsse auf mein Schlüsselbein und meinen Hals drückte und über meinen Oberkörper streichelte, bis sie meinen Schwanz umfasste, gefiel mir, aber ich wollte nicht hier kommen. Nicht hier und nicht jetzt. Ich wollte sie entspannt im Bett, um sie genüsslich mit dem Mund zu erkunden und im Anschluss mit ihr in meinen Armen einzuschlafen. Ich wollte, dass wir Zeit hatten, uns in Ruhe zu verwöhnen.

»Komm mit, ich möchte, dass du dich hinlegst, und dann lecke ich dich, bis du kommst. Ich will dich schmecken, dir zeigen, wie sehr ich dich vermisst habe.«

Ihre Antwort bestand aus einem Keuchen und einem Augenaufschlag, der mir verriet, dass sie ebenso erregt war wie ich.

Schnell trockneten wir uns ab und sie löste wieder ihren Dutt. Ihre roten Haare breiteten sich wie ein Flammenmeer um ihre von zarten Sommersprossen übersäten Schultern, was unglaublich heiß aussah. Anschließend führte ich sie in mein Schlafzimmer, wo sie sich sofort auf die Matratze legte.

Ich kniete mich über sie, küsste sie derart stürmisch, als hätten wir uns einen Monat lang nicht gesehen – und nicht bloß ein paar Tage. Aber verflucht, ich war verrückt nach dieser Frau und gerade besonders nach den Geräuschen, die sie machte, wenn meine Zunge ihre rieb – oder über ganz andere Stellen glitt.

Langsam neckte ich ihre nackte Brust mit dem Daumen, bevor ich ihren Nippel in den Mund nahm und daran sog.

Ihr erregtes Seufzen fuhr mir direkt in die Eier – und dass sie unruhig ihr Becken kreiste, gefiel mir und trieb meine Lust weiter an.

»So ungeduldig?«, fragte ich amüsiert.

»Du ahnst nicht, wie sehr. Bitte, Theo, leck mich endlich.«

Fuck, fast wäre ich bei ihren Worten gekommen.

Ohne eine Sekunde länger zu zögern, machte ich es mir zwischen ihren Schenkeln bequem. Atmete ihren süßen Duft ein, bevor ich genussvoll mit der Zunge über ihre Klit strich.

Alicia antwortete mit einem leisen Aufschrei, der in einem Stöhnen endete. Und verflucht, sie schmeckte so gut!

Genüsslich rieb ich ihr Lustzentrum, neckte sie mal schneller, mal langsamer und konnte mir das Grinsen nicht verkneifen, als sie sich unter mir aufbäumte, ihre Finger in meinen Haaren vergrub und meinen Namen seufzte, während sie kam.

Erledigt legte ich mich neben sie, nicht sicher, ob ich nicht trotz der Latte des Jahrhunderts jeden Moment einschlafen würde. Doch sie richtete sich, immer noch heftig atmend, auf, umfasste meinen Schwanz und begann ihn langsam zu reiben. Fuck, wie konnte ich da ans Schlafen denken?

»Ich will dich auch schmecken«, war ihre einzige Vorwarnung, bevor sie sich an mir hinunterschob.

»Ich ...« Okay, ihre Hand an meinem Schwanz sorgte dafür, dass es mir verflucht schwerfiel, mich zu konzentrieren.

»... gehöre ganz dir.«

Verführerisch lächelte sie mich von unten an und – fuck! – legte ihre Lippen um meine Eichel. Verzweifelt warf ich den Kopf in den Nacken, weil ich fürchtete, dass alles zu schnell vorbei sein könnte.

Zu spüren, wie meine Erektion immer wieder von ihrem warmen, feuchten Mund umspielt und aufgenommen wurde, war unglaublich gut. Doch wenn ich dachte, ich befände mich bereits im Himmel, hatte ich nicht mit Alicia gerechnet. Leise begann sie um meinen Schwanz zu summen und zu stöhnen. Die sanften Vibrationen sorgten dafür, dass ich ihre Haare am Hinterkopf zusammenfasste, weil ich ... keine Ahnung, etwas mit den Händen tun musste, um mich abzulenken und nicht sofort zu kommen. Als sie mich jedoch tiefer in sich aufnahm, so tief, dass ich mir sicher war, in ihrem Hals zu sein, stieß ich einen verzweifelten Fluch aus. Und wenn ich dachte, das wäre alles gewesen, überraschte mich Alicia, indem sie meine Hoden in die Hand nahm und sie sanft knetete.

»Fuck, ich komme gleich ...«, brachte ich hervor, bevor ich mich in Alicias Mund ergoss.

Der Orgasmus fegte so gewaltig über mich hinweg, dass ich die Augen schloss. Ich war nicht fähig, etwas zu sagen oder mich zu bewegen, während Welle um Welle mich erfasste.

Alicia sog weiterhin an mir, bis ich langsam erschlaffte und mich kraftlos aufrichtete, um sie zu mir hoch und in meine Arme zu ziehen.

»Sorry, ich hätte dich eher vorwarnen sollen.« Immer noch war ich unangenehm davon berührt, wie explosionsartig mich der Höhepunkt mitgerissen hatte.

»Ich hätte nichts anders machen wollen«, murmelte sie mit

267

einem Lächeln auf den glänzenden Lippen und küsste mich, ihre Worte unterstreichend, auf die nackte Brust.

Geräuschvoll atmete ich aus, erleichtert, dass Alicia so reagierte. »Ich hoffe, du weißt, dass du perfekt bist. Innen wie außen und für mich sowieso in jeder Hinsicht. Ich liebe dich und bin unglaublich froh, dich bei den BRIT Awards angesprochen zu haben. Das war eine meiner besseren Entscheidungen. Und dass du dich im Anschluss bei mir gemeldet hast, hat alles *perfekt* gemacht.«

Alicia brummte zufrieden. »Darüber bin ich auch froh. Ich liebe dich, Theo Murray. Danke, dass du ein so großartiger Mensch bist.« Sie klang so müde, wie ich mich fühlte, und mit ihr in meinen Armen und ihren Worten in meinen Ohren sank ich in einen tiefen, erholsamen Schlaf.


Je länger ich mit Alicia zusammen war, umso weniger konnte ich mich daran erinnern, wie es sich angefühlt hatte, Single zu sein. Inzwischen waren gut zwei Wochen seit unserem Videodreh in Barcelona vergangen, und wenn möglich hatten wir die Nächte gemeinsam verbracht – entweder sie bei mir oder ich bei ihr. Und falls es ihr Zeitplan und meine Termine zuließen, war sie auch tagsüber bei mir.

Spencer, Richie und Lex schienen nichts dagegen zu haben, obwohl Tessa und Hayden bei Weitem nicht derart oft bei den Proben und anderen Meetings dabei waren. Wobei Alicia oft einfach nur in unserer Nähe saß und still ihren Text lernte – zwar hatte sie für ihr Donnerstagscasting ebenfalls eine Zusage erhalten, sich allerdings für die Produktion entschieden, für die wir gemeinsam geprobt hatten. Nicht nur, weil der Film in die Kinos kommen sollte. Die Rolle hatte ihr weit mehr zugesagt als die anderen beiden. Es war eine *romantische Komödie mit Tiefgang*, wie sie es bezeichnet hatte, und wenn sie damit happy war, war ich es auch.

Offenbar war auch hier die ursprüngliche Besetzung der weiblichen Hauptrolle abgesprungen, weshalb kurzfristig noch einmal gecastet wurde. Alicias Glück, was allerdings auch bedeutete, dass sie sich relativ rasch und intensiv auf die Dreharbeiten hatte vorbereiten müssen, die größtenteils in und um

London stattfanden. Die Arbeiten am Film begannen bereits in zwei Wochen, was bedeutete, dass sie ab dann viel weniger Zeit haben würde. Allerdings war ich deswegen nicht traurig – zwar wusste ich, dass ich sie vermissen würde, aber Alicia konnte endlich ihren Traum weiterleben, und nichts anderes wünschte ich ihr. Davon abgesehen, hatten wir immer noch die Nächte, die uns blieben.

Seit sie die Zusage bekommen, dem Theater und dem anderen Film abgesagt und den Vertrag unterschrieben hatte, lächelte sie öfter, und in ihren Augen lag ein Leuchten, das ich davor dort nicht gesehen hatte. Jedenfalls nicht in dieser Intensität. Sie blühte regelrecht auf, und das war ... unglaublich schön zu beobachten.

Heute Abend kamen die Jungs für einen Billardabend zu mir. Alicia verbrachte den Abend ausnahmsweise allein bei sich zu Hause. Sie meinte, sie wolle die Zeit nutzen, um ihre Wohnung von Grund auf durchzuputzen und ihren Kleiderschrank auszumisten, jetzt, wo der April vor der Tür stand und die Temperaturen langsam wärmer und angenehm frühlingshaft wurden.

Bislang hatte ich noch keine ruhige Minute gefunden, um mit Richie und Lex über Spencer zu sprechen, damit dieser sich nicht ausgeschlossen fühlte. Immerhin wollte ich nicht in seiner Anwesenheit mit den anderen darüber reden – das wäre irgendwie falsch.

Dass ausgerechnet ich dieses Thema auf den Tisch brachte, wo Alicia und ich ständig aufeinanderklebten, war vermutlich paradox, was jedoch nichts daran änderte, dass ich Spencer wie einen Bruder liebte. Wenn er litt, litt ich mit ihm, und ja, verflucht, vielleicht sollte ich langsam, aber sicher auf ein gesünderes Maß mit Alicia zurückfinden. Doch zuerst wollte ich mit meinen Kumpels sprechen.

Als Spencer aufs Klo verschwand, nutzte ich die Gelegenheit.

»Hört mal, Leute, ich muss mit euch reden«, begann ich mit gesenkter Stimme. »Spencer fühlt sich ... ausgeschlossen, wenn wir mit unseren Freundinnen zusammen sind. Ich weiß, ich bin kein gutes Beispiel dafür, weil Alicia so gut wie ständig bei mir ist. Doch vielleicht sollten wir uns absprechen und eine Regelung finden, um die Band wieder mehr in den Vordergrund zu rücken. Sicher, unsere Freundinnen sind wichtig, aber es ist immer noch unser Job, bei dem sie so oft dabei sind. Und Spencer ist unser Kumpel und gleichwertiger Kollege. Irgendwie fühle ich mich schlecht, wenn er sich unseretwegen als Außenseiter betrachtet.«

Lex und Richie tauschten einen verlegenen Blick, die Stirn in Falten gelegt.

»Fuck, ey, das ist mir bisher gar nicht bewusst gewesen, aber jetzt, wo du es erwähnst ... Er hat sich in der letzten Zeit sehr zurückgenommen. Klar, er war schon immer der Ruhigere von uns, aber irgendwie zieht er sich jetzt noch mehr zurück.« Richie fuhr sich mit einer Hand übers Kinn.

»Danke, dass du es uns gesagt hast.« Lex klopfte mir auf die Schulter. »Lasst uns dazu mal in Ruhe reden, wenn Spencer nicht in der Nähe ist. Bestimmt ist ihm die Sache unangenehm – ihr kennt ihn. Würde er was davon mitbekommen, beharrt er sicher darauf, dass wir seinetwegen nichts ändern sollten.«

Richie und ich brummten zustimmend, als nebenan die Klospülung rauschte und wenig später Spencer aus dem Badezimmer kam.

Verlegen räusperte ich mich. »Wer von euch will noch ein Bier?«, fragte ich in die Runde.

»Ich wäre ja eher für was zu essen«, brachte Spencer ein. »Sind noch Fleischbällchen da? Ich hätte jetzt wieder Platz im Bauch.«

Richie und Lex sahen sich an und prusteten los, genau wie ich, und die angespannte Stimmung zwischen uns war damit endgültig verflogen.

# 30 – Alicia

»Und du machst das jetzt gerade in dem Moment?« Theo schaute mich neugierig an, während ich Spaghetti auf die Gabel wickelte.

Wir verbrachten das Wochenende bei mir, hatten allerdings beschlossen, essen zu gehen, anstatt uns erneut etwas liefern zu lassen. Und da nicht weit von meinem Zuhause vor Kurzem dieses italienische Restaurant eröffnet hatte, von dem ich bisher ausschließlich Positives gehört hatte, waren wir spontan hierhergekommen.

»Ja.« Ich lächelte, während ich spürte, wie mir Hitze ins Gesicht stieg. Schnell schob ich mir die Portion in den Mund, kaute und schluckte. »Normalerweise mache ich meine Beckenbodenübungen zu Hause. Meistens, bevor ich einschlafe. Manchmal auch, wenn ich zwischendurch daran denke und Zeit habe. Aber ja, ich kann sie grundsätzlich überall machen – und das Gute ist, niemand weiß davon oder sieht es mir an.«

Theo beugte sich mit geweiteten Augen vor. »Das heißt, du machst sie nicht zum ersten Mal in meiner Anwesenheit?«

Amüsiert schüttelte ich den Kopf. »Nein.«

Er lehnte sich wieder zurück und griff nach seinem Glas. »Krass. Damit hätte ich nicht gerechnet. Danke, dass du es mir anvertraut hast. Und ... lass dich von mir nicht aufhalten, weiterzumachen.«

»Keine Sorge, das tust du nicht«, antwortete ich leise lachend.

Mit Theo war alles leicht und unbeschwert, und penetrativer Sex stand nach wie vor nicht im Raum – etwas, das ich von meinen vorherigen Beziehungen nicht kannte. Es nahm eine Menge Druck raus. Meine Ex-Freunde hatten irgendwie nie wahrhaben wollen, dass es bei mir einfach nicht ging. Allesamt dachten sie, sie hätten einen Zauberpenis, der wie durch ein Wunder meine unsichtbare Wand durchstoßen könnte. Allein bei der Erinnerung daran musste ich mit den Augen rollen.

Theo war in dieser Hinsicht zum Glück völlig anders. Er nahm es als eine Tatsache hin – die es eben auch war! –, und dafür war ich ihm unglaublich dankbar. Was nicht bedeutete, dass ich mir nicht hin und wieder ausmalte, wie es wäre, mit ihm zu schlafen. Allerdings war ich auch nicht naiv – ich *wusste*, wie klein meine Fortschritte waren und dass es eine gefühlte Ewigkeit dauern würde, bis wir überhaupt in Erwägung ziehen konnten, es zu versuchen. Jedoch sah ich mit Theo an meiner Seite kein Problem, darauf zu warten. Er war großartig und geduldig und der Sex, wie wir ihn hatten, erfüllend. Für mich, und ich war mir ziemlich sicher: auch für ihn.

»Werden dadurch nicht die Muskeln gestärkt, die ja sowieso schon ... stark sind von der Anspannung?« Theo nippte an seinem Weinglas, bevor er von seiner Pizza Diavolo abbiss.

»Es ist eher so, dass ich lerne, die Muskeln zu *spüren* und zu steuern. Zu wissen, wie es sich anfühlt, wenn sie entspannt sind, und sie gewollt in diesen Zustand zu versetzen. Außerdem bestehen die Übungen ja nicht ausschließlich aus kontrollierten Muskelkontraktionen. Es geht dabei viel um meine Atmung, um Entspannung im Ganzen. Darum, mir meines Körpers bewusst zu sein, ihn zu lieben und zu akzeptieren, wie er ist. Mich nicht dafür zu hassen, weil er in gewissen Situationen nicht macht, was ich will.«

Nun runzelte Theo die Stirn. »Das ist eine Menge. Also mentales Training für Kopf und ... andere Regionen.« Er räusperte sich und grinste verlegen, als in dem Moment die Bedienung an unserem Tisch vorbeiging.

»Genau. Und manchmal führe ich vorsichtig einen Finger ein, schaue dazu einen Porno und stelle mir vor, ich hätte gerade Sex«, raunte ich in seine Richtung vorgebeugt, als wir wieder allein waren.

Theos Augen weiteten sich, und er hustete, während er offenbar versuchte, diese Information zu verarbeiten. »Du verarschst mich, oder?«

Schmunzelnd schüttelte ich den Kopf. »Nein, das ist eine der Übungen, die mir Melinda aufgegeben hat.«

Stöhnend lehnte Theo sich zurück und wischte sich über sein Gesicht. »Fuck, Alicia, ich hoffe, du weißt, dass ich jetzt hart bin.«

Okay, dass er mir das jetzt sagte, machte wiederum mich irgendwie an. Und *das* war neu, denn das war mir bei meinen Übungen bisher noch nicht passiert.

Belustigt und fasziniert zugleich nippte ich an meinem Weinglas.

»Denkst du ...« Theo stoppte, als wäre er sich unsicher, wie er seine Frage formulieren sollte. Oder ob er sie wirklich aussprechen wollte.

Neugierde erfüllte mich. »Hm?«

Geräuschvoll atmete er durch. »Okay, ich weiß nicht, ob es richtig ist, dich das zu fragen. Also sei dir bitte sicher, dass ich ein Nein anstandslos akzeptiere, aber ... Denkst du, ich darf dir mal dabei zusehen?«

Oje, jetzt war ich diejenige, die sich fast an ihrem Wein verschluckte. Räuspernd spürte ich, wie mir heiß wurde. »Ich will nicht Ja sagen«, gestand ich ehrlich, und Theo nickte sofort, als wäre die Sache für ihn damit in Ordnung. »Aber auch nicht Nein«, schloss ich an. »Ich würde einfach vorschlagen, ich entscheide es spontan, okay?«

Erneut stöhnte Theo leise auf und neigte sich in meine Richtung. »Das hier ist das vielleicht heißeste, verruchteste und quälendste Dinner und Gespräch, das ich je in meinem Leben hatte. Und ich *liebe* es! Hoffentlich trete ich dir damit nicht zu nahe.« Dann stand er ein kleines Stück auf, beugte sich über den Tisch und küsste mich sanft auf die Lippen.

Als er wieder saß, wurden seine Gesichtszüge ernster. »Hör mal, es gibt da auch etwas, worüber ich mit dir reden wollte.« Tief sah er mir in die Augen und machte mich damit nervös. Es kribbelte in mir – auf die unangenehme Art.

»Ja? Du kannst mir alles sagen. Schieß los!«

Theo schnitt ein Stück seiner Pizza ab und faltete das Dreieck, sodass er es gut halten konnte, führte es jedoch nicht zu seinem Mund. »Also wir Jungs haben uns unterhalten und sind zu dem Entschluss gekommen, dass es vielleicht nicht so gut ist, wenn ihr Mädels ständig bei den Proben und unseren Terminen dabei seid.« Theo klang niedergeschlagen, und ich konnte nicht verhindern, dass sich bei seinen Worten Enttäuschung in mir ausbreitete – obwohl dieses Gefühl völlig fehl am Platz war. Ich wusste, dass ich ihn zu viel in Anspruch nahm und ablenkte. Immerhin hatten sie ein Album zu produzieren. Zudem stahl ich ihm wertvolle Zeit mit seinen Bandkollegen, die er womöglich besser mit ihnen zu viert genießen wollte – oder sie sogar brauchte, um kreativ und ungestört arbeiten zu können. Abgesehen davon, hatte er nicht nur von mir gesprochen, sondern auch von Tessa und Hayden.

»Sicher, kein Problem.« Ich versuchte zu lächeln, als würden mich seine Worte nicht so hart treffen, wie sie es in Wirklichkeit taten. Herz und Verstand gingen eben nicht immer Hand in Hand.

»Shit, jetzt bist du enttäuscht.« Verzweifelt griff Theo über den Tisch. »Das wollte ich nicht. Aber Spencer ist ... Nun ja, für ihn ist es halt scheiße, wenn er sieht, wie glücklich wir sind, während er allein ist, verstehst du?«

Schnell nickte ich. Der Gedanke daran, dass wir Spencer mit unserem Glück verletzt hatten, war mir bisher gar nicht gekommen und traf mich daher umso heftiger. »Natürlich, das tut mir leid, ich wollte mich nicht aufdrängen.«

»Das hast du nicht, okay? Ich hab es genau wie du geliebt, dich ständig um mich zu haben – mal davon abgesehen, dass ich dich gebeten habe, dabei zu sein. Aber vielleicht war von null auf hundert nicht gerade unsere beste Entscheidung. Ich habe selbstsüchtig gehandelt und wollte dich einfach dauernd um mich haben, ohne darüber nachzudenken, ob es für meine Mitmenschen okay ist. Und du hast ja ebenfalls deinen Job. Mit deiner Rolle hast du eine Menge zu tun und ich will dir nicht im Weg stehen. Was nicht bedeutet, dass ich nicht für dich da bin, wann immer du mich brauchst.« Er lächelte mich an, und ich drückte zuversichtlich seine Hand.

»Ich habe sowieso jetzt bald viel zu tun mit den Arbeiten für den Film, da hast du recht. Und du sollst dich auf deinen Job konzentrieren. Ab wann seid ihr im Studio?«

»Das dauert noch. Ich glaube, Mitte Mai, hat Nora gesagt. Aber ausruhen können wir uns bis dahin auch nicht.«

Ich nickte, schließlich kannte ich seinen Terminkalender. Gerade wollte ich etwas darauf erwidern, als ohrenbetäubender Lärm durch die Fenster hereindrang und unsere Aufmerksamkeit auf sich zog. Gäste, die neben den großen Glasfenstern saßen und aßen, standen empört auf und schauten nach draußen.

»Was ...?«, brachte ich verwirrt hervor, als ich sah, dass zwei Restaurantmitarbeiter auf die Straße eilten.

Dann verstand ich, was passierte: Vor dem Fenster hatten sich Paparazzi versammelt, die uns durch die Scheiben fotografierten. Auch Theo schien begriffen zu haben, denn er stand mit einem verärgerten Knurren auf, die Hände zu Fäusten geballt, und stellte sich vor mich, um mich von den Kameras abzuschirmen.

»Ich bitte vielmals um Verzeihung. Kommen Sie mit, ich bringe Sie an einen anderen Tisch.« Die Bedienung tauchte neben uns auf und schaute entschuldigend von Theo zu mir.

»Ich kann nicht fassen, dass ich jetzt nicht einmal mehr mit meiner Freundin in Ruhe zu Abend essen kann«, brummte Theo mit zusammengeschobenen Augenbrauen und sah ein letztes Mal über seine Schulter, bevor er sanft einen Arm um mich legte und wir dem Restaurantmitarbeiter in einen anderen Raum folgten. Der Appetit auf die Spaghetti und das Tiramisu, auf das ich mich als Dessert gefreut hatte, war mir allerdings vergangen ...

In den darauffolgenden Tagen war ich ziemlich eingespannt mit den Treffen des Casts sowie mit dem Produzenten und dem Regisseur. Außerdem fand der sogenannte Table Read statt, bei dem alles laut vorgelesen wurde, was im Drehbuch stand. Also nicht nur die Sprechrollen, sondern auch Regieanweisungen und Szenenüberschriften.

Es fühlte sich auch diesmal an wie das Hineinwachsen in die Rolle. Gleichzeitig lernte ich auch das Team besser kennen, und was soll ich sagen? Sie waren alle großartig.

Mr Penrose, der Regisseur, rief freundlich, aber streng zur Ruhe, als es während des Lesens am Tisch unruhig wurde. »Ich will, dass ihr euch alle konzentriert. Wir sind nicht zum Spaß hier, auch wenn die Szene von eben euch amüsiert hat. Aber wenn niemand mehr einen konstruktiven Beitrag leisten will, fahren wir bitte fort. Daniel ...« Er nickte dem Regieassistenten zu.

Der große Mann räusperte sich und rückte die Brille auf seiner Nase zurecht. »Szene: Innen – Büro des Scheidungsanwalts – Tag. Madeleine sitzt auf einem Ledersessel, die Hände auf ihrem Schoß gefaltet. Ihr Gesicht zeigt eine Mischung aus Nervosität und Müdigkeit, allerdings ist da auch ein Funken Entschlossenheit in ihren Augen. Sie trägt ein einfaches, aber ordentliches Outfit – ein Zeichen dafür, dass sie versucht, alles unter Kontrolle zu halten. Mark, der einen teuren Designeranzug trägt, sitzt hinter seinem Schreibtisch, eine Akte in der Hand, die ihre Scheidung betrifft.«

Mr Penrose nickte zufrieden.

»Madeleine – sarkastisch, aber mit einer Spur Bitterkeit«, las Daniel weiter vor.

»Ich dachte ja immer, wenn ich mal bei einem Anwalt lande, dann wegen eines Immobilienkaufs oder vielleicht eines Businessdeals. Nicht wegen ... diesem Chaos.« Ich las die Szene betont und mit einer gewissen Intonation vor, ohne in die volle Schauspielleistung zu gehen. Das war bei einem Table Read noch nicht wichtig. Hier ging es eher um ein Vorlesen des Drehbuchs, um die Charaktere und die Stimmungen der einzelnen Szenen zu erfassen, jedoch ohne den intensiven physischen und emotionalen Einsatz, den ich dafür dann vor der Kamera leisten durfte und auf den ich mich schon freute.

»Marc – schaut auf und ...«, gab Daniel den nächsten Part wieder, doch Mr Penrose unterbrach ihn.

»Nein, stopp. Businessdeal? Das passt doch nicht zu Madeleine. Ändert das auf Testament. Madeleine – noch einmal, bitte.«

Ich nickte, änderte den Text in meinem Drehbuch. Dann holte ich tief Luft und versetzte mich in Madeleines Lage. »Ich dachte ja immer, wenn ich mal bei einem Anwalt lande, dann wegen eines Immobilienkaufs oder vielleicht eines Testaments. Nicht wegen ... diesem Chaos.«

Mr Penrose nickte zufrieden.

Und ich hatte das Gefühl, dass der Film gut werden konnte. Also *richtig* gut. Nicht nur, weil solche Details angepasst wurden. Sondern vor allem, weil es ein Arbeiten auf Augenhöhe war.

Am besten verstand ich mich mit Paul, der den Anwalt Marc, also den *Love Interest* spielte. Er war unglaublich witzig, und ich hatte mir extra den Actionstreifen *Fallen Limits* angesehen, in dem er eine größere Rolle gespielt hatte. Ich freute mich schon sehr auf die Zusammenarbeit mit ihm und konnte es kaum erwarten, mit ihm zu drehen.

Da wir in dem Film ein Paar werden sollten, beschlossen wir, nach dem Table Read noch gemeinsam einen Kaffee trinken zu gehen, um uns besser kennenzulernen und Vertrauen zueinander aufzubauen. Es gab für mich nichts Schlimmeres, als mit jemandem drehen zu müssen, zu dem ich keinen Draht gefunden hatte – das wollten wir beide vermeiden.

»Einen Latte und einen Cappuccino, bitte«, bestellte Paul am Tresen, nachdem er mich zuvor nach meinem Wunsch gefragt hatte, und hielt der Bedienung seine Kreditkarte hin.

»Oh, das war aber nicht mein Ziel, dass du mich einlädst, als ich vorgeschlagen habe, einen Kaffee trinken zu gehen.«

Paul grinste. »Keine Sorge, so habe ich es auch nicht aufgefasst. Abgesehen davon, lade ich dich gerne ein.«

Verlegen lächelnd bedankte ich mich bei ihm.

Als wir kurz darauf an unserem Tisch saßen, beugte Paul sich vor. »Ich halte ja nicht viel von der Klatschpresse, aber als ich gestern beim Friseur war, habe ich in einer der Zeitschriften gelesen, dass du mit einem waschechten Rockstar zusammen bist. Stimmt das?«

Ich konnte nicht verhindern, gequält aufzustöhnen. »Ja, wir hatten gehofft, die Beziehung noch eine Weile für uns behalten zu können. Aber das ist echt reines Wunschdenken, wenn man ein Leben in der Öffentlichkeit führt.«

»Dann bringt es dich hoffentlich nicht in Schwierigkeiten, dass wir uns gemeinsam blicken lassen?« Mit gefurchter Stirn schaute Paul mich an und rührte den Milchschaum in seiner Tasse um.

»Keine Sorge, Theo weiß, dass das zu meinem Job dazugehört, und unterstützt mich in allen Belangen. Der Vorschlag, dass wir beide uns bei einem Kaffee als Co-Stars besser kennenlernen sollen, kam genau genommen sogar von ihm. Und was die anderen denken, kann ich nicht beeinflussen. Ich werde mich sicher nicht einschließen und auf ein Leben verzichten, bloß weil Theo und ich gerade interessant sind. Bestimmt dauert es nur ein paar Wochen, bis sich die Aufregung um uns gelegt hat. Das müssen wir einfach aushalten.«

»Wenn nicht, sag Bescheid.«

»Danke, das werde ich.« Über den Rand meines Kaffeeglases lächelte ich ihn an und nippte an dem Caffè Latte. Als ich ihn wieder abstellte, beugte ich mich vor. »Und jetzt erzähl, gibt es in deinem Leben ebenfalls jemanden?«

»Jep, ich bin seit einem halben Jahr in einer Beziehung. Aber bisher weiß niemand davon, und das soll bestenfalls auch noch lange so bleiben.« Er schaute mich eindringlich an.

»Natürlich, von mir erfährt keiner etwas. Wer, wenn nicht ich, kann nachempfinden, wie es ist, über seine privaten Angelegenheiten in der Zeitung zu lesen?«

Paul nickte dankbar.

»Und ... wie hat deine Freundin reagiert, als sie erfahren hat, dass du eine andere Frau küssen sollst?«

Nun schmunzelte er. »Also ... Esteban weiß, dass ich durch und durch schwul bin. Er ist da völlig cool.«

»Oh, tut mir leid, ich wusste nicht …«

»Schon gut. Mir wäre es nur recht, wenn du es für dich behältst. Ich … wir sind leider noch nicht so weit, du weißt ja, wie die Branche ist. Leider.«

»Selbstverständlich! Du kannst dich auf mein Wort verlassen.«

Dankbar nickte er und wickelte den kleinen Keks, den wir zu unseren Getränken bekommen hatten, aus dem Schutzpapier, bevor er genüsslich abbiss. Und obwohl ich inzwischen nicht mehr so sehr darauf achtete, was ich aß – sondern einfach genoss –, schob ich ihm meinen Keks ebenfalls zu. Einfach, weil er ihm echt zu schmecken schien.

Als er ihn lächelnd annahm und mich dabei kurz berührte, fühlte es sich an, als würde es eine Verbindung zwischen uns geben, die uns eng zusammenschweißte. Vielleicht hatte ich in ihm einen neuen guten Freund gefunden – und das wärmte mich von innen.

# 31 – Theo

»Hey, alles okay?« Tessa saß neben mir im Proberaum und stieß mich mit der Schulter an. Sie war vor wenigen Minuten eingetroffen, um Lex abzuholen, weil die beiden im Anschluss etwas für ihre Wohnung kaufen wollten – einen Teppich oder so. Ich hatte nicht aufgepasst, da ich mit den Gedanken woanders gewesen war.

»Sicher, alles gut«, murmelte ich und lächelte – offenbar nicht überzeugend genug, denn Tessa hob zweifelnd eine Augenbraue.

»Was ist passiert?«, fragte in dem Moment Lex, der sich zu uns gesellte.

»Nichts«, erwiderte ich.

»Glaubst du ihm?«, raunte Tessa ihrem Freund zu, während sie sich umarmten und er ihr einen Kuss auf die Lippen gab.

Lex machte ein verneinendes Geräusch, und ich rollte mit den Augen.

»Hey, seid ihr schon weg?«, erkundigte sich Spencer, der einen Drumstick in seiner Hand rotieren ließ.

»Jep, wir sehen uns morgen beim Interview der Tageszeitung.« Lex nickte uns zum Gruß zu, bevor die beiden nach draußen verschwanden.

Auch Nora zog sich ihre Lederjacke an und schulterte die

Laptoptasche. »Ich bin ebenfalls weg. Ich bekomme gleich einen neuen Kühlschrank geliefert, und mein Sohn hat mir geschrieben, dass er keine Zeit hat, um ihn zu übernehmen.«

»Du hast einen Sohn?«, fragte Richie überrascht.

Ich war mir genauso sicher, dass diese Info neu war. Rasch richtete ich mich auf.

»Ja, ich habe tatsächlich auch ein Leben außerhalb der Musikbubble.« Nora lachte. »Also bis morgen, Jungs. Seid pünktlich!« Damit verschwand sie ins milde Aprilwetter.

»Was habt ihr heute noch vor?«, fragte Spencer, der im Anschluss seine Wasserflasche leerte.

Richie zuckte mit den Schultern. »Keine Ahnung, Hayden hat heute Morgen mehrfach erwähnt, dass ich mich bis sieben Uhr abends von der Wohnung fernhalten muss, weil sie Kochvideos dreht. Dabei braucht sie immer absolute Ruhe.«

»Und du?«, wandte sich Spencer an mich.

»Kein Plan. Alicia hat heute ihren ersten Drehtag, und ich weiß nicht, wie lange sie am Set sein wird.«

Spencer grinste. »Was haltet ihr davon, wenn wir wie früher in eine Bar gehen, ein Bier trinken und Darts oder Billard spielen? Und falls es uns dort zu unruhig wird, können wir immer noch ausweichen.«

»Zu mir zum Beispiel«, schlug ich vor – nicht nur, weil ich ebenfalls mit Bier und Billard dienen konnte, sondern auch, weil ich mir aus genau dem Grund den Billardtisch gekauft hatte.

»Yeah, klingt gut. Ich könnte Lex texten, was wir vorhaben. Vielleicht will er sich uns später noch anschließen.« Richie zog bereits sein Handy aus der Hosentasche.

»Aber schreib dazu, dass es ein Männerabend ist«, fügte ich schnell an, weil ich mir eingebildet hatte, Enttäuschung in Spencers Augen aufblitzen zu sehen. Vielleicht dachte er ja, Lex würde gemeinsam mit Tessa kommen.

Das dankbare Lächeln, das er mir darauf schenkte, bestätigte meinen Verdacht. Und scheiße, es war trotzdem was anderes, mit den Jungs wie in alten Zeiten zu viert abzuhängen, als wenn unsere Freundinnen dabei waren – so gern ich Tessa und Hayden mochte und so sehr ich Alicia liebte.

Also fanden wir uns gut fünfundvierzig Minuten später in einer Bar ein, in der wir bereits das ein oder andere Mal gewesen waren, seit wir in London lebten.

Ich mochte den langen Holztresen und die gemütlichen Sitzgelegenheiten, genau wie die Tatsache, dass das Personal freundlich und die Tische sauber waren – etwas, das nicht überall zutraf.

Bislang war es hier relativ ruhig, lediglich ein paar wenige Barhocker waren besetzt. Um einen der drei Billardtische standen zwei Typen, die wohl gerade erst eine Partie begonnen hatten, und Rockmusik aus den Neunzigern drang in angenehmer Lautstärke aus den Boxen.

Lex hatte Richie geantwortet, er würde eventuell nachkommen. Also bestellten wir jeder ein Bier und beschlossen, wie früher in Liverpool zunächst eine Runde Dart zu spielen.

Richie lief zur Höchstform auf, sprang mehrfach in die Luft und dehnte Nacken und Arme. Er tat, als würde er bei der Weltmeisterschaft antreten, woraufhin ich schmunzelnd die Augen verdrehte.

Allerdings wusste ich, dass Spencer uns schlagen würde. Der Kerl war unfassbar gut in dem Spiel, weshalb ich einen großen Schluck von meinem Bier trank und mich entspannt zurücklehnte. Ich ließ erst mal die beiden anderen machen und nutzte die Wartezeit, um einen Blick auf das Handy zu werfen. Doch wie erwartet war keine Nachricht von Alicia eingegangen.

Schnell schrieb ich ihr, dass ich an sie dachte und sie vermisste, dann war ich an der Reihe. Und im Laufe des Spiels verdrängte ich mehr und mehr, dass ich bis auf ihr

*Guten Morgen*

und ein rotes Herz nichts von Alicia gehört hatte.

Als Spencer etwas später mit großem Abstand gewonnen und Richie im Kampf um den zweiten Platz nur knapp die Runde für sich entschieden hatte, peilten wir unseren Stammplatz an. Richie verschwand auf die Toilette und wollte uns im Anschluss Nachschub ordern.

Bevor ich mich auf die weiche Lederbank setzte, zog ich erneut mein Smartphone aus der Hosentasche, doch nach wie vor keine Nachricht von Alicia.

»Du vermisst sie, was?« Spencer stieß mich von der Seite an und grinste.

»Ja, es ist echt verrückt, aber ich hätte nie gedacht, dass es mich dermaßen erwischt.«

Amüsiert schnaubte Spencer, bevor er wieder ernst wurde. »Ihr müsst eure Freundinnen nicht so radikal von unserem Bandalltag fernhalten. Glaubt nicht, mir wäre das die letzten Tage nicht aufgefallen. Ich weiß, ihr tut das, damit ich mich nicht ausgeschlossen fühle. Allerdings merke ich auch, dass ihr sie vermisst. Bei dir spüre ich es ganz besonders. Muss die Anfangsliebe sein.«

Schwer seufzte ich. »Nein, du hattest recht. Hin und wieder die Mädels dabeizuhaben ist nicht schlecht, aber wir machen ja nicht zum Spaß Musik. Wir arbeiten und sollen konzentriert sein. Das ist nicht so leicht, wenn die Freundin da ist.«

Spencer lehnte sich zurück und schaute mich neugierig an. Sein Mund klappte auf, als würde er noch etwas sagen wollen, doch in dem Moment kam Lex auf uns zu und schlug mit uns ein.

»Wo ist Richie?«, erkundigte er sich, als ihm dieser von hinten die Augen zuhielt und mit verstellter hoher Stimme »Wer bin ich?« fragte. Manchmal war er echt der kleine Junge von damals.

»Tessa, bist du doch auch hier! Lass mich dich küssen«, erwiderte Lex, drehte sich um und kam Richie mit einem Kussmund entgegen, doch unser Kumpel wich lachend aus.

Kurz rangelten die beiden, bevor sie sich auf den Weg zur Bar machten, um gemeinsam unsere Getränke zu holen.

»Tut gut, mal wieder mit euch zu viert unterwegs zu sein«, sagte ich, als sie mit vier neuen Flaschen zurück waren, und leerte mein Bier.

»Ja, das habe ich auch vermisst«, erwiderte Spencer.

Ich war froh, dass er nicht anklagend klang.

»Ich weiß, dass ich dir gefehlt habe.« Lex zwinkerte Spencer zu und schickte ihm einen Luftkuss über den Tisch, was uns alle zum Lachen brachte.

»Wo ist Tessa jetzt?«, erkundigte sich Richie.

»Zu Hause. Sie will den Kleiderschrank ausmisten, da bin ich ihr nur im Weg. Sie hasst diese Arbeit, aber mein Chaos noch mehr.« Gedankenverloren drehte er sein Lippenpiercing. »Ich weiß gar nicht, was sie meint.«

Ich hatte tatsächlich auch das Gefühl, dass Lex hier gerade besser aufgehoben war als in ihrer gemeinsamen Wohnung.

»Von Alicia immer noch kein Lebenszeichen?«, wollte Richie wissen.

Knapp schüttelte ich den Kopf.

»Ist ja echt genial, dass sie die Hauptrolle für diesen Film bekommen hat. Damit hat sich ihr Traum erfüllt, oder?« Spencer trank von seinem Bier, nachdem er uns zugeprostet hatte.

»Ja, das auf jeden Fall. Sie hatte die Hoffnung schon aufgegeben. Zuletzt hat sie eine Absage nach der anderen kassiert.«

»Ist es da nicht erstaunlich, dass sie mit einem Mal völlig aus dem Nichts die Hauptrolle für eine große Kinoproduktion bekommt? Jetzt, wo offiziell bekannt ist, dass sie mit dir zusammen ist ...« Lex schaute mich über den Rand seines Bierglases an, und ich mochte nicht, was er damit implizierte.

Bei seinen Worten stieg regelrecht Wut in mir hoch. »Wie meinst du das?«, fragte ich scharf.

Lex hob abwehrend die Hände. »Ich sage ja bloß, dass es sehr nach einem Zufall klingt, auch mit den anderen Zusagen. Ohne ihr oder jemand anderem etwas unterstellen zu wollen. Ich kenne sie kaum, finde, sie ist nett und freundlich. Aber ...«

»Aber was?«, schnauzte ich ihn nun an, die Hände zu Fäusten geballt.

Dass er es wagte, anzudeuten, sie hätte die Rolle nur bekommen, weil wir mit der Band im Rampenlicht standen und der Regisseur die Presse für sich nutzen wollte, machte mich sauer. Ich wusste, wie gut Alicia spielte und dass es lediglich eine Frage der Zeit war, bis sie wieder ein Filmangebot bekam, wie sie es sich wünschte. War ja auch geschehen. Punkt.

Mir fielen die Blicke von Richie und Spencer auf, die unseren hitzigen Schlagabtausch schweigend verfolgten. Dachten sie etwa ähnlich?

»Aber du musst zugeben, es klingt schon alles sehr ... gesteuert«, formulierte Lex den Satz vorsichtig zu Ende.

»Gesteuert? Spinnst du?« Mir fiel es verdammt schwer, nicht zu laut zu werden und die Aufmerksamkeit der anderen Gäste auf uns zu ziehen. »Willst du damit andeuten, sie würde unsere Beziehung für ihre Karriere ausnutzen?«, zischte ich ihm über den Tisch gebeugt zu.

Lex' Schweigen fühlte sich an wie ein Schlag ins Gesicht. Da half es auch nicht, dass er nach zwei Atemzügen zurückruderte. »Das habe ich nicht gesagt.«

»Aber angedeutet hast du es. Nicht wahr? Ist es das, was du denkst? Von ihr? Von mir und der Beziehung zu meiner Freundin?« Ich schaute zu Richie und Spencer, die betreten den Mund hielten – oder weil sie Lex' Meinung waren? »Was ihr alle denkt?!«, schob ich provozierend nach, weil ich es mir nicht verkneifen konnte.

»Hör zu, Alicia ist großartig, sonst wärst du nicht mit ihr zusammen«, schaltete sich Richie ein. »Und ich bin mir sicher, Lex will ihr hier nichts unterstellen. Wir machen uns bloß Sorgen um dich. Dich hat es voll erwischt, und klar, Alicia ist jetzt mit ihrer Arbeit eingespannt, aber wir sehen dir an, dass du darunter leidest, dass sie sich rarmacht.«

*Das liegt allerdings daran, dass das unser Deal war – die Freundinnen vom Bandleben fernzuhalten*, wollte ich ihnen entgegenschleudern. Da sich aber bereits ein paar der anderen Barbesucher zu uns umdrehten, verkniff ich mir den Kommentar.

»Und wenn man das Ganze damit in Verbindung bringt, wie ihr euch kennengelernt habt ...«, fuhr Lex fort.

Das brachte das Fass endgültig zum Überlaufen.

»Ach, fickt euch«, knurrte ich zwischen zusammengebissenen Zähnen, stand auf und eilte auf den Ausgang zu.

Lex' »Theo!« ignorierte ich, genau wie die Tatsache, dass keine zwei Sekunden später mein Telefon vibrierte und Richies Name auf dem Display aufleuchtete.

Vielleicht meinten die Jungs es nicht böse, aber mich erwischten ihre Anschuldigungen heftig. Nicht nur deshalb, weil sie damit einen empfindlichen Punkt in mir trafen. Denn Alicia war nicht, wie sie dachten.

In der Vergangenheit war ich oft genug mit Frauen zusammen gewesen, die mich, meinen Status, mein Geld – oder, besser gesagt, damals noch das meiner Eltern – ausgenutzt hatten. Die alles dafür getan hatten, meine Aufmerksamkeit zu erregen. Reisen, Klamotten shoppen, auf gefühlt jeder Party eingeladen sein ... das war seit jeher ein Teil von mir, und nicht nur einmal hatten die Frauen in meinem Leben mich in dieser Hinsicht ausgenommen.

Nicht, dass ich mich naiv und unwissend auf sie eingelassen hätte – ich war mir dessen sehr wohl bewusst gewesen. Dafür waren hübsche Frauen an meiner Seite gewesen, mit denen ich eine Menge Spaß gehabt hatte. Im Bett und manchmal auch außerhalb. Doch mir hatte es lediglich bis zu einem gewissen Grade etwas ausgemacht. Irgendwann war nämlich der Punkt erreicht gewesen, an dem ich einsehen musste, dass ich nicht beides haben konnte – eine Freundin, die aus diesen Gründen mit mir zusammen war und mich gleichzeitig liebte.

Zweimal war ich derb auf die Schnauze gefallen. Scheiße, ich war so verknallt in diese Mädels gewesen, dass ich zu lange blind geblieben war. Bis ich hatte einsehen müssen, dass Liebe nicht mit dem Sehnen nach Status und Geld gleichzusetzen war. Schließlich hatte ich mir geschworen, mich nicht mehr auf eine Frau einzulassen, die bloß darauf aus war, von mir, meinem Geld, meinem Status oder meiner Bekanntheit zu profitieren. Die Jungs wussten das. Und dennoch ... Alicia war in dieser Hinsicht völlig anders als ihre Vorgängerinnen. Sie liebte mich. Das hatte sie mir gesagt. Und ich glaubte ihr ...

Als ich wenig später zu Hause ankam, waren drei weitere Anrufe von den Jungs eingegangen sowie eine Nachricht von Lex.

*Lex: Hey, Mann, sorry noch mal. Ich hab das echt nicht böse gemeint. Du weißt, wir kennen uns fast unser ganzes Leben. Du bist wie ein Bruder für mich, und ich will auf keinen Fall, dass du*

*unglücklich bist. Mir ist bewusst, du liebst Alicia, sie ist sicher
eine tolle Frau. Und ich möchte ihr wirklich nichts unterstellen,
dafür weiß ich zu wenig über sie. Aber ich bin auch dein bester
Freund, und wer wäre ich, wenn ich dir nicht sagen würde, dass
ich mir Sorgen mache, dass du verletzt wirst? Bestimmt ist es nur
ein großer Zufall, dass Alicia ausgerechnet jetzt diese Rolle erhalten hat. Doch falls nicht … Du weißt, ich bin immer für dich
da. Das sind wir alle drei.*

Ohne zu antworten, schob ich das Handy zurück in die Hosentasche und ging zum Kühlschrank, um die Packung mit den
Resten von gestern Abend herauszunehmen. Dass mein Blick
dabei auf Alicias Joghurtbecher fiel, genügte, um schwer zu
seufzen – und natürlich klingelte genau in dem Moment
prompt mein Telefon.

Beinahe ließ ich das Essen fallen, weil ich so sehr hoffte,
dass Alicia anrief. Ich sehnte mich danach, ihre Stimme zu hören, lieber noch, sie in meine Arme ziehen zu können und
mich zu vergewissern, dass meine Kumpels auf dem Holzweg
waren. Doch es stand Spencers Name auf dem Display, und
bevor ich verstand, was ich tat, wischte ich den Annahmebut-
ton zur Seite und meldete mich mit einem brummenden »Ja?«.

»Bist du zu Hause?«

»Ja.«

»Kann ich vorbeikommen?«, fragte er vorsichtig.

»Bist du allein?« Auf keinen Fall wollte ich mich erneut allen dreien stellen müssen. Ich brauchte Zeit, um mir zu überlegen, wie ich Lex gegenübertreten sollte.

»Jep«, drang es an mein Ohr.

Geschlagen seufzte ich. »Okay.« Ich konnte und wollte ihnen nicht ewig aus dem Weg gehen. Immerhin mussten wir
zusammen Musik machen. Und Spencer ergriff nie Partei, also
war es vermutlich in Ordnung, mit ihm zu sprechen und seine
neutrale Meinung zu hören. Oder einfach nur Gesellschaft zu
haben und gemeinsam abzuhängen.

»Dann mach die Tür auf, ich stehe vor deiner Wohnung.«

Augen rollend legte ich das Telefon auf die Kommode und

öffnete Spencer, der grinsend die Hände in die Hosentaschen geschoben hatte.

Stumm machte ich einen Schritt zur Seite und ließ ihn in meine vier Wände. »Bedien dich am Kühlschrank«, sagte ich über die Schulter hinweg, während ich mit dem Essenskarton in der Hand die Couch ansteuerte.

Spencer folgte mir auf direktem Weg und setzte sich ans andere Ende, den Blick auf mich gerichtet. »Du weißt, Lex wollte weder dich noch Alicia angreifen.«

»Hm«, brummte ich und schob mir eine große Gabel gebratene Nudeln in den Mund, um nicht gleich antworten zu müssen. »Hat sich aber ganz danach angefühlt. Auch wenn er es vielleicht nicht böse gemeint hat.«

»Dann verstehst du unsere Sorge?«, hakte er weiter nach.

Ich zuckte mit den Schultern und schaufelte unablässig Essen in mich hinein. Dass sie sich um mich sorgten, war irgendwie ... keine Ahnung, jetzt fühlte ich mich verlegen oder so, als ob ich ihre Bedenken nicht zu schätzen wüsste, obwohl ich das vermutlich sollte.

Spencer beobachtete mich eine Weile mit nachdenklichem Blick.

Womöglich war es kindisch, so bockig zu reagieren, aber ich brauchte Zeit, um alles sacken zu lassen und darüber nachzudenken.

»Vielleicht haben Lex, Richie und ich uns völlig in Alicia geirrt«, fuhr Spencer fort. »Und glaub mir, wir wünschen es dir von Herzen. Weil ihr beide echt süß zusammen seid. Trotzdem hat die Sache einen faden Beigeschmack – das kannst du nicht abstreiten.«

Verdammt, ja, er hatte recht ... Und ich hasste es, das inzwischen zugeben zu müssen. Ihre Zweifel hatten in den letzten Minuten in mir gearbeitet. »Selbst wenn sie aufgrund unserer Bekanntschaft die Rolle bekommen haben sollte, heißt es nicht, dass sie das mit mir nicht ernst meint und mich jetzt fallen lässt wie eine heiße Kartoffel oder dass sie es auf unseren Ruhm angelegt hätte«, erwiderte ich und ärgerte mich, dass ich beleidigt klang. »Sie liebt mich, von ganzem Herzen. Ich weiß das. Und sie ist im Moment echt mit Arbeit eingespannt.

Das ist nun mal so bei ihr. Während des Drehs sehen wir uns wenig, danach wird sie wieder mehr Zeit haben.« Verflucht, es ärgerte mich, dass ich das Bedürfnis verspürte, das jetzt so zu betonen und mich zu rechtfertigen. Dass ich mich dazu verpflichtet sah, Alicias Handlungen und Gefühle für mich vor meinem Freund und Bandkollegen verteidigen zu müssen.

Spencer nickte. »Wenn du das sagst, glaube ich dir. Genau wie die Tatsache, dass sie eine herausragende Schauspielerin ist. Sonst hätte sie die Rolle bestimmt nicht bekommen.«

Ich *wusste*, Spencer meinte jedes Wort, wie er es gesagt hatte. Weil er ein verdammt guter Kerl war. Allerdings blieb mein Hirn bei einem Part hängen und wiederholte ihn in Dauerschleife: *dass sie eine herausragende* Schauspielerin *ist* ...

Was, wenn die Jungs doch recht hatten? Wenn ich Alicia blind vor Liebe aus der Hand gefressen hatte, während sie mir alles nur *vorgespielt* hatte? Wenn sie mich und meine Bekanntheit wirklich nur ausgenutzt hatte, um an gute Rollen zu kommen? Sie war immerhin mit ihrer Mutter auf den *BRIT Awards* gewesen. Sie hatte *gewusst*, dass wir dort sein würden. Dass sie anschließend sogar auf der After-Show-Party aufgetaucht war, war womöglich gar kein Zufall ... Vielleicht hatte sie alles von Anfang an geplant, mir ihre Gefühle nur vorgegaukelt und jetzt, wo sie die Rolle hatte, die sie wollte ...

Mit einem Mal wurde mir übel. Heiß und kalt zugleich. Ich musste die Box mit den Essensresten auf den Couchtisch stellen, mehrfach tief durchatmen. Bis ich aufsprang und auf die Toilette lief, in die ich prompt den gesamten Mageninhalt erbrach.

Spencer sah besorgt nach mir, doch ich jagte ihn fort mit der Begründung, dass das Essen wohl schlecht gewesen wäre. Was natürlich nicht stimmte, aber das verschwieg ich ihm.

Als sich mein Magen endlich wieder etwas beruhigt hatte, spülte ich den Mund mit Wasser und wusch mir das Gesicht. Die Übelkeit war zwar weitestgehend verschwunden, das üble Gefühl allerdings hatte sich in mir festgefressen.

Gerade, als ich mich auf die Couch legen wollte, um noch

einmal alle Aspekte durchzudenken, die in den letzten Stunden aufgekommen waren, schrillte es an der Tür.

Verdammt, das musste Alicia sein – wobei sie einen Schlüssel hatte. Aber vielleicht traute sie sich nicht, ihn erneut zu benutzen, weil sie mich beim letzten Mal so sehr erschreckt hatte?

Doch als ich die Tür aufriss, stand erneut Spencer davor. Und sein Gesichtsausdruck verhieß nichts Gutes.

»Was ist los?«, fragte ich, während ich ihn noch einmal in die Wohnung ließ.

Mein Kumpel holte tief Luft. »Okay, ich vermute mal, dass es der schlechteste Zeitpunkt überhaupt ist, dir das zu sagen, aber ... gerade ist ein Artikel erschienen, der dir vermutlich nicht gefallen wird. Und ich dachte, bevor du ihn entdeckst, während du allein bist ...« Den Rest des Satzes ließ er in der Luft hängen.

»Was, verflucht noch eins, ist es?«

Spencer musterte mich noch einen Augenblick, dann holte er sein Handy hervor und reichte es mir mit dem geöffneten Internetbrowser.

*Alicia Atkinson und Paul Hughes: Nur ein Treffen unter Kollegen, oder stecken die beiden im Liebesglück? Gibt es Ärger im* Mighty Bastards-*Himmel?*

Mir war klar, wie die Klatschpresse arbeitete. Hatte selbst schon den ein oder anderen Mist über die Band oder mich gelesen, um zu wissen, dass man nicht alles glauben sollte, was dort geschrieben wurde. Unter anderem hatten sie Richie und Hayden eine Schwangerschaft angedichtet ...

Allerdings war eben auch nicht alles erfunden. Und das Foto von Alicia und diesem Paul sah verdächtig echt aus. Sie hatten die Köpfe über ihren Kaffees zusammengesteckt, sahen sich tief in die Augen und verdammt, Alicia strahlte den Kerl an, als hätte er ihr gerade den Himmel und die Sterne versprochen.

In dem Moment wurde mir klar, dass ich ein Idiot gewesen war, ihr vorzuschlagen, sich mit ihrem Kollegen noch auf einen Kaffee zu treffen und ihn besser kennenzulernen. Denn so, wie es aussah, hatte ich sie direkt in seine Arme getrieben und damit auch noch die Beziehung mit ihr zerstört. Weg von mir zum Nächstbesten auf der Treppe nach oben, der ihr den Weg dorthin ebnete ...

»Geht es dir gut?« Spencer sah mich mit gefurchter Stirn an.

Langsam schüttelte ich den Kopf. »Lass mich allein. Bitte.« Die Worte brachte ich nur mühsam hervor.

Spencer sah mich noch einen Augenblick mitfühlend an, dann ging er zur Tür. »Melde dich, wenn du was brauchst, hörst du?«

Ich nickte, dann schloss ich die Tür hinter ihm. Und sackte auf den Boden, während ich eine Hand auf meine Brust presste und versuchte, mein Herz vorm Zerbrechen zu schützen.

# 32 – Alicia

Mein Kopf brummte, und ich fühlte mich wie überfahren, als ich das Filmgelände verließ. Der Fahrer, der mich nach Hause bringen sollte, wartete bereits. Wieder zu drehen war beflügelnd und anstrengend zugleich – ich musste mich wohl erst auf die Prozesse am Set neu eingrooven. Heute jedoch war ich noch ausgelaugter als zuvor. Ob es daran lag, dass ich so lange nicht gedreht hatte, oder eher daran, dass ich womöglich etwas ausbrütete, wusste ich nicht. Jedenfalls freute ich mich auf mein Zuhause, eine heiße Badewanne und mein Bett.

Schon vorhin hatte ich gesehen, dass ich im Laufe des Tages mehrere Nachrichten von Theo bekommen hatte. Natürlich könnte ich ihm rasch zurückschreiben, allerdings sehnte ich mich danach, seine Stimme zu hören. Daher entschied ich mich für einen Anruf und wählte seine Nummer.

»Hi Alicia.« Theo klang abgelenkt – oder müde.

»Hey, ich bin endlich auf dem Heimweg. Wie war dein Tag?«

»Okay. Deiner?«

»Ist es gerade ungünstig? Oder ist etwas passiert?«, fragte ich vorsichtig. »Du klingst ... abgekämpft?«

»Nein, alles gut«, sagte er matt und holte tief Luft. »Das heißt, du kommst nicht mehr vorbei?«

»Ich würde gern, allerdings bin ich heute ziemlich erledigt. Ich muss dringend in die Wanne und anschließend ins Bett. Ich darf auf keinen Fall krank werden – und dich möchte ich schon gar nicht anstecken. Aber hoch dosiertes Vitamin C wird es hoffentlich richten.« Die letzten Worte gingen in ein Gähnen über. »Sorry«, murmelte ich und meinte sowohl mein Verhalten als auch die Tatsache, dass ich heute nicht zu ihm konnte.

»Wann sehen wir uns dann?« Immer noch klang Theo seltsam distanziert. Aber vielleicht war er ebenfalls erschöpft von seinem Tag. Ja, das musste es sein. Oder abgelenkt durch ein Videospiel oder die Jungs waren zu Besuch – wobei es im Hintergrund bei ihm erstaunlich still war. Womöglich war er schon im Bett?

»Übermorgen?« Ich ließ das Wort wie eine Frage klingen, weil mich sein Verhalten gerade verunsicherte. »Du weißt ja, morgen Abend bin ich bei Mum eingeladen.« Schwer seufzte ich. Allein der Gedanke daran dämpfte meine Laune. Jedoch hatte sie mich gebeten, mir Zeit zu nehmen, weil sie dringend mit mir reden musste, und ich hegte die Hoffnung, dass sie endlich zur Einsicht gekommen war. Dass sie sich eventuell bei mir entschuldigte, was ihr unmögliches Verhalten von neulich betraf. Das wäre schließlich auch höchste Zeit ...

»Gut. Also übermorgen«, brummte Theo.

»Schlaf gut«, sagte ich leise. »Ich vermisse dich. So sehr.«

»Gute Nacht, Alicia. Bis dann.«

»Ich liebe dich!« Die Worte presste ich schnell hervor, weil ich das Gefühl hatte, er würde bereits auflegen wollen. Was mich unerwartet heftig traf. Vermutlich war er einfach schon am Einschlafen, dem monotonen Klang seiner Stimme nach zu urteilen, war das gar nicht mal so abwegig.

»Ich ... dich auch.« Damit legte er tatsächlich auf. Das hatte jetzt nicht sonderlich überzeugt geklungen.

Irritiert schaute ich auf mein Handy. Öffnete unseren Chat. Doch ich entdeckte keinen Grund für seine seltsamen Reaktionen heute.

Womöglich war er schlichtweg traurig, weil ich erst so spät vom Set weggekommen war und ihn heute nicht mehr besuchte? Aber es war einfach besser für uns beide. Ich brauchte meinen Schlaf gerade dringend und sollte ich mich wirklich erkältet haben, wäre es fatal, Theo anzustecken – vor allem in einer Zeit, in der die Band so viel arbeitete. Ich wusste, sie hatten in den nächsten Tagen und Wochen noch einige wichtige Pressetermine, und Ende Mai begannen die Aufnahmen für ihr neues Album. Genau wie bei mir musste auch er abliefern. Ein Ausfall kostete in unseren Branchen nicht nur Zeit, sondern auch eine Menge Geld.

Wahrscheinlich war ich gerade einfach zu empfindlich. Bestimmt wäre es besser, mir nicht zu viele Gedanken darüber zu machen. Auch Theo durfte mal einen schlechten Tag haben. Morgen sah die Welt schon wieder anders aus ...

»Du bist spät!« Nur Mum konnte Worte wie diese verärgert aussprechen und dabei freundlich lächeln, während sie mir die Tür aufhielt und mich in ihr Haus ließ. Aber es hätte uns ja jemand von der Straße beobachten können, und es würde ein schlechtes Licht auf sie werfen, wenn sie mich unfreundlich empfing. Demnach war eine Schauspielerin an ihr verloren gegangen – womöglich hatte ich dieses Talent sogar von ihr geerbt.

Ein Schauder schüttelte mich bei dem Gedanken.

»Sorry, Mum, aber du kennst das ja: Die Arbeit geht vor.« Diese Spitze hatte ich mir nicht verkneifen können. Überhaupt fiel es mir von Mal zu Mal leichter, auszuteilen und nicht mehr alles zu schlucken und vor ihr zu kuschen.

Der Dreh hatte wie eigentlich fast immer etwas länger gedauert. Leider heute deswegen, weil ein Teil der Requisiten, die für den Drehtag vorgesehen waren, nicht auffindbar gewesen waren. Der Verantwortliche würde ab morgen nicht mehr zur Arbeit kommen müssen – verlorene Zeit war nun mal verlorenes Geld.

Mich wunderte es ja, dass Mum nicht wieder mit der alten Leier anfing, dass es besser wäre, ich hätte ins Modelbusiness gewechselt, als es noch möglich gewesen war. Jetzt war ich ihrer Meinung nach ja zu alt dafür, hatte mir die Figur versaut, und zudem fehlte es mir an Jahren in Erfahrung. Stattdessen schnaubte Mum bloß und schaute mir zu, wie ich meinen Trenchcoat an der Garderobe aufhängte. Zum Glück hatte das Vitamin C geholfen, und ich war heute Morgen ausgeschlafen und fit aufgestanden.

»Na komm, das Essen wird nicht besser, je länger es im Ofen ist.« Mit diesen Worten stakste sie in die Küche und nahm einen dampfenden Auflauf aus dem Backofen. »Ich hoffe, er ist nicht komplett vertrocknet und verbrannt.«

Ich verdrehte hinter ihrem Rücken die Augen. »Kann ich etwas helfen? Soll ich uns was zu trinken einschenken?«

»Nein, setz dich einfach. Wasser steht bereits auf dem Tisch. Und Sekt. Heute müssen wir immerhin auf deinen Erfolg anstoßen. Endlich wieder eine große Kinorolle.« Den letzten Satz zwitscherte sie wie ein aufgeregtes Vögelchen und klang dabei völlig konträr zu ihren bisherigen heutigen Äußerungen.

Ach, *das* war der Grund, weshalb wir reden mussten? Sie hatte also wieder nicht vor, sich bei mir zu entschuldigen?

Langsam, aber sicher war ich genervt. Von ihr, dass sie so uneinsichtig war, aber auch von mir, dass ich immer noch daran glaubte, irgendwo tief in ihr drin würde das Gute stecken.

Stirnrunzelnd setzte ich mich, während sie das Essen in die Mitte des Tisches stellte und begann, den Gemüseauflauf in vier gleich große Stücke zu schneiden. Eines davon gab sie auf meinen Teller, ein weiteres auf ihren.

Der Käse und ein Teil des Gemüses waren wirklich etwas dunkel geraten, allerdings war ich mir sicher, dass es dennoch schmeckte.

»Also, erzähl mal vom Dreh. Ich möchte alles wissen.« Neugierig schaute sie zu mir, während sie die Sektflasche entkorkte und uns einschenkte.

Ich hob eine Augenbraue. »Du weißt, ich darf nicht viel darüber sprechen. Aber es ist toll, aufregend, und ich habe ein richtig gutes Gefühl dabei. Die Geschichte ist großartig, genau wie das Team.«

Mum hing an meinen Lippen, als hätte ich ihr gerade eröffnet, doch Model werden zu wollen. »Ach, Schatz, das klingt alles fabelhaft!« Sie nahm ihr Sektglas und prostete mir zu. »Auf dich und deine Karriere als Schauspielerin.«

Ich erhob meines ebenfalls, trank einen Schluck, und der Sekt prickelte auf meiner Zunge.

»Und auf mich und darauf, dass meine Mission erfolgreich war.«

Irritiert stellte ich das Glas ab und spießte ein Stück Brokkoli auf. »Welche Mission?« In meinem Gedächtnis kramte ich nach Erinnerungsbrocken. Bestimmt hatte sie es in einem der letzten Gespräche erwähnt, und ich hatte lediglich mit halbem Ohr zugehört.

»Na, dass du diese Rolle bekommen hast«, sagte sie und lächelte zufrieden.

In meiner Brust rumpelte es, bevor mein Herz schneller schlug. »Warte ... was genau willst du damit sagen?« Langsam legte ich die Gabel zurück auf den Teller.

Mum aß unbeirrt weiter, stieß ein Lachen aus. »Wir hatten doch vereinbart, dass ich meine Kontakte spielen lasse, damit du wieder eine Rolle bekommst. Und wie du siehst, hat es geklappt.«

Mit einem Mal war mir der Appetit vergangen. »Was hast du getan?« Allein das Wissen, dass ich diese Filmrolle nicht ergattert hatte, weil ich überzeugt hatte, fühlte sich an wie ein Schlag in den Magen. Dass sie wirklich nach den *BRIT Awards* weiterhin ihre Finger in dieser Sache gehabt hatte und dass sie, ohne mit mir darüber zu reden, in meiner Karriere interveniert hatte, war ein gewaltiger Vertrauensbruch.

»Keine Sorge, ich habe nicht mit dem Regisseur geschlafen oder so.« Sie lachte auf. »Mein Gott, Alicia, du müsstest dein Gesicht sehen!«

Starr vor Schreck schaute ich ihr zu, wie sie völlig ungerührt von ihrem Sekt trank und anschließend weiteraß, als würden wir über das Wetter plaudern. »Was. Hast. Du. Getan?«, wiederholte ich, langsam und mit Pausen zwischen den Wörtern, während ich mit aller Kraft versuchte, nicht komplett auszurasten.

Mum schnaubte. »Nichts Schlimmes. Mein Gott, Alicia, ich habe lediglich deiner Karriere den nötigen Schubs verpasst, den du ihr selbst nicht geben wolltest. Ich habe meine

Kontakte zur Presse genutzt. Fred war total begeistert und schuldet mir jetzt einen Gefallen. Win-win für alle also.«

Meine Hände zitterten, weshalb ich sie unter den Tisch schob, damit Mum es nicht sah. »Fred? Der für die Klatschpresse arbeitet?«

»Genau. Wundert mich, dass du nicht selbst darauf gekommen bist, jemandem den Tipp zu geben, wo du wann mit Theo zu finden bist.«

Mein Mund klappte auf und wieder zu, doch mir fehlten die Worte.

»Das hast du nicht getan!«, brachte ich heiser hervor.

Nun legte sie ihr Besteck ab und schaute mich tadelnd an. »Mein Gott, tu nicht so, als sei ich das Böse in Person. Das Ganze hat deiner Karriere geholfen, und niemand wurde dabei verletzt. Genau darum ging es doch auch bei eurer Liebelei, dachte ich. Gegenseitige Presse für mehr Ruhm. Du hast eben nur nicht zu Ende gedacht und den rechten Zug verpasst. Genau genommen, wäre also jetzt der perfekte Zeitpunkt, mir für meinen Einsatz zu danken. Also hör auf, mich so anzusehen, und iss.«

Doch das würde ich garantiert nicht tun. »Du bist abartig«, sagte ich leise, während mir der Kopf schwirrte.

»Na, na, werd jetzt bloß nicht frech, sonst ...«

»Abartig und böse«, zischte ich. Langsam, aber sicher begriff ich endlich, was hier passierte. Was die ganze Zeit schon passiert war und was ich einfach nicht hatte wahrhaben wollen. »Du bist eine widerliche Hexe, Mum. Mischst dich in mein Leben ein, redest alles schlecht, was ich mache, und manipulierst mich.« Ich redete mich immer mehr in Rage. »Das hier, das geht eindeutig zu weit. Nie hätte ich gedacht, dass du zu so was fähig bist. Schlimm genug, dass ich ständig an mir, meiner Figur und meiner Karriere zweifle. Das liegt an dir, weil du ... absolut toxisch bist. Ich hasse dich!« Erschrocken über die Heftigkeit der Worte, die ich in meiner Wut auf sie nicht hatte aufhalten können, legte ich mir eine Hand auf den Mund. Doch gerade wollte ich nichts zurücknehmen.

Sie hatte mich tief verletzt, mein Vertrauen missbraucht und sich erneut in mein Leben eingemischt – auf eine absolut übergriffige und grenzüberschreitende Art.

»Alicia Atkinson, hör auf, herumzuzicken wie ein undankbares Gör!«, befahl sie in strengem Ton. »Du bist doch kein kleines Kind mehr, mit dem man sich nicht sachlich unterhalten kann! Dein Verhalten ist lächerlich und völlig drüber ...«

Früher hätte ich vermutlich spätestens jetzt eingelenkt, mich eingeschüchtert wieder hingesetzt und mir ihre Erklärungen angehört, wieso sie berechtigt sei, sich auf diese Weise in mein Leben einzumischen. Doch ich hatte genug davon. Genug von ihr. Genug von alldem hier.

Als stünde ich unter Strom, sprang ich derart rabiat auf, dass der Stuhl geräuschvoll über den Boden scharrte. Keine Sekunde mehr würde ich hier sitzen bleiben können. »Nein. Zu lange habe ich zugelassen, dass du mich steuerst wie ein Püppchen und deine Finger und Fäden im Spiel hast. Ich will das nicht mehr. Ich *kann* das nicht mehr. Du tust mir nicht gut, und jetzt ist wohl der Zeitpunkt gekommen, in dem ich es endlich einsehe.« Tränen verschleierten meine Sicht, und ich versuchte, sie mit heftigem Blinzeln zu vertreiben, während es in meinem Hals eng wurde. »Ich habe dich immer geliebt und zu dir aufgesehen. Trotz allem. Habe mir so vieles gefallen lassen, aber jetzt ...« Tief holte ich Luft. »Jetzt ist damit Schluss. Du hast zu viele Grenzen überschritten. Ich ... muss gehen. Ruf mich nicht an, und halte dich in Zukunft aus meinem Leben raus.« Es gab noch so einiges, das ich ihr hätte sagen wollen. Doch gerade musste ich weg von hier, bevor ich endgültig zusammenbrach. Und wenn es so weit war, wollte ich nicht, dass sie es sah.

Heftig atmend erreichte ich die Straße und schaute mich zu beiden Seiten hin um. Ich hatte kein Uber bestellt, ein Taxi war nicht in Sicht. Hier stehen bleiben wollte ich allerdings auch nicht. Schon gar nicht, weil Mum mir noch einmal »Alicia!« aus der Haustür zurief.

Auf keinen Fall würde ich umdrehen und zu ihr zurückgehen. Das, was eben passiert war, hatte mir die Augen geöffnet. Endgültig.

Also bog ich einfach rechts ab und beschloss, nach Hause zu laufen.

Tränen liefen mir übers Gesicht, und ich versuchte sie wegzuwischen.

In meiner Brust war der Schmerz so groß, dass ich eine Hand auf die Stelle pressen musste, hinter der mein Herz saß, weil ich das Gefühl hatte, sonst zu zerbrechen. Gleichzeitig wiederholten sich Mums Worte in Dauerschleife in meinem Kopf: *Mein Gott, Alicia, ich habe lediglich deiner Karriere den nötigen Schubs verpasst ...*

Immer noch konnte ich nicht glauben, dass sie das wirklich getan hatte. Dass sie mir so in den Rücken gefallen war und mein Vertrauen dermaßen missbraucht hatte. Meine eigene Mutter hatte mich an die Klatschpresse verkauft – das musste ich erst einmal verdauen.

Als ich gut dreißig Minuten später atemlos und zitternd meine Wohnungstür hinter mir schloss, brach ein lautes Schluchzen aus mir heraus. Bis jetzt hatte ich es zurückgehalten, doch nun konnte ich mich nicht länger beherrschen. Wie in Trance steuerte ich die Couch an, warf mich darauf und heulte hemmungslos.

Der Schmerz in meiner Brust wollte nicht nachlassen, aber irgendwann waren die Tränen versiegt. Dennoch fühlte ich mich wie in einem Schockzustand gefangen. Mechanisch holte ich ein Taschentuch, trocknete die Wangen und putzte mir die Nase. Dann wählte ich Kims Nummer.

»Hey, ich dachte, du wärst heute bei deiner Mum?«, meldete sie sich und klang überrascht.

Allein die Erwähnung meiner Mutter sorgte jedoch dafür, dass ich erneut aufschluchzte. »Dort war ich auch«, brachte ich erstickt hervor.

»Mein Gott, Alicia, was ist passiert?«

Stockend erzählte ich ihr von dem schrecklichen Gespräch, während sich dieses brennende Herzweh weiter in mir ausbreitete.

»Das darf doch nicht wahr sein! So eine Bi... sorry, fiese Schlange!«

Ich liebte Kim dafür, dass sie sich für mich aufregte.

»Was sagt Theo dazu?«, wollte sie schließlich wissen.

»Der weiß nichts davon«, gestand ich. »Gott, ich fühle mich unglaublich schlecht! Wir dachten, Sophie, diese Redakteurin von dem Musikmagazin, hätte ihr Wort nicht gehalten und unsere Lovestory weitergetragen. Dabei war sie immer ehrlich zu uns.« Erneut presste ich meine Faust gegen die Brust. »Es tut so weh, dass es Mum war, die dafür gesorgt hat, dass unser Geheimnis nicht länger eines ist.«

»Ach, Süße ... Tut mir unglaublich leid für dich, dass deine Mutter einen derart miesen Charakter hat.« Sie seufzte schwer. »Soll ich zu dir kommen und dich trösten und drücken? Dir seelischen Beistand leisten? Ich könnte Eiscreme mitbringen oder Schokolade. Oder Chips! Davon hab ich sogar noch eine Packung zu Hause. Gerne auch alles zusammen.«

Damit brachte sie mich doch tatsächlich zum Schmunzeln, obwohl alles in mir vor Schmerz schrie. »Das ist wirklich süß von dir, aber ich glaube, ich bin heute lieber allein. Ich muss das alles erst sacken lassen und mir Gedanken darüber machen, wie ich damit umgehe. Ob ich es Theo erzähle und wie ich die Sache bei Dad anbringe – weil er Mum sicher am besten kennt und mir sagen kann, wie ich ihr in Zukunft begegnen soll. Gerade fühle ich mich einfach lost ...«

Kim hörte mir geduldig zu. »Hm, ja, da hast du recht. Aber verschweig es Theo nicht. Er hat die Wahrheit verdient, immerhin betrifft sie ihn zu einem nicht unbeträchtlichen Teil.«

Sofort hatte ich wieder einen Kloß im Hals, der sich nicht hinunterschlucken ließ, denn Kim hatte recht. »Er wird bestimmt unglaublich enttäuscht sein. Sicher, er hat keine hohe Meinung von meiner Mum, aber dennoch wusste sie durch *mich*, wo wir uns aufhalten. Ich will einfach nicht, dass er auf mich sauer ist, verstehst du?«

Kim schnaubte. »Wieso sollte er deinetwegen verärgert sein? Du kannst nichts für deine Mutter. Und er kennt sie – sie ist nicht gerade eine Bilderbuchmum.«

Damit entlockte sie mir tatsächlich abermals ein Lächeln. Wie machte sie das nur? »Da hast du wohl recht.« Tief atmete ich ein und aus. »Danke, Kim. Fürs Zuhören, Mit-mir-Schimpfen und für deine Ratschläge. Ohne dich wäre ich wirklich verloren.« Verdammt, schon wieder liefen mir Tränen über die Wangen.

»Immer. Du weißt, du kannst dich jederzeit bei mir melden. Und falls ich doch vorbeikommen soll, schick mir einen Eisbecher-Emoji.«

Gott, ich war einfach froh, Kim in meinem Leben zu wissen.

# 33 – Theo

Mit flauem Magen starrte ich auf den Text, den Alicia mir am Morgen geschickt hatte.

*Alicia: Wir müssen reden, wenn ich heute Abend bei dir bin. Da gibt es etwas, das du wissen solltest.*

Ich las die Nachricht wieder und wieder, aber das ungute Gefühl verflog nicht. Es setzte sich fest und fraß sich tiefer in mich. Nicht nur, dass sie sich gestern Abend nach dem Essen bei ihrer Mutter nicht mehr gemeldet hatte, diese Zeilen verstärkten das ungute Gefühl in mir nur noch.

Immer wieder hatte ich in den letzten achtundvierzig Stunden im Kopf wiederholt und durchgekaut, worauf die Jungs mich gestoßen hatten. Und etwas tief in mir drin ließ mich vermuten, dass das Gespräch mit ihr nicht gut verlaufen würde.

Fingen nicht alle Beziehungsbeendungsgespräche mit einem *Wir müssen reden* an?

Nervös ließ ich mein Plektrum zwischen den Fingern hin und her wandern, während ich auf Lex wartete. Zwar hatten wir uns gestern bei der Tageszeitung gesehen, uns da jedoch nicht über die Sache im Pub unterhalten. Das hatte dort einfach nicht gepasst.

Dafür hatten wir vereinbart, uns heute eine halbe Stunde vor den anderen im Proberaum zu treffen, um noch einmal über alles zu reden.

Als endlich die Tür knarzte und er hereinkam, grüßten wir uns mit einem Kopfnicken. Da ich jedoch nicht wusste, wo ich hinsehen sollte, hielt ich den Blick auf meine Hand und das Plek gerichtet und wartete, bis er bei den Sofas angekommen war.

»Willst du was zu trinken?«, fragte er vor dem Kühlschrank, aus dem er sich eine Dose Energydrink herausnahm.

»Bitte. Ich nehme auch eine.«

Er reichte mir das Getränk, und nachdem er sich gesetzt hatte, war erst mal nur das Zischen zu hören, als wir unsere Energydrinks öffneten.

»Hör zu, es tut mir leid«, setzte er schließlich zu einer Entschuldigung an.

»Nein, mir tut es leid«, sagte ich schnell, bevor er weiterreden konnte. »Ich weiß, ihr meint es nur gut. Und ihr kennt Alicia nicht. Nicht wie ich.« Fest biss ich mir auf die Unterlippe. »Und ein kleiner Teil in mir hat eine verfluchte Scheißangst, dass ihr richtigliegen könntet.«

So, jetzt hatte ich es laut ausgesprochen, was mich seit der Auseinandersetzung mit den Jungs schwer beschäftigte.

»Wie kommst du zu dieser Vermutung?«

Tief sog ich Luft in meine Lungen, dann erzählte ich ihm, welche Gedanken mich seit zwei Tagen umtrieben, und erwähnte auch den Artikel, den Spencer mir gezeigt hatte.

Als ich den Kopf hob, schaute mich Lex mitfühlend an. »Scheiße, Mann, ich drücke dir wirklich die Daumen, dass du dich irrst und du nur deswegen so denkst, weil wir und die Presse dich verunsichert haben.«

Geräuschvoll atmete ich aus. »Ich hoffe es. Aber … keine Ahnung.«

»Vielleicht ist es bloß, weil Alicia jetzt dreht und ihr euch nicht mehr so oft seht und nicht ständig in Kontakt sein könnt. Und ich meine, dieser Paul spielt die männliche Hauptrolle. Liegt es da nicht auf der Hand, dass sie sich gut verstehen sollten? Davon abgesehen, können veränderte Situationen wie eure schon mal den Eindruck erwecken, es hätte sich etwas an der Beziehung geändert. Dabei sind es nicht die Gefühle, die weniger geworden sind, sondern lediglich die Zeit oder die Umstände, unter denen man sich sieht oder hört.«

Schmunzelnd nippte ich an meiner Dose. »Seit wann bist du so weise, Lex?«

Nun lachte er kurz auf. »Glaub mir, ich bin alles andere als das. Allerdings hab ich ebenfalls eine Freundin und weiß, wie scheiße es ist, wenn man leidet, weil es gerade nicht läuft, wie man es sich wünscht. Aus welchen Gründen auch immer. Falls es dich tröstet, Tessa hat mir einen ordentlichen Einlauf verpasst, als sie erfahren hat, was ich dir im Pub alles an den Kopf geworfen habe.«

Einen Augenblick schaute ich ihn schweigend an. Fühlte die tiefe Verbundenheit mit diesem Mann, der bereits so viele Jahre mein Anker war. Klar hatte es mich verletzt, was er die Tage über Alicia gesagt hatte. Aber war das nicht immer so, wenn ein Körnchen Wahrheit drinsteckte?

»Freunde?«, fragte ich, woraufhin er grinste.

»Freunde. Was sonst?« Er stand auf und kam auf mich zu, seine Arme ausgebreitet.

Ich erhob mich ebenfalls und zog ihn in eine kumpelhafte Umarmung, klopfte ein paarmal auf seine Schulter. Als ich mich von ihm löste, spürte ich einen unangenehm brennenden Kloß in meinem Hals, und ich musste mich räuspern.

»Willst du hören, woran ich gerade arbeite? Tessa hat einen Text rausgehauen, da kriegst du Gänsehaut vom Feinsten, ich musste sofort eine Melodie dazu niederschreiben.«

Dankbar für den Themenwechsel nickte ich und ging mit ihm zu unseren Instrumenten. Er zeigte auf eine meiner Gitarren, und als ich nickte, spielte und sang er mir einen Song vor, der absolut genial war. Nichts anderes hätte ich erwartet. Die beiden zusammen lieferten einfach immer ab.

Schade, dass wir bereits alle Tracks für das neue Album hatten, dieser hier wäre sicher richtig klasse angekommen. Und gut, dass danach sicher noch nicht Schluss sein würde …

Ich wäre beinahe auf meiner Couch eingedöst, als spät am Abend ein Schlüssel im Schloss ratterte und gleich darauf Alicia meine Wohnung betrat.

Sie sah müde aus und schenkte mir ein abgekämpftes Lächeln. »Hi.«

»Hey!« Schlaftrunken rieb ich mir über das Gesicht und setzte mich aufrechter hin. Etwas in mir riet mir, zu ihr zu gehen, sie in die Arme zu ziehen und zu küssen – aber der größere Teil in mir schaffte es nicht. Aus Selbstschutz vor dem, was gleich ganz sicher passieren würde. Nämlich, dass sie gekommen war, um mir mitzuteilen, dass sie jetzt mit ihrem Job kaum noch Zeit für mich haben würde und eine Beziehung deshalb keinen Sinn mehr mache. Dass sie mich zwar nach wie vor mochte, wir jedoch besser nur Freunde sein sollten. So einen Mist eben ... Womöglich sogar, dass sie auf der Arbeit jemand Neues kennengelernt hatte – ich wappnete mich für alles.

Tatsächlich verhielt sich Alicia ebenfalls ungewohnt distanziert. Sie zog Trenchcoat und Stiefel aus und machte ein paar Schritte auf mich zu, bevor sie stehen blieb und ihre Hände in die Gesäßtaschen schob. Fast so, als wüsste sie nicht recht, wie sie sich mir gegenüber verhalten sollte.

»Wie war dein Tag?«, fragte ich, weil unser Schweigen mit den Sekunden immer unangenehmer wurde.

»Anstrengend. Deiner?« Endlich kam sie deutlich näher.

»Ganz okay.« Erneut stieg in mir der Gedanke auf, dass ich aufstehen und sie in meine Arme ziehen sollte, aber die Angst, gleich verletzt und zurückgewiesen zu werden, überwog. Es lag einfach etwas Unheilvolles in der Luft, und ich wartete bloß darauf, dass sie endlich ansprach, was sie heute Morgen in ihrer Textnachricht angedeutet hatte.

»Darf ich mich setzen?«, fragte sie zögerlich und zeigte auf meine Couch. »Weil ... du dich heute irgendwie seltsam verhältst.«

»Du dich doch auch«, schob ich hinterher, was ihr ein knappes Lächeln entlockte, und rückte ein Stück zur Seite, um ihr zu verdeutlichen, dass sie jederzeit Platz nehmen durfte.

Alicia räusperte sich und knetete ihre Finger, bevor sie ihre langen roten Haare zusammenfasste und über eine Schulter nach vorn schob. »Ist zwischen uns alles in Ordnung?« Die Frage kam leise und verunsichert über ihre Lippen.

»Sag du es mir. Du bist diejenige, die mir heute geschrieben hat, dass sie mit mir reden will.«

Geräuschvoll atmete Alicia aus und schloss dabei die Augen. Ich beobachtete jede ihrer Regungen. Hielt die innere Anspannung kaum aus. Als sie mich wieder anschaute, lag da ein Schmerz in ihrem Blick, der mein Herz mit jedem Schlag zusammenkrampfen ließ. Schließlich holte sie wieder tief Luft.

»Sophie, die Redakteurin der deutschen Musikzeitschrift, ist nicht dafür verantwortlich, dass die ganze Welt von uns weiß.«

Mit diesem Thema hatte ich jetzt gar nicht gerechnet. Dass es nicht Sophie war, wussten wir ja schon. Oder ahnten es zumindest. Allerdings klang Alicias Aussage so, als wüsste sie jetzt, wer uns an die Klatschpresse verkauft hatte. Und das sorgte dafür, dass sich mein Magen noch mehr verkrampfte.

»Aha. Sondern?«, fragte ich und musste mich zwingen, ruhig zu bleiben, weil das hier in eine völlig andere Richtung ging, als ich angenommen hatte.

»Es war meine Mum. Sie wollte damit wohl meine Karriere pushen, und offenbar ist ihr das auch ...«

»Scheiße, ist das dein Ernst?«, fiel ich ihr derart ungehalten ins Wort, dass Alicia mich geschockt anschaute.

Aufgebracht stand ich auf, raufte mir die Haare. Gerade fühlte sich das alles an wie ein schlechter Scherz. Ein Albtraum, der sich eben bewahrheitete. Genau, wie die Jungs es vorausgesagt hatten. »Du hast die Rolle beim Film also bloß bekommen, weil du mit mir zusammen bist? Weil es gute Publicity ist, wenn dein Name schon im Vorfeld im Gespräch ist?«

Alicias Mund klappte auf, als würde sie etwas sagen wollen, dann jedoch senkte sie den Blick und nickte.

»Fuck ey!« Ich brüllte die Worte so laut, dass ich das Gefühl hatte, das gesamte Haus hätte mich gehört. Aber das war mir gerade so was von scheißegal. Ich fühlte mich betrogen, ausgenutzt und verkauft. Wieder einmal. Und das von der Frau, die mein Leben für kurze Zeit dermaßen aus den Angeln gehoben hatte, dass ich dachte, ich hätte in ihr meine große Liebe gefunden. Deshalb schmerzte diese Erkenntnis umso mehr.

»Es tut mir leid, ich wollte das nicht ...«, begann Alica, doch in mir brodelte es so heftig, dass ich ihr erneut ins Wort fallen musste.

»Du *wolltest* das nicht und hast es dennoch getan. Ich fasse nicht, dass ich auf deine Masche hereingefallen bin. Mir hätte bewusst sein sollen, dass du mich ausnutzt, und zwar so lange, bis du bekommen hast, was du willst.« Angewidert schnaubte ich auf. »Na? Bist du jetzt zufrieden? Deine Filmrolle hast du dir nun wirklich aufgrund deiner herausragenden Schauspielfähigkeiten verdient. Und ich hab noch gedacht, du würdest mich tatsächlich lieben.«

Nun flossen Tränen über Alicias Wangen, die wie Hohn auf mich wirkten. Das konnte sie sich sparen. »Was redest du denn da, Theo? Ich *liebe* dich! Und ich habe nichts mit dem zu tun, was meine Mum eingefädelt hat. Hätte ich nur geahnt ...«

»Klar, als ob. Dann schau mir ins Gesicht, und sag mir, dass du nie daran gedacht hast, mit mir an deiner Seite mehr Aufmerksamkeit von der Presse zu bekommen, kaum dass unsere Beziehung öffentlich ist.«

Natürlich presste sie die Lippen aufeinander und wandte den Kopf ab, während sie stumm weinte. Ihre Vorstellung wurde immer perfekter. Mit Sicherheit waren sogar die Tränen gespielt. Wenn sie das so gut draufhatte, warum dann meinen Namen ausnutzen? Argh, ich war einfach nur angepisst und maßlos enttäuscht von ihr.

»Das ist unfair, und das weißt du«, flüsterte sie, aber ich tat, als hätte ich sie nicht gehört.

»Dachte ich's mir doch. Vielleicht ist es besser, wenn du jetzt gehst, Alicia.« Sie wegzuschicken brach mir das Herz. Das Wissen, dass ich sie gerade zum vermutlich letzten Mal sah und sie nicht einmal in die Arme genommen hatte, geschweige denn ihre Lippen auf meinen gespürt hatte, zerriss mich förmlich. Aber ich könnte es nicht ertragen, ihr jetzt anzubieten, über Nacht zu bleiben. Ich erkannte sie gar nicht wieder, vermutlich hatte ich sie auch nie wirklich gekannt. Sie hatte mir nur gezeigt, was sie mich glauben lassen wollte. »Ich packe deine Sachen und bringe sie dir in den nächsten Tagen vorbei.«

Scheiße, das auszusprechen war echt hart. Denn tatsächlich hatte sich inzwischen einiges von ihr bei mir angesammelt.

Mühsam schluckte ich, atmete schwer, weil mich die Emotionen gefühlt überall an meinem Körper gepackt hatten und kurz davor waren, mich heftig zu schütteln. Doch ich durfte vor ihr jetzt nicht zusammenbrechen.

»Du willst das hier jetzt echt beenden? Ohne mich ganz angehört zu haben?«, fragte sie mit belegter Stimme und deutete zwischen uns hin und her.

Meine Kiefer mahlten aufeinander. Das wäre der Moment, um noch einmal einzulenken. Alles zurückzunehmen und einfach zu akzeptieren, dass mich erneut eine Frau ausgenutzt hatte. Meinen Status, meinen Bekanntheitsgrad. Dabei war ich mir so sicher gewesen, dass Alicia anders war. Und genau aus dem Grund konnte ich nicht mit ihr in einer Beziehung bleiben. Alicia hatte mich zu hart enttäuscht. Ich fühlte mich verarscht und benutzt. Schon wieder.

»Ja, das will ich«, sagte ich daher mit so fester Stimme wie möglich, während in mir alles schrie und brannte. »Dein Trostpflaster lässt sicher nicht lange auf sich warten ... wobei, Moment, es ist ja schon da. Ein Glück, dass du einen so großartigen Schauspielkollegen hast, der dich auf deiner Karriereleiter voranbringt.«

Alicia schluckte, holte tief Luft. Noch mehr Tränen liefen über ihre Wangen. Und wenn es nicht mein Herz wäre, das hier gerade brach, würde ich ihr zu dieser Leistung applaudieren. »Zwischen Paul und mir läuft nichts«, erklärte sie, worauf ich nur verächtlich schnauben konnte. »Wirklich, ich wollte nicht, dass es so endet, Theo. Ich liebe dich, aus ganzem Herzen. Aber wenn du mich nicht mehr in deinem Leben willst, muss ich es akzeptieren.« Ein letztes Mal schaute sie mich an, wartete vielleicht darauf, dass ich doch alles zurücknahm oder sie zum Abschied an mich zog. Allerdings konnte ich das nicht, stand wie gelähmt vor ihr.

Also drehte sie sich um und zog schniefend ihre Stiefel und ihren Trenchcoat an. Daraufhin fingerte sie an ihrem

Schlüsselbund herum, bis ich begriff, dass sie den Schlüssel zu meiner Wohnung davon löste. Wortlos legte sie ihn auf die Kommode neben der Eingangstür. »Mach's gut, Theo. Ich wünsche dir von Herzen nur das Beste für deine Zukunft.« Dann öffnete sie die Wohnungstür, und mit dem nächsten Atemzug zog sie diese auch schon hinter sich ins Schloss.

Gleichzeitig ließ ich den bisher mühsam kontrollierten Schmerz gänzlich zu, der sich nach wie vor mit einer ungeahnten Zerstörungskraft in mir ausbreitete. Er nahm mir den Atem und drückte quälend auf meine Brust, bis ich mich zusammenkrümmte, weil ich dachte, ich würde es nicht mehr aushalten. Dann begann ich bitterlich zu weinen und gab mich meinem gebrochenen Herzen hin. Breakups waren immer scheiße, doch dieses ganz besonders.

# 34 – Alicia

Ich konnte nicht fassen, dass das eben passiert war. Dass Theo tatsächlich mit mir Schluss gemacht hatte. Dass er mich nicht hatte erklären lassen und uns keine Chance mehr geben wollte.

Doch er hatte mich so wütend, so gefühlskalt angesehen, dass ich kein weiteres Wort mehr über meine Lippen gebracht hatte. Und als er mir gesagt hatte, dass er mir meine Sachen in den kommenden Tagen vorbeibringen wollte, verstand ich, dass er endgültig mit uns abgeschlossen hatte.

Wie ich es von ihm nach Hause geschafft hatte, wusste ich nicht mehr. Ich fühlte mich wie in Trance, konnte mich nur noch vage daran erinnern, dass ich mit einem Taxi gefahren war.

Völlig taub legte ich mich ins Bett und weinte mich in einen kurzen und unruhigen Schlaf. Am nächsten Morgen fühlte ich mich wie gerädert, während ein großes Loch in meiner Brust prangte. Doch ich riss mich zusammen und versuchte, mich so weit wie möglich abzulenken. Und ich setzte eine Maske auf. Tat nach außen hin hoffentlich so, als wäre alles in Ordnung, während der Schmerz in meiner Brust mich förmlich in die Knie zwang. Gedanken an Theo durfte ich nicht zulassen, sonst würde ich es nicht schaffen, das mühsame Schauspiel aufrechtzuerhalten – außer, ich würde sie genau dafür nutzen.

Die kommenden Tage am Set fühlten sich unwirklich an, wie in einer Parallelwelt, in der zwar mein Körper anwesend war, meine Seele jedoch fest verschnürt und leidend in der Ecke bei den ausgedienten Requisiten aufbewahrt wurde. Zunächst hatte ich gedacht, es würde mir mit der Zeit leichter fallen, mit der Trennung zurechtzukommen. Doch selbst zwei Wochen später tat es immer noch so weh, als hätte Theo erst vor wenigen Stunden den Schlussstrich gezogen.

Während der Arbeit war es mir bisher größtenteils gelungen, mir die Gedanken an ihn zu verbieten – und falls ich sie dennoch aus Versehen zuließ, nutzte ich sie für meine Rolle der Madeleine. Ich steckte all meine aktuellen Gefühle in diese junge Mutter, die von ihrem Mann verlassen wurde. Welche Ironie, dass ich, zumindest was die Trennung betraf, aus erster Hand die Emotionen rüberbringen konnte. Vielleicht gerade deshalb fiel es mir so leicht, mich mit Madeleine zu identifizieren und mit meinem persönlichen Verlust irgendwie die Tage zu überstehen.

Gestern hatte ich das erste Mal mit Paul gedreht, und ich war mir sicher, dass er gemerkt hatte, dass etwas nicht stimmte. Vielleicht lag es daran, dass er mich in einer Zeit kennengelernt hatte, in der ich bis über beide Ohren verliebt gewesen war. Als er mich darauf angesprochen hatte, ob alles in Ordnung mit mir sei, hatte ich mich erst noch mit Kopfschmerzen und einem schlechten Tag hinausreden können. Spätestens heute war allerdings klar, dass ich das nicht erneut bringen konnte. Vor allem, weil Paul so süß war und mir, als er auf mich zukam, Kopfschmerztabletten anbot.

Deshalb zog ich ihn in einer Drehpause etwas zur Seite und erzählte ihm, dass Theo mit mir Schluss gemacht hatte.

»Oh, so ein Mist, das tut mir leid.« Mitfühlend schaute er mich an und griff nach meiner Hand. »Doch hoffentlich nicht wegen des Artikels, der über uns erschienen ist?« Besorgt runzelte er die Stirn.

Schwer seufzte ich. »Nein, der Grund für die Trennung war ein anderer.« Dass Theo dennoch auch Paul erwähnt hatte, verschwieg ich. Ich wollte nicht, dass er ein schlechtes Gewissen deswegen hatte.

Betreten sah er mich an. »Sag Bescheid, falls ich was für dich tun kann. Dich in die Arme nehmen oder mich mit dir in einer Bar sinnlos betrinken. Ich könnte auch Schlägertypen anheuern, die ...«

Schmunzelnd stieß ich ihm gegen den Oberarm. »Du bist verrückt. Aber danke. Und eine Umarmung wäre zwar schön, allerdings befürchte ich, dass ich dann wieder heulen muss, und das will ich hier wirklich nicht.« Schnell schaute ich mich um, und obwohl niemand zu uns blickte, hatte ich das Gefühl, beobachtet zu werden. Was bestimmt auch daran lag, dass ich nicht mitbekommen hatte, als man Paul und mich damals im Café fotografiert hatte. Oder Theo und mich, woraufhin unsere Beziehung öffentlich gemacht wurde. Gott, wie ich die Paparazzi dafür hasste ...! »Auf das Angebot mit dem Betrinken komme ich jedoch vielleicht mal zurück.«

Paul grinste breit. »Sag mir, wann und wo, und ich bin dein Mann.«

»Macht euch bereit, es geht weiter!«, rief uns in dem Moment der Product Assistant im Vorbeieilen zu.

»Danke fürs Zuhören«, sagte ich zu Paul und war froh, mich ihm anvertraut zu haben.

Er nickte und legte freundschaftlich seinen Arm um meine Schultern, während wir wieder an den Set gingen.

Später an diesem Abend holte mich Dad von der Arbeit ab. Gerade drehten wir in einem Haus, das etwas außerhalb von London zwischen Feldern und Wiesen stand und das Zuhause von Madeleine und ihrem Noch-Ehemann darstellte.

Als ich Dad entdeckte, lief ich auf ihn zu, schlüpfte unter der Absperrung hindurch und umarmte ihn fest. »Danke, dass du mich abholst. Ich freue mich schon auf die Zeit mit dir.«

»Für dich mach ich das doch gerne. Na komm, steig ein. Hast du Hunger? Ich dachte, wir könnten was zu Abend essen.«

Ich winkte den anderen, die wie ich in Aufbruchstimmung waren, über meine Schulter zu und stieg dann auf der Beifahrerseite ein. »Ich richte mich ganz nach dir, ich habe keinen Hunger.«

»Immer noch nicht?« Tadelnd schaute er mich von der Seite an, während er den Motor startete.

Verlegen presste ich die Lippen aufeinander. »Sorry. Ich esse dreimal täglich, weil ich es dir versprochen habe, aber es sind kleine Portionen. Ich schaffe nicht mehr.«

»Schon gut.« Er lenkte den Wagen von dem Kiesweg des Hauses auf die Straße zurück und schenkte mir einen tröstenden Blick. »Ich weiß, nach einer Trennung ist erst mal alles anders. Aber an Routinen festzuhalten ist ein erster Schritt. Solange du isst, zur Arbeit erscheinst und deinen Freunden nicht aus dem Weg gehst ... Und deinen alten Dad hin und wieder anrufst und ihn raus in die Pampa bittest, um dich abzuholen ...«

Bei seinen Worten musste ich schmunzeln, bevor ich ernst wurde. »Gestern Abend hat Theo mir meine Sachen vorbeigebracht, die ich noch in seiner Wohnung hatte.« Meine Stimme brach beinahe, und ich schluckte mehrfach, um mich zu sammeln. »Er hat mir geschrieben. Zum Glück, als wir mit dem Dreh fertig waren.« Tief holte ich Luft. »Ich hab ihm gesagt, wann ich ungefähr zu Hause bin. Dann stand er vor meiner Tür, einen Karton unter seinen Arm geklemmt.« Nun war es mit meiner Beherrschung vorbei, und ich wischte mir schnell die Tränen von den Wangen, bevor ich in meiner Handtasche nach Taschentüchern suchte. »Das hat verdammt wehgetan. Er war so kalt, und es hat sich ... falsch angefühlt. Und es ging viel zu schnell, als hätte er es nicht erwarten können, endlich Abstand zu mir zu bekommen. Der Blick, mit dem Theo mich sonst immer angesehen hat, war voller Gefühle ... den hat es nicht gegeben.«

»Ach, Alicia, ich wünschte, ich könnte dir etwas von dem Schmerz abnehmen. Liebeskummer ist scheiße.«

Bei diesem Schimpfwort musste ich trotz der Tränen kurz auflachen. »Da sagst du was.« Tief holte ich Luft. »Aber jetzt gibt es nichts mehr, das Theo und mich noch verbindet. Ich habe all meine Sachen zurück, und er hatte bloß eine Zahnbürste bei mir, die hab ich entsorgt. Also kann ich damit beginnen, mit ihm abzuschließen.«

Darauf erwiderte Dad nichts mehr. Das war allerdings auch nicht nötig, denn wir beide wussten, dass es ein längerer Prozess werden konnte …

Dad hielt vor einem Restaurant in Camden und stellte den Motor ab. »Ich weiß, du hast keinen Appetit, aber vielleicht magst du mich ja dennoch begleiten und eine Kleinigkeit essen. Ich hab nämlich das letzte Mal am Vormittag einen Snack gegessen, und hier soll es den besten Lancashire Hotpot geben, erzählt man sich.«

»Okay, du hast mich überredet.« Insgeheim war ich ihm dankbar, dass ich noch nicht zurück in meine Wohnung musste, in der ich allein sein und in Gedanken an Theo versinken würde.

Wir wurden an einen Tisch für zwei Personen geführt, und kaum dass ich saß, schaute ich mich in dem Lokal mit den vielen Holzelementen und dem urigen, aber gemütlichen Stil um. Gut drei Viertel der Plätze waren besetzt, und wir hatten wohl Glück, noch einen Tisch ergattert zu haben. Dieses Restaurant machte auf mich den Eindruck, als wäre es regelmäßig voll.

Dad bestellte ein Wasser, und ich schloss mich ihm an.

Als die Bedienung uns mit den Speisekarten allein ließ, schaute er mich über den Rand an. »Hast du etwas von deiner Mutter gehört?«

Meine Antwort bestand aus einem Schnauben, das in erster Linie verdecken sollte, wie unglaublich enttäuscht ich von ihr war. »Sie hat angerufen, aber ich bin noch nicht bereit, mit ihr zu reden. Ich wüsste auch gar nicht, worüber. Oder was sie sagen könnte, um das, was sie zerstört hat, zu reparieren.«

Dad schaute mich mitfühlend an – da war dieser Glanz in seinen Augen – und drückte über den Tisch meine Hand. »Ich kann gar nicht in Worte fassen, wie sehr ich mich für das Verhalten deiner Mutter schäme. Und wie leid es mir tut, dass du das mitmachen musstest.«

Knapp nickte ich. »Letzte Woche war ich wieder bei meiner Therapeutin. Sie meinte, manchmal sei es besser, Abstand zwischen sich und die Leute zu bringen, die einem nicht guttun – auch wenn es schmerzhaft ist und man das Gefühl hat, einen Teil von sich selbst zurückzulassen.«

Dad seufzte. »Ich hab das echt nicht für dich gewollt. Ich wünschte, ich hätte dir eine stabile, intakte Familie bieten können.«

»Es ist nicht deine Schuld, Dad. Davon abgesehen, bist du großartig, und ich wüsste nicht, was ich ohne dich machen würde.« Nun war ich diejenige, die seine Hand drückte.

Wieder schenkte er mir ein Lächeln, dann widmeten wir uns den Speisekarten und sprachen den restlichen Abend nur noch über positive Themen. Wie die Tatsache, dass sein Trainee sich richtig gut machte und die Chancen groß waren, dass er in Dads Fußstapfen trat. Oder dass Dad nächstes Jahr seinen Geburtstag auf Hawaii feiern wollte und mich jetzt schon bat, mir den Zeitraum gedanklich freizuhalten – falls es sich irgendwie mit meiner Arbeit arrangieren ließ.

Für den nächsten Tag hatte Kim angekündigt, mit mir zur Eröffnung eines neuen Clubs gehen zu wollen. Schon vor über zwei Monaten hatte sie Tickets für uns besorgt, weil sie ebendiese für ihren Kunden gestaltet hatte, genau wie die Plakate, die überall hingen. Auch der Onlineauftritt ging auf ihre Kappe. Sie freute sich also bereits seit Wochen auf diesen Abend, und ich wusste, dass sie keine Ausrede gelten ließ. Ich musste mit. Und vermutlich war es auch gut, aus dem Haus zu kommen und mich mal mit etwas anderem als mit Arbeit abzulenken.

Diesmal hatte ich mich für ein bodenlanges schwarzes Kleid mit tiefem Rückenausschnitt und hohem Schlitz entschieden. Dazu trug ich High Heels und eine große tiefschwarze Rose in den Haaren.

»Ist jemand gestorben?«, wollte Kim wissen, als sie zu mir ins Uber stieg, mit dem ich sie abholte und das uns nun auf direktem Weg zum Club bringen sollte.

»Nein, mir ist bloß nicht nach Farben. Wenn dich das stört, muss ich leider aussteigen und nach Hause fahren.«

Abwehrend hob sie beide Hände, nachdem sie sich angeschnallt hatte.

Sie trug heute ein silbernes Minikleid, das perfekt zu ihrer Haarfarbe passte. »Schon gut, du darfst tragen, worin auch immer du dich wohlfühlst. Allerdings muss ich sagen, dass du rattenscharf aussiehst. Solltest du das Outfit wirklich mal zu einem Begräbnis anziehen, könnte es sein, dass du dem ein oder anderen älteren Herrn einen Herzinfarkt bescherst.«

Schmunzelnd stieß ich ihr in die Seite. »Wenn, dann bist du vermutlich mit dabei, weil du alle Menschen aus meinem Leben ebenfalls kennst. Und mit ziemlicher Wahrscheinlichkeit ziehst du alle Blicke auf dich, solltest du diesen Hosenanzug mit dem Korsett über der Bluse tragen, den du letzte Woche anhattest.«

Amüsiert strich sich Kim eine Haarsträhne hinters Ohr. »Garantiert.«

Schließlich wechselten wir das Thema, auch weil der Fahrer ständig über den Rückspiegel in unsere Richtung linste und ich das reichlich unangenehm fand.

Am Club angekommen, war die Schlange lang und ich froh, dass wir VIP-Tickets hatten, mit denen wir uns das Anstehen sparen konnten. Keine fünf Minuten später betraten wir den ersten Barbereich. Gemütliche Loungesessel standen um gläserne Tische, die alle um eine pilzförmige Bar angeordnet waren. Drei große Durchgänge führten in separate Bereiche, wo, wie wir feststellten, in jedem eine andere Musik gespielt wurde. Aus dem *RebelRiffs* drang uns rockige Musik entgegen, im *PopPavilion* wurden alle Fans von Party- und Popmusik glücklich, und im *HouseHeaven* tummelten sich die Liebhaber von Club- und Housemusik.

»Also, was machen wir? Wo möchtest du hin?«

»Zuerst mal eine Kleinigkeit zum Trinken besorgen. Und anschließend die Lage checken. Wobei es mir dort am besten gefallen hat.« Ich zeigte auf den Durchgang zum *RebelRiffs*.

Kim schaute mich zweifelnd an. »Bist du dir sicher, dass das eine gute Idee ist?«

Ich wusste, sie machte sich Sorgen um mich. In erster Linie, weil mich diese Musik an Theo erinnerte. Und ja, es würde verflucht wehtun. Ganz besonders, wenn sie einen Song seiner Band spielten – und das würde heute definitiv passieren, immerhin waren sie in aller Munde. Aber vermutlich war ich masochistisch veranlagt, denn ich nickte. »Jep, bin ich. Lass uns reingehen.« Ohne auf eine Reaktion von ihr zu warten, packte ich sie an der Hand und steuerte den Durchgang an.

Wilde Gitarrenklänge empfingen uns, gepaart mit harten Drums und der rauen Stimme eines mir fremden Sängers. Den Song kannte ich nicht, also atmete ich auf und ging auf die Bar zu, an der wir uns je ein Bier bestellten.

Kim und ich prosteten uns zu, und ich trank – und hätte den ersten Schluck fast wieder ausgespuckt. Denn meinen Blick hatte ich auf die Treppe am anderen Ende des Raumes gerichtet, wo in dem Moment die *Mighty Bastards* durch einen separaten Eingang nach oben in die VIP-Lounge geführt wurden.

Lex und Richie waren in Begleitung von Tessa und Hayden hier, und ich wünschte, ich könnte hingehen und die vier gemeinsam mit Spencer begrüßen. Doch meine Augen klebten auf Theo, der viel zu heiß aussah. Er trug ein T-Shirt, das eng an seinem Oberkörper anlag und seine umwerfende Figur betonte. Dazu eine Jeans, die tief auf seinen Hüften saß. Seine Haare waren verstrubbelt und lockten mich, mit den Fingern hindurchzufahren, wie ich es immer getan hatte, als unsere Welt noch in Ordnung gewesen war.

Verdammt, und mein Herz brach erneut.

»Komm, lass uns woanders hingehen.« Kims Stimme drang dumpf zu mir durch, als sie mich am Oberarm packte und mich einfach hinausführte.

Ich folgte ihr, innerlich taub und geschockt.

Dass sie hier sein könnten, damit hatte ich nicht gerechnet. Mit ihrer Musik, ja. Mit ihnen selbst, ganz klar nein.

Wahrscheinlich war die Band als Überraschungsgast gebucht worden. Kim hatte davon nichts wissen können, sonst hätte sie die Karten für heute Abend verschenkt oder wäre mit jemand anderem hergekommen. Niemals hätte sie mich *dem hier* bewusst ausgesetzt.

Als wir den Durchgang schon fast passiert hatten, drehte ich mich nochmal um – und sah Theo, wie er oben stand, beide Hände an das Geländer gelegt, und mich direkt anschaute ...

# 35 – Theo

»Scheiße, ist das geil hier! Endlich mal eine Location genau nach meinem Geschmack.« Richie drehte sich im Kreis und ließ sich schließlich auf eines der gemütlichen Loungesofas fallen, die im VIP-Bereich standen. Hayden zog er gleich mit sich, die kreischend auf ihn sackte, und ich musste mich abwenden, weil es zu wehtat, den beiden beim Turteln zuzusehen. Was dazu führte, dass mein Blick auf Lex und Tessa fiel. Die zwei hatten die Arme umeinander geschlungen und küssten sich innig, bevor sie die Bar ansteuerten, die an diesen abgetrennten Bereich hier anschloss. Sie war mindestens genauso gut ausgestattet wie jene unten, wo sich bereits eine Menge Leute tummelten.

Nora hatte uns letzte Woche gesagt, man hätte uns zur Eröffnung dieses Clubs eingeladen. Anscheinend wollten die uns erst live buchen, aber als sie erfahren hatten, wie viel wir für einen Abend nahmen, hatten sie dankend abgelehnt und uns stattdessen auf die Gästeliste gesetzt.

Als Spencer und Lex jedoch herausgefunden hatten, nach welchem Konzept dieser Club aufgebaut war – ein Bereich für Rockmusik, einer, in dem Clubbeats und House gespielt wurden, und einer für alle Liebhaber von Party- und Popmusik –, waren sie neugierig geworden. Und sie hatten uns überredet, herzukommen. Gut, Richie und die Mädels waren ebenfalls sofort Feuer und Flamme gewesen, und ich hatte schließlich eingesehen, dass ich mich nicht ständig einigeln konnte. Die letzten zwei Wochen hatte ich nämlich genau das gemacht, von der Arbeit einmal abgesehen. Musik half nur mäßig, über den Schmerz des Verrats von Alicia hinwegzukommen – wieso mussten auch so viele unserer Songs von Liebe und Verlust handeln?

Jetzt die beiden glücklichen Paare an meiner Seite zu sehen, wenngleich ich in einem anderen Universum mit Alicia hätte hier sein können, war nicht gerade das, was ich mir von dem Abend erhofft hatte. Vielleicht wäre es besser, mich zu betrinken und mit irgendeiner Frau zu flirten, um zumindest für ein paar Stunden zu vergessen, wie absolut scheiße mein Privatleben gerade war. Eventuell würde ich sogar einen Rundgang durch den Rest des Clubs wagen. Sicher, manche Leute würden mich vermutlich erkennen und ansprechen, aber hey, deshalb waren wir hier. Um Spaß zu haben und für Fotos zur Verfügung zu stehen. Milo, der Clubbesitzer, hatte garantiert nichts anderes im Sinn gehabt, als er uns eingeladen hatte.

Ich ging zur Brüstung, um mir einen Überblick über den Clubbereich zu verschaffen, der unter uns lag. Eine Bar und eine Tanzfläche auf zwei Ebenen – wobei die kleinere sicher auch als Bühne fungieren konnte.

Dass heute nun überhaupt keine Liveband spielte, fand ich irgendwie witzig. Vielleicht waren die ihm alle zu teuer gewesen?

Neugierig reckte ich den Kopf und schaute mich in der VIP-Lounge um, doch ich konnte kein bekanntes Gesicht eines Kollegen erkennen.

Als ich mich wieder dem unteren Bereich zuwandte, stockte ich jedoch. Blinzelte.

Fuck ey, war das etwa ...?

Scheiße, ja, das war eindeutig Alicia, die da gemeinsam mit Kim nach draußen ging. Ihre Freundin kannte ich nur von flüchtigen Begegnungen zwischen Tür und Angel, wenn ich Alicia besucht hatte und sie noch bei ihr gewesen war. Dennoch würde ich die silbergrauen Haare nicht vergessen, schon gar nicht aber Alicias rote Mähne.

Kurz bevor sie aus meinem Sichtbereich verschwunden war, drehte sie sich ein letztes Mal um und schaute mir direkt in die Augen.

Und mir blieb die Luft weg. In meiner Brust krampfte sich alles zusammen, und ich verfluchte den Clubbesitzer, Nora und die Jungs, weil mir das ohne sie erspart geblieben wäre.

Als ich die Tage zu Alicia gefahren war, um ihr ihre restlichen Sachen vorbeizubringen, hatte ich mich auf diese Begegnung einstellen können. Nicht umsonst hatte ich viel länger dafür gebraucht als ursprünglich angekündigt. Ich hatte mich gegen alle Emotionen abgeschirmt, hatte versucht, an ihr vorbeizuschauen oder bestenfalls durch sie hindurch, falls das Sinn ergab. Ich hatte einen Schutzpanzer um mein erdolchtes Herz gezogen und diese kurze Begegnung halbwegs gut überstanden. Davon, dass ich mich danach im Fitnessstudio ausgepowert und es anschließend kaum die Treppen nach oben geschafft hatte, mal ganz zu schweigen.

Dass sie heute allerdings ebenfalls hier war, traf mich völlig unvorbereitet. Hektisch sah ich mich um, ob einer der anderen sie vielleicht schon entdeckt hatte. Aber der Rest war mit sich selbst beziehungsweise Spencer mit einem Flirt beschäftigt. Die Bedienung schien es ihm angetan zu haben.

Tief holte ich Luft. Wie wahrscheinlich war es, mir nur eingebildet zu haben, dass Alicia hier war? Vermutlich größer, als ich annahm. Schließlich hatte ich erst kürzlich gedacht, sie in einem Supermarkt gesehen zu haben. Allerdings hatte ich mich geirrt, wie ich in dem Fall erleichtert hatte feststellen dürfen. Diesmal war ich mir jedoch nicht sicher. Immerhin hatte ich ihr ins Gesicht geschaut, wenn auch über eine Distanz von einer halben Tanzfläche, einer Bar und einem Stockwerk. Und sie hatte meinen Blick direkt erwidert, als sie über die Schulter gesehen hatte. Als hätte sie gewusst, dass ich hier stand, und sich lediglich vergewissern wollen, ob ich hierblieb, bevor sie aus meinem Sichtfeld verschwand.

»Alles okay?«, fragte Tessa mit Sorge in ihrer Stimme.

Räuspernd wandte ich den Blick von dem Durchgang ab und nickte. »Klar. Was trinken wir?«

»Bier?« Sie hielt zwei Flaschen hoch, von denen sie mir eine reichte.

Dankend nahm ich sie an. Alkohol war bestimmt keine schlechte Idee. Denn Vergessen war jetzt noch mehr angebracht als zuvor. Und vielleicht sollte ich diesen Bereich hier den ganzen Abend nicht verlassen. Nur zur Sicherheit.

Ich war verschwitzt, übertrieben gut gelaunt und betrunken. Lautstark sang ich mit, als *Broken* aus den Lautsprechern dröhnte, und verflucht, ich liebte es, dass die Leute dort unten tanzten und sprangen und mitgrölten. Viele von ihnen schauten zu uns nach oben, weil auch Richie, Lex und Spencer an das Geländer getreten waren, kaum dass das unverwechselbare Gitarrenintro aus den Boxen gedröhnt war.

Allein für diese Stimmung, diesen einen Moment hatte es sich gelohnt, heute herzukommen. Und als das Lied zu Ende ging, jubelten die Leute wie irre.

Milo, der vorhin schon einmal im VIP-Bereich vorbeigeschaut und sich für unser Kommen bedankt hatte, kam applaudierend auf uns zu. Er war vielleicht Mitte vierzig und trug eine verwaschene Jeans zu einem weißen Hemd, dessen hochgekrempelte Ärmel seine sehnigen Unterarme zeigten. »Die Leute lieben euch! Ich hätte euch wirklich gern als Liveband auf der Bühne gehabt, aber das Sicherheitsteam hat mir davon abgeraten«, erklärte er, während wir vier um ihn herumstanden und ihm zuhörten. »Sie meinten, die Gefahr wäre zu groß, dass jemand verletzt werden könnte. Ihr seid *die Superstars* schlechthin, und wenn ihr zum Greifen nahe seid, hätten sie nicht für die Sicherheit der Fans garantieren können. Dann hätten wir euch nämlich offiziell ankündigen müssen und das hätte die Location gesprengt. Was zwar grundsätzlich cool gewesen wäre, allerdings auch unfair den anderen Bereichen gegenüber, weil dort dann tote Hose herrschen würde, wenn sich alles hier abspielt.« Entschuldigend zuckte er mit den Schultern. »Aber irgendwann werden wir noch mal zusammenarbeiten. Gemeinsam mit meinem Team tüftle ich gerade an einem Konzept mit Konzerten im Sommer vor einer Burgruine Richtung Crawley. Da haben wir weit mehr Platz, und die Location ist einzigartig.«

»Klar, das klingt gut. Den Kontakt zu unserer Managerin Nora hast du ja, oder?«, fragte Lex, der ebenfalls ein paar Bier intus hatte.

»Jep. Also Jungs, danke, dass ihr hier seid. Ich wünsche euch noch einen großartigen Abend.«

Grinsend bedankten wir uns bei ihm.

»Ebenso!«, sagte ich und schlug mit Milo ein, weil er ein echt lässiger Kerl war.

»Ich muss mal aufs Klo und will dann eine Runde drehen. Geht wer von euch mit?« Hayden schaute von Richie zu Tessa, weiter zu mir.

»Du musst pinkeln und wir sollen mit? Baby, ganz ehrlich, das halte ich für keine gute Idee«, meinte Richie, der von Hayden einen amüsierten Knuff bekam.

»Nicht mit auf die Toilette, aber ich will mir die anderen Bereiche anschauen, dabei allerdings nicht allein sein.«

»Ich bleibe lieber hier«, meinte Tessa, die die Nase rümpfte, als ob da draußen ausschließlich schlechte Musik gespielt werden würde.

Auch Spencer und Lex lehnten entschuldigend ab.

»Na gut, ich komme mit«, sagte ich in genau dem Moment, in dem Richie seinen Arm um Hayden legte, als würde er sie begleiten wollen. »Oh, okay, dann nicht.« Es wäre sowieso schlauer, hierzubleiben, wo die Gefahr, Alicia über den Weg zu laufen, geringer war als da unten.

»Nein, komm mit!«, drängte Hayden, und Richie nickte ebenfalls.

»Lass uns rübergehen und über den üblen Musikgeschmack den Kopf schütteln.« Richie stieß mir auffordernd in die Seite, wobei ich wusste, dass er nie ernsthaft über Musik lästern würde. Dafür schätzte er Musikschaffende zu sehr.

Scheiße, das wäre die Gelegenheit, zu kneifen. Allerdings war meine Neugier größer. Ich wollte unbedingt sehen, ob sie noch hier war. Weil ich wissen wollte, was sie tat. Flirtete sie mit anderen Typen? Hatte sie vielleicht schon ihr nächstes

Opfer auserkoren, das ihr auf ihrer Karriereleiter weiter nach oben behilflich sein durfte? Wenn es so war, *musste* ich einschreiten und den armen Kauz vorwarnen ...

»Okay, ich komme mit«, lenkte ich entschlossen ein, jedoch nicht, ohne mir im Vorbeigehen an der Bar noch ein Bier zu holen.

Die Treppe hinab in den öffentlichen Bereich war schmal und steil – oder vielleicht kam es nur mir so vor. Und kaum dass wir unten angekommen waren, umzingelten uns bereits eine Menge Leute. Richie und ich standen für Fotos parat, signierten T-Shirts und Dekolletés, und als wir es endlich nach draußen geschafft hatten, atmete ich tief durch.

Hayden hatte sich irgendwann in der Zwischenzeit abgeseilt – vermutlich, um wirklich auf die Toilette zu gehen – und kam nach ein paar Minuten wieder auf Richie zugelaufen. Sofort verwob sie ihre Finger mit seinen, um ihr Revier zu markieren.

Ich wandte mich ab und ließ den Blick durch den Raum gleiten, der aus einer Menge Sitzgelegenheiten und einer riesigen runden Bar bestand, die ein wenig an einen Pilz erinnerte.

»Lasst uns mal dort drüben reinschauen«, meinte Hayden und zeigte auf den Durchgang zum *PopPavilion*, aus dem lustige Partymusik drang. Richie sah zu mir und rollte schmunzelnd mit den Augen, bevor er seiner Freundin folgte – und ich trottete den beiden hinterher.

Fuck, ich hätte doch bei den anderen bleiben sollen. Die zwei Turteltäubchen zu sehen war echt zu viel.

Als wir den Bereich betraten, erwartete uns eine völlig neue Stimmung. Hätte man mir gesagt, wir würden an einem Urlaubsort in einer Strandbar sein, hätte ich es geglaubt. Die Leute hinter der Bar trugen alle Badeshorts mit Tanktops oder Bikinioberteile zu Miniröcken. An einer Theke verteilte die Bedienung gerade Blumenketten, und auf dem Tisch daneben stand ein großer Eimer mit langen essbaren Strohhalmen, an denen fünf Typen sogen und knabberten, als ginge es um ihr Überleben.

»Also ich muss hier nicht bleiben, ich hab alles gesehen«, erklärte ich Hayden und Richie und trank von meinem Bier.

»Ich hätte aber gern so einen Cocktail mit Schirmchen«, meinte Hayden und zeigte auf ein buntes Getränk, das eben jemand vom Barkeeper entgegennahm.

»Kein Ding, ich verlaufe mich schon nicht«, sagte ich und winkte beiden noch einmal zu, bevor ich mich umdrehte und den dritten Bereich, das *HouseHeaven*, mit der Clubmusik ansteuerte. Allein und mit rasendem Herzen.

Wabernde Bässe hüllten mich ein, gepaart mit Stroboskoplicht. Es dauerte einen Moment, bis ich mich orientieren und links von mir eine Bar ausmachen konnte. Vor mir befand sich die Tanzfläche, aber ich wollte mich im Hintergrund halten. Also steuerte ich den Tresen an, schlenderte an ihm entlang. Doch keine der rothaarigen Frauen war Alicia. Ich ging weiter, beschloss, einmal einen kompletten Rundgang durch diesen Bereich zu machen. Sollte ich sie nirgendwo entdecken, würde ich auf direktem Weg zurück zu den anderen gehen.

Ich erreichte das DJ-Pult, das auf einer Empore stand. Davor führte der Weg vorbei, ebenfalls etwas erhöht. Vielleicht, damit man dem DJ seine Musikwünsche zuflüstern konnte, oder was auch immer. Jedenfalls kam mir dieser Platz gelegen, denn ich blieb stehen und sah mich um. Auf der Tanzfläche vor mir bewegten sich dicht gedrängt Körper zum aktuellen Beat. Meinen Blick ließ ich über jeden einzelnen roten Haarschopf schweifen, doch nichts. Keine Alicia. Also wandte ich mich ab und ging weiter, an der nächsten Bar vorbei.

Und plötzlich sah ich sie.

Alicia stand an den Tresen gelehnt und lächelte. Verflucht, sie war so schön, dass ich dachte, mir würde jeden Moment die Kraft aus den Beinen weichen und ich auf die Knie knallen. Weil es zu sehr schmerzte, sehen zu müssen, wie gut es ihr ging.

Das Kleid, das sie trug, sah unglaublich gut aus, betonte ihre Kurven, und verdammt, es juckte mich in den Fingern, zu ihr zu gehen, sie an mich zu ziehen und zu küssen. Vor allen. Bis mir wieder einfiel, was sie getan hatte ...

Die Realität holte mich in Form einer Keule ein, die mich derart heftig auf den Hinterkopf traf, dass ich nach Luft schnappte. Augenblicklich fuhr ich meine Schutzschilde hoch.

Und als ich schließlich realisierte, mit wem sie sich unterhielt, wen sie da anlächelte, wurde mir übel. Denn es war der Kerl, mit dem sie diesen Film drehte. Der in seiner Rolle den neuen Typ an ihrer Seite gab. Der, mit dem sie einen Kaffee trinken war – und ich Idiot hatte sie auch noch dazu animiert.

Fuck, wie naiv konnte man sein? Offensichtlich hatte ich sie damit wirklich direkt in seine Arme getrieben, und der Zeitungsartikel enthielt mehr Wahrheit, als ich ursprünglich glauben wollte.

Mir wurde das alles hier zu viel.

Ich wirbelte herum, bahnte mir den Weg zurück nach draußen und leerte dabei mein Bier. Kurz vor Verlassen des Bereichs stellte ich die Flasche auf dem Tresen ab und atmete erst durch, als ich an dieser komischen Pilz-Bar vorbei war.

»Theo!«

Nur weil es mehrere Stimmen waren, die nach mir riefen, drehte ich mich um.

Scheiße, das hatte mir gerade noch gefehlt – ein Fotospot mit rotem Teppich, vor dem sich Fotografen scharten, die wohl jeden ablichteten, der auch nur ansatzweise ein bekanntes Gesicht besaß.

Die Leute riefen meinen Namen und winkten, damit ich vor der Sponsorenwand posierte. Und weil uns Nora immer wieder eintrichterte, wie wichtig es war, uns der Presse und den Fans freundlich gegenüber zu verhalten, blieb mir nichts anderes übrig, als mich hinzustellen. Ein lässiges Gesicht aufzusetzen und so zu tun, als wäre alles in bester Ordnung. War es natürlich ganz und gar nicht. Ich lächelte nicht, machte einen auf cool. Das Gute in meiner Branche war, dass es einem niemand krummnahm, wenn man auf den Fotos aussah, als wäre man von allem und jedem angepisst. Das gehörte fast schon zum guten Ton eines Rockstars und kam mir in dem Moment echt gelegen.

»Theo, wo hast du deine Alicia heute Abend?«, rief einer der Fotografen, und ich musste mich daran erinnern, was wir im Pressetraining gelernt hatten – uns von nichts und niemandem provozieren zu lassen. Nicht reagieren, egal, wie tief sie in Wunden stochern.

»Wir haben sie mit ihrem Filmpartner Paul Hughes gesehen – stört es dich nicht, dass sich die beiden so gut miteinander verstehen?«

»Warum seid ihr nicht gemeinsam unterwegs?«

Jede einzelne Frage traf mich tiefer im Herzen. Und ich *wusste*, ich sollte mich umdrehen und gehen. Es wäre fatal, meinen Mund zu öffnen und darauf zu reagieren. Andererseits würden sie es so oder so demnächst herausfinden. Wenn ich es ihnen nicht sagte, würde sie es tun. Oder dieser Paul ... Oder die Presse würde es sich einfach selbst zusammenreimen – und das war schlimmer als alles andere, wie man bei Richie und Hayden gesehen hatte.

»Alicia und ich sind nicht mehr zusammen«, erklärte ich bitter, dann drehte ich mich um und eilte so schnell zu den anderen zurück, dass ich die VIP-Lounge völlig außer Atem erreichte.

»Ach, Theo, dich so zu sehen tut mir in der Seele weh.« Mum stellte ihre Tasse Frühstückskaffee vor sich ab und sah mich mitfühlend durch die Handykamera an.

Knapp zuckte ich mit den Schultern, als ich mich langsam in die Kissen meiner Couch zurücksinken ließ und hoffte, dass die Kopfschmerztablette schnell Wirkung zeigte. »Irgendwann vergeht auch das.« Wobei ich gerade nicht das Gefühl hatte, dass es leichter wurde. Im Gegenteil, momentan hatte ich den Eindruck, der Schmerz würde sich von Tag zu Tag weiter in mir ausbreiten und sich in größeren Schnitten in mein Herz fressen. Und nachdem ich Alicia gestern mit ihrem Kollegen in diesem Club gesehen hatte, keine zehn Schritte von mir entfernt, wusste ich nicht, ob ich je wieder heilen konnte.

»Habt ihr noch einmal darüber gesprochen?«, erkundigte sich Dad, der sich neben Mum ins Bild schob und der ein Fan davon war, über alles zu reden und auf diese Art Probleme aus der Welt zu schaffen. Nur bisher nicht bei mir.

Dass meine Eltern jetzt so großes Interesse an meinem Leben zeigten, fühlte sich ungewohnt an. Wobei ich in letzter Zeit auch nicht viel Privates mit ihnen geteilt hatte. Nur dass ich eine Freundin hatte, hatte ich ihnen erzählt, kurz bevor die

Presse von uns erfahren hatte und wir in aller Munde waren. Aber außer Alicia und der Musik gab es nicht viel zu berichten.

Knapp schüttelte ich den Kopf. »Ich wüsste nicht, was das bringen sollte. Sie war mit mir zusammen, um ihre Karriere zu pushen. Jetzt hat sie eine vielversprechende Rolle in einem Kinofilm und einen Filmpartner mit einer Menge Erfahrung und Connections, die ich ihr auf dem Weg nach ganz oben auf ihrer Karriereleiter nicht bieten kann. Mal davon abgesehen, dass die Fans es doch gerne sehen, wenn das Leinwandpaar auch in echt turtelt. Also wird sie versuchen, bei ihm zu landen – falls sie das nicht bereits ist.«

Meine Eltern warfen sich einen seltsamen Blick zu. »Tut mir so leid, dass du das alles durchmachen musst, Theo. Wenn ich könnte, würde ich zu dir fahren und für dich da sein«, sagte Mum und wirkte wirklich betreten.

So kannte ich sie nicht. Andererseits war mein letzter Liebeskummer lange her. Und damals hatte ich noch zu Hause gewohnt. Vielleicht war sie da genauso gewesen, und mir war es nur nicht aufgefallen?

Schweigend griff ich nach meiner Wasserflasche und dachte über mein beschissenes Leben nach, während ich mehrere große Schlucke trank.

Wäre es nach mir gegangen, hätte ich London heute hinter mir gelassen, zumindest für eine Nacht. Weil ich jetzt am liebsten an einem Ort wäre, den ich gerade nicht mit all dem Mist verband, den ich durchmachte. Denn hier in meiner Wohnung erinnerte mich einfach alles an Alicia. Angefangen bei dieser Couch, auf der wir viel zu oft saßen, um Filme zu schauen. Das Bett, in dem wir uns regelmäßig zum Höhepunkt gebracht hatten. Die Dusche, unter der wir uns gegenseitig eingeseift hatten. Ja, sogar der Billardtisch ließ Bilder an uns beide in mir aufsteigen, weil ich mal eine Partie mit ihr gespielt hatte. Selbst im Proberaum sah ich sie gedanklich auf dem Sofa sitzen und uns zuhören oder mit Tessa, Hayden oder Nora plaudern.

In York bei meiner Familie wäre Alicia-freie Zone. Doch meine Eltern hatten mir erklärt, dass sie heute den ganzen Tag

Termine und somit keine Zeit für mich hätten. Was mich im Grunde nicht wundern sollte, weil es schließlich schon immer so gewesen war. Dennoch hatte mich ihre Abfuhr getroffen. Und auch wenn sie mit ihren bestimmt lieben Worten versuchten, mich zu trösten, blieb mir nichts anderes übrig, als das Brennen in mir mal wieder allein zu lindern.

# 36 – Alicia

Noch bevor ich die Augen öffnete, fühlte ich sie: die Schwere, die seit der Trennung von Theo auf meine Brust drückte. Selbst jetzt, als ich völlig verkatert in Kims Bett wach wurde.

Nachdem ich Theo im *RebelRiffs* gesehen hatte, war ich im *HouseHeaven* ins hinterste Eck geflüchtet. Weil ich mir sicher gewesen war, dass Theo mich dort nicht entdeckte. Mal davon abgesehen, dass ich sowieso nicht damit gerechnet hatte, dass er nach mir Ausschau hielt.

Als ich schließlich Paul über den Weg gelaufen war, konnte ich dank seiner erfrischenden Art zumindest kurz vergessen, dass mein Herz in Trümmern lag. Bis der Hammer, der dafür verantwortlich war, plötzlich fast direkt neben mir aufgetaucht war.

Ich hatte nur noch gesehen, wie er sich umgedreht hatte und hinausgestürmt war – das hatte allerdings gereicht, um mich erneut in ein seelisches Wrack zu verwandeln.

Wenn Theo mich so sehr hasste, ich ihn dermaßen enttäuscht hatte und er nichts mehr mit mir zu tun haben wollte, wieso hatte er mich dann gesucht? Denn das hatte er ganz sicher. Warum sonst war er in den House-Bereich gekommen?

Wollte er sich selbst geißeln? Oder noch einmal mit mir reden? Aber wieso hatte er mich dann nicht angesprochen? Weil ich nicht allein gewesen war, sondern mit Kim und Paul beisammengestanden hatte? Er hätte mich doch nur zur Seite ziehen müssen. Oder lag es daran, dass er immer noch dachte, zwischen Paul und mir würde etwas laufen? Möglicherweise hatte Theo auch nur zu viel getrunken oder der Mut verlassen? Wie mich, denn ich war ihm ja selbst aus dem Weg gegangen.

Ich wusste es nicht ...

Mühsam rappelte ich mich auf und sah, dass das Bett neben mir leer war. Kim war bereits auf – vermutlich auch deshalb, weil sie gestern, nachdem Theo vor mir davongelaufen war, nichts mehr getrunken hatte, ganz im Gegensatz zu mir.

Abwechselnd rieb ich mir über meine Schläfen und meinen Bauch, in dem es rebellierte, während ich aus dem Schlafzimmer schlurfte. Das grelle Tageslicht blendete mich, und ich kniff stöhnend die Augen zusammen. »Gott, ist das hell hier.«

»Guten Morgen, Sonnenschein!« Kim kicherte. »Du siehst aus, als könntest du Kaffee vertragen. Und Wasser und eine weitere Kopfschmerztablette?«

»Eine weitere?«

»Ja, ich hab dir vorm Zubettgehen schon eine gegeben. Möchtest du noch eine?«

Erst schüttelte ich den Kopf, doch die Bewegung strafte mich Lügen, und ich bejahte stöhnend.

»Frühstück?«, fragte Kim schmunzelnd.

»Gott, das wäre ein Traum. Aber sag Bescheid, wenn ich was helfen kann.«

Sie reichte mir die Tablette und ein Wasser und hob eine Augenbraue. »Ich denke, es wäre besser, wenn du sitzen bleibst und dich ausruhst.«

»Ja, vielleicht hast du recht. Danke.«

Während Kim in ihrer Küche hantierte und leise zu einem Song aus dem Radio mitsang, nahm ich mein Handy zur Hand, um durch Social Media zu scrollen. Doch gleich das erste Posting, das mir in die Augen sprang, bewies, dass das eine verdammt schlechte Idee gewesen war. Mit einem Mal raste mein Herz, und ich zitterte so sehr, dass ich beinahe mein Handy hätte fallen lassen.

Völlig unkontrolliert brach ein Schluchzen aus mir hervor und sofort ließ Kim in der Küche alles stehen und liegen und eilte zu mir.

»Was ist?«

Wortlos gab ich ihr mein Smartphone, auf dem der erste Artikel geöffnet war, bei dem man mich verlinkt hatte.

»*Beziehungsaus zwischen* Mighty Bastard *Theo Murray und Schauspielerin Alicia Atkinson«,* las Kim vor. Mitfühlend schaute sie mich an und reichte mir das Telefon zurück, doch ich winkte ab.

»Lies du. Und sag mir, was sie schreiben.«

Kim zögerte kurz, überflog dann jedoch die Zeilen. »Hier steht nur, dass ihr nicht mehr zusammen seid. Er hat es wohl gestern bei der Eröffnung bekannt gegeben. Aber warum, zur Hölle, verlinkt man dich in diesem Beitrag? Ist das echt notwendig?«

»Sonst steht nichts in dem Artikel?«, hakte ich nach, ihre Frage ignorierend. Denn ja, es war definitiv unnötig gewesen, mich zu verlinken. Doch anscheinend dachten die Leute nicht mehr mit, wenn sie einen Beitrag veröffentlichten. Wobei wir für die Presse sowieso keine Menschen mit Gefühlen waren, sondern lediglich sichere Einnahmequellen.

»Na ja ... schon. Aber nichts Wichtiges.«

Ich zog die Nase hoch. »Soll ich mich selbst davon überzeugen, oder verrätst du es mir?« Ich bedachte sie mit einem forschenden Blick.

Kim biss sich auf die Unterlippe. »Na ja, sie schreiben, es wäre wohl ein kurzes Intermezzo ohne große Bedeutung zwischen euch gewesen, dessen Feuer schnell verglüht war. Und dass er jetzt wieder Single ist.«

Schwerfällig seufzte ich. »Ich hoffe, das hat nicht er gegenüber den Presseleuten gesagt. Dass es nichts Ernstes war, meine ich.«

Kim legte das Telefon auf den Couchtisch und nahm meine Hände in ihre. »Hör zu, ich kenne ihn nicht wirklich. Die wenigen Male, in denen ich ihn kurz zwischen Tür und Angel gesehen habe, reichen nicht aus, um mir eine klare Meinung über ihn zu bilden. Dennoch bin ich mir sicher, dass er nicht so empfindet. Sollte er es gesagt haben, dann bloß, weil er leidet und dadurch seinen Schmerz verstecken wollte. Glaub mir, ich habe ihn letzte Nacht gesehen. Er liebt dich immer noch.«

Je mehr Kim sagte, desto stärker verschwamm meine Sicht. »Warum stößt er mich dann von sich? Wieso glaubt er mir nicht? Weshalb hat er mich nicht alles erklären lassen? Er kennt meine Mum, er weiß, wie sie drauf ist. Immerhin hat er sie selbst erlebt.«

Kim schaute mich traurig an. »Das kann ich dir nicht sagen, Alicia. Aber vielleicht braucht er einfach Zeit, um zu verdauen. Du sagtest, er wäre in der Vergangenheit ein paarmal von seinen Freundinnen ausgenutzt worden. Ich könnte mir also vorstellen, dass er gerade deren Motive auf dich projiziert und seine Erfahrungen von damals auf euch auslegt.«

»Ich *bin* aber nicht wie die!«, rief ich aufgebracht und fühlte mich einmal mehr hilflos. »Das sollte er eigentlich wissen.«

»Bestimmt tut er das auch. Womöglich will er sich nur nicht eingestehen, dass er sich geirrt hat.« Sie tätschelte meinen Oberschenkel, bevor sie wieder aufstand. »Ich mach uns jetzt erst mal was zu essen.«

Dankbar nickte ich und beschloss, für heute die Finger von Social Media zu lassen ...

Als ich am späten Nachmittag vor meinem Zuhause aus dem Uber stieg, wollte ich am liebsten sofort wieder umkehren. Denn meine Mutter wartete vor der Eingangstür.

Zurück ins Auto konnte ich jedoch nicht, da der Fahrer bereits losgefahren war. Meine Reaktionsfähigkeit war nach gestern leider noch unterirdisch, weshalb ich mich nicht schnell genug von ihr wegdrehen und die Biege machen konnte. Sie hatte mich schon entdeckt.

»Alicia! Da bist du ja, ich habe angerufen und geklingelt ...«

*Es hat vielleicht seinen Grund, warum ich nicht rangegangen bin*, dachte ich angespannt, verkniff mir jedoch die Worte. Weil es nichts mehr gab, das ich ihr noch zu sagen hatte.

Wortlos ging ich an ihr vorbei und sperrte die Eingangstür auf.

»Was soll das? Ignorierst du mich jetzt? Das ist ja ein äußerst reifes Verhalten ...«

Natürlich folgte sie mir bis zur Wohnungstür. Doch in mein Reich wollte ich sie nicht lassen – und wie ich sie gerade einschätzte, würde sie mir sogar dorthin einfach ungefragt nachlaufen.

Also wirbelte ich zu ihr herum und verschränkte die Arme vor der Brust. »Was willst du?«

»Du warst gestern aus?« Sie zeigte auf mein Kleid.

»Was. Willst. Du?« Gott, ich kochte innerlich.

Sie seufzte. »Mit dir reden, weil du mir seit zweieinhalb Wochen aus dem Weg gehst.«

»Und das wundert dich?«, sagte ich lauter als beabsichtigt.

»Ich bin deine Mutter! Ich habe mich für dich eingesetzt, und jetzt werde ich mit Ignoranz bestraft?«

»Richtig! Und ich kann nicht glauben, dass ich es dir erneut erklären muss, aber du hast dich in mein Leben eingemischt und Entscheidungen für mich getroffen, ohne vorher mit mir darüber zu reden. Das war absolut übergriffig und nicht in Ordnung. Und weil es nicht das erste Mal war, dass du meine Grenzen überschritten hast, muss ich diesen Cut machen, um mich in Zukunft vor solchen Enttäuschungen zu schützen.«

Schnaubend verschränkte nun sie die Arme vor der Brust. »Du übertreibst maßlos.«

»Ich übertreibe?« Freudlos lachte ich auf. »Mein Leben ist dank dir eine absolute Katastrophe! Deinetwegen hat Theo mich verlassen. Also tu mir bitte den Gefallen und geh! Ich ertrage es gerade nicht, dich zu sehen, geschweige denn erneut mit dir über diese Sache diskutieren zu müssen.«

Dass nun tatsächlich Tränen in ihren Augen glitzerten, brachte das Fass zum Überlaufen. »Du willst mich wirklich hinauswerfen? Deine eigene Mutter?«

Schwerfällig schluckte ich gegen den Kloß an, der sich schmerzhaft in meinem Hals ausbreitete. »Ich muss, Mum. Und das hast du dir leider selbst zuzuschreiben. Gerade muss ich einfach auf mich selbst achten, okay? Also, bitte ... geh.«

Schnell wischte ich mir über die Wangen, die nass von meinen

Tränen waren. In den letzten Wochen hatte ich so viel geweint wie schon lange nicht mehr.

Sprachlos schaute sie mich an. Ich merkte, wie es in ihr arbeitete. Ihr Mund klappte auf, doch sie schloss ihn wieder. In ihrem Gesicht konnte ich unzählige Emotionen lesen. Dann drehte sie sich um und ging tatsächlich. Kurz bevor sie durch die Haustür ins Freie trat, blickte sie noch einmal zu mir. »Das wird dir eines Tages leidtun, Alicia.«

Mein Herz zog sich zusammen, weil ich wusste, ich hatte sie zutiefst verletzt. Aber das hatte sie bei mir auch getan. Wieso also fühlte *ich* mich jetzt mies?

# 37 – Theo

Einen freien Abend zu haben und ihn allein in meiner Wohnung zu verbringen war echt seltsam. Ich lauschte der Stille um mich herum, hatte nicht einmal Musik aufgedreht – und das hieß was bei mir. Das Einzige, was ich hörte, waren leise Geräusche aus der Nachbarwohnung sowie meinen eigenen Atem.

Unter anderen Umständen hätte ich mir einen Film angeschaut oder einen der Jungs besucht. Allerdings traute ich mir selbst nicht, dass ich keinen Streifen auswählen würde, in dem Alicia mitspielte. Und Lex und Richie waren mit ihren Freundinnen zusammen – ich wollte ihre Zweisamkeit nicht stören. Spencer wäre eine Idee, aber er hatte erwähnt, dass er am Abend mit seiner Mum telefonieren wollte ... Auch da wollte ich mich nicht aufdrängen, mal davon abgesehen, dass ich selbst von meiner Laune genervt war. Am meisten jedoch, dass ich mich immer mehr fragte, ob nicht *ich* das Problem an dieser ganzen Sache war.

Sicher, ich hatte in der Vergangenheit meine Erfahrungen gemacht. Hatte erleben müssen, wie mich vermeintliche Freundinnen ausgenutzt hatten. Allerdings hatte ich zu keiner von denen je eine enge Bindung oder gar so heftige Gefühle gehabt wie für Alicia. Und tief in meinem Inneren war ich da-

von überzeugt, dass sie auch für mich so empfand. Oder empfunden hatte. Das konnte man nicht auf Dauer und komplett
überzeugend vorspielen, oder etwa doch?

Sie hatte mir Dinge anvertraut, die sie sicher nicht mit jedem teilen würde. Sie hatte mir vertraut ...

Ich hatte sie glücklich, traurig, verzweifelt erlebt ... Das alles
musste echt gewesen sein. Man konnte nicht 24/7 eine Maske
aufsetzen und so tun als ob, das wurde mir in dem Moment
klar.

Fuck, was hatte ich getan?

Und ich hatte ihre Mutter kennengelernt. Eine manipulative,
schwer toxische Frau, die durch und durch egoistisch war.

Ich dachte gar nicht wirklich darüber nach, als ich mein
Handy nahm und Alicias Namen in die Suchleiste eingab. Vor
allem, weil ich mehr über sie lesen und aktuelle Fotos von ihr
sehen wollte. Doch schon der erste Artikel, der mir ausgespielt
wurde, ließ meine Alarmglocken schrillen.

*Intime Details zeigen Einblicke in das Leben der Schauspielerin
Alicia Atkinson*

Angespannt richtete ich mich auf und las die Headline erneut,
bevor ich den Artikel antippte. Und es dauerte nicht lange, bis
mir so richtig übel wurde. Denn das, was hier geschrieben
stand, war eindeutig ein Schlag in Alicias Gesicht.

Keine Ahnung, wie dieses Schmutzblatt an solche Infos gekommen war, aber jemand hatte über Alicias Vaginismus ge-
plaudert. Schwarz auf weiß war es für alle Welt zu lesen.
Schonungslos, erniedrigend. Und ich wusste, Alicia würde nie,
niemals damit an die Öffentlichkeit gehen. Es war etwas, das
sie selbst belastete und das sie gern hinter sich lassen würde,
wenn sie könnte.

Jemand wollte sie mit dieser Enthüllung zerstören – oder
aber, und das wurde mir mit Schrecken bewusst, Nägel in den
Sargdeckel unserer Beziehung schlagen. Denn falls Alicia
dachte, *ich* wäre die *zuverlässige Informationsquelle aus dem
privaten Umfeld der Schauspielerin*, konnte ich endgültig einpacken.

Nun bereute ich es, betrunken im Club gesagt zu haben, dass Alicia und ich nicht mehr zusammen waren. Für Außenstehende lag es sicher auf der Hand, dass ich derjenige war, der Alicia nach dem Beziehungsaus noch eins reinwürgen wollte. Und *das* schadete nicht nur mir, sondern fiel sicher auch auf die Band zurück.

Scheiße, war mir schlecht.

Was an dieser ganzen Sache allerdings viel wichtiger war: Ich begann zu realisieren, dass ich die ganze Zeit auf dem Holzweg gewesen war. Alicia war verletzlich und sensibel. So hatte ich sie auch kennengelernt, damals bei der Preisverleihung. Sie war verunsichert und war froh, als ich sie in ihrer Schauspielerei bestärkt hatte.

Verdammt, Alicia hatte die ganze Zeit die Wahrheit gesagt, vor allem aber hatte sie mich wirklich geliebt und mir nichts vorgespielt. Das begann ich jetzt durch diesen Artikel, der tief unter die Gürtellinie zielte, endlich zu verstehen.

Alicia hatte behauptet, ihre Mutter hätte eingefädelt, dass die Presse Wind von unserer Beziehung bekam. Sie selbst allerdings hatte nicht gewollt, dass sie dadurch ins Rampenlicht gerät. Ich sah noch heute vor mir, wie enttäuscht sie gewesen war, als unser Geheimnis nicht länger eines gewesen war. Und sie hatte auch mal erzählt, dass für Bethany Atkinson immer Ruhm und Karriere an erster Stelle standen – *sie* würde über Leichen gehen, um ganz an die Spitze zu kommen. Alicia jedoch geriet ganz nach ihrem Vater, der ein liebevoller, warmherziger Mensch war. Verdammt, wieso wurde mir das erst jetzt bewusst?

Bethany wollte ihre Tochter immer schon ganz an der Spitze sehen und würde dafür über Leichen gehen. Selbst wenn es bedeutete, das Glück ihrer Tochter dafür kurzzeitig oder langfristig zu opfern. Denn das hatte sie selbst auch mit ihrer Ehe gemacht, als sie gemerkt hatte, dass der Name ihres Mannes sie nicht länger pushte, kaum dass dieser seine Profikarriere beendet hatte.

Keine Ahnung, wieso ich mich derart darauf versteift hatte, aber endlich wurde mir klar, dass Alicia mich nie für ihre eigene Karriere ausgenutzt hätte. Sie war eine starke, unabhängige

Frau, die es immer schon aus eigener Kraft nach oben hatte schaffen wollen.

Eine plötzliche Unruhe erfasste mich. Ich dachte an Alicia, als ich sie im Club gesehen hatte. An ihr Gesicht, wie sie zu mir hochgesehen, wie gebrochen sie gewirkt hatte. So gebrochen wie ich selbst.

Mein Herz zog sich zusammen, und mit einem Mal bekam ich Panik, dass es für meine Erkenntnis zu spät sein könnte.

Dad hatte recht gehabt, ich hätte noch einmal mit ihr reden sollen. Was, wenn sie mir nach diesem Artikel nicht mehr glaubte?

Davon abgesehen, war sie am Wochenende mit ihrem Schauspielkollegen im Club gewesen. Was, wenn er wirklich ihr Date gewesen war? Wenn ich zu lange auf meine Sicht der Dinge beharrt und sie inzwischen mit mir abgeschlossen hatte?

Nervös stand ich auf, mein Handy in der Hand, und tigerte in der Wohnung auf und ab, bevor ich ihre Nummer wählte.

Es klingelte mehrfach, ehe ich auf ihrer Mobilbox landete.

Shit!

Einen Augenblick überlegte ich, ob ich ihr etwas aufsprechen sollte, verwarf den Gedanken jedoch gleich wieder. Wenn, dann wäre es sicher besser, persönlich mit ihr zu reden. Also schrieb ich ihr eine kurze Nachricht mit der Bitte, sich bei mir zu melden.

Vielleicht war sie gerade duschen oder auf der Toilette und hatte deshalb nicht abgehoben. Oder sie war noch am Set ...

Ein kleiner Teil von mir hoffte darauf, dass sie den Artikel nicht gesehen hatte – allerdings war er heute gegen Mittag veröffentlicht worden, was meine Chancen sinken ließ.

Um die Zeit totzuschlagen, lochte ich ein paar Billardkugeln ein, aber ich war zu nervös, um wirklich gut zu sein. Alles in mir kribbelte. Jede Sekunde, die ich hierblieb, fühlte sich an, als würde ich Stück für Stück mehr verlieren. Also beschloss ich, zu ihr zu fahren. Falls sie in der Zwischenzeit von der Arbeit nach Hause gekommen war, könnte ich gleich direkt mit ihr reden und hoffentlich retten, was zu retten war. Wieso hatte ich überhaupt so lange gewartet, ich Idiot?!

Auf der Fahrt zu ihr wählte ich noch zweimal ihre Nummer, jedoch ohne Erfolg. Dafür rief mich Tessa an.

Schon ihr »Hey!« klang mitfühlend. »Bist du unterwegs? Störe ich?«

»Bin auf dem Weg zu Alicia«, sagte ich knapp.

»Okay. Ich weiß nicht, ob du den Artikel bereits ...«

»Ja, habe ich«, fiel ich ihr ins Wort. »Deshalb fahre ich zu ihr.«

»Okay. Falls ich, falls wir was für dich tun können ... Du weißt, wir sind immer für dich da.«

»Danke.«

»Und für Alicia ebenfalls. Lex macht sich gerade voll die Vorwürfe wegen dem, was er zu dir gesagt hat.«

Ich schnaubte auf. »Sag ihm, er soll sich keinen Kopf machen, das ist längst vergessen. Ich weiß ja, dass ihr euch nur Sorgen gemacht habt. Aber mir ist inzwischen klar geworden, dass sie in allem ehrlich zu mir gewesen ist. Das kannst du Lex ausrichten.«

»Ich höre dich. Und verdammt, Mann. Wie steckt Alicia den Artikel weg?«, ertönte prompt die Stimme meines Kumpels aus dem Off.

Schwer schluckte ich und hielt an einer Ampel. »Keine Ahnung, sie hat nicht auf meine Anrufe reagiert. Deshalb fahre ich ja zu ihr.«

»Scheiße! Das heißt, sie weiß nicht, dass du nicht derjenige bist, der ... Also, ich hoffe doch, dass du nicht ...«

»Fuck, nein, ich habe damit nichts zu tun.«

Die beiden schwiegen.

»Ich bin gleich bei ihr. Drückt mir die Daumen, dass ich es wieder in Ordnung bringen kann.«

»Sicher. Falls ich was für dich tun kann ...«, murmelte Lex.

»Ich glaube an dich, du schaffst das.« Das kam von Tessa.

»Danke, Leute.« Durch den Support meiner Freunde fiel mir das Atmen endlich leichter als noch vor wenigen Sekunden. Doch bis ich vor Alicias Wohnhaus hielt, hatte mich die altbekannte Schwere wieder gepackt. Genau wie die Panik, womöglich zu spät zu sein. Denn hinter ihren Fenstern war es dunkel. Und das, obwohl es schon neun Uhr abends war.

Eigentlich müsste sie längst zu Hause sein – und dieses Wissen ließ meine Angst nur noch mehr ansteigen. Denn das Bild, wie sie gerade in den Armen dieses Paul lag, um sich trösten zu lassen, konnte ich nicht mehr aus meinem Kopf vertreiben ...

## 38 – Alicia

Zehn oder elf Jahre alt musste ich gewesen sein, als wir eine Klassenarbeit geschrieben hatten und ich mir leider währenddessen in die Hose gepinkelt hatte. Es war ein hektischer Vormittag gewesen, unsere Lehrerin, Mrs Hoffman, hatte davor unbedingt mit mir sprechen wollen, und so hatte ich keine Zeit mehr gefunden, vor der Prüfung zur Toilette zu gehen. Unser Mathematiklehrer, Mr Whitebottom, war jedoch absolut dagegen gewesen, während der Arbeit den Klassenraum zu verlassen. Für ihn war die Gefahr, dass wir draußen Lösungen versteckt hatten, um auf diese Weise zu schummeln, einfach zu real gewesen.

Bloß, dass ich *wirklich* einfach nur dringend hatte pinkeln müssen. Doch ich hatte damals keine Chance, er bestand darauf, dass ich sitzen blieb. Und irgendwann konnte ich es nicht länger halten ...

Mir hatten Tränen in den Augen gestanden, und mein ganzer Kopf hatte geglüht, als ich mich einnässte. Und als ich später aufstehen musste, um den Raum zu verlassen, hatten alle, wirklich alle es gesehen und mich ausgelacht.

Wenn ich ehrlich war, dachte ich immer, dass irgendwann jemand aus meinem ehemaligen Schulkollegium diese Geschichte ausplaudern würde. Es würde peinlich werden und unangenehm, weil die halbe Welt über mich lachen würde. Ich wäre dann die Schauspielerin mit der schwachen Blase und sicher die Steilvorlage für den ein oder anderen Comedian. Diese Story war allerdings nichts im Vergleich zu dem, was ich heute über mich hatte lesen müssen.

Dass jemand – und es kamen nicht viele Personen dafür infrage – der Presse gegenüber meinen Vaginismus ausgeplaudert hatte, war ein absoluter Tiefschlag für mich. Es war ein rein privates Thema. Eines, das ich bisher wirklich nur mit ausgewählten, wenigen Menschen geteilt hatte. Ganz bestimmt hatte ich nicht vorgehabt, es an die große Glocke zu hängen und die Öffentlichkeit daran teilhaben zu lassen.

Nun saß ich bei Kim auf der Couch und starrte Löcher in die Luft, weil ich das Ausmaß dessen erst einmal verarbeiten musste. Denn natürlich war es nicht damit getan gewesen, dass dieser Artikel veröffentlicht worden war. Nein, es waren bereits die ersten Memes im Internet aufgetaucht, und *das* war wirklich verletzend und entwürdigend.

»Wer könnte es gewesen sein?« Kim schaute mich mitfühlend an und hielt mir eine Tafel Schokolade hin, von der ich mir eine Rippe abbrach. Heute war ein Tag, der förmlich nach diesem Seelentröster schrie.

»So viele kommen echt nicht dafür infrage. Diejenigen, die davon wissen, kann ich an beiden Händen abzählen. Vermutlich sogar an einer.« Und meine Vermutung konnte ich nicht aussprechen. Wenn es wirklich die Person gewesen war, hatte sie nicht nur endgültig mein Vertrauen zerstört, sondern mir damit auch so unfassbar wehgetan, dass ich sie niemals wiedersehen wollte.

»Vielleicht war es Harold?«

»Mein Ex? Nein, was hätte er davon? Es wird ja nicht gesagt, wer das Geheimnis ausgeplaudert hat. Würde er im Rampenlicht stehen wollen, hat er es falsch angestellt. Und er ist definitiv über mich hinweg, es ist also kein Rachefeldzug.«

»Und Theo?«, fragte Kim leise.

Statt ihr zu antworten, presste ich meine Lippen aufeinander. Wäre er es gewesen, hätte ich mich schwer in ihm getäuscht. »Nein, das denke ich nicht. Sicher, er ist gekränkt und alles, aber so etwas Böses traue ich ihm, ehrlich gesagt, nicht zu.«

Kim zögerte. »Was, wenn er …«

»Nein!«, fiel ich meiner Freundin scharf ins Wort. In erster Linie deshalb, weil ich einfach nicht glauben wollte, dass sie recht haben könnte.

Sie legte die Tafel Schokolade auf den Couchtisch und schaute mich eindringlich an. »Dann bleibt nur deine Mutter.«

Der Kloß in meinem Hals wurde größer. »Mein Gott, Kim, kannst du endlich aufhören, auf meinem Herz herumzutrampeln? Egal, wer es war, ich habe das einfach nicht verdient, verstehst du? Es kann nur jemand aus meinem engsten Umfeld gewesen sein. Sonst weiß niemand davon. Und so oder so ist es ein absoluter Schlag ins Gesicht. Also bitte … hör auf, herumzuspekulieren, wer es gewesen sein könnte. Weil ich mich gerade echt nicht damit befassen will.«

Bestimmt war es falsch, sie derart anzufahren, doch ich war inzwischen emotional völlig labil. Da halfen mir ihre Vermutungen nicht weiter.

Aufgewühlt stand ich auf und stopfte mein Handy in die Handtasche. »Sorry, ich geh nach Hause.«

»Scheiße, Alicia, tut mir leid. Du hast jemanden gebraucht, der für dich da ist, und ich …«

»Du *bist* für mich da, aber ich glaube, es ist besser, wenn ich gerade allein bin. Nicht böse gemeint, aber ich will dich nicht noch einmal anfahren«, fügte ich hoffentlich versöhnlicher an, während ich ihre Wohnungstür ansteuerte.

»Warte! Wir sind doch noch Freundinnen, oder?« Dass sie so besorgt klang, brachte mich dazu, stehen zu bleiben und mich zu ihr umzudrehen.

»Sicher, daran ändert sich nichts. Danke, dass ich nach der Arbeit zu dir kommen durfte.« Paul hatte ebenfalls den Artikel gelesen – wer nicht? Er hatte mich tröstend in die Arme genommen, aber ich hatte das Gefühl gehabt, dass er nicht recht wusste, was er dazu hätte sagen sollen. Mein Fahrer hatte mich also bei Kim abgesetzt, weil ich nicht nach Hause wollte. Weil ich dringend jemanden gebraucht hatte, mit dem ich reden konnte. Allerdings sehnte ich mich jetzt nach meinen sicheren vier Wänden und absoluter Ruhe.

Zwar war es tagsüber verhältnismäßig warm, doch sobald die Sonne unterging, wurde es kühl, weshalb ich meine dünne Jacke überzog. Ein letztes Mal umarmte ich Kim, bevor ich zu einem Taxistand in der Nähe ihrer Wohnung eilte und dem Fahrer meine Adresse nannte. Auf dem kurzen Stück nach Hause war ich froh, dass er nicht gesprächig war, und schaltete mein Handy ein, das ich nach Theos unzähligen Anrufen ausgemacht hatte.

Aber nicht nur deshalb. Ich hatte mehrere Nachrichten von Leuten bekommen, mit denen ich einige Zeit nichts zu tun gehabt hatte und die den Bericht wohl als Vorwand sahen, um wieder mit mir in Kontakt zu treten.

Als das Taxi vor meinem Zuhause hielt, bezahlte ich und stieg aus. Allerdings hatte ich aus dem letzten Mal offensichtlich nichts gelernt, denn erneut erwartete mich jemand vor der Tür. Diesmal jedoch war es Theo.

Sofort schlug mir mein Herz bis zum Hals, und der Impuls, umzudrehen und in eine andere Richtung zu laufen, war groß. Gleichzeitig konnte ich meine Beine nicht bewegen, als wären sie am Asphalt festgeklebt.

Als das Taxi anfuhr, kam er auf mich zu.

»Hey«, sagte er mit rauer Stimme, und allein beim Klang dieses Wortes verschwamm meine Sicht.

»Hi, Theo.« Endlich gelangte das Signal, von hier zu verschwinden, vom Kopf in meine Beine. Ich wandte mich von ihm ab und eilte die kurze Treppe nach oben, um die Eingangstür aufzuschließen.

Er ging mir nicht einfach ungefragt hinterher wie meine Mutter, sondern wartete unten auf dem Gehsteig. »Können wir reden?«

Blinzelnd legte ich den Kopf in den Nacken. »Ich weiß nicht, ob heute …«

»Bitte, Alicia!« Das kam so flehend, so drängend, dass ich nach kurzem Zögern einknickte.

Tief durchatmend hielt ich die Tür weiter auf und machte

eine Kopfbewegung, die ihm verdeutlichen sollte, mir zur Wohnung zu folgen.

Keine Ahnung, wie es mir gleich gehen würde, wenn er in meinen vier Wänden stand. Wenn wir dieselbe Luft atmeten, obwohl er der Welt am Wochenende noch offiziell verkündet hatte, dass unsere Beziehung zerbrochen war.

Doch allein der Moment, als er an mir vorbei in den Flur ging und ich seinen Duft einatmete, erfüllte mich mit einer gewaltigen Sehnsucht.

Meine Hand zitterte, als ich die Wohnung aufschloss und uns beide einließ. Ich machte das Licht an und hängte wortlos meine Jacke in die Garderobe, dann ging ich in die Küche und nahm mir eine zuckerfreie Limo aus dem Kühlschrank. Nicht, weil ich durstig war, sondern einfach, weil ich etwas zu tun brauchte. »Möchtest du was trinken?«, fragte ich, doch Theo verneinte dankend.

Langsam drehte ich mich zu ihm um, unsicher, wo ich hinsehen sollte. Denn ihm in die Augen zu blicken, kam nicht infrage. Das packte ich gerade einfach nicht. Es würde mich in die Knie zwingen und ich musste alles daransetzen, nicht vor ihm zusammenzubrechen.

Theo kam stockend auf mich zu, und ihm war sein Zögern anzumerken. »Ich war es nicht«, sagte er, woraufhin ich ihm doch ins Gesicht schaute. »Das mit dem heutigen Artikel, meine ich. Ich habe mit niemandem über deinen Vaginismus gesprochen. Ich schwöre es bei meinem Glücksplek.«

»Ich weiß«, erwiderte ich leise, während mir gleichzeitig ein Stein vom Herzen fiel, weil ich mich zumindest in dieser Hinsicht nicht in ihm geirrt hatte.

»Wie geht es dir nach dem Artikel?« Er zuckte zusammen. » Bestimmt verdammt scheiße, nehme ich an ... Sorry, dass ich so eine dumme Frage gestellt habe.«

»Nein, schon gut. Es ... tut unglaublich weh, zu wissen, dass jemand mein Vertrauen derart ausgenutzt hat. Es ist entwürdigend, und ich habe das Gefühl, dass gerade *jeder* da draußen hinter meinem Rücken über mich redet. Also ja, mir geht es verdammt scheiße, um es mit deinen Worten zu sagen.«

»Fuck.« Theo sah mich gequält an. »Wenn ich irgendwas

tun kann ... also ... Falls eine Umarmung oder so hilft ...?«
Ganz unauffällig öffnete er seine Arme, und ich schwankte
zwischen der Entscheidung, seine Einladung anzunehmen
oder dankend abzulehnen. Ersteres könnte mich in ein immen-
ses Gefühlschaos stürzen, bei dem ich nicht wusste, wie ich es
wieder herausschaffen sollte. Zweiteres jedoch würde uns beide gewaltig verletzen. Also machte ich zögernd einen Schritt
auf ihn zu und schirmte mich gleichzeitig so gut wie möglich
vor der Flut an Gefühlen ab, die seine Wärme, sein Duft und
seine zarte Berührung an meinem Rücken in mir auslösten.

Einige Sekunden verharrten wir nahezu regungslos.

Langsam löste er die Umarmung wieder. Bestimmt merkte
er, dass ich einen Schutzwall um mich errichtet hatte. »Sag
Bescheid, wenn ich etwas für dich tun kann. Ich bin für dich
da, auch wenn ich in letzter Zeit nicht den Eindruck erweckt
habe.«

Mühsam schluckte ich den Kloß hinunter, den er mit seinen
lieben Worten und Taten heraufbeschworen hatte, und blinzelte die Tränen weg. »Danke.«

Geräuschvoll atmete Theo aus. »Hör zu, es tut mir leid, Alicia. Ich muss mich für so vieles bei dir entschuldigen, dass ich
gar nicht weiß, wo ich anfangen soll. Vielleicht als Erstes damit, dass ich am Wochenende offiziell bekannt gegeben habe,
dass wir nicht mehr zusammen sind. Denn das hat es ... irgendwie endgültig gemacht, und als ich es am nächsten Morgen gelesen habe, hat es verflucht wehgetan. Da will ich gar
nicht wissen, was es in dir ausgelöst hat.«

Bei seinen Worten wurde mir warm ums Herz, und ich
schenkte ihm ein zögerliches, wenn auch kleines Lächeln, das
er erwiderte – was wiederum ein flatterndes Glücksgefühl
durch mich hindurchsandte. Ganz vorsichtig bloß, doch es war
da.

»Und hinzu kommt, dass ich dir nicht geglaubt habe. Ich
war so dumm, nicht zu sehen, dass du die Beziehung zu mir
niemals ausnutzen würdest, um beruflich davon zu profitieren.
Das habe ich erst verstanden, als ich heute den Artikel gelesen
habe.«

Meine Gesichtszüge entgleisten. So sehr ich gedacht hatte,

Theo wäre hier, um alles ins Lot zu bringen und sich bei mir zu entschuldigen, so offensichtlich hatte ich mich doch in ihm getäuscht. »Das ist dir erst durch den Bericht über meinen Vaginismus klar geworden?«, fragte ich und verbarg nicht, wie sauer ich war.

»Ja, na ja, also …«, begann er, und ich konnte förmlich an seinem Gesicht ablesen, wie er begriff, dass er etwas Falsches gesagt hatte.

»Ich fasse es nicht«, sagte ich atemlos und schüttelte den Kopf. »Da kommst du hierher, wartest vor meiner Wohnung und schwafelst was von Entschuldigungen. Und dann sagst du, dass du erst verstanden hast, dass ich dich nicht angelogen habe, nachdem oder gerade weil dieser Artikel veröffentlicht worden ist?«

Theos Mund klappte auf. »Nein, so ist es nicht, Alicia. Ich glaube, tief in mir drin wusste ich es die ganze Zeit. Ich war verunsichert, verstehst du? In der Vergangenheit haben mich zu viele Frauen ausgenutzt, da hat es erst einige Zeit gedauert, bis ich begriffen habe, dass du nicht wie sie bist. Der Bericht hat mir schließlich die Augen geöffnet. Ich weiß, das kommt viel zu spät, und es war dumm, dass ich überhaupt Zweifel hatte. Ich war dumm. Aber … ich will nicht, dass das mit uns beiden zu Ende geht. Ich liebe dich immer noch, die vergangenen Wochen waren die Hölle für mich. Bitte, ich flehe dich an …« Theo hatte sich richtiggehend hineingesteigert. Als wäre ihm bewusst geworden, dass alles an einem seidenen Faden hing, dabei hatte er den selbst längst durchschnitten. Als er mit mir Schluss gemacht hatte.

Bei seinen letzten Worten war er vor mir auf die Knie gefallen, meine rechte Hand in seiner, und weinte bitterlich. Als er flehend seine Lippen auf meine offene Handfläche legte und mich dort verzweifelt küsste, lief die erste Träne über meine Wange. »Ich war ein Idiot, dass ich deine Gefühle für mich angezweifelt habe. Wenn ich könnte, würde ich die Zeit zurückdrehen, denn jetzt ist mir klar, dass du immer ehrlich zu mir warst. Bitte … gib uns noch eine Chance. Ich liebe dich.«

Zu hören, wie verzagt er war, wie sehr er hoffte, dass ich

ihn zurücknahm, rüttelte erneut gewaltig an meinen Gefühlen für ihn.

»Steh auf«, sagte ich leise und zog ihn an seinen Händen nach oben.

Unsicher schaute er mich an, aufgewühlt und gebrochen. Ein Spiegel meines eigenen Inneren. Und Gott, ich liebte ihn immer noch so sehr. Aber ich war auch verletzt. »Du hast mir unglaublich wehgetan, als du dich nicht auf mein Wort verlassen, ja, mir nicht einmal zugehört hast«, setzte ich zu einer Erwiderung an und musste schlucken, weil mir der Schmerz in meinem Herzen die Kehle zuschnürte. »Und ja, für mich waren die letzten Wochen ebenfalls die vielleicht schlimmsten meines Lebens. Ich habe dich vermisst, und gleichzeitig hat es verdammt geschmerzt, dass du mir nach allem, was wir miteinander geteilt haben, nicht geglaubt hast. Und dass du erst einen Artikel von Fremden brauchst …«

»Fuck, das tut mir so leid, Alicia. Sag mir, was ich tun kann, um es wiedergutzumachen.«

Tief sah ich ihm in die Augen. Anschließend auf die Lippen, die bebten. Und ja, ich sehnte mich verzweifelt danach, ihn zu küssen. Aber dafür war es zu früh. Ich wollte mich nicht erneut in diese Beziehung stürzen, nur um ein weiteres Mal enttäuscht zu werden. »Vielleicht wäre es ein Anfang, mir einfach mal zu vertrauen.«

»Das mache ich«, versprach Theo und klang aufrichtig. Auch sein Blick war auf meinen Mund gerichtet, und ich war mir sicher, er wollte mich ebenfalls küssen.

Gott, mir fiel es unglaublich schwer, mich nicht dazu hinreißen zu lassen.

»Wir sollten es langsam angehen und … eine gute Basis aufbauen.«

Falls Theo enttäuscht von meiner Antwort war, ließ er es sich nicht anmerken. »Alles, was du möchtest.« Erneut nahm er meine Hand in seine und küsste mich auf die Handinnenfläche. Nur dass es sich diesmal nicht wie ein verzweifelter Kuss anfühlte, sondern ein verheißungsvoller, der ein Kribbeln durch meinen ganzen Körper schickte.

»Du solltest jetzt besser gehen«, sagte ich leise, und abermals musste ich mich dazu zwingen, weil ich genau genommen nichts lieber wollte, als ihn an mich zu ziehen und zu vergessen, was in den vergangenen Wochen und vor allem in den letzten Stunden passiert war.

»Ja, du hast recht.« Auch Theo war anzusehen, dass er im Grunde definitiv keinen Abstand zwischen uns bringen wollte. Doch er löste sich von mir und machte einen Schritt zurück, bevor er tief durchatmete. Bestimmt, um sich zu sammeln. Er räusperte sich, ehe er fragte: »Darf ich dich morgen anrufen?«

Ich nickte. »Ich schreibe dir, wenn wir Drehpause haben. Falls du Zeit hast, können wir telefonieren.«

»Danke!« Theo klang richtiggehend erleichtert. Er machte noch einmal einen schnellen Schritt auf mich zu und küsste mich auf die Wange. Zärtlich und vorsichtig, bevor er endgültig zur Tür ging und nach einem letzten »Bis morgen« diese hinter sich schloss.

Zitternd und völlig aufgewühlt holte ich Luft, während meine Knie nachgaben. Langsam und mit dem Küchenschrank im Rücken sank ich auf den Boden und lächelte, die Fingerspitzen auf die Stelle gelegt, an der ich eben noch Theos Lippen gespürt hatte. Wenigstens ein Teil meiner Welt heilte, wo doch so viel noch im Chaos versank.

# 39 – Theo

Es war das erste Mal, dass ich alles dafür tun würde, eine Frau zurückzugewinnen. Sicher, Alicia hatte mir eine zweite Chance gegeben. Wobei das nicht direkt stimmte, zumindest jedoch die Aussicht auf eine, aber ich wusste auch, dass sie diese nicht leichtfertig hergegeben hatte. Und dass ich etwas dafür tun musste, um sie nicht erneut mit dem nächsten Wimpernschlag zu verlieren.

Wie besprochen, hatten wir am darauffolgenden Tag telefoniert. In Alicias Drehpause zu Mittag und abends, als sie wieder zu Hause gewesen war. Wir hatten noch einmal darüber geredet, was zwischen uns passiert war. Auch was am Wochenende im Club vorgefallen und wie es uns dabei ergangen war. Und es tat gut, dass es sich diesmal leichter anfühlte. So, als ob Licht am Horizont für uns strahlte und nicht mehr alles von dicken Wolken verhangen war.

Am Samstag war Alicia ebenfalls den ganzen Tag am Set, während ich mit den *Mighty Bastards* abends einen kleinen Gig in Edinburgh hatte. Wir waren für eine Privatfeier gebucht worden, mit der ein Vater seiner Tochter zum achtzehnten Geburtstag nicht nur eine mega Party, sondern auch einen Auftritt von uns für sie und ihre hundertachtzig Gäste spendiert hatte.

Sie fand auf dem Anwesen der Familie statt, und es war irre, wie viel Aufwand dafür betrieben wurde. Tausende Luftballons, das vielleicht exquisiteste Catering, das ich je gesehen hatte – und eine Menge High Society unter den Gästen. Sogar Millie Bobby Brown befand sich unter ihnen. Wenn ich das Alicia erzähle, würde sie wahrscheinlich kurz geknickt sein, weil sie nicht hatte dabei sein können.

Noch hatten die Gäste und Susanna, das Geburtstagskind, nicht mitbekommen, dass wir gleich auftreten würden. Sie waren noch mit der kleinen Rede, die Susanna für ihren Freundeskreis vorbereitet hatte, und mit den sich anschließenden Gratulationen beschäftigt. Die Bühne war hinter einem blassrosa Vorhang versteckt, und wir hatten die Anweisung bekommen, auf ein Zeichen ihres Vaters mit *Broken* anzufangen.

»Herzlichen Glückwunsch auch von mir, meine wundervolle Susanna«, hörten wir ihn schließlich sagen. »Ich weiß, du bist ein großer Fan von *One Direction* ...«

»Dad! Das war ich mit acht!«, hörten wir Susanna rufen, woraufhin Gelächter losbrandete.

»Sorry, mein Fehler«, entschuldigte sich ihr Vater mit einem Lächeln in der Stimme. »Dann weiß ich nicht, ob dir dieser Auftritt gleich gefallen wird ...«

Das war mein Stichwort. Ich spielte die ersten Takte unseres bislang erfolgreichsten Songs, woraufhin sofort ein Raunen ertönte, das ein lautes Kreischen einer Horde Mädels und Jungs nach sich zog, als der Vorhang sich öffnete.

Richie, Spencer, Lex und ich gaben alles auf dieser Bühne, und zu sehen, wie begeistert Susanna war und wie ihr Tränen des Glücks über die Wangen liefen, war echt bewegend. Sie war offenbar ein Mädchen, das bisher immer alles bekommen hatte, was es wollte, und konnte dennoch immer noch überrascht werden.

Die Gäste genossen unseren Auftritt ebenso, und sogar ihr Vater feierte bei unseren Songs ab, was den Abend für uns wirklich gelungen machte.

Am Sonntag musste ich erst mal ausschlafen, doch am Abend hatte ich für Alicia und mich einen Tisch in einem kleinen

Restaurant reserviert. Im Vorfeld hatte ich die Location ge-
sichtet und mich davon überzeugt, dass sie über einen Bereich
verfügte, in den man nicht einsehen konnte. Wo wir also nicht
nur vor Paparazzi, sondern auch vor neugierigen Blicken anderer Gäste sicher waren.

Dennoch behielt ich nach wie vor unsere Umgebung mehr
als sonst im Blick, als ich mit Alicia im *Hidden Delicacy* ankam. Wir waren beide unabhängig voneinander von Fahrern
abgeholt worden und hatten uns in einem Parkhaus getroffen,
in dem ich in Alicias Wagen gewechselt war, um die restliche
Strecke gemeinsam zu fahren und hoffentlich mögliche Verfol-
ger abzuhängen.

»Tut mir echt leid, dass wir gerade so einen Aufwand betreiben müssen«, sagte ich, während sich in mir ein immer
größer werdendes schlechtes Gewissen ausbreitete. »Ich hoffe,
es ist okay, dass ich hier reserviert habe.« Gerade fühlte ich
mich echt mies, da ich einerseits alles richtig machen wollte,
andererseits einfach nur ein normales Date mit ihr haben
wollte, das hoffentlich dazu beitrug, dass wir wieder zueinan-
derfanden.

»Keine Sorge, das Restaurant ist toll, und ich freue mich auf
den Abend mit dir«, sagte sie und klang dabei so ehrlich, dass
ich ihr glauben musste.

Wir wurden in das Separee geführt, wofür ich wirklich
dankbar war. Die bodentiefen Fenster neben uns waren geöffnet und zeigten hinaus auf einen Garten, der von der Straße
nicht einsehbar war und in dem eine Vielzahl an Blumen blüh-
ten.

Die Sonne stand tief und spendete genug Wärme, sodass
Alicia ihre dünne Jacke auszog und über die Stuhllehne hängte.

Wir bestellten beide ein Glas Wein und beschlossen, uns
eine große Flasche Wasser zu teilen.

»Ich mag es hier«, stellte Alicia fest, während sie sich umsah.

»Ich mag dich.« Mein Herz trommelte vor Aufregung, weil
Alicia, seit ich um sie kämpfte, noch kein einziges Mal gesagt
hatte, wie sie zu mir stand.

Sie lehnte sich vor, griff nach meinen Händen und schaute mir tief in die Augen. »Ich mag dich auch, Theo.« Zaghaft lächelte sie.

Dieses Geständnis war mehr, als ich mir nach allem, was passiert war, erhofft hatte.

»Ich will, dass du weißt, dass du meine absolute Nummer eins bist, Alicia. Wenn ich morgens aufwache, bist du die Person, an die ich als Erstes denke. Und beim Zubettgehen die letzte, die in meinen Gedanken auftaucht. Wenn ich meine Gitarre zur Hand nehme und spiele, dann nur für dich. Ich mag dich wirklich, mehr als das, verdammt.«

Ich sah, wie sich ihre Wangen in einem zarten Rosaton färbten, ehe sie den Blick senkte.

»Seit ich dich kenne, war das übrigens noch nie anders. Auch nicht in der Zeit, in der wir getrennt waren. Ich habe wirklich versucht, dich aus meinem Kopf zu verscheuchen, aber ich habe es nicht geschafft.«

»Zum Glück«, sagte sie leise und erwiderte nun endlich meinen Blick. »Mir geht es nicht anders. Du warst in den letzten Wochen ebenfalls ständig in meinen Gedanken präsent, obwohl es verdammt wehgetan hat. Den ganzen Schmerz habe ich beim Dreh herausgelassen. Ich hab es wohl äußerst überzeugend gespielt, meinten meine Kolleginnen und Kollegen. Der arme Cassian hatte in seiner Rolle als Madeleines Ex-Mann ganz schön unter mir zu leiden.« Sie lächelte. »Auch der Regisseur war sehr zufrieden mit mir, obwohl ich versucht habe, einfach nur zu überleben und den Tag zu überstehen.«

Ich sollte stolz auf sie sein, weil sie eine bestimmt großartige Leistung am Set erbracht hatte. Doch ich war in erster Linie wütend auf mich selbst. Und zwar, weil ich ihr das angetan hatte. »Es tut mir so leid, dass du das meinetwegen durchmachen musstest«, sagte ich leise. Jedes Wort kam mir schwerer über die Lippen als das vorherige. »Ich wünschte, ich könnte die Zeit zurückdrehen und alles besser machen.«

Die Bedienung unterbrach uns, und wir bestellten das Essen – Alicia entschied sich für ein Beef Wellington, während ich den Steak and Ale Pie nahm.

»Du bist auf dem besten Weg dorthin, Theo. In erster Linie

musst du mir einfach vertrauen, das ist alles. Und mir die Zeit geben, die ich brauche. Ich muss sehen und glauben können, dass beim nächsten ersten Streit, und den wird es sicher geben, nicht wieder alles zerbricht.« Sie lächelte und drückte meine Hand. »Davon abgesehen, hast du es nicht auf die gleiche Weise verbockt wie meine Mum – die Chancen stehen also gut, dass wir eine gemeinsame, glückliche Basis finden.«

Kurz zögerte ich, aber da Alicia ihre Mutter ins Gespräch gebracht hatte, wagte ich, vorsichtig nachzufragen. »Wie ist das Verhältnis zu ihr? Stehst du noch mit ihr in Kontakt, oder ...?«

Alicia schnaubte und verzog das Gesicht, während ich merkte, dass ich mich mit meiner Frage auf sehr dünnes Eis gewagt hatte. »Ich habe keine Ahnung, ob ich ihr je verzeihen kann, was sie getan hat«, sagte sie leise, und mit jedem Wort war ihr anzusehen, wie schwer es ihr fiel, darüber zu reden. »Sie hat so oft Grenzen überschritten ... Und dass sie nach unserem Streit zur Presse gegangen ist, um denen die Story über meinen Vaginismus zu verkaufen, ist so ziemlich das Letzte, was man tun sollte. Vor allem als Mutter. Ich meine, wie erbärmlich ist es, bitte, die intimsten Details der eigenen Tochter preiszugeben?«

Überrascht runzelte ich die Stirn. Zwar wusste ich, dass Bethany Atkinson eine böse Frau war, aber dass *sie* es tatsächlich gewesen war, die Alicia das angetan hatte, damit hätte ich nicht gerechnet. »Hast du sie darauf angesprochen? Oder woher weißt du ...?«

Nun schüttelte Alicia den Kopf und trank einen großen Schluck von ihrem Wein. »Nein. Was sie nicht weiß, ist, dass ich ebenfalls genügend Kontakte zur Presse habe. Und tatsächlich kenne ich die Empfangsdame des Magazins, dem Mum meine Story angeboten hat. Sie hat mir verraten, dass sich meine Mutter am Tag davor mit einem Redakteur der Zeitung getroffen hat – sie hat die beiden im Café gegenüber der Redaktion gesehen.«

Fassungslos schüttelte ich den Kopf.

»Ich habe also keine hundertprozentigen Beweise. Allerdings habe ich unter dem Bericht den Namen des Redakteurs gelesen. Dieser stimmt überein mit demjenigen, mit dem sich meine Mum getroffen hat …«

»Was sagt dein Dad dazu?«

Alicia atmete geräuschvoll aus. »Er ist komplett ausgerastet und zu ihr gefahren, um sie zur Rede zu stellen, was in einem schlimmen Streit ausgeartet ist. Gemeinsam mit ihm hab ich auch sofort nach Erscheinen des Artikels seinen Anwalt konsultiert, der eine einstweilige Verfügung gegen das Klatschmagazin erwirkt hat. Außerdem hat er eine Schadenersatzforderung gestellt und ist gerade dabei, eine öffentliche Entschuldigung von dem Schundblatt einzufordern.« Sie senkte den Blick auf ihre Finger, mit denen sie über den Hals des Weinglases glitt. »Mein Dad meinte außerdem, ich solle meine Mutter verklagen. Aber wenn ich ehrlich bin, will ich einfach nur einen Schlussstrich ziehen und den Streit mit ihr nicht noch an die Öffentlichkeit bringen. Ich kenne sie, und ich habe die Scheidung meiner Eltern miterlebt. Sie gibt sich nicht so schnell geschlagen. Das Ganze würde garantiert ausarten und mich viel zu viel Kraft und Nerven kosten. Es ist immerhin noch einmal was anderes, ob der Anwalt einen Verleger verklagt, mit dem ich keinerlei Berührungspunkte hatte, oder wenn es um die eigene Mutter geht.«

Betreten nickte ich. »Kann ich voll verstehen. Aber lässt du sie einfach so damit durchkommen?«

Alicia schüttelte langsam den Kopf. »Das nicht. Womit meine Mutter nämlich nicht leben kann, ist, wenn man ihr die kalte Schulter zeigt. Demnach werde ich das tun: sie völlig ignorieren. Mir tut es gut, ihr nicht.«

»Und du denkst, sie lässt dich in Zukunft in Ruhe?«

»Keine Ahnung.« Alicia lehnte sich zurück und verlor sich in einem Punkt in der Ferne, bevor sie mich wieder anschaute. »Vermutlich nicht. Allerdings hat sie mich in den letzten Jahren viel zu oft eingelullt. Ich habe mir ein schlechtes Gewissen einreden und mich erneut auf ihre Seite ziehen lassen. Sie hat mich in ihren Fittichen gehabt und mich gequält und niedergemacht, ohne dass mir das so richtig bewusst gewesen ist. Und ja, sie ist meine Mutter, aber das heißt nicht, dass ich um jeden Preis mit ihr in Kontakt bleiben muss. Durch die ganze

Sache habe ich gelernt, dass ich in erster Linie auf mich achten muss. Und wenn es bedeutet, dass ich die Verbindung zu ihr kappe. Ich habe einen wundervollen Dad, der mich liebt und in allen Belangen unterstützt. Ich habe Kim in meinem Leben, die mit Abstand die beste Freundin ist, die ich mir wünschen kann. Dazu einen großartigen Beruf und mit dem aktuellen Filmprojekt einen Job, der mich durch und durch erfüllt. Und ich habe dich.« Sie lächelte, und mir wurde ganz warm in der Brust. »Mehr brauche ich nicht, um glücklich zu sein.«

»Du ahnst nicht, wie gern ich dich jetzt an mich ziehen und küssen würde.«

»Vielleicht machen wir das ja nach dem Essen.« Sie zwinkerte mir zu, und in dem Moment wusste ich, dass wir uns aufeinander zubewegten. Langsam, aber doch ganz deutlich.

Mit dieser Erkenntnis fiel eine enorme Anspannung von mir. Denn bis eben war ich mir nicht sicher gewesen, ob meine Chance bei Alicia nur von kurzer Dauer sein würde. Ich hatte sie mit meinem Handeln zutiefst verletzt, zusätzlich zu dem, was ihre Mutter ihr angetan hatte. Dabei hätte ich für sie da sein müssen. Ich hätte ihr, verdammt noch mal, glauben und zuhören müssen, hatte es jedoch nicht getan. Keine Ahnung, ob ich mich an ihrer Stelle so schnell wieder in ihr Leben gelassen hätte. Ich merkte allerdings, dass ich nach wie vor im Spiel war – und darüber war ich mehr als erleichtert.

Der restliche Abend verlief harmonisch und schön. Wir unterhielten uns über ihre Arbeit und die Band. Ich erzählte von dem gestrigen Gig, und wie irre wir es fanden, dass eine Achtzehnjährige eine derart übertrieben dekadente Geburtstagsfeier von ihrem Vater bezahlt bekam – und das, obwohl wir beide aus wohlhabenden Familien stammten.

Wir teilten uns einen leckeren Cheesecake als Dessert und flirteten sogar ein wenig, als wir uns gegenseitig fütterten und sie mir mit dem Daumen Himbeersoße aus dem Mundwinkel wischte. Und als ich sie danach nach Hause fuhr, hielt sie die ganze Zeit über ihre Finger mit meinen verschränkt.

Bei ihr angekommen, begleitete ich sie noch zur Tür.

»Danke für den schönen Abend, Theo. Wirklich, ich habe ihn sehr genossen.« Sie schaute mich an, und das Strahlen in ihren blauen Augen verriet mir, dass sie ihre Worte auch so meinte.

»Nein, Alicia, ich danke *dir*. Viel zu lange habe ich befürchtet, dich endgültig verloren zu haben. Dieser heutige Abend war also weit mehr, als ich zu hoffen gewagt habe.«

»Dabei hast du eine Sache vergessen«, flüsterte sie und lächelte.

Noch bevor ich hätte nachfragen können, was sie meinte, hatte sie den Abstand zwischen uns verringert. Ihre Hände verschränkte sie in meinem Nacken, dann legte sie ihre Lippen auf meine. Und verflucht, es kostete mich wirklich eine Menge Beherrschung, sie nicht sofort an mich zu ziehen und tief zu küssen. Doch als ich ihre Zunge neckend an meiner Unterlippe spürte, war es vorbei mit meiner Zurückhaltung. Seufzend hieß ich sie willkommen und küsste sie mit all der Liebe, die ich für sie empfand, zurück.

Dass sich die Sache zwischen uns immer besser entwickelte, hatte ich gemerkt, als Alicia mich fragte, ob ich sie am heutigen Mittwochabend vom Set abholen konnte. Inzwischen war der Drehort in ein Filmstudio in London verlegt worden, weshalb es für sie grundsätzlich kein Problem darstellen sollte, nach Hause zu kommen. Zumal ich wusste, dass ihnen sowieso ein Fahrer zur Verfügung stand.

Doch heute dort aufzukreuzen und womöglich ihrem Drehpartner zu begegnen – und ihm zu zeigen, dass Alicia mir gehörte –, erfüllte mich mit neuem Ehrgeiz. In meinem Kopf malte ich mir aus, wie ich sie vor dem Studioeingang abholen und um den Verstand küssen würde, während er danebenstand und uns zusehen musste. Und allein diese Vorstellung reichte aus, um mich gut gelaunt durch den Tag zu bringen.

»Dir scheint ja heute die Sonne aus dem Arsch«, meinte Spencer belustigt, als wir uns auf den Weg in Noras Büro machten. Gemeinsam mit ihr und ihrer Assistentin Evie wollten wir heute neue Merchartikel für unseren Onlineshop besprechen. Angeblich waren Trinkflaschen gerade voll im Trend, und Evies Vorschlag war es, unsere Gesichter aufzudrucken.

»Ja, mit Alicia und mir läuft es gut.« Ich konnte mir ein breites Grinsen nicht verkneifen. »Und heute Abend hole ich sie von der Arbeit ab.«

»Das freut mich, Mann.« Richie legte einen Arm um meine Schultern.

»Ja, mich auch. Ich bin echt erleichtert, dass sich alles zum Guten gewendet hat.« Ich schaute zu Lex, der ebenfalls zu uns aufgeschlossen hatte. Gemeinsam steuerten wir auf das Bürogebäude zu.

»Ist sie sauer auf uns?«, wollte Lex wissen. Er hatte sich mehrfach bei mir entschuldigt, als herausgekommen war, dass Alicia wirklich in allen Dingen ehrlich gewesen war. Auch Spencer hatte darauf bestanden, dass Alicia bei den Proben jederzeit willkommen war, aber vorerst hatten wir beschlossen, es mit der gemeinsamen Zeit nicht zu übertreiben.

»Nein, keine Sorge. Ich habe ihr von euren Befürchtungen erzählt, und sie schätzt es sehr, dass ihr um mich so besorgt wart. Sie versteht, dass ihr sie zu wenig gekannt habt, um ihre Handlungen einschätzen zu können. Schließlich hattet ihr bisher nicht viele Gelegenheiten, euch zu unterhalten, wenn sie bei den Proben dabei war.« In erster Linie hatte sie mit Hayden und Tessa geredet, und selbst mit ihnen wohl eher über oberflächliche Dinge. Immerhin hatte sie eine Menge Zeit damit verbracht, ihren Text zu lernen. Und mich anzusehen, wie sie mir verraten hatte.

»Wir sollten vielleicht mal alle gemeinsam etwas unternehmen. Abseits der Arbeit, um sie besser kennenzulernen – und sie uns«, schlug Spencer vor, während wir die Treppe nach oben gingen.

Dass ausgerechnet er so darauf bedacht war, dass sich Alicia bei uns wohlfühlte und viel mit dabei war, bedeutete mir eine Menge.

»Das werden wir«, sagte ich und klopfte ihm auf die Schulter, bevor wir im zweiten Stock ankamen, wo uns Evie mit einem Lächeln auf den Lippen die Tür öffnete und ihre blonden Locken dabei lustig wippten.

Als ich später zur vereinbarten Uhrzeit vor dem Studio stand, begann es leicht zu nieseln. Grummelnd zog ich mir die Kapuze meines Hoodies über den Kopf und wartete, während sich Aufregung in mir ausbreitete. In meiner Fantasie hatte es keinen Regen gegeben und ich hoffte, dass sich zumindest der Rest wie erwartet entwickelte.

Nach und nach kamen Leute auf das große Gatter zu, das Unbefugte vom Betreten des Geländes abhalten sollte, Alicia war jedoch nicht unter ihnen. Kurz warf ich einen Blick auf mein Handy. Vielleicht hatte ich ja eine Nachricht von ihr verpasst – doch nein, sie hatte mir weder geschrieben noch mich angerufen.

Ungeduldig verlagerte ich das Gewicht von einem Bein auf das andere und atmete geräuschvoll aus, als ich sie endlich ausmachen konnte – lachend unter einem Regenschirm gemeinsam mit einem Kerl. Und wenn mich meine Augen nicht täuschten, war das dieser Paul Hughes.

Natürlich hatte ich ihn gegoogelt und gleich mal festgestellt, dass er Single war. Außerdem war er durchtrainiert und sah für einen Typen viel zu gut aus, als dass ich ihn nach Drehschluss so nah neben meiner Freundin sehen wollte. Auch wenn er ihr den Schirm hielt.

Die beiden kamen direkt auf mich zu, plauderten und hatten beste Laune, während ich damit kämpfte, meine Eifersucht im Zaum zu halten.

»Hey, Theo, danke fürs Abholen.« Alicia eilte zu mir, als sie mich sah, und küsste mich zur Begrüßung. Zwar nicht so lange und intensiv, wie ich es mir ausgemalt hatte, allerdings konnte ich nicht verhindern, ihren Filmpartner siegessicher anzugrinsen.

»Paul hat vorgeschlagen, gemeinsam etwas trinken zu gehen. Hast du Lust?«

Fuck ey, in mir brodelte es gewaltig, und am liebsten hätte ich Nein gesagt. Andererseits war das vielleicht die Möglichkeit, ihm endgültig zu verdeutlichen, dass Alicia zu mir gehörte, weshalb ich schließlich einknickte.

»Das Café ist nicht weit von hier. Mein Freund Esteban arbeitet dort, und er freut sich, euch kennenzulernen«, erklärte Paul, während wir uns schon in Bewegung setzten und ihm folgten. Kurz stockte ich, er hatte nicht von einem Kumpel gesprochen.

»Warte mal ... Freund?«, raunte ich Alicia zu.

Doch meine Antwort bekam ich von Paul, der sich zu uns umdrehte. Denn verdammt, er hatte mich gehört. Er zwinkerte mir zu und legte einen Finger auf seine Lippen.

»Das ist Pauls Geheimnis. Du darfst dich also geehrt fühlen, dass er es mit dir teilt«, erklärte Alicia leise, während ich endlich begriff, dass von ihm nie eine Gefahr ausgegangen war.

Die Erleichterung, die mich daraufhin durchflutete, war mit keinen Worten zu beschreiben.

# 40 – Alicia

Theo war unglaublich süß. Und er zeigte mir jeden Tag aufs Neue, dass er das mit uns wirklich wollte und ernst meinte.

Unser Cafébesuch mit Esteban und Paul war gelöst und locker verlaufen, die Jungs hatten sich auf Anhieb großartig verstanden.

Gestern waren wir dann zu meinem Dad gefahren, und Theo war anfangs nervös gewesen, es sich bei ihm verbockt zu haben. Doch Dad hatte sich wie immer toll verhalten. Er hatte Theo behandelt, als wäre nichts vorgefallen, und schon nach kurzer Zeit konnte sich Theo entspannen. Am Ende war es sogar noch richtig lustig geworden, als wir gemeinsam *Scotland Yard* gespielt hatten.

Im Anschluss hatte Theo mich nach Hause begleitet und mich vor der Tür zum Abschied geküsst. Doch er hatte keine Anstalten gemacht, mit in die Wohnung zu kommen. Und irgendwie war ich froh darüber gewesen. Ich war noch nicht so weit, ihn in meine vier Wände zu lassen und dort neue Erinnerungen mit ihm zu sammeln. Obwohl ich mich insgeheim danach sehnte, ihm wieder näherzukommen.

Allerdings wollte er mich übers Wochenende mit nach York nehmen und mich dort seinen Eltern vorstellen. Und auch wenn ich nervös war, hatte ich zugesagt.

Wir hatten beide Samstag und Sonntag frei, und als Theo mich gefragt hatte, merkte ich ihm an, wie viel es ihm bedeutete. Zudem hatte ich seine Eltern bisher nicht kennengelernt, und dass er bereit war, diesen Schritt zu gehen, war eine große Sache. Für uns beide.

Das alles half jedoch nicht darüber hinweg, dass ich unglaublich nervös war, als wir uns in seinem Auto auf dem Weg in seine Heimat befanden.

»Du musst dir keine Sorgen machen, sie werden dich lieben.« Er lächelte und schaute kurz zu mir, während er unsere ineinander verflochtenen Finger drückte.

»Obwohl du meinetwegen eine so schwere Zeit durchgemacht hast?«

Theo schnaubte. »Wenn, dann war ich ja wohl nicht der Unschuldige in diesem Szenario. Aber ernsthaft, mach dir bitte keine Gedanken. Sie sind neugierig auf dich und freuen sich, dich kennenlernen zu dürfen.«

»Hast du deinen Eltern schon oft Freundinnen vorgestellt?«

»Da gab es nicht viele, du erinnerst dich? Und nein, bisher nur eine. Allerdings hatten sie von der keine sonderlich große Meinung.«

»Na, das macht mir Mut.« Ich merkte, wie mir das Herz erneut in den Magen rutschte.

Theo lächelte, setzte den Blinker und fuhr von der Autobahn ab.

Nach den knapp fünf Stunden Fahrt war ich froh, gleich aussteigen zu können. Zwar hatten wir eine kurze Pause eingelegt, um uns die Füße zu vertreten, aber das war schon eine Weile her, und mein Rücken und mein Hintern protestierten schmerzvoll.

»Wirklich, Alicia, zerbrich dir nicht dein hübsches Köpfchen.« Beruhigend streichelte er meinen Handrücken, ehe er seine Finger von meinen löste und auf ein Einfamilienhaus zeigte, an dem wir vorbeifuhren. »Hier wohnen Lex' Eltern«, sagte er, bevor er abermals blinkte und in die nächste Straße abbog. Und obwohl die Häuser davor ebenfalls aus rotem Backstein gebaut worden waren, wirkten diese hier um einiges größer.

Schließlich drosselte er das Tempo, fuhr in eine Einfahrt und hielt nach ein paar Sekunden vor einem von zwei verschlossenen weißen Garagentoren.

Sofort beschleunigte sich mein Atem, und ich spürte den heftigen Herzschlag bis in meine Kehle.

»Wir sind da.« Theo schenkte mir einen aufmunternden Blick und stieg aus, um auf meine Seite zu kommen und mir die Autotür zu öffnen.

Tief sog ich Luft in meine Lungen und streckte den Rücken durch, als ich ausstieg. Theo holte noch unsere Taschen aus dem Kofferraum, die wir für die eine Nacht gepackt hatten, dann ging er auf die Haustür zu.

Ich folgte ihm, und er klingelte. Gleich darauf schloss er die Tür auf. »Mum, Dad? Wir sind da!«, rief er laut ins Haus hinein, während er neben einer weißen Treppe, die ins Obergeschoss führte, unsere Taschen abstellte.

Neugierig schaute ich mich im Eingangsbereich um, der geräumig und modern eingerichtet war. In dem cremefarbenen Fliesenboden spiegelte sich das Deckenlicht einer großen Lampe, die aussah, als hätten sich mehrere kupferfarbene Ringe um einen hell leuchtenden Planeten angeordnet.

Theo legte seinen Autoschlüssel auf die weiße Kommode zu unserer Rechten, auf der ein Strauß mit blassrosafarbenen Pfingstrosen stand, und nahm mir meine dünne Weste ab, um sie in einen Schrank zu hängen, der hinter einer Holzwand versteckt war, wie ich mit einem forschenden Blick registrierte.

»Ah, da seid ihr ja!«, hörte ich eine helle Frauenstimme, gepaart mit dem Klackern von Absätzen auf dem Fliesenboden, als Mrs Murray schon auf uns zukam. »Wir haben bereits auf euch gewartet. Alicia, wie schön, dich endlich kennenzulernen. Ich bin Carrie.« Mit diesen Worten zog sie mich in eine liebevolle Umarmung und drückte im Anschluss Theo an sich.

Ihre brünetten Haare hatte sie zu einem strengen Knoten hochgesteckt und trug eine elegante Stoffhose und einen kurzärmeligen Rollkragenpullover. Ihr Lächeln war warm und herzlich, obwohl ich den Eindruck hatte, dass sie, wenn es darauf ankam, äußerst resolut sein konnte.

»Wo ist Dad?«

»Er kommt gleich, er ist in seinem Büro und ...«

»... arbeitet«, vervollständigte Theo mit einem leicht genervten Unterton den Satz. Offenbar hatte er ihn schon des Öfteren gehört.

Carrie schenkte ihm einen tadelnden Blick, dann wandte sie sich an mich. »Alicia, Schätzchen, möchtest du etwas zu trinken? Theo?«

»Gerne ein Wasser. Danke.« Gemeinsam mit Theo folgte ich ihr in die Küche.

»Ich mach schon, Mum.« Theo öffnete den Kühlschrank und nahm eine große Flasche Sodawasser heraus. »Für dich auch?«, wandte er sich an seine Mutter, die inzwischen vier Gläser aus dem Schrank geholt hatte.

»Gerne, dein Vater möchte sicher ebenfalls etwas.« Dann schaute sie mich an, fast ... reuevoll? Ich straffte unter ihrem Blick die Schultern. »Theo musste sehr schnell lernen, selbstständig zu sein. Da Anthony und ich immer schon viel gearbeitet haben, wuchs er mit einer Nanny auf. Allerdings hat sie ihre Arbeit nicht so erledigt, wie wir gedacht hatten. Dass er auf sich gestellt war, haben wir leider erst erfahren, als es bereits zu spät war.«

Überrascht sah ich zu Theo, denn so war mir dieses Thema neu. Alles, was ich wusste, war, dass seine Nanny bemüht gewesen war. Doch er hatte den Blick auf die Gläser gerichtet und bemerkte den meinen nicht.

»Mum, ich hab dir doch gesagt, dass du dir deswegen keine Vorwürfe machen musst. Ich hatte es warm, ich hatte zu essen und zu trinken, und sie war immer freundlich zu mir.«

Carrie verdrehte die Augen. »Sie hat dich vernachlässigt. Und wir waren zu sehr mit Arbeit beschäftigt, um es zu merken.« Sie wandte sich an mich. »Das werde ich mir wohl mein ganzes Leben lang vorhalten. Aber er ist dennoch zu einem großartigen Mann herangewachsen. Und er hat gelernt, sich um sich selbst zu kümmern. Immerhin hat er schon mit acht seine eigene Wäsche gewaschen.«

Bei dieser Vorstellung zog sich mein Herz zusammen. Das Wissen, dass der arme kleine Theo sich selbst überlassen war und die Nanny, statt mit ihm zu spielen, ihn den Haushalt hat erledigen lassen, tat mir unglaublich leid für ihn.

Stirnrunzelnd schaute ich Theo an, der sich nichts anmerken ließ. Stattdessen zuckte er mit den Schultern. »Sie hat mich ja nicht unbeaufsichtigt gelassen. Sie stand die ganze Zeit daneben und hat mir erklärt, wie man die Wäsche sortiert und wie viel Waschpulver in die Maschine muss. Es war ihr eben wichtig, dass so etwas nicht den Frauen überlassen bleibt.«

Ich griff nach seiner Hand und drückte sie kaum merklich.

Carrie schnaubte. »Und als du es wusstest, hat sie es dich fortan allein machen lassen, während sie es sich auf der Couch gemütlich gemacht hat.«

»Es hat mir nicht geschadet«, sagte Theo, aber ich hatte das Gefühl, dass er sich damit selbst belog. Schließlich störte es ihn, dass seine Eltern Workaholics waren, und bestimmt hatte er sich nach einem Nest gesehnt, in dem er behütet und geliebt wurde. Nicht, dass ich den beiden unterstellen wollte, ihren Sohn nicht zu lieben – denn das tat immerhin Carrie von Herzen. Das konnte ich sehen. Aber ein Kind brauchte nun mal auch die Fürsorge seiner Eltern. Und zwar durch Worte und Taten!

Mein Dad war zumindest immer an meiner Seite gewesen, um mir die Geborgenheit zu geben, die ich gebraucht hatte. Und er war es bis heute.

»Tut mir leid, ich bin schon da!«, ertönte eine tiefe Stimme hinter uns, und ich drehte mich um.

Theos Dad war, wie ich ihn mir vorgestellt hatte. Groß und schlank, genau wie eine ältere Version von Theo. Auch er war gut gekleidet, allerdings trug Mr Murray ein weißes Hemd zu einer Anzughose. Seine dunkelblonden Haare waren von vereinzelten grauen Strähnen durchzogen, und Lachfalten zierten seine Augenwinkel.

»Hi, Alicia, ich bin Anthony.« Er schüttelte meine Hand, fest und entschlossen. »Freut mich, dass Theo dich mitgebracht hat. Hat er dir schon das Haus gezeigt? Und wo ihr schlafen werdet?«

Ich schaute zu Theo, der sich durch die Haare fuhr. »Nein, wir sind gerade erst angekommen«, sagte ich verlegen.

»Komm, ich zeige dir alles.« Theo nahm meine Hand und führte mich aus der Küche.

»Habt ihr Hunger?«, rief uns Carrie hinterher.

Kurz schaute mich Theo fragend an, und ich schüttelte knapp den Kopf. »Nein danke, wir hatten auf der Fahrt einen Snack«, sagte er über die Schulter an seine Mum gewandt, bevor er mir seine Hand auf den unteren Rücken legte und mich endgültig von seinen Eltern wegführte.

»Sorry«, murmelte er, als er beide Taschen nahm und die Treppe nach oben ging. »Sie sind manchmal ... anstrengend.«

Schweigend folgte ich ihm ins obere Stockwerk. In erster Linie, weil ich über seine Worte nachdenken musste, allerdings auch, weil ich nicht wollte, dass sie hörten, wenn ich ihm antwortete.

Theo ging den Flur entlang. »Dads Büro.« Er zeigte auf die Tür links. »Hier ist das Gästezimmer.« Schließlich öffnete er die nächste Tür auf der rechten Seite. »Und das ist mein Zimmer.«

Ich folgte ihm in den Raum, der genau genommen aus drei Teilen bestand, getrennt durch breite Durchgänge, die jedoch, wie ich auf den zweiten Blick bemerkte, mit Türen geschlossen werden konnten. Im ersten Bereich befanden sich eine gemütliche Couch und ein Fernseher. Auf der Kommode entdeckte ich mehrere verschiedene Spielkonsolen. Im Zimmer links von uns stand ein riesiger Schreibtisch mit drei großen Monitoren. Außerdem befanden sich hier ein paar Gitarren in schwarzen Gestellen. An den Wänden waren ebenfalls Halterungen befestigt, die dafür gedacht waren, Instrumente aufzuhängen. Die meisten davon waren jedoch leer.

»Hast du die alle in London?«, fragte ich und zeigte auf die Haken.

»Genau. Hier sind nur noch die Gitarren, auf denen ich nicht so gerne spiele. Beziehungsweise meine erste.« Er stellte die Taschen ab, nahm eine weiße E-Gitarre in die Hand, hängte sie sich um und strich kurz über die Saiten, bevor er sie wieder an ihren Platz stellte.

»Sie sieht schön aus.«

Er schmunzelte. »Aber ihr Klang ist nicht besonders gut. Komm mit, ich zeig dir das Schlafzimmer.« Mit diesen Worten nahm er die Taschen wieder auf, ging an mir vorbei und steuerte den dritten Bereich an, in dem ein breites Kingsizebett stand, das frisch bezogen aussah.

Unsere Taschen stellte er daneben ab.

»Schlafen wir beide heute Nacht hier?«, fragte ich und schaute Theo dabei tief in die Augen. Es wäre das erste Mal, seit wir wieder zusammen waren, dass wir uns ein Bett teilen würden.

Wir hatten davor nicht darüber gesprochen, aber nachdem er mich den Flur entlanggeführt und das Gästezimmer erwähnt hatte, hatte ich vermutet, ich würde dort untergebracht sein. Allerdings stand nun meine Tasche hier neben dem Bett, und die Art, wie er mir sein Schlafzimmer zeigte, brachte mich zur Überlegung, dass er wahrscheinlich gar nicht an die Möglichkeit gedacht hatte, dass wir getrennt schliefen.

Meine Atmung beschleunigte sich, und ich schaute noch einmal auf die weißen Laken und die vielen Kissen, bevor ich in Theos Gesicht nach einer Antwort suchte. Intensiv erwiderte er meinen Blick, und ich spürte, wie mein Herz schneller schlug. Als würde er ebenfalls gerade darüber nachdenken, was wir in der Vergangenheit in einem Bett angestellt hatten ...

# 41 – Theo

Verflucht, ich hatte nicht mitgedacht. Ich war einfach davon ausgegangen, dass Alicia hier bei mir in diesem Bett schlief. Das hatte ich auch Mum gesagt, als sie am Telefon gefragt hatte, ob sie das Gästezimmer richten sollte. Doch jetzt, wo ich in Alicias Gesicht schaute und merkte, dass die Vorstellung sie nervös machte, hätte ich mir eine reinhauen können.

Natürlich war nicht alles wie zuvor. Sie hatte mich um Zeit gebeten und was tat ich Idiot? Nahm sie mit hierher, ohne eine Rückzugsmöglichkeit, und ging auch noch davon aus, dass sie sich ein Bett mit mir teilte.

»Ich kann im Gästezimmer schlafen. Oder du, ganz, wie du möchtest. Du musst nicht neben mir ...«

»Ich schlafe dort, wo du schläfst«, sagte sie und machte gleichzeitig einen Schritt auf mich zu. »Keine Sorge, Theo, ich vertraue dir. Und ich würde mich wohler fühlen, wenn ich wüsste, dass du bei mir liegst.«

Erneut schaute ich sie irritiert an. Meinte sie das ernst?

»Ich meine damit nicht, dass ich mich hier nicht wohlfühle. Ganz im Gegenteil, ich mag deine Eltern und das Haus ist schön. Aber ich würde heute Nacht lieber von dir gehalten werden. Das hatte ich eigentlich sagen wollen.«

Endlich atmete ich erleichtert aus. »Sorry, dass ich dich nicht vorher gefragt habe.«

Sie legte ihre Hände um meinen Nacken und kam mir so noch näher. »Alles gut. Da, wo du bist, will ich sein. Du bist, was ich brauche. Sonst nichts.«

Ihre Worte überraschten und wärmten mich so sehr, dass ich sie ganz an mich zog und sanft küsste. Neckend stieß ich mit der Zunge an ihre Unterlippe und seufzte auf, als sie den Mund für mich öffnete und mich einließ. »Und alles, was ich von dir brauche, bist du«, erwiderte ich leise an ihren Lippen.

Alicia belohnte mich mit einem süßen Lächeln, bevor sie ernst wurde. »Ich finde deine Eltern übrigens nicht anstrengend. Also, zumindest nicht das, was ich vorhin von ihnen gesehen habe.«

Schlechtes Gewissen überkam mich, wieder einmal. »Tut mir leid, ich … bin bloß etwas genervt von ihnen. Sie wissen, dass wir kommen, und Dad arbeitet bis zur letzten Minute. Und tut dann so, als wäre ich unhöflich, weil ich dich noch nicht herumgeführt habe.«

»So hab ich das nicht aufgefasst. Und er sicher auch nicht. Bestimmt wollte er lediglich sichergehen, dass ich mich wohl und willkommen fühle. Außerdem, dass er bis zur letzten Minute gearbeitet hat, ist nicht schlimm. Er ist Anwalt, richtig?«

»Für Steuer- und Erbschaftsrecht, ja.« Ich wich ihrem Blick aus, weil ich das Gefühl hatte, dass sie mir gleich etwas sagen würde, womit sie recht haben konnte, das ich mir bloß nicht eingestehen wollte.

»Er hat nun mal viel Arbeit. Aber er ist bestimmt gut in dem, was er tut. Und deine Mum ist ebenfalls total nett.«

»Was nicht bedeutet, dass sie nicht plötzlich ins Krankenhaus muss, weil sie dort gebraucht wird«, brummte ich, weil ich mit meiner Vermutung richtiggelegen hatte. »Sicher, heute ist es mir mehr oder weniger egal, aber als Kind war es ein Scheißgefühl, immer an zweiter Stelle zu stehen. Einmal ist sie sogar von meiner Geburtstagsfeier weg – noch bevor ich die Kerzen auf der Torte ausgeblasen habe. Bei einem meiner ersten Schulkonzerte musste sie ebenfalls ins Krankenhaus, und das, während ich auf der Bühne stand. Das war echt hart, vor allem, weil es ausgesehen haben muss, als würde ihr nicht gefallen, was ich spiele, oder als würde sie sich für mich schämen.« Alicia hob eine Augenbraue. »Ja, ich weiß, dass der Grund ein anderer war, an dem Abend jedoch hat mich das komplett fertiggemacht. Und dann die ewige Geschichte mit der Nanny ... Als ob es etwas ändert, weil sie es schon wieder anspricht. Ja, die Nanny war in ihren Augen scheiße. Aber damals fand ich es schlimmer, dass Mum ständig ins Krankenhaus gerufen wurde und Dad ebenfalls gefühlt immer gearbeitet hat, als dass ich ein bisschen Wäsche falten und staubsaugen musste, verstehst du? Die Nanny war immerhin da.«

Alicia schaute mich mitfühlend an und nahm meine Hände in ihre. »Ich weiß, dass du es weißt, aber sie ist nun mal Ärztin. Wenn sie ins Krankenhaus muss, dann doch nur, weil sie dort wirklich dringend gebraucht wird. Das bedeutet nicht, dass sie dich weniger liebt oder ohne schlechtes Gewissen fährt. Oder dass du sie nicht auch brauchst. Hast du sie schon mal darauf angesprochen?«

Meine Lippen aufeinandergepresst, schüttelte ich den Kopf. Dass meine Mum sich deswegen womöglich mies fühlte, war mir in all den Jahren gar nicht in den Sinn gekommen. Obwohl es irgendwie auf der Hand lag, nach allem, was mit dem Kindermädchen vorgefallen war. Vor allem auch, weil sie es selbst heute noch ansprach, wo doch längst Gras über die Sache gewachsen war.

»Und zum Thema mit der Nanny: Ich fand das, ehrlich gesagt, auch echt schlimm, als deine Mum davon erzählt hat. Ja, du hättest eine schönere Kindheit verdient gehabt – aber deine Eltern lieben dich und wollten nur das Beste für dich. Auch heute noch, hab ich den Eindruck. Und dass sie bereuen, was vorgefallen ist, verbergen sie nicht vor dir. Sie stehen hinter dir, bedingungslos. Das ist etwas, das nicht jedes Kind von seinen Eltern behaupten kann.« Mit einem Mal konnte ich den Schmerz in ihrem Gesicht ablesen.

Verlegen schob ich meine Hände in die Gesäßtasche. Weil ich wusste, dass Alicia nicht unrecht hatte. »Sorry, das war unsensibel von mir. Immerhin habe ich deine Mum kennengelernt und ... nun ja, da sind meine Eltern wohl absolute Musterbeispiele im Vergleich zu ihr.«

Dass Alicia schmunzelte und mich sanft am Oberarm berührte, beruhigte mich. Sie war also nicht länger sauer auf mich. »Siehst du? Ja, vielleicht lief in deiner Kindheit nicht alles perfekt, aber ich glaube, das ist bei niemandem so. Und du hast eine intakte Familie, die dich unterstützt und zu der du immer nach Hause kommen kannst, auch wenn du es eine Weile nicht getan hast, habe ich recht?«

Ich verwob meine Finger mit ihren und zog sie an mich. Atmete ihren Duft tief ein und spürte unsere Herzschläge, während ich aus dem Fenster schaute und den Gedanken und Erinnerungen nachhing.

»Wir sollten wieder nach unten gehen«, murmelte sie an meiner Brust.

Ich gab ihr einen kurzen Kuss aufs Haar und seufzte schwer, bevor ich mich widerwillig von ihr löste. »Du hast recht.« Dankbar und voller Liebe sah ich ihr in die Augen. Dann verließen wir mein Zimmer, und ich zeigte ihr den Rest des Hauses, bevor wir zurück zu meinen Eltern gingen.

Im Laufe des restlichen Tages saßen wir mit Mum und Dad beisammen und unterhielten uns wirklich gut. Dank Alicia begann ich die beiden aus einem anderen Blickwinkel zu betrachten. Hatte mich zuvor gestört, dass sie ständig arbeiteten, merkte ich nun, wie viel Liebe in jedem Wort, in jedem Blick an mich steckte. Und verflucht, das sorgte dafür, dass ich mich scheiße fühlte. Mein ganzes Leben lang hatte ich immer gedacht, ihnen würde ihr Job weit mehr bedeuten als ich. Ich hatte mich alleingelassen und unwichtig gefühlt, doch heute wurde mir klar, dass das bloß mein Kopf gewesen war, der mir das eingeredet hatte. Und dass es für meine Eltern auch nicht leicht gewesen war, gefangen im Spagat zwischen Berufung und Für-mich-da-Sein.

Meine Eltern liebten mich bedingungslos, auch wenn sie ihren Job echt gern machten – und wer war ich, ihnen das vorzuhalten? Sie waren, soweit es ihnen möglich gewesen war, immer für mich da gewesen und hatten bestmöglich versucht, alles unter einen Hut zu bekommen. Ich wollte mir nicht ausmalen, wie groß Dads schlechtes Gewissen war, wenn er mal bis spät in die Nacht hinein gearbeitet hatte, anstatt am Abend mit mir gemeinsam für die Schule zu lernen. Oder mir bei den Proben zuzuhören, obwohl er es versprochen hatte. Oder wie schlimm Mum darunter gelitten haben musste, wenn sie ins Krankenhaus gerufen worden war, wo sie viel lieber bei mir geblieben wäre und Zeit mit mir verbracht hätte – auch wenn sie dort vermutlich Leben gerettet hatte.

Dass meine Eltern Alicia bereits ins Herz geschlossen hatten, merkte ich daran, wie sehr sie sich für sie interessierten. Als wir mit ihnen im Wohnzimmer saßen, erkundigten sie sich nach ihrem Werdegang als Schauspielerin, und es stellte sich heraus, dass Mum tatsächlich drei von Alicias Filmen gesehen hatte. Beide unterhielten sich ausgiebig mit ihr und fragten, wie es ihr bei den aktuellen Dreharbeiten ging.

»Es macht so Spaß, das Team ist großartig. Viel zu lange habe ich mich gefragt, warum ich keine Rollen bekomme, und habe darunter gelitten. Aber jetzt ist mir bewusst geworden, dass genau diese auf mich gewartet hat. Mit Madeleine fühle ich mich so verbunden wie mit keiner Figur zuvor, und ich habe den Eindruck, dass man das auch spürt. Jedenfalls sind Regisseur und Produzent äußerst zufrieden mit mir.«

»Das klingt großartig«, sagte meine Mum, während sie sich zu mir beugte und meine Hand drückte. In ihrem Blick glaubte ich zu erkennen, dass sie unglaublich stolz auf Alicia war. Und darauf, dass ich mit ihr zusammen war. Sie freute sich für uns beide, und das fühlte sich verdammt gut an. »Sobald der Film in die Kinos kommt, muss ich ihn mir unbedingt anschauen.«

»Oh, ich kann euch Karten für die Premiere in London besorgen, falls ihr wollt. Es würde mich wirklich sehr freuen, euch dort zu sehen.«

Mum schaute kurz zu Dad, der schmunzelte. »Sag uns, wann, und wir halten uns den Tag frei.«

So sehr es mich für Alicia freute, schmerzten ihre Worte gleichermaßen. Denn auch wenn ich nicht eifersüchtig sein sollte, konnte ich nichts gegen das unangenehme Ziehen in meiner Brust tun, das bei Dads Worten in mir aufstieg, genau wie das Gefühl, erneut an zweiter Stelle zu stehen.

Dann wandte sich Mum jedoch an mich. »Und bei deinem nächsten Auftritt würden wir wirklich gerne dabei sein, Schatz. Vorausgesetzt natürlich, du willst uns im Publikum haben.«

Mein Mund klappte auf, weil es sehr lange her war, dass sie mir zugesehen hatten. »Also, wenn es euch nicht zu laut ist ...«

Dad rollte mit den Augen. »Mein lieber Sohn, wir sind zwar alt, aber so alt nun auch wieder nicht.«

»Wir waren uns nicht sicher, ob du uns überhaupt als Gäste haben willst, weil du vor eurer Europatournee nichts zu uns gesagt hast. Allerdings bereuen wir es sehr, dass wir nicht bei einem eurer Konzerte waren. Wir hätten euch wirklich gern live erlebt. Das muss ja gigantisch sein, wie man so liest.«

Ein Kloß in meinem Hals sorgte dafür, dass ich nicht sofort antworten konnte. Ich schluckte dagegen an und räusperte mich, während Alicia neben mir nach meiner Hand griff und sie drückte. »Sicher, ich hätte euch gern dabei. Ich dachte bloß nicht, dass ihr uns sehen wollt.«

»Aber wieso das denn?« Mum wirkte verwirrt und verletzt – was mir leidtat.

Schulterzuckend zog ich den Kopf ein. »Keine Ahnung, vielleicht, weil es nicht eure Musik ist.«

»Ach, Theo ...« Mums Stimme war weich geworden, genau wie ihr Blick. »Egal, was du machst, wir wollen immer Teil davon sein – vorausgesetzt, du willst das ebenfalls. Nur weil wir Klassik zum Entspannen hören und Pop für gute Laune, bedeutet das nicht, dass wir Alternative-Rock nicht mögen. Überhaupt, wenn er von dir kommt.«

Dass meine Mum wusste, welche Musikrichtung wir spielten, überraschte mich. »Okay, sobald ich von einem Auftritt in eurer Nähe erfahre, sag ich Bescheid. Wir geben immer wieder auch Konzerte in kleinerem Rahmen, und falls eines dabei ist, das nicht von Privatpersonen organisiert wird, kann ich euch bestimmt Tickets besorgen. Heute in einer Woche spielen wir im *The Roundhouse* in London, falls das eine Option wäre.

Zwar ist es schon ausverkauft, soweit ich weiß, aber ich kann mit Nora reden, sie meinte mal, es gäbe immer Möglichkeiten, Karten für Familie und Freunde zu organisieren. Ansonsten wäre natürlich auch die nächste Tournee eine Idee, wenn ihr lieber eins in großem Rahmen sehen wollt – aber dafür gibt es natürlich noch keine Termine.«

Daraufhin erkundigte sich Dad, wie es mit dem zweiten Album voranging, und ich erzählte ihnen von den Studioaufnahmen, die am Dienstag in zwei Wochen starteten. Und irgendwie hatte sich im Laufe des Tages all die innere Abwehr gegen meine Eltern und ihre vermeintliche Ablehnung mir gegenüber gelegt. Was jetzt, nüchtern und rückblickend betrachtet, völliger Unsinn gewesen war. Denn immerhin war es mein Dad gewesen, der mit uns nach London gereist war, um bei der Vertragsunterzeichnung mit Nicholas, unserem ehemaligen Manager, dabei zu sein, genau wie bei den Verhandlungen mit *Symbol Records*. Dad hatte sich Zeit dafür genommen, obwohl sein Terminplan immer eng getaktet war, und ich hatte es bis heute nicht zu schätzen gewusst, weil ich zu verbohrt gewesen war, was die vermeintliche Ablehnung meiner Eltern betraf. Ablehnung, die es nie gegeben und die nur in meinem Kopf existiert hatte.

Als sich Alicia später entschuldigte, um zur Toilette zu gehen, musste ich alles, was sich mir heute offenbart hatte, noch einmal bei meinen Eltern zur Sprache bringen.

»Mum, Dad, ich muss mich bei euch entschuldigen.«

»Aber wofür denn?« Mum schaute mich aus großen Augen an, bevor sie kurz zu Dad linste, doch der wirkte genauso ratlos wie sie.

»Dafür, dass ich nicht begriffen habe, wie sehr ihr mich unterstützt und liebt.« Fuck, sofort klang meine Stimme belegt, und ich schluckte kräftig. »Ich dachte immer, an erster Stelle stünde eure Arbeit, und erst danach käme ich. Aber heute habe ich verstanden, dass das völliger Bullshit ist. Ich habe es die ganzen Jahre über falsch aufgefasst und euch das regelmäßig spüren lassen. Habe nicht sehen wollen, dass es auch für euch ein Opfer war, Zeit mit mir einzubüßen.«

»Ach, Baby, komm her.« Mum stand auf und breitete ihre

Arme aus. Ohne groß zu überlegen, ging ich auf sie zu und ließ mich von ihr drücken. »Wir lieben dich so sehr, weit mehr als alles andere auf der Welt. Tut mir leid, dass du das Gefühl hattest, es wäre anders.« Nun weinte sie. Dad kam auf uns zu und legte seine Arme um uns beide.

»Du bist immer schon unsere Nummer eins, Theo«, sagte er mit weicher, zitternder Stimme. »Dass du daran gezweifelt hast, werde ich mir nie verzeihen.«

»Bitte habt kein schlechtes Gewissen. Ich war jung und wusste es nicht besser. Aber jetzt habe ich verstanden, was für großartige Eltern ihr immer schon gewesen seid. Mir tut es leid, dass ich das bisher nicht hatte sehen und schätzen können. Und sorry, falls ich meinen Frust darüber an euch ausgelassen habe.«

Mum streichelte mir über den Kopf. »Mach dir keine Sorgen, wir wussten von Anfang an, dass es schwierig sein würde, mit unseren Jobs ein Kind großzuziehen. Noch schwieriger war es, dir klarzumachen, dass wir dich bedingungslos lieben und du immer unsere Nummer eins sein wirst. Dass wir es vergeigt haben, sehen wir heute, und es tut weh, aber wir sind froh, dass du zumindest jetzt verstanden hast, dass du unser Ein und Alles bist und dass sich daran auch nichts ändern wird. Du hast Alicia an deiner Seite, was uns sehr freut. Sie ist eine großartige junge Frau, und wir sehen, wie verliebt du bist. Und dass sie für dich genauso empfindet. Das macht uns glücklich.«

Erneut schluckte ich heftig und umarmte erst Mum, dann Dad fest.

»Ihr solltet euch jetzt zurückziehen und etwas Zeit miteinander verbringen. Bestimmt habt ihr noch eine Menge zu bereden, und deine Mutter und ich werden ebenfalls ins Bett gehen.« Dad drückte meine Schulter und lächelte mir zu, bevor er sich umdrehte und die Gläser vom Wohnzimmertisch einsammelte, um sie in die Küche zu tragen.

»Dein Mädchen wartet auf dich«, sagte Mum leise und deutete mit dem Kopf hinter mich.

»Danke für alles, Mum.« Ein letztes Mal drückte ich sie fest. »Bis morgen beim Frühstück.«

Sie lächelte mir zu, bevor ich mich umdrehte und auf Alicia zuging.

»Sorry, ich wollte nicht stören. Das sah gerade sehr ... emotional aus«, sagte sie, während ich einen Arm um sie legte und sie zur Treppe führte.

»War es auch. Dank dir.« Ich zog sie an mich und gab ihr einen zärtlichen Kuss auf die Schläfe.

Alicia schaute aus großen Augen zu mir hoch, was mich zum Schmunzeln brachte.

»Keine Sorge, es ist nichts Schlimmes. Ich erzähle es dir, sobald wir oben sind.«

Wir zogen uns in mein Zimmer zurück. Ich schaute Alicia zu, wie sie in ihrer Tasche nach ihren Schlafsachen kramte, dann gingen wir gemeinsam ins Badezimmer und putzten uns die Zähne. Anschließend zog ich mich bis auf die Boxershorts aus, war jedoch unsicher, ob das für Alicia in Ordnung war.

»Ist es okay, wenn ich mich so ins Bett lege, oder willst du, dass ich ein T-Shirt überziehe?« Bestimmt würde ich ein altes im Schrank finden.

»Du kannst ruhig bleiben, wie du bist, solange es dich nicht stört, dass ich das hier anziehe.« Sie hielt Hotpants und ein Shirt mit Spaghettiträgern hoch, das vermutlich zu wenig Haut bedeckte, als dass ich heute ohne Ständer schlafen könnte.

»Nein, schon gut«, sagte ich, und meine Stimme brach mitten im Satz, sodass ich mich räuspern musste, was nun wiederum Alicia zum Schmunzeln brachte. Doch sie machte keine Anstalten, weitere Klamotten aus ihrer Tasche zu ziehen, sondern drehte sich von mir weg und zog sich ihr Top über den Kopf.

Weil ich nicht wusste, ob es ihr recht war, wenn ich ihr dabei zusah, begann ich die vielen Kissen vom Bett zu räumen, die Mum dort immer drapierte, und schlüpfte schon einmal unter die Bettdecke.

Als Alicia sich zu mir legte, ging ich davon aus, sie würde Abstand zu mir halten. Doch sie überraschte mich, indem sie sich eng an mich schmiegte, den Kopf in meiner Armbeuge und ein Bein über meine geschlungen. Und verflucht, nun wurde mir klar, dass diese Nacht für mich mehr als hart werden würde ...

# 42 – Alicia

Kaum dass ich eng an Theo geschmiegt in seinem Bett lag, erfasste mich eine gewaltige innere Ruhe. Zärtlich hielt er mich fest und erzählte mir vom Gespräch mit seinen Eltern und seiner heutigen Erkenntnis.

»Du bist ein wirklich großartiger Mann, ich hoffe, das weißt du. Ich bin unglaublich stolz auf dich – und deine Eltern sind es sicher ebenfalls.«

Statt etwas darauf zu erwidern, streichelte er mir über den Rücken und mir fiel auf, dass er dabei mehr nackte Haut von mir berührte, als von meinem verdammt knappen Oberteil bedeckt war.

Hätte ich gewusst, dass ich heute das Bett mit Theo teilen würde, hätte ich ... Nein, ich hätte keinen anderen Pyjama eingepackt. Hier war der Ort, an dem ich mich wohlfühlte, an dem ich sein wollte: bei Theo.

»Ich bin wirklich froh, dass du heute mitgekommen bist«, murmelte er an meiner Schläfe, bevor er mir einen sanften Kuss darauf gab.

»Das bin ich auch. Ich mag deine Eltern sehr.«

Tief – vielleicht sogar erleichtert? – atmete Theo durch, dann brummte er und rollte sich mit einem Mal auf mich.

Mein Herz schlug schneller, als er mir in die Augen sah und

ich den Sturm der Gefühle darin erkannte. »Du bist das Beste, was mir je passiert ist, Alicia. Ich liebe dich. So sehr.« Mit diesen Worten senkte er sich herab und legte seine Lippen auf meine. Zart und vorsichtig, abwartend.

Und natürlich erwiderte ich den Kuss. »Ich liebe dich auch, Theo.«

Als hätte er es hören müssen, schloss er die Augen und küsste mich erneut. Sehnsüchtig und voller Gefühl strich seine Zunge um meine, und ich spürte seinen Hunger in jeder Bewegung. Und ich ließ mich davon mitreißen.

Eine Hitzewelle bahnte sich ihren Weg durch mich hindurch, und ich gab mich stöhnend seinen Liebkosungen hin.

Als wäre es immer schon so gewesen, schickten wir unsere Hände auf Wanderschaft, erkundeten den Körper des anderen.

Ich liebte es, wie Theo mit den Zähnen die Träger meines Oberteils über die Schultern zog und seine Lippen und seine Zunge über mein Dekolleté wandern ließ, um mich dort zu necken.

Rastlos wand ich mich unter ihm und dirigierte ihn sanft weiter hinab. Als er endlich meinen Nippel durch den dünnen Stoff umschloss, stöhnte ich auf. Ich bog mich ihm entgegen und spreizte die Beine, drängte mich an ihn.

Dass sein Verlangen genauso groß war wie meines, konnte ich deutlich spüren.

Keuchend schob ich ihn von mir, bis er auf dem Rücken lag und mich fragend anschaute. Doch ich wollte nicht aufhören, im Gegenteil. Rittlings setzte ich mich auf ihn, nur um ihn erneut zu küssen und dabei mein Becken an seinem zu reiben.

»Fuck, Alicia ... Das fühlt sich so gut an.«

Ich liebte es, wie seine Hände über meine Oberschenkel strichen, hoch bis zu meiner Taille. Doch ich wollte mehr. Mehr Haut, mehr Nähe. Ich sehnte mich nach ihm, brannte für seine Berührungen.

Ohne groß zu überlegen, zog ich mir mein Oberteil über den Kopf und warf es in Richtung Bettende.

Theo stöhnte auf und legte seine Hände an meine Brüste, drückte sie und reizte mit den Daumen meine Spitzen. Als er sich aufrichtete und eine Brustwarze in den Mund nahm, um daran zu saugen und sie mit der Zunge zu umkreisen, vergrub ich die Finger in seinen Haaren und drängte mich an ihn.

»Ich habe das so vermisst«, murmelte ich an seiner Schläfe. »Habe *dich* so vermisst.«

Theo reagierte mit einem tiefen Brummen und ließ sich zurück in die Kissen sinken. Seine Augen leuchteten, während er mich ansah, und so viel Liebe lag in seinem Blick, dass ich mich wieder eng an ihn drücken musste.

Ich küsste seinen Hals, wanderte tiefer und neckte seine Brustwarzen, umspielte seinen Bauchnabel mit der Zunge und hakte schließlich die Finger in seinen Boxershorts ein, während ich fragend zu ihm nach oben schaute.

Theo antwortete mir, indem er sein Becken anhob und mir half, sie auszuziehen. Dann umfasste er seinen Schaft und rieb ihn sanft.

Fasziniert sah ich ihm dabei zu. »Ich will ihn in den Mund nehmen«, sagte ich, während alles in mir vor Verlangen bebte.

Doch Theo war wohl mit meiner Forderung nicht ganz zufrieden, denn er drängte sich über mich, bis ich wieder auf dem Rücken lag. »Erst möchte ich dich kosten«, erklärte er und glitt mit einem Finger unter den Bund meiner Schlafhose.

Allein der Gedanke daran, seine Zunge auf meiner sensibelsten Stelle zu spüren, sandte ein Beben durch mich hindurch. Schnell half ich ihm, mich auszuziehen, was Theo amüsierte und mich ebenfalls zum Schmunzeln brachte – das jedoch erstarb, als er über meine Spalte leckte und an mir sog, bis ich stöhnend meine Fersen in die Matratze pressen musste.

»Theo, so gut!«, stieß ich aus, wand mich weiter unter ihm und bäumte mich auf, als seine Zunge in schnellem Tempo meine Klitoris bearbeitete.

Der Orgasmus erfasste mich so heftig und unvorbereitet, dass ich mir ein Kissen auf den Mund presste, um meinen Schrei zu dämpfen.

Schwer atmend sackte ich zusammen, mit Tränen in den Augen, weil es so guttat, mit Theo diese Intimitäten zu teilen.

Ich schmiegte mich an ihn, als er sich zu mir legte, ließ mich von ihm halten und genoss seine Haut auf meiner.

Als er sich schließlich auf den Rücken drehte, zog er mich

mit sich, bis ich wieder rittlings auf ihm saß und wie vorhin mein Becken an seinem rieb, während er meinen Po streichelte.

Ich verteilte meine Nässe auf ihm und liebte es, seine Härte an der immer noch pochenden Klit zu spüren.

»Mhmm, das fühlt sich gut an«, meinte er und dirigierte mein Tempo an den Hüften. Und obwohl ich ihn liebend gern mit dem Mund befriedigt hätte, fand ich es auch auf diese Weise reizvoll, vor allem, da ich meine Erregung durch die Reibung an ihm ebenfalls oben hielt. Und wie schön wäre es, mit ihm gemeinsam so kommen zu können?

Also bewegte ich mich weiter auf ihm, rieb mich an ihm und genoss es, wie unsere Körper übereinanderglitten, wie gut es sich anfühlte. Ich wurde schneller, hemmungsloser und liebte es, dass Theos Atmung sich beschleunigte, er die Augen schloss und mir immer wieder sagte, wie gut es für ihn war und wie sehr er das mit mir vermisst hatte.

Ich beugte mich zu ihm hinab, küsste ihn drängend und mit allem, was ich für ihn empfand und ... hatte auf einmal den großen Wunsch, einen Schritt weiterzugehen. »Ich will dich in mir spüren«, flüsterte ich an seinem Hals, so leise, dass ich mir nicht sicher war, ob Theo mich verstanden hatte.

Doch als ich den Kopf hob und ihn ansah, blickte ich in weit aufgerissene Augen. »Du meinst ...?«

Da wurde mir klar, was Theo dachte. Nun sah ich ihn vermutlich genauso überrumpelt an wie er mich. »Nein, ich meine ... vielleicht kannst du mit deinem Finger ...«

Geräuschvoll atmete Theo aus und fuhr sich mit einer Hand durch die Haare. »Wenn du das möchtest, kann ich es gerne machen, aber meinetwegen musst du nicht ...«

»Theo, *ich* will das. Ich will das wirklich. Ich ... will es versuchen. Ich sehne mich so sehr danach.«

»Aber was, wenn es nicht klappt, wenn ich dir weh...?«

Ich legte meinen Finger an seine Lippen und brachte ihn damit zum Schweigen. »Wir machen das ohne Druck und ohne Erwartungen. Wenn es klappt, ist es schön, und wenn nicht ...«

»Okay, dann leg dich hin«, murmelte er an meiner Halsbeuge und schob mich sanft von seinem Schoß.

Ich kam seinem Wunsch nach, und sofort streichelte er mich wieder. Vom Hals abwärts zu den Brüsten, die er umkreiste, über die Rippen zum Venushügel. Sanft massierte er meine Klit, die noch total empfindlich war.

Ich stöhnte. Mit geschlossenen Augen fühlte ich in mich hinein und spreizte meine Beine für ihn. Alles fühlte sich gut an, und ich bewegte mein Becken, drängte mich ihm entgegen und griff gleichzeitig nach seinem Schaft, den ich mit sanftem Druck rieb.

Theo keuchte in mein Ohr und stieß langsam in meine Hand. »Du machst das so gut«, raunte er mir zu, atemlos.

Als ich die Lider öffnete und ihn ansah, bemerkte ich, dass er mein Gesicht ganz genau musterte. Vermutlich wollte er keine Regung von mir verpassen, wofür ich ihn umso mehr liebte.

»Sag mir, wenn du so weit bist«, flüsterte er an meinen Lippen.

Stattdessen griff ich jedoch nach seiner Hand und dirigierte ihn genau dorthin, wo ich ihn haben wollte. Ich führte seinen Zeigefinger in mich ein, atmete heftig. Vor Aufregung, Erregung und ein bisschen auch aus Angst. Nicht, weil ich mich vor dem Schmerz fürchtete, sondern vielmehr davor, Theo womöglich zu enttäuschen, sollte es doch nicht klappen.

Doch er glitt ohne Widerstand in mich. Er dehnte mich, füllte mich aus, und alles fühlte sich eng an, aber nicht zu eng. Vor allem jedoch spürte ich keine Schmerzen. Dennoch raste mein Herz wie irre, und Theo schaute mich aus großen Augen an.

»Wie fühlt sich das an?«, fragte er schnell. Er war offenbar mindestens so nervös wie ich.

»Es tut nicht weh«, flüsterte ich fast tonlos.

»Nicht?«

»Nein«, sagte ich und augenblicklich fluteten Tränen mein Gesicht. »Im Gegenteil, es …« Ich bewegte seine Hand, zog seinen Finger ein Stück weit zurück, um herauszufinden, ob es nur das erste Empfinden gewesen war. »… es fühlt sich gut an. Da ist definitiv kein Schmerz.«

»Oh, Alicia …« Ich erkannte Rührung in Theos Augen, bevor er sich über mich beugte und mein Gesicht mit Küssen bedeckte. Er küsste jede Träne weg und streichelte mich zärtlich.

»Ich will, dass du dich in mir bewegst und mich weiter streichelst«, sagte ich, um klarzustellen, dass ich auf keinen Fall aufhören wollte.

»Solltest du auch nur minimal Schmerzen haben, sag Bescheid oder stoß mich einfach weg.« Theo sah mich eindringlich an und ich nickte.

»Ich verspreche es. Aber jetzt … lass uns weitermachen.«

Erneut packte mich die Aufregung, und ich merkte, wie mein Puls immer weiter anstieg. Als ich jedoch Theos Hand losließ und er seinen Finger sanft in mich schob und wieder herauszog, spürte ich, wie die Erregung in mir abermals aufwallte. Mit dem Daumen rieb er meine Klit und studierte dabei genauestens mein Gesicht, als wollte er wirklich sichergehen, dass alles in Ordnung war. Und das war es. Mehr als das.

Ich stöhnte auf, umfasste wieder Theos Erektion und massierte ihn im gleichen Tempo wie er mich. »Es fühlt sich so gut an«, brachte ich keuchend hervor. »Ich will … Kannst du einen zweiten Finger dazunehmen?«

Theo hielt kurz inne, und ich konnte seinen Blick auf mir spüren, bevor ich spürte, wie es enger wurde und die Dehnung zunahm.

»Alles okay?« Sorge lag in seiner Stimme, und ich nickte, musste lächeln. Dass ich ihn wirklich ohne Schmerzen in mir spüren konnte, überraschte und berauschte mich zugleich, und ich liebte das Gefühl, das er in mir auslöste. Ihm so nahe sein zu können und ihm und mir dieses besondere Geschenk machen zu dürfen machte mich unglaublich glücklich.

Genussvoll drückte ich den Kopf fester ins Kissen, völlig begeistert, Theo ohne jegliche Schmerzen in mir spüren zu können. Den Menschen, der mich gelehrt hatte, zu mir und für mich einzustehen und mich selbst zu lieben.

Leise stöhnte ich, genoss das Gefühl der Reibung in mir und

war fasziniert davon, wie es war, ihn in mir zu spüren. So intim, so ... atemberaubend und umwerfend.

Ich steigerte mein Tempo, und Theo passte sich meiner Geschwindigkeit an. Wir streichelten uns und sahen uns dabei tief in die Augen. Tranken den Atem des anderen und schenkten uns Lust. Und als er schließlich kam, war es wunderschön, ihn dabei zu beobachten. Diesen Moment mit ihm zu teilen, empfand ich als etwas ganz Besonderes.

Heftig atmend sackte Theo zurück, nahm mich mit sich und hielt mich fest. »Soll ich weitermachen? Ich will nicht, dass du zu kurz kommst ...«

Lächelnd strich ich ihm eine Strähne aus dem Gesicht. »Keine Sorge, es war schön für mich, und ich bin überglücklich, dass ich den Moment mit dir erleben durfte. Aber ich glaube nicht, dass ich schon so weit bin, kommen zu können, wenn dein Finger in mir ist. Du weißt ... immer ein Schritt ...«

»... nach dem anderen«, vervollständigte er meinen Satz und küsste mich lächelnd. »Ich hoffe, es war trotzdem schön für dich?«

»Schöner, als ich es mir je ausgemalt habe«, antwortete ich ehrlich.

Theo zog mich tief Luft holend enger an sich. Lange und liebevoll streichelte er mir über den Rücken und küsste meine Schläfe, meine Wange.

»Für mich war es das auch«, sagte er schließlich. »Aber ich bin immer noch total ... ergriffen, dass du keine Schmerzen hattest. Du hattest doch keine, oder?«

»Nein, keine Sorge, es hat sich wirklich gut angefühlt. Vertrau mir einfach«

»Das tue ich.« Sanft küsste er mich. »Und ... wie kommt es, dass es jetzt überhaupt kein Problem für dich war?«, fragte er schließlich.

»Keine Ahnung.« Ich lachte, erleichtert und glücklich und fühlte mich gleichzeitig schwerelos. »Ich werde gleich am Montag mit Melinda telefonieren.«

Theo nickte. »Aber du bist nicht gekommen.« Nun wirkte er doch ein bisschen enttäuscht.

Schnaubend verdrehte ich meine Augen. »Doch, bin ich, als

du dein Gesicht zwischen meinen Schenkeln vergraben hattest, schon vergessen? Und dass ich keinen zweiten Höhepunkt hatte, als du es mir mit den Fingern gemacht ... Ich meine, das hatte nun wirklich nicht oberste Priorität.«

Er wischte sich mit einer Hand über das Gesicht. »Du hast recht. Ich gelobe Besserung.«

»Falls es eine Wiederholung gibt.«. Ich wollte ihm keinesfalls Hoffnungen machen, dass ich nun auf wundersame Weise geheilt war. »Nur weil es heute – warum auch immer – völlig ohne Probleme funktioniert hat, bedeutet es nicht, dass es beim nächsten Mal wieder klappt. Ich will da echt realistisch bleiben und mich nicht selbst enttäuschen durch zu viel Druck.«

»Du hast recht. Alles mit der Zeit.« Erneut verteilte er einen Schwall Küsse auf meinem Gesicht. »Und sollte es nur dieses eine Mal für uns gegeben haben, werde ich es auf ewig als schöne Erinnerung in mir aufbewahren. Das Wichtigste ist für mich immer noch, mit dir zusammen zu sein. Bitte vergiss das nicht. Das ist das Einzige, was ich von dir brauche. Dich in meinem Leben.«

Mein Herz schwoll an bei seinen Worten, und ich wusste, dass Theo und ich endlich alles, was zwischen uns gestanden hatte, hinter uns lassen konnten. Und ich war nie glücklicher gewesen.

# 43 – Theo

Angespannt saß ich am Donnerstag neben Alicia auf dem Sofa ihrer Sexualtherapeutin Melinda. Die Frau war in etwa so alt wie Nora und machte aufs Erste einen sympathischen Eindruck. Sie hatte uns mit Wassergläsern versorgt und meine Freundin in Ruhe alles erzählen lassen, was sich am Wochenende bei uns im Bett ereignet hatte.

Als Alicia am Montag mit ihr telefoniert hatte, schlug Melinda vor, darüber in ihrer nächsten Sitzung zu reden – und dass ich gerne mitkommen könne.

Meiner Freundin jetzt zuzuhören, wie sie unser Sexleben vor dieser mir völlig fremden Frau ausbreitete, war irgendwie seltsam, doch Melinda ließ es nie unangenehm werden. Sie hörte Alicia aufmerksam zu, machte sich Notizen und fragte hin und wieder nach, um sicherzugehen, dass sie alles richtig verstanden hatte.

Schließlich legte sie ihren Notizblock beiseite und verschränkte die Finger miteinander, während sie sich in ihrem Stuhl zurücklehnte. »Zuerst einmal freut es mich, dass ihr gemeinsam dieses positive Erlebnis teilen konntet. Es ist ein wirklich großer Schritt, und du kannst stolz auf dich und deine Arbeit sein, Alicia. Doch bitte versteht und macht euch bewusst, dass es nicht automatisch ab sofort immer so sein wird.

Dafür möchte ich sensibilisieren. Vor allem dich, Alicia, weil es mir in erster Linie um dich geht. Auch wenn ich es euch natürlich wünsche. Aber bitte habt nach wie vor Geduld mit euch und hört auf Alicias Körper.«

Ich nickte und schaute zu meiner Freundin, die meine Hand drückte.

»Das habe ich am Wochenende auch schon gesagt. Ich will nicht enttäuscht sein, sollte es beim nächsten Mal wieder wehtun.«

»Und das kann durchaus passieren, also setzt euch nicht unter Druck.«

»Was denkst du, warum es auf einmal ganz ohne Schmerzen oder sonstige Beschwerden geklappt hat?«, wollte Alicia wissen, und ich merkte, wie ihre Hände schwitzig wurden. Das Ganze nahm sie sehr mit, obwohl sie sich äußerlich nichts anmerken ließ.

»Das lässt sich immer schwer sagen. Bestimmt spielt eine große Rolle, dass du dich von einer deiner größten Belastungen losgesagt hast.«

»Mum.« Alicias Stimme klang belegt. Es musste schwer für sie sein.

Sofort legte ich einen Arm um sie, um ihr Halt zu geben.

Melinda nickte. »Du hast viel durchgemacht und bist zu einer Menge neuen Erkenntnissen gekommen. Auch dass Theo rücksichtsvoll und voller Verständnis ist und dich zu nichts drängt, ist ein großer Pluspunkt. Und dass du deine Übungen regelmäßig machst und an dir arbeitest. Dass du eine Filmrolle bekommen hast, die dich in deinem Selbstbewusstsein und Selbstwert gestärkt hat und du an ihr wächst. Die menschliche Psyche ist spannend und sorgt immer wieder für Situationen, die uns selbst verblüffen. Nehmt dieses Geschenk an. Freut euch, und arbeitet weiterhin so großartig zusammen.« Sie lächelte uns beide an, und als wir etwas später ihre Praxis verließen, wirkte Alicia glücklich und gelöst.

»Ich habe noch eine kleine Überraschung für dich.« Jetzt war ich derjenige, der nervös wurde.

»Okay?« Alicia sah mich fragend an, doch ich schüttelte den Kopf.

»Ich werde es dir nicht verraten. Weil ich nicht weiß, ob sie dir gefällt. Womöglich findest du es total bescheuert und bist gleich sauer auf mich.«

Stirnrunzelnd legte sie den Kopf leicht schief. »Ich kann mir nicht vorstellen, dass du auf so dumme Ideen kommst, dass ich so etwas über dich denken könnte.«

»Warts ab.« Ich verwob meine Finger mit ihren und steuerte die nächste U-Bahn-Station an.

Eine gute halbe Stunde später standen wir vor unserem Ziel, und Alicias Mund klappte auf. »Ein Tattoostudio?«

Fuck, sie klang nicht wirklich begeistert. »Ja, ich ... ähm ... will ein neues Tattoo, und du darfst mich begleiten. Und wenn du möchtest, darfst du dir auch eines stechen lassen.«

»Du willst, dass ich ...«

»Ja, also, ich dachte, es wäre eine schöne Idee, weil du es mal erwähnt hast. Ich wäre bei dir, du müsstest es nicht allein machen. Aber wenn du nicht willst, musst du natürlich nicht ...«

»Oh, Theo!« Alicia strahlte mich an, als hätte ich ihr eben das größte Geschenk gemacht. »Das klingt großartig! Ich will bereits seit einer Ewigkeit ein Herz aufs Handgelenk. Wir könnten uns beide eines machen lassen, was hältst du davon?«

Dass sie so enthusiastisch klang, überraschte mich. »Klar, können wir gerne machen.« Ich schmunzelte über ihre Begeisterung.

Wir betraten das Studio, in dem ich mir, seit wir in London lebten, das ein oder andere hatte stechen lassen, und begrüßte meinen Tätowierer Bully mit einem Handschlag.

»Hey, ich hab schon zwei Plätze für euch beide reserviert. Für deine Freundin ist Sue zuständig, sie kommt sofort«, sagte er, und ich merkte, wie Alicia neben mir nervös die Hände in ihrer Hose abwischte.

»Was willst du dir noch stechen lassen«, fragte sie, während wir Bully nach hinten folgten.

»Ein Plektrum auf meiner Brust, direkt über meinem Herzen, das allerdings mit der Spitze nach oben zeigt. Wie ein *A*.«

Alicias Blick wurde weich, und ich bemerkte, dass sie die Bedeutung dahinter verstand. »Das klingt auch schön.«

Dann nahmen wir auf den Liegen Platz, die tatsächlich nebeneinanderstanden, und ich erklärte Bully und Sue unsere Ideen.

»Es hat fast gar nicht wehgetan«, sagte Alicia überrascht, als wir das Studio wieder verließen und in die warme Maisonne traten. »Und jetzt habe ich etwas, das mich auf ewig an dich erinnert.« Gerührt schaute sie von dem kleinen Herz auf, das mit einer Folie abgeklebt war, und mich an. Dann küsste sie mich. »Danke!«

»Freut mich, dass es dir so gut gefällt. Ich finde es auch echt schön.«

Grinsend stieß sie mir gegen die Brust. »Und ich hoffe, dass dir klar ist, dass du mich jetzt nicht mehr verlassen darfst, weil ich sonst etwas über dieses Herz stechen lassen muss, um nicht an dich erinnert zu werden.«

»Keine Sorge, das wird nicht passieren«, sagte ich und zog sie an mich, bevor wir in das Taxi stiegen, das uns zu unserem nächsten Stopp bringen sollte.

Gemeinsam mit den Jungs waren wir zu einem Interview in einer Musiksendung geladen, und Alicia würde mich dorthin begleiten. Auch Tessa und Hayden würden vor Ort sein, genau wie Nora, mit der wir vereinbart hatten, diesen Talk zu nutzen, um zu verkünden, dass Alicia und ich wieder zusammen waren. Wir wollten für Klarheit in der Öffentlichkeit sorgen und hofften, dass sich die Welle der Aufregung in Grenzen hielt. Und selbst wenn nicht, war es eben so, und wir würden es durchstehen. Gemeinsam! Denn das war nur eine Kleinigkeit im Vergleich zum Rest, den Alicia und ich in den vergangenen Wochen und Monaten hatten durchmachen und wegstecken müssen.

Ein letztes Mal wurde über meine Stirn gepudert. Spencers Haare wurden in Form gezupft. Und was die Make-up-Artistin bei Richies Gesicht machte, konnte ich zwar nicht sehen, aber hören, weil er gefühlt jeden Pinselstrich kommentierte und die arme Frau damit bestimmt in den Wahnsinn trieb. Lex unterhielt sich währenddessen mit Johnny, dem Moderator. Er war ein lässiger Kerl Anfang dreißig, mit dem wir uns bereits bei unserer Ankunft kurz unterhalten hatten. Nora hatte ihn danach unter ihre Fittiche genommen und noch einmal abgesteckt, welche Antworten wir bereit waren, ihm zu geben – was bei dieser Liveshow besonders wichtig war.

Die Haut spannte um meine neuen Tattoos – um das auf der Brust und um jenes am Handgelenk – und ich musste lächeln, weil ich dabei sofort an Alicia erinnert wurde.

Sie saß gemeinsam mit Hayden und Tessa neben Nora irgendwo im Publikum. Ich wusste, sie waren da, aber durch das grelle Licht der Spots konnte ich sie nirgendwo erkennen.

»Alle auf ihre Plätze!«, rief jemand aus dem Off. Die Make-up-Artisten verschwanden, der Moderator räusperte sich, und mit einem Mal war es ganz still.

Die Stimme von eben ertönte erneut und verkündete, dass die Aufnahme startete. Musik drang aus Boxen, dann begrüßte Johnny die Zusehenden.

»Herzlich willkommen zu einer weiteren Folge von *Rock with Johnny*, mein Name ist Johnny Mayhem, und heute zu Gast bei mir ist eine der aktuell erfolgreichsten Rockbands unseres Landes, was sage ich, ganz Europas: die *Mighty Bastards*! Schön, dass ihr bei mir im Studio seid.«

Wir applaudierten uns selbst, johlten und trampelten gleichzeitig mit beiden Beinen auf den Boden, was Johnny ein Lachen entlockte.

»Okay ich sehe schon, ihr sprüht nur so vor Energie – vielleicht eines eurer Erfolgsgeheimnisse?«

»Definitiv«, ging Lex auf die erste Frage ein. »Wir sind jeden Tag voller Leidenschaft dabei und sind unseren Fans unglaublich dankbar für den Erfolg. Denn ohne sie wären wir nicht da, wo wir jetzt stehen – oder gerade sitzen.« Er zwinkerte, und das Publikum und Johnny lachten. »Das geben wir natürlich zurück, indem wir uns umso mehr in die Arbeit stürzen.«

»Aktuell arbeitet ihr an eurem neuen Album, wie ich eben erfahren habe. Ein großer Schritt, nachdem ihr mit dem ersten mit dem klingenden Namen *Feet on the Ground* fulminanten Erfolg feiern durftet. Ich würde also einfach mal behaupten, auf euren Schultern lastet gewaltig viel Druck, den Fans einen mindestens genauso guten Nachfolger zu liefern. Ist das nicht ein wenig einschüchternd?«

Richie grinste. »Hey, wir wissen, was wir draufhaben. Und ich kann allen da draußen versprechen, dass euch das neue Album aus den Socken hauen wird. Es wird noch großartiger als das erste – und das sage ich nicht bloß deshalb, weil ich die Songs bereits kenne und an ihnen mitgearbeitet habe. Sie sind echt, roh und aus dem Leben gegriffen – ihr kennt uns.«

Johnny lachte. »Okay, an Selbstbewusstsein mangelt es euch nicht. Aber zu Recht, denn ich habe heute die große Ehre, euch eine Auszeichnung zu überreichen, von der ihr noch gar nichts wisst.«

Überrascht schaute ich zu Lex, doch der wirkte genauso ratlos wie ich, und auch Spencer und Richie runzelten unwissend die Stirn.

Johnny stand auf und ging von der Bühne, auf der wir saßen, zu einer Mitarbeiterin des Studios, die ihm ein verpacktes Präsent gab. »Um die Spannung ein kleines bisschen hinauszuzögern, haben wir das Ganze hübsch für euch eingepackt.« Er überreichte Lex das Geschenk, bevor er sich wieder setzte.

»Okay, wir dürfen es live auspacken?«, fragte mein Kumpel und Johnny nickte. »Gut, Jungs, alle gemeinsam.« Er winkte uns zu sich, und ich griff nach einem Stück Geschenkpapier, genau wie Spencer und Richie. »Auf drei«, verkündete Lex. »Eins ...«

Schon rissen wir alle am Papier, was bestimmt zur Belustigung des Publikums beitrug. Doch als ich sah, was da für uns eingepackt worden war, verschlug es mir die Sprache.

»Ihr habt euch mit eurem Album *Feet on the Ground* die erste Platin-Schallplatte verdient. Herzlichen Glückwunsch!«

Ein Regen aus silber- und goldfarbenen Glitterschnipseln rieselte auf uns herab, während Fanfaren ertönten und ich Lex, Spencer und Richie um den Hals fiel.

»Wahnsinn!«, rief Richie, der in unserer Umarmung zu hüpfen begann, bis wir alle mit ihm mitsprangen. Wir kosteten diesen einzigartigen Moment in vollen Zügen aus.

Lachend und aufgelöst und außer Atem ließen wir uns wieder zurück auf unsere Sessel fallen, während Lex noch einmal auf die eingerahmte Schallplatte starrte und wie der Rest von uns breit grinste.

»Richtig schön, diesen emotionalen Augenblick mit euch mitzuerleben.« Johnny schaute mich weiterhin an, das Zeichen für mich, darauf zu reagieren.

»Ja, wir sind überwältigt und unglaublich dankbar«, sagte ich gerührt. »Es ist mit Abstand eines der größten Geschenke, das unsere Fans uns machen konnten. Danke Leute, für euren Support und ... einfach für alles.«

»Das klingt wirklich sehr bewegend, und ich bin mir sicher, dass sich die Fans mit euch freuen.« Johnny schaute mich weiterhin an, wechselte jedoch zu Richie und Lex, die links von mir saßen. »Bei euch beiden läuft auch privat alles erste Sahne. Eure Freundinnen sind mit im Studio, und wie ich gesehen habe, seid ihr verliebt wie am ersten Tag.«

Richie lachte. »Das sind wir. Hayden und Tessa sind einfach die Besten und unterstützen uns sehr.«

»Deine Freundin, Lex, hat ja sogar am neuen Album mitgearbeitet. Hat das nicht hin und wieder zu Spannungen geführt?«

»Nein, überhaupt nicht. Tessa ist großartig – auch und besonders mit Worten. Sie schreibt die Texte und zeigt sie mir. Oder wir arbeiten gemeinsam Lyrics aus, an denen ich anschließend mit ihr daran feile – oder ich übernehme sie von ihr, wie sie sind, und schreibe die Melodie dazu. Wenn das grobe Grundgerüst steht, hole ich den Rest der Band mit dazu, und wir arbeiten an den Feinheiten. Wir sind alle ein perfekt aufeinander abgestimmtes Team, und klar, hin und wieder kommen auch Meinungsverschiedenheiten vor, aber die lösen wir in der Regel friedlich.«

»Also keine großen Dramen?«, hakte Johnny nach.

»Definitiv nicht, nein.« Richie grinste, und wir alle wussten, dass die Aufregungen, die es gegeben hatte, keineswegs für die Öffentlichkeit gedacht gewesen waren. Mal davon abgesehen, dass sie nichts mit unserer Musik zu tun hatten.

»Großes Drama gab es jedoch bei dir, Theo«, lenkte Johnny auf mich zurück und augenblicklich schlug mein Herz schneller. »Du warst mit der Schauspielerin Alicia Atkinson liiert, dann kam es zur Trennung.«

»Genau, wir haben kurz versucht, getrennte Wege zu gehen. Allerdings in der gutgläubigen Vorstellung, uns auf diese Weise besser auf die Arbeit konzentrieren zu können. Ein großer Irrtum, sag ich dir. Wir lieben uns zu sehr, und obwohl es hin und wieder stressig ist mit meiner Musik und ihrer Arbeit am Set, kann uns doch nichts trennen. Wir genießen jede Minute, die wir gemeinsam haben, und sind unglaublich glücklich und verliebt, spornen uns gegenseitig zu Höchstleistungen an.« Verdammt, das war die absolute Wahrheit. Und auch wenn ich Alicia gerade nicht sehen konnte, wusste ich, dass sie bis über beide Ohren strahlte. Dass sie mich liebte und dass wir jede Herausforderung, die uns das Leben noch stellen würde, meistern konnten. Sie war alles, was ich brauchte, um glücklich zu sein. Weil wir uns hatten und nichts und niemand uns mehr trennen konnte.

# Content Notes

- In diesem Buch werden Themen behandelt, die trig-
  gernd wirken können. Folgende Aufzählung kann den
  Verlauf des Buches spoilern, erhebt aber keinen An-
  spruch auf Vollständigkeit:
- Vaginismus
- zerrüttete Familienverhältnisse
- Übergriffigkeit (auch medial gesehen)
- sexuelle Gewalt
- Missachtung von Privatsphäre
- Narzissmus
- Essstörungen?
- Bodyshaming?
- Toxische Beziehung (Elternteil)

# *Links und Hilfeseiten*

Liebe Leserin,
mit Vaginismus und Schmerzen im Vaginalbereich musst du
nicht allein zurechtkommen.

**Unter anderem hier findest du Hilfe und Auskunft zum
Thema:**

Gynäkolog:innen, die auf Vaginismus und andere sexuelle
Funktionsstörungen spezialisiert sind, können einfühlsam zu
dem Thema beraten. Sexualtherapeuten können Betroffene
psychologisch begleiten, auch spezielle Physiotherapeuten
können mit einer speziellen Beckenboden-Therapie helfen.

**Deutschland**
Selbsthilfegruppe Berlin via E-Mail:
vaginismus@riseup.net oder
https://www.stadtrand-berlin.de/selbsthilfe-kontakt-und-bera
tungsstelle/selbsthilfegruppe/gesundheit
Selbsthilfegruppe NRW:
hello.vaginismusNRW@outlook.de
oder    http://www.selbsthilfenetz.de/suchen-und-finden/selbst
hilfegruppe-finden/details/43492-vaginismus-dialoge-nrw-on
linegruppe
Selbsthilfegruppe Hamburg:
http://www.vagiwas.de

**Österreich**
Selbsthilfegruppe Österreich: Invisible-Wall (Wien), Kontakt:
invisible.wall@gmx.at
oder
http://www.instagram.com/invisible.wall.vienna/

**Schweiz**
Information und Selbsthilfegruppe:
http://www.thevagstories.com

Du bist nicht allein! Viele Frauen leiden unter diesen Symptomen – und es kann geholfen werden.

# Danke

Das Schreiben dieser Geschichte war eine absolute Achterbahnfahrt der Gefühle. Innerhalb weniger Seiten hatten Alicia und Theo das Sagen übernommen, und ich konnte nur hoffen, dass sie sich weitestgehend an den Plot halten. Was sie zwar getan haben, allerdings hat sich Theo von seiner allerbesten Seite gezeigt und mich damit umgehauen. Dass in ihm eine so weiche Seele schlummert, hätte ich nicht erwartet. Auch Alicia hat mich mehr als einmal überrascht und mich herausgefordert. Von ihrer Mutter will ich erst gar nicht anfangen.

Überaus dankbar bin ich meinen lieben Testleserinnen aka Cheerleaderinnen Anne und Andra Jaeckel, Katrin Schreyer, Laura-Jane Köhler und Franzi Schuster. Danke für euer Feedback zu den Kapiteln, fürs Anfeuern während des Schreibens und für eure so wichtige Kritik.

Ganz besonders danken möchte ich diesmal Teresa und Caro, die diese Geschichte als Vaginismus-Betroffene ebenfalls vorab gelesen und einen sensiblen Blick auf alle wichtigen Stellen rund um Alicia und auch Theo geworfen haben. Danke außerdem an Christina fürs Vermitteln der Kontakte.

Danke auch an meinen Kollegen Patrick Peters für die vielen Einblicke in die Film- und Musikbranche.

Meine großartige Kollegin Carolin Wahl: Danke, dass du dir die Zeit genommen hast, *Everything I Need From You* vorab zu lesen und einen wundervollen Blurb dazu zu schreiben. Ich freue mich unendlich, dass dir Alicias und Theos Geschichte so gut gefallen hat.

Großen Dank an meine liebe Lektorin Jil Aimée Bayer – dank deiner Hilfe wurde diese Geschichte erst richtig rund und greifbar.

Danke auch an das gesamte Team von Piper und des

everlove-Verlags für eure Unterstützung. Ganz besonders an meine Verlagslektorin Caroline Dau dafür, dass du an die Jungs und mich geglaubt hast.

Außerdem möchte ich meinem Agenten Carsten Polzin danken für deine Geduld mit mir und für deinen Support in allen Dingen.

Ohne meine Familie wäre es mir nicht möglich, meinen Traum zu leben. Danke, dass ihr immer für mich da seid, dass ihr mich unterstützt und auch mal allein den Haushalt macht, wenn ich gerade konzentriert am Schreiben bin. Ich liebe euch!

Mein größter Dank geht jedoch an dich: An all meine Leser:innen und Blogger:innen, die mich schon so lange unterstützen. An alle, die meine Bücher kaufen, lesen, lieben, sie bewerten und weiterempfehlen. Und an alle Buchhändler:innen, die meinen Werken einen Platz in den Buchhandlungen geben und es möglich machen, dass meine Geschichten neue Leser:innen finden.